U0729961

梧塍记

Wu Cheng Ji

李中林／著

文匯出版社

图书在版编目（CIP）数据

梧塍记 / 李中林著 . -- 上海 : 文汇出版社 , 2018.7
ISBN 978 – 7 – 5496 – 2643 – 4

Ⅰ . ①梧… Ⅱ . ①李… Ⅲ . ①随笔－作品集－中国－当代 Ⅳ . ① I267.1

中国版本图书馆 CIP 数据核字 (2018) 第 137570 号

梧塍记

作　　者 / 李中林
责任编辑 / 乐渭琦
装帧设计 / 吴嘉祺

出 版 人 / 桂国强

出版发行 / 文匯出版社
上海市威海路755号
（邮政编码200041）
经　　销 / 全国新华书店
照　　排 / 上海歆乐文化传播有限公司
印刷装订 / 保定市铭泰达印刷有限公司
版　　次 / 2018年7月第1版
印　　次 / 2021年1月第2次印刷
开　　本 / 787 × 1092　1/16
字　　数 / 320千字
印　　张 / 19.5

ISBN 978 – 7 – 5496 – 2643 – 4
定　　价 / 88.00元

前　言

我所居乡镇的行政村，现名叫景阳村，古名叫梧塍。现今取名的景阳村，其来历是元末明初时，施耐庵曾在梧塍执教，业余写作《水浒传》，书中的不少地名，都与梧塍周边地名相同，特别是武松打虎的灵感，来自梧塍村后，一条叫景阳岗的土岗上，徐氏仆人武二酒醉后打黄狗，施耐庵目睹了，就敷衍成了武松打虎的故事。施耐庵在梧塍的行踪是个谜，为研究施耐庵是否在梧塍生活过，1953 年秋，聂绀弩、徐放、谢兴尧等曾来此调研过，但最终还是没有解开施耐庵这个谜。

古地名梧塍，现在能见到的最早文字记载，是黄傅主修于弘治十一年（1498）的《江阴县志》。县志记载，梧塍在江阴西顺乡，相当于现今的一个行政村。梧塍徐氏，是一个望族，有富甲江南、文献世家的美誉。徐氏子孙中的徐麒、徐颐、徐元献、徐尚德、徐经，与江南文化人倪云林、宋濂、钱福、文洪、文徵明、祝枝山、唐寅等人交往密切。其中钱福、文洪经徐氏聘请，曾在梧塍当过老师。但在这些文化人的文字中，说到梧塍徐氏，统称为江阴徐氏。在那时，江阴是个比邮票还小的地方，梧塍当然只是一粒沙子。

我见到的大名家文字中，提到梧塍的，是钱谦益的《徐霞客传》：

“徐霞客者，名弘祖，江阴梧塍里人也。高祖经，与唐寅同举，除名。寅尝以倪云林画卷偿博进三千，手迹犹在其家。”

意思是：徐霞客名弘祖，是江阴梧塍里人。高祖徐经和唐寅一同应乡试中举人，后一起因考试作弊而被取消资格。唐寅曾经用倪云林的画卷偿还赌博所输掉的三千钱财，真迹还在他家里。

徐经去世后，他的夫人杨氏分家，大儿子徐治留在梧塍（后称大宅），二儿子徐洽分到马镇旸岐，小儿子徐沾分到砂山。徐霞客是徐经之后的第四代子孙。现今徐霞客镇的马镇社区的旸岐，是徐霞客的故居，祝塘镇的景阳社区的大宅，是徐霞客的祖居。有人说钱谦益说错了，其实没有错，他说的梧塍里，是徐霞客的祖居。

书名取《梧塍记》，就是这个来由。

目　录 Directory

覃老板

农历八月十四，旮旯镇覃记糖食店的烘炒小作坊里，正在烘制着中秋节上市的最后一批新鲜月饼。覃记本是二开间门面，但自沦陷后，小镇市面萎缩，退还了原租赁的两小间烘炒作坊，关了一个门面，做了作坊。今天，炉子里炭火红了大半天，作坊里温度升高不少，亲自制作月饼的覃老板人瘦，离炉子远些，还可熬熬；烘饼的方师傅，虽比覃老板还瘦，可紧贴着烘炉，热得受不了。方师傅打开了半间屋的排门。排门一打开，充塞在作坊里的月饼香气，飘散到街道上。路人路过作坊，都要向作坊张头探脑，用鼻子贪婪地呼吸。覃老板讨厌干活时有人打扰，自言自语：不是不开门，一开门就烦。方师傅回答：天太热，明天可能会下雨了。

老街狭而长，像一条宽阔一些的弄堂，街梢头有些什么响动，很快就会传呼过来。这时，传来了隐隐约约的靴子声。“东洋兵来了。”方师傅向覃老板咕了一句。

大皮靴敲击街石，发出了有节奏却又呆板的声响。

“只有一个。”覃老板说。

镇上驻有九个东洋兵，每天在早饭前和晚饭后，他们列着小队，挎刀掮抢，在镇上四条又长又狭的街道上，步伐整齐地巡逻过后，给小镇夜晚和白天留下一片阴魂不散似的靴声。他们食宿在小镇的关帝庙里。关帝庙前有一大片空地，他们操练时，哇呀哇呀地喊着。下午一点多钟，这是鬼子睡午觉的时间，在这个辰光，没有特殊情况，他们从不上街。

覃老板听见靴声渐近，而且放慢了，他正面对街道，抬起眼皮偷偷地一看，见一个东洋兵正探着头看了下作坊，但没有停步。靴声慢慢地拖了过去。靴声在不远处又折了回来。覃老板抬起眼皮，东洋兵站在作坊前，犹犹豫豫，终于没有走进作坊，靴声又拖过去几间门面，又折了回来。

这时，方师傅背对老街，用小铁铲把一个个烘好的月饼，铲到桌台板上冷却。

覃记月饼，在旮旯镇很有信誉。讲究的人买月饼，先要揭下粘贴在月饼底面的一张油纸，见一见油纸上的红印，见是旮旯镇覃记，才会放心地买。覃记月饼，品种虽有不少，但旮旯镇人最喜欢的是细沙和百果两种。细沙月饼，沙细鲜洁，甜而不腻，间有几丝金橘，几片果脯，几粒瓜子肉；百果月饼，用的是鲜板油、精白糖，绝不用代用品拆烂污。自沦陷以后，小镇市面萎缩，八月的月饼旺季，月饼的销售量只有沦陷之前的十之三四。覃老板常说，这很正常，大地不圆，天上的月虽圆，有几个人能赏心品月？今天是在做明天八月半的最后一批月饼，都是零售给旮旯镇民的，覃老板对方师傅说过，这批月饼不赚一分钱，保质保量，油水一定要特别足。

覃老板手里做着月饼，耳朵却听着靴声。靴声在作坊前停止了。当覃老板眼皮翻开看时，东洋兵已经跨进作坊门槛，只几步，就走到冷却月饼的桌台前。覃老板认得这个东洋人，是九人小队巡查街道时，排在第三位、中间一只门牙只有半截、被镇上人称作“阿辖”的东洋兵。覃老板放下手中做好的月饼，用手向东洋兵比画，意思是请坐。东洋兵摇摇头。覃老板比画着问他是否有事？东洋兵又摇头。覃老板问这问那，东洋兵只是摇头。这时，方师傅揭开的铁锅，下面平底铁锅上烘熟的月饼即散发出满屋香味。方师傅一只一只用铁铲铲到桌台板上。这时，谁也想不到，“阿辖”会飞快地从桌台板抓起一只月饼，塞进了嘴。覃老板和方师傅先是一惊，后来吓得呆住了。刚从锅里烘熟的月饼，表面看去平平静静，无丝毫有热气的感觉，但饼里的板油，还在嗞嗞地煎着。

“烫，快吐！”覃老板边说边比画。

“阿辖”把月饼塞进嘴就感觉很烫，他想用舌头把月饼在嘴里翻个身，月饼太大，翻不转身子，轻轻用牙齿一咬，嘴里顿时觉得像翻了一锅滚油。他痛得直跺脚，吐，吐不掉，月饼卡在嘴里。覃老板见此情景，忘记了他是个东洋兵，走上去帮着他挖，月饼挖出来了，“阿辖”脸色煞白，像刚从绳圈里放下的吊死鬼。覃记作坊的人，常年烘、炒，皮肤难免会烫伤，备有土法熬制的老鼠油。方师傅把陶钵里的老鼠油端出来，覃老板比画着要给他嘴里的烫伤处涂抹。“阿辖”站起来，摇着头拒绝了，拖着靴子，跨出门槛，覃老板听着靴声远去，还是呆板得很有节奏。

“妈的，东洋人真能熬痛，含着一口火泡，走路还是那样神气，不过嘴巴太馋。”覃老板说。

“老板，‘阿辖’回去搬嘴怎么办？”方师傅说。

“我知道东洋兵的纪律，他回去屁也不敢放。”

过了几天，翻译到糖食店来欠两斤花生米，覃老板说，什么欠不欠，要吃来拿。翻译凑着覃老板的耳朵说：松山（“阿辖”）两天没吃东西，在野山队长盘问下，松山说了实话，是月饼烫的。他吃月饼没经店主同意，是自作主张吃的。松山现在正被关着紧闭。翻译说完，嘲笑了东洋兵嘴馋。覃老板忙着，没有搭理他。

松山三天紧闭期满后，野山队长对他的部下训道：

“旮旯镇真像一只刚刚出炉的覃记月饼，表面看去，平平静静，无丝毫有热气的感觉，但饼里的板油，还在嗞嗞地煎着。现在的中国，也像覃记月饼，我们不能像松山君那样蠢，一口吞进嘴，发觉出事了，咽不进，吐不出。我们要聪明一些，要吃月饼，就要等月饼冷却了，掰开后，一小块、一小块地消化。”

野山关于覃记月饼的理论，得到了他上司的赏识。

野山的覃记月饼理论，传到新四军谭震林师长的耳朵里，谭司令听后哈哈大笑，说野山不蠢。

朱成龙

朱成龙长相的奇特，奇特在他的一双眼睛。他的眼睛不能平视，更无法俯视，干活时，走路时，吃东西时，总是盯着左上边。他学过木匠，弹的墨线老是偏向左上；他学过瓦匠，砖墙砌着就侧向左去了。别人都能干得成的事，他都没有干成，后来经人介绍，去干了别人难以干成的事——当起了巫师。他的师父叫陆皂白，眼睛的奇特与他一样，不同的是，只是他的眼睛总是盯着右上边。

巫师，镇上人称之为捉鬼怪的。请巫师来家捉鬼怪，大多家庭不是家中有人生了什么病，就是家中诸事不顺利。比如猪羊白天还好好的，一到晚上，平白无故地死了；每到深夜，阁楼上，地板下，隔弄中，有稀奇古怪的响动发出，日日夜夜折腾，吓出你一身冷汗。许多事情不能解释。只是认定家中有邪——说有就有、说无就无的鬼怪。为了平安，为了事事顺利，为了身体健康，就想到请巫师来家祛邪驱鬼怪。

镇上还有两个巫师，一个男的，一个女的，说他们能祛邪驱鬼怪，说得有鼻子有眼的，可大多镇上人不请他们，而是去请乡下的朱成龙。鬼怪凶神恶煞的样子，那镇上的女巫师长得狐狸精一样好看，好看的女人能祛邪吗？那男的巫师，风也吹得倒的文弱书生，看他的样子，驱鬼怪时给鬼怪摄了魂去，他可能还不知道。画书上的钟馗是捉鬼的，他的长相，在人世间寻找不到。朱成龙的长相，不知在其他地方能否寻找，在小镇乡下，就只有他一个。

朱成龙出门祛邪驱鬼怪，戴一顶道士帽，穿一身道士服，脚蹬一双黑色的过膝盖的长靴子，靴子内藏有一把短剑。他有个规矩，请他祛邪驱鬼怪的人家，一定要用独轮车到他家中接他，他就穿着这副行头上车。一路上，独轮车吱吱呀呀，每经过一个村子，人们争相来观看着这道奇特风景。

请他祛邪驱鬼怪的人家，不要多做准备，只要两支蜡烛一炷香、一串鞭炮、两个大爆竹。独轮车推到请他的主家门口，总是日落西山暮色苍茫时。苍茫暮色下的烛火中，只见独轮车上走下来穿着这身奇装异服、手中握着短剑的朱成龙。迎接他的人，顿时会产生错觉，以为朱成龙真是从另一个世界下来的神仙。朱成龙握着短剑，在举着烛火的主家引领下，口中念念有词，里屋外屋走了一遍后，就走进了一处常出问题的屋子。一进屋子，朱成龙就插上门闩。随着房间里吼过一阵后，听得几声猫打呼噜、狗打喷嚏、猪咳起了嗽，间有几声鸡啼、鸭鸣、鸟叫，突然一阵嚎叫，紧接着响起两下闷闷的轰响，只听得他在高声驱逐：走走，走得好，哪里来的到哪里去，越走远越好。说完，短剑舞动，发出如弓弦弹击的声音。到此时，大约有一炷香烧完的时间。朱成龙打开房门，短剑头有时会戳着一只蛤蟆、一只小甲鱼、一只大蜘蛛。有人怀疑，蛤蟆、甲鱼、蜘蛛是他带进去的，可是在这个季节又没有蛤蟆、甲鱼、蜘蛛。请他闹腾了一个晚上的人家，奇怪的是以后真的会平安起来。朱成龙是一个镇上人的谜，一个猜的人最多的谜，猜来猜去，发觉是一个没有谜底的谜。

日本鬼子占领小镇后，镇上有不少店铺关了门，日常的生活用品奇缺，经常有外乡人悄悄地避开鬼子的封锁，贩运日常的生活用品到镇上，悄悄地交易。春天的一个没有月亮的深夜，有四个外乡人铤而走险，背着小土布到镇上来卖。他们的运气不好，在进镇的封锁线时，被鬼子发觉，一个被打死，三个被活捉了。驻防在镇上的九个鬼子，很可能是无聊，在东街城隍庙的大场上，组织了一场玩弄镇上人的游戏。

城隍庙大场，东西有 50 多米长，鬼子在大场东头打了相距 20 米的木桩，一根细白麻绳，在两头木桩上系牢，绳子上每隔 5 米挂一匹在夜间缴来的土布。被捕的三个外地人，被绑在庙场的榉树上。抓来的十几个上街的乡民，胆战心惊，不知下边会有什么事情发生。一个塌鼻子的鬼子对翻译说了几句后，翻译说：洋先生（鬼子）说，做一个游戏，一次四个人，在庙场的最西头，用黑布蒙上眼睛，手里拿一把剪刀，自己定准方向，往前走，四个人中，谁能剪中挂着土布的绳子，土布掉下，不光这匹土布奖给他，其他人剪不中的土布，也全都奖给他。他又指了指绑着的外地人说，只要一个人剪中，洋先生答应把这三个人全部释放，若是一个人都剪不中，洋先生说，绑在树上的三个人全部枪毙，你们到洋先生的驻地做一天杂工。

翻译说完，四个鬼子拉出四个镇民，用黑布牢牢地扎紧了眼睛。镇民蒙着眼睛，举着剪刀，半步半步往东走，走着走着，中间的两个人撞到了一起，左边的走向了一个站着的鬼子，给鬼子绊了一跤，右边的一个撞到了系着绳子的木桩上。蒙着眼走路的人，行为古怪，引得鬼子大笑，笑得拍手拍脚。一连两批人试过，都没有剪中绳子的。

这时，朱成龙到东街有事，因为眼睛不好，走近城隍庙时，才发觉庙场上有鬼子，要回身走时，已经迟了，鬼子看见了他。一声吆喝，朱成龙知趣地到了庙场。翻译对他说了几句，他的眼睛给鬼子蒙上了。

朱成龙和另外三个人一同往前走。朱成龙一会儿往左，一会儿往右。他走路的姿势与众不同，引得鬼子一阵阵大笑。在其他三个人闹出一串笑话后，只见朱成龙慢慢地逼近了他的目标。在离目标大约一米的地方，朱成龙用剪子剪了一下。目标准确。鬼子们屏住呼吸看着他。眼看一定会剪中，接着是令人失望，他偏向了左边。他的剪子像要剪着吊着的绳子时，他又改变了主意，收住了剪子。朱成龙像是在进行一场精彩的表演，鬼子看得十分紧张。接着，朱成龙退后一步后，又上前了半步，手中的剪子一点没有偏差，把挂着小布的绳子已经夹到了剪子口中，大家当是他剪中了，可是没有想到，他没有剪下去，而是把剪子缩了回来。在大家紧张惋惜时，出人意料，朱成龙张开的剪子又伸了出去，用力一夹，小布啪的一声掉了下来。

庙场上的人齐声喊着剪中了。

可能鬼子对游戏厌了，塌鼻子对翻译叽咕了几句，鬼子集队走了。

三个松了绑的外乡人跪下来对朱成龙叩头，说他救了他们的命。朱成龙叫他们把四匹土布带回去。外乡人说，命丢的已经丢了，没有丢的命，也是靠了你捡回来的，四匹小土布与人的命比较起来，它比一粒灰尘还不值。

别人谁都剪不中，只有朱成龙能剪中，这是为什么？这也成了小镇上的一个谜。

马足飞

八十八岁的老人方庆奎，在他去世前一年的春天，在茶馆里与茶友们说起了马足飞。他说，马足飞与他同岁，假使还活着，也是八十八岁。

马足飞的故事，茶友们都听说过，不过都是零星的。方庆奎老人用一条线，串起了零星的拆散了的马足飞，一个完整的马足飞树立起来，原来马足飞还是个英雄。

马足飞胆小怕事，在镇上是最为出名的。那时兵荒马乱，镇上的治安情况极差，盗匪在白天入宅抢劫，夜晚抓人杀人的事情时有发生。一次，马足飞目睹一桩杀人命案。每天清早，马足飞有外出蹲坑（大便）的习惯。他完事后，束好裤带，走下坑板，南货店的王老板可能是事急，只对他点了点头，就急急地蹲下了。马足飞走了不满十步，只听王老板啊的一声。他回头一看，吓得魂飞魄散，外号活阎王的顾阿才正把带血的匕首在王老板身上擦。马足飞回头就走，他听得顾阿才在问：马足飞，你看到了什么？马足飞说：我什么都没看到。王老板被刺的案件，经多方调查，由于没有证据，顾阿才一直逍遥法外，后来顾阿才在另一件命案中被抓，在严刑拷打下，招供出王老板也是他所杀，马足飞目睹了。马足飞矢口否认，在与顾阿才对质时，马足飞说你一定认错了，我什么都没有看见。顾阿才说马足飞看见他杀人了，马足飞说他没有看见顾阿才杀人，这其中肯定有一个人在说谎，但镇上的人一致认为，马足飞说的是假话。他是镇上最胆小怕事的人，至于顾阿才，已经死定了，已经死定了的人说谎话，是犯不着的事。

马足飞的第一个妻子死于难产，妻子死后不久，西街上的花玉凤，因为作风不好，一直嫁不出去，她趁机缠住了马足飞。马足飞与花玉凤同居后，花玉凤仍与几个旧相好暗中往来。马足飞几次得到自己好友的情报，花玉凤今夜在某地方与某相好在睡觉，好友的意思是花玉凤已经与你有了名分，她再出去胡来，你就戴上了绿帽子，告知他情报，就是叫他去捉奸。可是马足飞犹豫了一下以后，只说了声随便她。马足飞说随便她，好友认为他明天一定会把花玉凤赶出门，结束他们的同居生活。可是到了明天，马足飞好像什么事情都没有发生过似的，仍然与花玉凤同居着。

日本鬼子占领了镇子后，花玉凤与一个叫吉田的鬼子熟悉上了。她经常往鬼子的驻地城隍庙去玩，有时玩得很晚才回家。回家太晚了，经常是吉田护送她到家门口。她满身酒气，一进房间，便倒在了床上。有时半夜里，花玉凤还要呕吐，满屋都是吐出的秽物的恶臭。花玉凤与鬼子的密切往来，镇上人咬牙切齿地骂她不要脸，真正塌台，塌了镇上人祖宗十八代的脸。马足飞的好友几次三番劝马足飞赶花玉凤走，说她与镇上的老相好有奸情，情有可原，与鬼子发生那种事，是奇耻大辱。马足飞听后犹豫再三，最后还是只说了一声：随便她。

一天晚上，已经很暗了。吉田护送花玉凤到家门口时，吉田不像往日那样转身回去，而是跟着进了门。花玉凤没有酒气，吉田也没有酒气。马足飞的居室不大，居室的结构与镇上大多数居室不大的人家相似，前厅后设有窗子的卧室。马足飞手里拿着一只没有玻璃罩子的简易灯，吉田和花玉凤没有在前厅逗留，径直进了卧室。马足飞见此情景，明白了什么，在卧室门口进退两难时，只听得吉田咕噜着什么。马足飞听不懂。花玉凤说，吉田先生叫你进来，黑灯瞎火他看不见，叫你用灯照着。

吉田已经上了床，花玉凤在马足飞照着的昏黄的灯晕下，像是有些怕羞，把帐门挂上了。吉田又咕噜了几句，花玉凤说，吉田先生搞花姑娘，喜欢有人在一旁举着灯盏，这样他才刺激。马足飞听得花玉凤哼了起来。这时，马足飞噗的一声吹熄了灯。吉田气喘着咕噜，马足飞听得花玉凤在说，他看了有点不好意思，有灯火没有灯火，没有关系。这时马足飞走出了卧室，把灯里的火油泼到了一件破棉袄上，用火柴点着了，扔到了吉田和花玉凤在干好事的大床后，把卧室的门关上，扣紧板钮，又从厨房里搬出几捆稻草，点着了，走出大门，又扣紧了铁板钮。马足飞房子的主要建筑材料是毛竹梁椽，瓦下铺着芦席，这是镇上最易着火、着火后也最难扑救的房子。马足飞见火已经烧着了破旧家具，还隐约听见吉田的叫骂声和花玉凤的哭叫声。

马足飞吐了一口痰，悄悄离开了镇子。

在鬼子占领小镇的非常时期，居民们在太阳落山关了门后，要到第二天太阳升起才会开门。他们听惯了夜里的枪声和火警，对枪声和火警已经习以为常，只要子弹不打进自己家里，火不烧着自己的房子，都会稳如泰山似的睡在床上。大火烧穿了屋顶，马足飞的邻居敲着铜盆喊救火。听着救火声，镇民们仍然猫在家中。鬼子听到铜盆声，赶到了火场，没有救火人，没有救火的工具，眼睁睁地看着大火一圈一圈地喷出。马足飞的好几家邻居遭了殃，大火一直烧到烧不过去的几家富户的风火山墙上才慢慢熄灭。白天清点火场，从马足飞家里的瓦砾火烬中，扒出了一男一女两具尸体。尸体已经烧得焦煳，难以辨认面目。这时，鬼子因为吉田的失踪，封锁了小镇，挨家挨户进行搜查。伪镇长已组织一帮人，把两具烧煳的尸体裹上被单后，抬往镇外掩埋时，来了几个鬼子，一个镇上人称作东洋郎中的鬼子，用镊子撬开了男尸的嘴唇，有一颗大金牙。男尸是吉田。镇民们一切都明白了。鬼子立即搜捕马足飞，可是马足飞像给大火烧成了一股烟似的，镇上人再也没有看见他。

过了几年，到外县探亲归来的剃头阿六，带回了马足飞的消息。剃头阿六说，这消息不会假，告诉他的人是他的妻表弟阿打。

马足飞放火离开小镇后，投奔了一支抗日游击队。马足飞打鬼子，最不要命，握着一把大刀，砍鬼子好像切西瓜。鬼子的子弹，好像长了眼睛，对不怕死的人，它会避开着走。马足飞经历过三次白刃战，在他大刀下毙命的鬼子有十几个。一个三伏天的深夜，游击队给鬼子包围了，队长下令，各自为战，各自突围，明天在大柳村集合。借着夜色和地形熟悉，这次突围非常成功，三十多号人连马足飞在内，只死了十多个人。鬼子十分残忍，把马足飞等十几个游击队员的头颅砍下后，挂在大路口示众，强迫附近村民排着队观摩。阿打也是强迫的观摩者之一。阿打曾给游击队送过粮、送过油，他认识马足飞。阿打见马足飞头颅上的眼睛睁着，饱鼓鼓的嘴巴露出一段看似像舌头的东西。

这是什么东西?

仔细一看，阿打大吃一惊。

原来是一段鸡巴。

阿打想，一定是身负重伤的马足飞，在生命的最后一刻，抱住鬼子时，在对方的裤裆里狠狠地啃下了一口。

野 山

民国三十年，小镇上日本兵调防，调走九个，调来只有三个。三个中为首的队长叫野山。野山会读中国书，会说中国话。第一次约见镇上的头面人物，就拉起关系来，说是日本人和中国人同文同种。原来驻防在镇上的日本兵，三个或者五个，每天早晚扛着枪，风雨无阻，都要在小镇狭长的街道上齐步从东街走到西街，从南街走到北街。大皮靴打在街石上，那橐橐之声，像不是打在街石上的，而是打在居民的心上，打出了难以言说的慌乱。野山他们三个，很少走出他们驻扎的那个祠堂。有事，就差打杂的出去办。野山来了不到一个星期，就把原来的老厨师换了，软软硬硬，逼着镇上兴隆菜馆掌勺的台柱厨师张阿八，专为他们三个做菜烧饭。

野山很馋，很喜欢吃，吃起来又十分精。鸡要吃童子鸡。鲫鱼只吃四两左右一条的。荠菜要吃野生的。竹笋要吃四五寸长的。每天的菜蔬要变个花样。由于战乱，交通不便，地方上的土产不多，阿八师傅就是有天大的本领，也难以一天翻一个新花样。

野山吃厌了土产，见阿八翻不出新花样，就要骂人。他骂起人来，不像平时说话时流利，半句日本话，半句中国话。阿八听得懂的骂人话是中国话，听不懂的骂人话是日本话。

阴历二月初，野山提出要吃刀鱼。

阿八师傅做了几十年厨师，虽是战乱，还是有渠道的，买到了十几斤的刀鱼。

野山今天吃清蒸刀鱼，明天吃红烧刀鱼。吃了糖醋酥刀鱼，再吃白汁双皮刀鱼。阿八师傅尽自己的本领，把刀鱼变着法子烹饪着给野山吃。

野山是小眼睛，由于善吃，脸上的肉堆了起来，吃得开心时，笑起来，眼睛只有一条缝。每吃一次，夸着："肉质细嫩，腴而不腻，味道鲜美。"

阿八觉得野山是在背书。

有一次，野山要吃鳢鱼。

阿八买了条鲤鱼。野山大发脾气，说阿八存心诓人，是一种极不友好的行为。阿八说，你要买的是鲤鱼，这就是鲤鱼，我阿八一点没有诓人。野山见阿八不像说谎，用笔在纸上写了一个鳢。阿八不识这个字。野山说，他明天一定要吃鳢鱼。阿八拿了野山写的字，问了半条街，没有人识这个字。最后问了读过大学的黄先生，黄先生翻了词典，说这鳢鱼就是黑鱼。

野山吃了一次黑鱼，没有再提出吃第二次，他说黑鱼腥重，还有泥土味。

镇上的伪职人员，见野山喜欢吃，请野山吃了一顿鲥鱼。野山吃得高兴，背了一首诗：

芽姜紫醋炙银鱼，
雪碗擎来二尺余。
尚有桃花春气在，
此中风味胜莼鲈。

他背完这首诗，考问酒席上的伪职人员，这诗是谁写的？席上的人，大都只读到初小，字也识不了几个，只是瞪着眼睛，舌头像是打了一个结。幸得黄先生也请来垫台脚，他说是苏东坡写的，这诗我读小学时就背过。黄先生把这首诗用古调唱歌一样唱了一遍。野山佩服黄先生，敬了他一杯酒。

阴历三月初，野山对阿八师傅说：“河豚上市了，要吃一顿河豚。”

阿八说：“有毒。”

“知道有毒，只要煮透。”

阿八想，吃河豚不是开玩笑，与日本鬼子打交道，一不小心，是要掉脑袋的。

“我烧不好。”

“别谦虚，我调查过，你阿八师傅是本镇烧河豚的好手。”

阿八师傅在小镇上出名的是会烧河豚。他掌握剖洗河豚的几个重要环节，烹调时重要的是火候。野山要吃河豚，他心里还是发寒。过去烧河豚，卖河豚，从没出过事，这一次栽在这里面，老命肯定送掉。

烧河豚的那天夜里，阿八师傅听见老鼠在求签。阿八知道，老鼠求签，是老鼠在嗦嗦发抖。老鼠嗦嗦发抖，一定是见了克星蛇或者猫。知道是知道，但总觉得这是不祥之兆。

河豚送到了，阿八对野山说，烧河豚的事情，谁也不要来插手，由他一人包着做。野山问为什么？阿八说，若是盛过河豚的器皿没有洗干净，一不小心忘了，也要中毒，事情几个人做，难免要忘了这个或者忘了那个。野山点头称是。

阿八剖开河豚，细心地挖去河豚籽，河豚血放在草木灰中，再挖去河豚眼睛，用清水一冲再冲。野山自始至终看了几个小时，看得极不耐心，嘴里不时地叽叽咕咕。河豚放进铁锅，加入佐料，阿八用文火慢慢地烧，又不知烧了多少时间。祠堂里充满了河豚诱人的香味。

烧河豚的人真正要有自我牺牲的精神。阿八尝了尝，再烧，烧了再尝，馋得野山直流口水。

“还不好，要烧到什么时候？”野山有些等不及了。

阿八尝了几块，做了一个好了的手势。野山放心地点了点头，招呼其他鬼子坐到了桌子旁。阿八把浓油赤酱的河豚倒进大瓦盆，端到了桌子上。野山还有些像品尝的样子，其他两人像是饿慌了似的，狼吞虎咽，吃相真正有些狰狞。没有几下子，一瓦盆河豚，给野山他们三个人吃了个精光。

河豚吃完了，野山又是背着：肉质细嫩，腴而不腻，味道鲜美。

吃过半个多小时后，野山舌头上有些麻，他喊阿八过来，问：

“你的舌头麻吗？”

“不。”

“麻是什么意思？”

“有可能中毒。”

“中毒？用什么治？”

这时其他两个鬼子，也喊舌头发麻。

阿八想，我今天死定了，既然死定了，我的舌头为什么不麻？

野山这时表现得很冷静。

“我书上读过，土法治疗，用尿，用人的尿，阿八你赶快去拾尿。”

小镇街道的死角，到处都是尿桶。阿八走出祠堂，提了一只尿桶就走。

“阿八师傅，提尿桶干什么？”

“日本兵吃河豚中毒了。”

镇上人一听说这消息，争相往祠堂看热闹。野山见人涌进祠堂，大吼一声滚蛋，镇民们做了好几年顺民，听话听惯了，乖乖地立在祠堂的门槛外边。

日本兵真有武士道精神，喝尿时有视死如归的样子。野山喝尿时最能体现这种精神。他用碗在尿桶里舀了大半碗，端起，立正，喝的时候眼睛也没闭，一连喝了三碗。其余两个鬼子，用与野山一样的姿势各喝了三碗。

祠堂外看热闹的人，都在吃吃地笑。野山对他们说：

“你们笑什么，这是服药。”

野山伸出舌头，舔了舔嘴唇，反复了几次，自言自语。

“这尿解毒，不麻了，中医高明！”

那两个鬼子用手擦拭了一下嘴唇跟着说：

“真的，一点都不麻了。”

阿八听见野山说不麻了，摸了摸自己的头，念了一句：

“阿弥陀佛。”

野山像是很高兴，他对阿八说，他在日本是专门研究鱼类的，对中国的鱼特别感兴趣，将来回国后，他要继续研究鱼类，写一本有关中国鱼类的书。

没有多久，野山也调走了，听说是调往太平洋战场的。接野山班的是一个伤残的日本军人，他整天不出门，把自己关在祠堂里，一天到晚喝酒。

野山走后，镇上的人常常提起他，提起他就说起他喝尿时的那个立正的姿势。

河东老太

河东老太打雷似的咳起来，时间是在上午上班前半个小时。她咳得惊天动地，老屋簌簌地抖动起来，新屋也簌簌地抖动起来。

大媳妇看见她咳得眼珠子像是在往脑壳里钻，吓得惊慌失措，拼着命喊：

“妈接不上气了！”

这一声喊叫，如拉起的防空警报一样，大儿子、二儿子、二媳妇、三儿子、三媳妇从各分居的屋里集合到河东老太独居的小厢房，立在床前。大媳妇在给她捶背。河东老太舒了一口气，用比蚊子叫还要轻的声音说着：

“我喊了好久，你们听不见。我想我最好有一只哨子，你们听不见我的喊叫，我可以用哨子吹。我想到了哨子的声音，嘴里就吹出了哨子的声音，你们听到了哨子声？”

大媳妇没有听到，但是说：“听到了。”

其他人听大嫂说听到了，都跟着说：“听到了。”

“真难得，八九年没见你们齐刷刷地一个不缺，围着我这病老太。我高兴。”

“娘，你有什么心里话？”大儿子问。

“我要到杭州去烧香，分摊路费。”

二儿子说：“娘，你这把年纪还能出门？我看还是面对现实，不要空想，你们老人想出门去玩玩，我说最好的办法是睡在床上闭上眼睛，想到哪里就可以到哪里，国内杭州、北京，国外伦敦、威尼斯都行。”

小儿子说：“娘，我这个干部，还不到有部专车的级别，等我有了专车，一定送你去。”

大儿子说：“娘只去过苏州。”

小媳妇说：“娘，等我把商品房的款子付清后，别坐他的专车，我租一辆车陪你去，西湖、灵隐、六和塔，想去哪里就去哪里。”

二媳妇说：“企业不景气，工资发八成，小菜场萝卜卖到九角五分一斤，听说煤、电又要涨价。妈，等我拿了奖金，妹妹的租车钱，我出一半，我与妹妹一起陪你去。”

大媳妇说：“这一次我来负担路费，下一次弟妹们负担。”

河东老太点点头，挥挥手。

在天井里，二媳妇和小媳妇说着悄悄话：“我当是她要走了。”

“我也是这样想。”

“我当是有什么遗嘱。”

“我也是这么想。”

“老东西，难道真的没有一点积蓄？”

“我不信。”

“我也不信。”

二儿子问小儿子讨支烟，小儿子掏出一盒红塔山，抽出一支递过，说：“涨价了，十元一盒。”二儿子说：“你们干部，吸烟还要买？骗鬼！”小儿子说：“工作烟，一天一盒，不够抽。”二儿子抽了一口烟，说：“娘也要死了，想到杭州去，做梦一样。”小儿子说：“老糊涂，别理她！有钱也不能给她这么花！”

大儿子问女人：“你哪来的钱？”

“我向弟弟借的。”

“你真好！”

“我没什么好。我是这样想的，你娘的今天，就是我的明天。一个将不久于人世的人提出的最后一个愿望，不答应她，我心里不安。”

“放心她去烧香？”

“这我放心，同去的都是些上了年纪的老太，会互相照顾的。”

一个星期后，河东老太从杭州回来了，可她在灵隐寺得了一种怪病，左手突然抽筋，捏成一个拳头，再也伸不开。回到家后，子媳们得悉，都来探望母亲大人。

二儿子对她说：“听了我的，在床上闭上眼睛旅游，不到杭州，这个怪病就不会怪到你的手上了。”

二儿媳妇对她说：“叫你等几年坐专车去，唉，不听怪谁？”

小儿媳妇接着说：“怪谁，也怪不到我。”

大儿子说：“怪我不好，都怪我。”

大儿媳妇说：“娘，莫急，我试用热水捂捂。也许会好的。”

小媳妇和二媳妇在说悄悄话，“看她手缩成这样，莫非是麻风病！”“这病可要传染的。”“听说手和脚全部烂掉，这病也不会好的。”

河东老太的手看上去确实可怕。手上斑斑点点，使人想起蝮蛇的背；经经络络，使人想起像是一条一条褐色的蚯蚓在爬动；捏拢五只手指，活似抓住猎物紧紧不放的鹰爪。

“这手抓紧得实在难受，请你们给我掰掰，兴许能掰开。”

“我来掰。”大儿子捏着娘的手，像是捏一只鸡脚。从什么地方掰？掰手指，一只一只掰，掰断了怎么办？手指缝里抠进去掰，五指并紧没有一个缝。“娘，我掰不开。”

小儿子说：“娘，掰不开就别掰了。”

二儿子说：“掰不开掰什么？”

老太仿佛没听见，对小儿子说：

“嫌娘龌龊，有病会传染？阿三，你来试试？”

老三握住老太的手，看了又看，说：“娘，你的手指间缝都没有一条，掰不开。”

“老二，你来掰！”老太命令。

老二看着娘的这双老手，捏住了，左边试了试，右边试了试，放下，摇摇头。

“老三媳妇，你不嫌娘手脏，裹着手帕，来试试。”老太说。

老三媳妇忙说：“娘你说到哪里去了，我用手掰。”她有些恼怒，握住拳，用足力气，“娘，掰痛了，别怪我！”她往下用力按，往下用力按，还是掰不开。

“老二媳妇，你愿意掰吗？”

“不要掰了，谁都掰不开，不要掰了。”

老二对媳妇说：“叫你掰，你就掰！”

老二媳妇掰了，还是掰不开。

“娘，让我来试试吧。”老大媳妇说。

老大媳妇握着老太的手哭了，她说：“我真懊悔，我没有陪你去杭州，让你得了这个怪病回来。”

她的眼泪簌簌落落地落在老太紧紧握成拳的手上。她哭着，把老太的手轻轻揉着，轻轻地抚摸着。奇迹出现了，老太的手指突然伸展，摊开，手掌里金光闪闪。

一只不小的金元宝！

“老大媳妇，你是有福的人。”

这事传遍了小镇，任何人都无法解释，镇上人尊称为哲学家的方万六说：“河动老太就是佛，佛就是河东老太。”

龙 爷

世上女人多，可没有一个女人愿意嫁龙爷。龙爷有田有房有储蓄还有些文化，性格脾气又是什么都好。美中不足的是龙爷背驼。龙爷背驼不是天生的，五岁的时候不小心，从牛背上跌下来，跌下来以后不痛不痒地背就慢慢地驼了。祖母与龙爷牵着些亲故，受龙爷之托，给他说过好几打女人。这些女人都不嫌龙爷什么，只是嫌龙爷背驼。有人说龙爷的背驼不是天生的，很有可能医得好。龙爷延医治背，十几年里，龙爷吃过巫师的仙方、云游和尚的妙药、走方郎中的灵丹，气功大师给他运了好几个月的气，最终并没有把他的穴道打通。龙爷的背，随着年岁的增长，驼背上长出了峥嵘。龙爷骂过天，骂天不长眼睛；龙爷骂过地，骂地没有良心，世上的好人就只我龙爷一个人，为什么好人没有好报？

那天已经很晚了，龙爷敲开了我家的大门，说有急事。我听着龙爷在说：我今年四十七，明年四十八,四十九岁过后就是五十,一过五十，还能娶妻生子吗？表婶呀，我求你了，枫树村的那个女痴子，我经过几天几夜的思考，下定了决心，要娶她为妻。祖母不同意他娶那个女痴子，劝着他说：阿龙，你的日子太太平平过得没什么不好，何必去捉几个虱子放到胳肢窝里受那种又痛又痒哭不得笑不了的罪，让你的下半生活在痛苦之中呢？假使你铁定了心，非要娶这女痴子不可，我陪着你，明天去看看。

吃中饭前，祖母从枫树村回来了，无可奈何哭笑不得地告诉祖父：枫树村的那个女痴子见了龙爷，第一句话就说我死也不嫁驼背，你们若是要强迫我嫁驼背，等我上吊死了把我的尸体抬过去。龙爷听了，双眼发直，口吐白沫，当场昏厥了过去。龙爷醒过来第一句话是问我祖母，世界上有了男人为什么还要生女人？回家的路上，看着失去常态的龙爷，怕有什么危险的事情发生，祖母害怕得后背心直冒冷汗。

我家有块桑田在龙爷的屋子后边。祖母去采桑，常常带着我。祖母采桑，蝴蝶戏着小猫一样戏着我玩，蜻蜓玩着小牛一样玩着我。我累了渴了，就到龙爷的屋檐下坐在门槛上喘口气，或者喝一口凉水。龙爷的家不像有些单身汉的家，家里乱七八糟邋邋遢遢，而是干净得桌子上光可鉴人；炒菜的铁锅子刷得锃亮，烧出的开水，在阳光中寻觅，寻不见一丝余着的油花。一个秋阳高照的上午，我见他提着筲箕到米囤舂米。我好奇，问龙爷：饭怎么要自己烧？我家爸爸、爷爷从不淘米煮饭。

龙爷经我一问，一把拉过我，指着门外的稻田说：龙爷快不煮饭了，等待稻谷成熟后，龙爷就要娶新娘子了，一娶不是娶一个，要娶她个三四一十二个。那时淘米烧饭的事就不要我龙爷做了。那时候真热闹，两个娘子舂米，两个娘子淘米，两个娘子上灶，两个娘子烧火，我龙爷要吃韭菜，一个割来一个洗，饭菜烧好了，一个盛来一个端，有两个娘子最妖娆，白白嫩嫩的小手幽一幽，嗲嗲地喊一声：龙郎呀，快来用饭吧！

龙爷嘿嘿地傻笑。我问龙爷：这么多娘子睡在哪里？龙爷说不愁，再造几间屋，再打几张大眠床。我挣开了龙爷的手，拍着双手欢快地说：我要喝龙爷的喜酒了。龙爷叹了一口气：喜酒？喜酒？哪里来的喜酒？然后眼泪汪汪，凄凄地唱了起来：

肚里饿，心里糟，
家中有米无火烧。
今年盼望田稻好，
冬里头要讨三四一十二个好花轿。
两个舂米两个淘，
两个上灶两个烧，
两个在后菜园里弄韭菜，
两个幽幽手：
龙郎呀——饭好了！

龙爷唱完歌，泪水簌簌地往下落。我从没有听过龙爷唱歌，从没听见龙爷唱这种歌——这一种听了心里会难过得泛酸水的歌。龙爷呜呜地哭，哭声使我颤抖，幸而祖母及时赶到，她劝了劝龙爷，没等龙爷止住哭声，背着桑叶，拉着我急速地离开了龙爷家。我回过头看了他一眼——难忘龙爷双手捂着脸坐在门槛上的一眼。离龙爷家远了，祖母说龙爷想女人想得痴了，行为怪怪的，你吓着了没有？从此以后，祖母再也没有带我去采桑，再也没有见过龙爷。时间长了，龙爷在我的记忆中渐渐淡出，偶尔看见有个背驼的人，才会想起龙爷。

那天清早，我听见有人在唱歌。这歌太酸楚了，唱在这美好的清早很不协调。唱歌者是打开自己心扉抒发不幸，还是听了一个故事唱着玩耍？我却被歌声打开了记忆，见龙爷双手捂脸坐在门槛上抽泣着的身影。我打开窗子，想更接近歌声，可歌声化作丝丝呜咽，蒸发在不远的林子里。

汤驼子

已经一连三天了，汤驼子什么事情都不想干，像木头一样坐在看瓜的草棚里的竹靠背椅上，一坐就是几个小时，望着瓜棚前3亩6分瓜田出神。从小一点范围说，方圆五六里地方，找不出第二块能与汤驼子这一块相匹配的瓜田。汤驼子这块瓜田，是种瓜者的一篇杰作。瓜秧上牵出的梦，似是从一位丹青高手笔头上走出来的，该疏的地方疏，该密的地方密，该留空白的地方留下了空白。藤蔓不肥不瘦，看去透明，能见绿色的血液在其中缓缓流动；瓜叶的颜色，增一分则绿得太深，减一分则绿得太淡。但是人们无法解释，坐落在东西南北的瓜田，已经早早地开了花，大小不等的果子，活泼地滚满在垄沟之中。可是汤驼子这块瓜田，不要说结果，至今还没有开出一朵小花。

这奇特的现象，种瓜的老者无法解释，汤驼子当然更无法解释。无法解释，汤驼子不怨天，也不怨地。去怨天，是冤枉了天，去怨地，是冤枉了地。人家的瓜田不是在同一爿天底下、同一块的大地上？汤驼子不相信命运，但他相信世上之事有顺和不顺两种。他汤驼子遇到的则是不顺。自己父亲在世时，家底厚实，料不到他吃了一条乌鱼，会得不治之症。病没看好，把积蓄用了个精光。父亲咽气前几天，又是一场大火，把三间老屋烧成一片瓦砾。他除继承了父亲的外号汤驼子外，就只有一块烧焦了的屋基，这就是不顺。用了五年时间，用十只手指，在泥土里扒出了两间房子，这就是顺。本想种一熟西瓜，赚几个钱，给一个等了他两年的寡妇送一笔彩礼，结束那一段偷偷摸摸的日子。种的瓜不结瓜，人算不如天算，今年赚不到钱，那可怜的小寡妇，还要在偷摸的黑暗之中睁着她那一双惊恐的眼睛。

午饭后，天特别闷热。汤驼子把汗衫剥去了，还是感到热不难耐。他赤了膊，穿了条短裤头，横到了瓜棚中的木板床上。

一个闷雷，汤驼子吓得从木板床上跳起。他擦擦眼睛，瓜棚外的天，锅底一般地黑。一道闪电，“嚓”的一声，把天划成了两爿。风从瓜田里扑进瓜棚，噎得汤驼子气也喘不过来。汤驼子的看瓜棚，是附近瓜田边最早搭起的瓜棚。

瓜棚用材考究，材料用的是硬树和新毛竹，棚墙和棚顶的草苫，都是自己亲手编扎。瓜棚也搭得比较宽敞，能达到一棚三用。第一是看瓜，第二是避暑，第三是在夜深人静时，把小寡妇约到瓜棚，开一夜激情的快车。风刮得很猛，瓜棚似患了重疟疾，筛糠一样抖动。汤驼子拿起草苫，几次挡在瓜棚门首，几次都被风吹倒。在有几条田埂的远处，汤驼子见一个人，没命地往这儿奔跑。汤驼子知道，这人是来瓜棚避雨的。他把草苫丢到一边，恭候着奔来的避雨者。

那人一进瓜棚，就坐到汤驼子常常坐着发呆的竹靠背椅上，呼呼呼地喘气。听着他的喘气声，瓜棚外惊天动地的风声，也像小了许多。他喘气，足足喘了一支烟的时间。他的喘气声停了，瓜棚外的风声，又是惊天动地。汤驼子想他一定口渴，从笠帽盖着的小茶缸里，舀出一大碗茶水，递给他。他接过大碗茶，只一口，呷了个干。他连喝了四碗后，还想喝，茶缸里只剩下茶叶了。

一个闷雷，炸在瓜棚顶上，汤驼子似被雷击中了一样，手中的茶碗掉进了茶缸。

雨从天上打下来，瓜叶上发出千万雨脚的蹦跳声。从瓜棚顶上泻下的雨水，给瓜棚挂了一道晶亮的水帘。只几分钟，雨就停了。避雨者走出瓜棚，看了看瓜棚后的天空，他又走进了瓜棚。

“雨马上就会回来的。”

汤驼子见避雨者开了口，随便问了一声：“你是？”

“我是城里人，下乡来采集故事的。”避雨者很直爽，“采集了几天，一个故事也没采集到，真正想不到呀，你们这地方没有故事。”

“现在什么地方都没有故事。我祖母有很多故事，可惜我的祖母已经死了。她死了以后，故事也就死了。”

“你祖母的故事难道都死了，有没有一个还活着？”

“都死光了。”

瓜棚顶上又炸开了一个闷雷。横在木板上的汤驼子，听见雷声，大叫起来：“想起了一个故事，是祖母在雷雨天讲的一个雷的故事。”

避雨者从他的破包里掏出一支钢笔和破烂的记事本。

汤驼子讲起了他祖母讲的故事。

在很远很远的时候，在很近很近的地方。这地方雨水丰沛，阳光充足，土地肥沃，空气新鲜，从高地到低沟，到处爬满了墨绿色的瓜蔓。可叹的是，瓜叶虽然吸收了大地的营养，集聚了太阳的色彩，藤蔓里流着比蜜汁还甜蜜的汁水，俏丽的一小朵一小朵金花，开了又谢，谢了又开，像我的这一片瓜田一样，可就是不结西瓜，做媒的蜜蜂也无可奈何。一次大雷雨后，一个行云布雨的雷累了，就落在瓜蔓撑起的小伞似的瓜叶下稍作休息。这里有躺下就不想起来的舒适。雷吮吸着瓜蔓里流出来的甜蜜，几乎使它流连忘返。这雷没有忘记天庭的法规，不敢多饮甜蜜，也不敢多享舒适，一步三回头地走了。这雷把这消息告诉了众雷，瓜田里的甜蜜，诱引了众雷对这块地方的向往。在一次行使布雷的归途，众雷悄然无声地滚落到瓜蔓之中。

汤驼子讲到这里，瓜棚顶上炸开了一个雷后，又炸开了一个雷。避雨者像给雷的大力推了一下，扑到了床板上。

瓜棚里能闻到雷炸开后发出的硫磺味道。

“这雷真正吓人！”汤驼子说。

“继续讲故事吧。”

“故事给雨和雷吓跑了。”

“你祖母的故事吓得跑？”

“真正吓跑了。刚才，我讲到什么地方？”

“众雷滚到了瓜蔓之中。”

“对，我想来了。”

汤驼子继续着他的故事。

众雷舒适地躺着，吮吸着瓜蔓里的甜蜜。众雷睡着了，还在吮吸瓜蔓里面的甜蜜。众雷的肚子一个个吸得滚圆。当众雷睡醒时，已经无法动弹。不光是身子滚圆，雷的尖嘴也被瓜蔓里的蜜汁黏住。蜜汁凝成了一把把绿色的柄，一把把甜得苦极了的柄。叱咤风云的雷，出于对甜蜜和舒适过度的留恋，竟变成了一个个任人宰割的西瓜。于是，我们这里就有了西瓜。那西瓜籽是雷的种子，放在锅里炒，我们还能看到它身上雷的脾气；放在嘴里嗑，我们还能听到雷的声音。

汤驼子讲完故事，采集故事的人握着他的手，激动地说：这是我这一辈子听到的最震撼人心的故事，是我搜集到的最好的故事。

一个祖母的故事能震撼一个人的心，汤驼子非常高兴。

雨过天晴，避雨者千恩万谢，踏上了溜滑的田埂，一脚高一脚低地走远了。汤驼子像是看见避雨者有样东西掉进了瓜田，睁大眼睛仔细搜索，瓜田里没有。真的，是有一样东西落进了瓜田。再仔细地搜索，瓜田里的景象使汤驼子目瞪口呆。

瓜田的垄垄沟沟里，滚满了大至拳头、小至玻璃弹子一样大的西瓜。

河豚阿三

河豚阿三姓季。季阿三的祖父季鑫是外乡人，在太平军战败后，他挑着一副箩筐，一个要饭人的样子到了祝塘。可是没有几年，他在镇上盖起了前后三埭两边有侧厢的大房子，开起了店铺，在乡下买了不少田地。他哪里来的这么多钱？季姓的人没有露过口风，给镇上人留下了一个一直没有解答开的疑问。到季阿三年过50岁时，季家事业没有发展，人口却膨胀了，好几十口人挤在老祖父建造的那前后三埭的几十间大房子里。季阿三是季鑫小儿子的小儿子，父亲从小娇生惯养，儿子又是娇生惯养，季阿三读书没有读出息，做生意没有做出头，学手艺没有学到家。岁月如流水，季阿三过了婚配的年龄后，自己在女人这门学问上不努力，父母死后，叔伯又没有认真督促，一年又一年，终于荒废了。

季阿三没有职业，靠父母留给他的几亩薄地，混一个不饿死。几乎每天，他早晨出门，到晚上才回家，谁也不知道他到哪里去的，也没有人问他到哪里去的。他在季家大墙门里，辈分不算低，长辈叫他阿三，平辈叫他阿三，小辈也都叫他阿三。他一听到有人叫阿三，不论是谁，他总是问一声，叫我阿三有什么事？长辈说，一天没见你的人影，你到哪里去了？平辈的说，你在外边，消息灵通，米要不要涨价？小辈说，喊喊白相相。一年之中，不是每一天都是不分长幼叫他阿三，只有一天不叫他阿三，这天不是大年初一，也不是八月中秋，而在季阿三为他们墙门里本家的老少烹饪河豚的那天。

在镇上，吃河豚年年要吃出些大大小小的问题。镇上人爱吃河豚而怕出问题不敢随便吃，当一听到某饭店的河豚、某人家的河豚是季阿三亲手烹饪的，煮河豚锅里的汁水都会给舔个精光。有人愿出资金，与季阿三合伙开一爿专门供应河豚的酒店，他谢绝了，他说他师傅的本领比他大好几倍，他也不敢开，我怎么敢开，谁也不敢保证我烹饪的河豚一次也不会吃死人！

每年到清明节前两天，季阿三独自离开小镇，到三十里外江边的常阴沙，住上一夜，明早到江边的鱼码头上，买上几十斤河豚，装上两大蒲包。两蒲包河豚花不了几个钱，最累人的是挑着河豚回祝塘，几十里路，他要走上一天。

第二天一大清早，他开始在门外的大天井里剖洗河豚。这事自开始至结束，都由他一个人干，拒绝任何人插手。掏尽河豚籽，洗尽河豚血，挖清眼珠子，把河豚提到清水埠头上漂洗一遍后，提回来，浸在盛满清水的大水缸中。浸上几个时辰后，再把河豚装进篮子，提到清水埠头，一条一条漂洗。提回来后，在木砧头上，用菜刀切成大小相等的块头，再放进换上水的大水缸中浸泡。此时，他请上比自己小一辈的大男孩看管水缸，嘱咐他须臾不得离开。接着，他叫人帮忙。从他的小屋里，扛出一只行灶，放在大天井的中央。季阿三烹饪河豚，从不在家中的厨房烹饪。他的厨房，一个月中用不了几回，土灶上到处是灰尘，屋梁间的陈年灰尘结成了尘块，悬挂着，风一吹，大姿势地舞动，随时会掉在什么地方。烹饪河豚时，锅子中掉下绿豆大的一粒梁间的陈年灰尘，一锅河豚就会变成一锅美味的毒药。为烹饪一次河豚，彻底干净地打扫一次几乎不用的厨房，太浪费时间。在大天井中烹饪河豚，青天做屋顶，在这个大屋顶下烹饪，绝对不会有陈年灰尘掉下的危险。季阿三把行灶抬到天井后，烧半锅沸水，洗净锅盖，刷净铁锅，然后把炊具碗筷放进锅里煮个透。诸事停当，季阿三换上一条干净的围裙，开始烹饪河豚。

季阿三把河豚放下锅的同时，各种作料也同时放入。这样烹饪，各种作料侵入河豚肉，吃起来更能美味三分。烹饪河豚的柴火，季阿三很是讲究，先用豆萁，后用硬树柴，以文火慢慢地煨。

河豚诱人的香味散发后，墙门里的男女老少，再也没心思干他们的正经事。有人极有耐心地围着行灶转，有人在不远处踮着脚尖看。季阿三定时打开锅盖，先是观察观察，给锅里的河豚翻个身，后来是用舌头舔舔翻河豚的勺子。这时大家的眼睛，集中到他的舌头上。季阿三的眉头皱一下，大家的眉头也皱一下。季阿三吐一口唾液，大家觉得嘴里也有唾液要吐。听着锅子里河豚的沸声，闻着从锅盖缝蒸汽带出的诱人的美味，时间过得特别慢。季阿三终于尝了一小块河豚。站在锅子左边的他的大伯，终于熬不住了，他问：三三，火候到了？三三是季阿三的乳名。季阿三忙于集中神思用经验品味，没有回答。盖上锅盖后，季阿三把灶火压一压，继续烧。大家的眼睛都盯在锅盖上。季阿三终于又打开了锅盖。他用勺子舀起一小块，吹凉了些，放进了嘴里。长着一张马脸的侄媳，伸长了脖子问：烧了这么久，我看是差不多了吧？阿三没作回答，又盖上了锅盖。

香味一天井，咽口水的声音也是一天井。在大家的胃口吊得最足的时候，阿三打开锅盖，用勺子舀出一勺汤，他喝了，又用勺子舀出一大块肉，他吃了。他放下勺子，用围裙擦了擦手，一句话没说，就离开了行灶。小镇上吃河豚有个规矩，是不许说请的，要吃自己到锅里去舀，吃出事情来自己负责。季阿三吃勺汤，吃块肉，做个示范，告诉大家，河豚可以吃了。

大家能吃上一次河豚，季姓的几十口人，有集体赴一次品赏美味佳肴盛宴的快乐。这一年一次的快乐直到季阿三过世后才停止。季阿三是几时死的，同住一个大院子里的人都不知道。大家好像好久没有见到阿三了，但大家都没有问阿三哪里去了，后来有臭味从阿三的屋子里飘出来，这臭味有些像死狗死猫的味道，进屋去一看，阿三死在床上，从尸体的腐烂程度判断，阿三死了已经有些时日，但不知是哪一天死的。

后来镇上有家酒楼，为利润所诱引，烹饪了河豚，几个胆大的人，为了享受口福，去酒楼品赏，不幸中毒身亡。受害者家属纠集亲朋好友，到酒楼打砸，老板逃得快，才保住一条性命。以后，小镇上再也没有人敢烹饪河豚了。

到河豚上市季节，镇上人就怀念季阿三。阿三是他的小名，他的大名叫什么，季姓的人都没有记住。时间长了，说起河豚，就想起阿三，河豚和阿三难以分开，干脆叫起了河豚阿三。

赵 一 刀

道光年间，宜兴和桥人赵一刀在祝塘镇西街开了爿剃头店。镇上人有好新鲜的嗜好，随你是卖日用品的、卖吃食的、服务性的店，只要是新开张，都要试着去买个或者尝个新鲜。剃头店也不例外。

赵一刀的剃头店还没开张，就已经传出，赵一刀剃头是一刀到底，修面亦同样是一刀到底，若是中途停歇，他就不会收你的一文钱。剃头店开张那天，赵一刀的店门口真的来了不少顾客。赵一刀剃头修面，说是一刀到底，那是夸张，只是速度惊人，刀不离脸或离头而已，几分钟就完事。这么快，怀疑他是否草草了事，然而摸一摸，剃落须发的地方，光滑柔软如绸缎。真的是好功夫，剃头店天天顾客盈门。可是不到一个月，赵一刀变得不像赵一刀了。剃过的地方，这里一处留着胡须茬，那里一块留着头发茬，扎得手心痒痒的。顾客不满，要求重新加工，可他说，我赵一刀，只有一刀。说完，他的手会在你的肩上一搭，顿时觉得肩膀上像压上了百多斤的担子。有这么大的力，身上一定有功夫，顾客吓得老实地付钱走人。

赵一刀手上有功夫的消息传开，起初不少人不信，经肩膀给他搭过的人证实，人们才渐渐相信。我们这个小镇，历来以练武著名，镇上有几个练过石锁、手上有些武功的青年，借剃头之名与赵一刀较劲。但只要赵一刀的手，在他们的肩上一搭，没有一个能从剃头椅上站起来。赵一刀对着慌张离店的青年说，与我来较劲，你们小镇有人吗？

好大的口气！

北街的沈福山，已经年过花甲，外边的事情过问很少。当有人告诉他现在的赵一刀剃头马虎，而且还以力压人，镇上勇武的青年，一个都不是他的对手。沈福山不信。赵一刀曾给他剃过一次头，手艺确实好，只不过人不太活络，像怕生人似的，给人剃个头，自始至终不说一句话。人会变，哪有变得这么快的呢？

沈福山从小练的是易经内功。年轻时，在街上行走，总喜欢与人开个玩笑。店铺有人手中在把玩银圆时，手中的银圆会忽然脱手不见。那人在柜台内柜台外寻找银圆，遍寻不见，寻出一身汗时，沈福山会笑着上前，问他找什么？他说找银圆。这时，沈福山会突然说不好，自己肚脐眼中像嵌着一样东西，叫他翻开衣服看。一看，那人喜出望外，刚才在他手中把玩的那枚银圆，嵌在他的肚脐眼上。有一次，一头疯了的水牛，在狭长的老街上狂奔，无人可以阻挡。沈福山一个箭步上前，一手抓住牛角，那水牛就乖乖地停了下来。沈福山功夫之神奇，令人惊叹。

一进剃头店，赵一刀在打瞌睡。沈福山闻到了一股少放了盐的咸肉味道。

沈福山问：是腌的咸肉？

赵一刀说：是腌了几个咸猪头。

沈福山坐到椅子上，他见赵一刀瞪了他一眼。这一眼，有少管闲事的意思。赵一刀给沈福山围上白围裙后，他拍了拍沈福山的肩膀，说声坐好。沈福山只觉得肩膀上顿时压上了四百斤的重量，心里立刻有了准备，告诫自己得小心些，赵一刀要与他较劲了。

沈福山装作若无其事，笑笑说：洗头水要热，越热越好。

赵一刀说声好的，打了一盆沸水，招呼都没与沈福山打一个，把沈福山的头按进脸盆中的沸水里。沈福山心想，这个赵一刀，真的好狠毒，叫他洗头水热一些，竟然打了一盆沸水，若是别的人，会烫得杀猪样地叫起来。赵一刀觉得奇怪，这么烫的水，头按在里边，这老头哼都没有哼一声，是否烫得他昏了过去？

水热不热？

水还不热。

一声不热的回答，赵一刀胆怯起来，知道今天遇到了强有力的对手。赵一刀给沈福山剃头。沈福山对他说：剃头时我有一个习惯，要打个瞌睡，剃好后叫我一声。

赵一刀剃着，可是剃刀剃来剃去，沈福山的一根头发没有剃下来，一看手中的剃刀口，已经多处缺损。一连换了三把剃刀，剃刀口剃得把把缺损。沈福山的头发，还是一根未剃下来。在换了第四把剃刀时，只听沈福山问了一声：快剃好了吧？这时，赵一刀的剃刀才剃下了沈福山的第一撮头发。

沈福山回到家，从剃头店带回的腌咸肉味，总是挥之不去。这味道，说是咸肉味，真像咸肉味；说不是咸肉味，像什么死狗死猫腐烂的味道。这时，沈福山想起了赵一刀的口臭。他的口臭闻了真难受。记得上次赵一刀给他剃头，没有口臭。沈福山懂点中医，口臭主要是胃里的毛病发出的龌龊和牙龈腐朽而呼出的，半个多月，赵一刀怎么会突然胃有毛病、牙龈腐朽呢？赵一刀有没有武功，在他没有显现之前，是不会知道的，但是赵一刀的剃刀功夫怎会不如半个月前呢？前后半个月，赵一刀怎会变得判若两人？

沈福山越想越不对头。于是他出了家门，到赵一刀剃头店再去看个究竟。一到店门前，大门紧闭。推开门，屋里没有人影。他放大喉咙，高喊了几声，没有回应。进内屋一看，没见赵一刀的踪影，只闻到了一股臭味。赵一刀去了哪里？等了两个时辰，还不见赵一刀，沈福山起了疑心，立即去报告了镇长。镇长一听沈福山对赵一刀的怀疑，觉得有理，叫来了手下的差人，到赵一刀家中看个究竟。剃头店是前后两间，前一间是临街的门面屋，后间一间，隔一个小天井，是生活间。一到生活间，闻到了一股掩鼻的臭气，捕差在腌了两个咸猪头的小缸中，翻出了一个人头。人头没有腐烂，一看，是赵一刀。角角落落地搜查，没有搜查到尸体的其他肢体。有两个一模一样的赵一刀？人命关天，镇长立即报县，江阴知县陈希敬连夜乘马到祝塘，踏勘查问了一番后，命差人到宜兴县府，协助捕捉赵一刀。

宜兴和桥没有赵一刀此人。案子就一直搁置了下来。

杀害赵一刀的是谁？为什么要杀害赵一刀？几百年过去了，镇上还有人在议论这件血案。

邹新耀

南街梢头的邹苏氏，没有生育，邹新耀是她的养子。邹苏氏的丈夫邹昆山，因为自己没有亲生的子女，对于自己应负的责任，总是心不在焉，日子像俗话中所说的王小二过年，过得一年不如一年。到他死时，只留下了家徒四壁的两间老屋。邹苏氏体弱多病，邹新耀老实得木头木脑。在靠强劳力和强智力才能比别人的日子过得宽松一些的生产队，邹新耀母子俩的日子，过得紧巴巴的。养子，镇上人叫野猫，虽说时代进步了，骨子里还遭人歧视和藐视。

邹新耀一天之中，说不上三句话，遇到要与别人发生纠纷的事，总是先让一步。人太善良了，往往成为有些人欺侮的对象。在他家老屋东南十几米的一块公地上，副队长颜阿山挖了大泥坑后，在泥坑中放上了一只粪缸，用草苫围着，搭了一个简易的茅房积肥。南街梢头没有茅房。茅房搭好后，方便了不少急需方便的人，可是苦了邹新耀母子。东南风一吹，不关严门窗的话，屋里就弥漫着只有茅房里才有的怪味。邹苏氏好几次请颜阿山搬走茅房。颜阿山理都没有理她。邹新耀请求队长颜阿岐出面协调，叫他劝说颜阿山把茅房搬走。颜阿岐做颜阿山的工作，颜阿山说，为什么要搬走茅房？嫌臭，有本领的话，把自己的房子搬远一点。队长把颜阿山的原话告诉了邹新耀。他只是笑了一笑。几天过去了，颜阿山发觉自己的粪缸浅得只剩下了缸底的粪渣，先是以为有人偷了粪，后来发觉，粪缸底已经碎了，粪水渗光了。颜阿山认准是邹新耀干的，可是没有证据，再是他每次看见邹新耀，邹新耀总是红着眼睛看着他，颜阿山心里害怕了，想今天他可以敲碎我的粪缸底，再惹恼了他，明天他可能会来敲破我家烧饭的铁锅底，假使他到我屋子来放一把火怎么办？这事情闹大了，最后吃亏的还是我。真正是善的人怕凶的人，凶的人害怕横的人。颜阿山主动地拆了茅坑上的草苫，用泥土填平了粪缸，在上边种了一棵刺槐树。

这事在南街上传开了，惊讶过后，大家觉得邹新耀不是个好欺侮的人。

邹苏氏有个侄女儿，嫁在邻镇的旺村。十几年前，侄女儿向她借钱，她瞒着邹新耀借给了她一笔数目不小的私房钱。十几年中，没有提过钱的事，奇怪的是侄女儿见了她，对钱的事也只字不提，邹苏氏知道，不借钱，只是结一个恶，讨钱时，要结无数个恶。生了一场大病以后，邹新耀为她用光了所有的积蓄，还借贷了不少。邹苏氏坦白地告诉他，自己曾借给侄女儿钱的事，问他要不要去讨？邹新耀说，表姐夫是大队书记，家里富得冒油，现在这一笔钱，对表姐夫来说，只是牛身上拔下几根毛，十几年中不还，可能是忘了，他认为去要，是笃定能够要到的。

邹新耀换了一身衣服，到表姐家时，是上午十点多。进屋时，邹新耀大声叫了句：有人吗？要叫第二声时，表姐慌张地从厨房中跑了出来，一看是邹新耀，她用围裙擦着手，没有说声请他坐坐，我给你倒杯水之类的客气话，脸上笑容也没有，干巴巴地说：邹表弟，你好久没来了，这次来是有事？邹新耀一路上想的是怎样向表姐要钱的第一句话，想了一路没有想出，于是不假思考地接上了话头：是有事，母亲差遣我来向你要她借给你的钱。表姐听后，脸一沉说：要钱，先带个口信来，让我准备准备，好到银行里去拿，谁的家中会放这么多的现钱，今天没有，过几天，我会亲手交给我姑妈的。说完，她出了门。邹新耀当她出门有事，等了一会，不见她回来，心想在屋里等着，好像是专门等着要吃她的一顿午饭似的，听到屋里有些响声，以为她已经从什么后门或者侧门回来了，礼貌起见，应该要与她告别一声。邹新耀走进厨房，桌子上放着两筛子裹好的馄饨。邹新耀一见，心头一酸，差一点流出了眼泪。表姐家中午吃馄饨，没有与他客气一声。不是想吃她家的馄饨，人穷，吃一顿馄饨还是吃得起的，这也太看不起人了。邹新耀顿时有一种自尊被人玷污——被人看不起，不把你当作一回事的感觉。

他走到大门，表姐回来了，她拿着一叠钱，在他面前一扬说，这钱我是去借的，借这么多的钱，不是一句话，拿着，当面数清后，把我写的借条还给我，再写一张收条给我。一听说借条，邹新耀说你姑妈没有给我收条。表姐说没有借条那可不行，以后要说不清楚的。表姐对我不信任。于是邹新耀说，钱是你当面向你姑妈借的，明天这时候，我会叫你姑妈等着你，你亲手去交给你姑妈时，再向她要收条吧。走到大门口，他回头叮嘱了一句：你姑妈急着要用这笔钱看病，明天这时候，我叫你姑妈在家专门等你，你有天大的事情，也不能失信用。说完，头也不回地离开了表姐家。

回到家，邹新耀没有与邹苏氏说起在表姐家遇到的事，只说明天表姐来还钱，她已经好久没有来我们家了，明天中午请她吃顿馄饨。邹苏氏说，我没有精力，这事只能烦你了。

第二天，邹新耀剁馅裹馄饨，忙到十点多钟时，馄饨裹剩几只时，倒掉了黏结皮子的清水，他不裹了。他坐在门口，等着表姐。表姐骑着自行车来的。表姐一进门，邹新耀端茶递凳十分亲热客气，说表姐难得来，特意弄了顿馄饨招待。说完，他说表姐你坐一坐，还有几只馄饨没有裹好，你姑妈刚睡着，等我裹好馄饨后再去叫醒她。

邹新耀裹馄饨，表姐看得呆了，裹馄饨时为使馅密封在皮子里，旁边要放一碗清水，用手指蘸着清水粘在皮上，让皮子黏结在一起。邹新耀裹馄饨蘸的不是清水，蘸的是自己舌头上的唾液。

这样的馄饨，谁还有胃口吃。

这时，邹苏氏从房间里颤抖着走出来，表姐站起来，叫了一声姑妈，扶她坐下后，从口袋里掏出钱，一张张数着给了她。邹苏氏说，你心急什么，吃了馄饨，再给我钱也不迟。表姐说，馄饨我不吃了，家里还有急事，她立起来要走，邹新耀一把拦住了她说：

表姐，你不吃馄饨，就是看不起我。

没法子脱身，表姐只得留下了。

表姐吃馄饨的样子，一脸的苦相。

邹新耀心里在笑，用唾液黏结的几只馄饨，我已丢在泔水桶里了，你苦相什么！

姚阿弓

几十年前，我居住的小镇，小得在夜深人静时，你一声呐喊，全镇都能听得，有的人还能从声音中，准确地辨别呐喊的是谁。我在付款买《史记》时，记得没有人在场，买完后我没有对一个人张扬过。可在第二天早晨，我在买充当早饭的大饼油条时，曾有一起当兵的阿黄问我：真的买了一套《史记》？我还没有回答是或不是时，他说：看不出你，你真有钱，今天的大饼油条你请客。我听了心中暗暗叫苦。想想他说得一点不错，粮站双季稻谷子的收购价，100斤也只有8元，一套《史记》要12元，没有钱，你会如此奢侈？我没有回答是和不是，我真的请了他大饼油条。阿黄把油条夹在大饼里后，对我说，《史记》的事是阿弓对他说的。他还说，阿弓在找你。我问，阿弓找我干啥？阿黄说，当然是向你借《史记》。

问的人只是好奇地问一下，问过就完事了。我最怕的人，是要问我借《史记》。有书借给别人看，照理说是一件积德行善的好事。可自己好不容易买到的书，还没有好好地读过一遍的书，人家说一声要借，你就轻易地去借给别人，这我做不到。还有，对书，不知为了什么，我特别自私。心中不愿意借，可我也不愿显得吝啬，总是说，书我还没有读完，读完了再说。听说了阿弓要向我借《史记》，心里犯起了愁。

阿弓，“文革”中小镇上的风云人物，为了紧跟形势，为了往上爬，不知得罪了镇上多少人，最终权力分配时，给人排挤了，没得到一官半职。但资格之老，老得十分出名，镇里的各任书记、镇长上任后，他见了他们，从不以职务称呼，姓马的他叫老马，姓牛的他叫老牛；而这些长官，称呼他名字之前，要加个老字，并且特别亲热，老阿弓长老阿弓短的没话找话说。

阿弓比我长几岁，住在一条街上。他从小就喜欢读武侠小说，书中虽有好多字他不认识，但《七侠五义》《七剑十三侠》《火烧红莲寺》等书，他还是读得津津有味。熟悉他的人说，破“四旧”，镇上的所有武侠小说，都破到他家里去了。

那天早晨，我上班时，我被阿弓叫住了。他要借《史记》。我想你读武侠，还勉强可以，《史记》肯定是读不通的，读不通，借了有何用，可是这话又不好说；再就是阿弓借书从来不还，过去，我的十几本武侠小说，都是他借去的。我敷衍他说，我读完了再说。过后，怕见了他开口借书，使我尴尬，每次老远见了他，总是绕道躲避。

小镇太小，躲了今天，躲不了明天。在街头，我与一位教语文的同事说话时，不知阿弓几时到我身边的。他一开口，话说得不太好听：几本书，到今天还没读完，你是摸着女人的奶子读的？我一时找不到话回答他，我的同事半开玩笑地说：好书是情人的奶子，岂有把自己情人的奶子借给别人摸的？阿弓听了，不知触痛了他哪一根神经，还是我不给他面子，哼了一声，唬着脸走了。

过了几天，我被请到了学校的政工处。是有匿名信，揭发我不光自己读《金瓶梅》，而且还外借，致使黄毒流播。政工处的老邢，是部队里的转业干部，做事一本正经，可能因为我们大家当过兵，还是相信我的，他把信给我看了。信的字体抄写得工整，处处上纲上线。我正琢磨不出这信是谁写的，问他要信封看，想从邮戳上发现些线索。可老邢说，这个要保密。等了一会，老邢要我把《金瓶梅》交出来。这是一件无中生有的事。我知道学校里有人在读《金瓶梅》，破破烂烂薄薄的线装本一册，只有五回。我曾问书主借过，他说他也是借的，现在已经还了。我不能背我不该背的黑锅。我对他说，我没有《金瓶梅》，更没读过《金瓶梅》，是谁在读，你可以去调查。他说，假如你真的有怎么处理？我说你爱怎么处理就怎么处理。他见我说得坚定，也就相信我了。

过了几天，我当是没有事了，可老邢又来找我，说上次的匿名信，是直接寄到政工处，这一次的，是县文教局转发给校长，校长再交我处理的。事情比上次复杂。我问他，是不是又是《金瓶梅》？老邢说除了这个还揭发你读封资修的黑书。追问他是哪一种黑书时，老邢说《史记》。我说《史记》语文课本也选读了，黑什么呀？上次我上公开课，上的就是《秦始皇本纪》中的“始皇置酒咸阳宫”的那一段。老邢你不是也来听过？我想这可以使老邢相信我读的《史记》没问题了。老邢摇了摇头说，我可以向校长汇报，等校长的处理意见。老邢做不了主。校长这个人我吃不透，阴阳怪气的，他在县里肃反办公室干过几年，曾听说他整人厉害，他在邻镇的中学当校长时，曾把一位老师整得在县广播中向全县人民作了深刻的检查，臭了好几年。我心里担忧起来。我走出政工处时，老邢丢给我一句话：苍蝇不叮无缝的鸡蛋。

老邢话里有话，有叫我小心些的意思。

那时要整一个人，只要领导点下头，在大会上，要你做个触及灵魂的检查，是小事一桩。我进行了些准备，在我妻弟来作客时，把《史记》请他带走藏了起来。很长的一段日子，我真像太史公写的周勃一样“绛侯勃自畏恐诛，常披甲，令家人持兵以见之”（《绛侯周勃世家》），小心翼翼了好一阵。匿名信的事没有再追查下去，我估算是当时形势的多变，谁都想为自己留一条顺畅的后路。

第一次的匿名信，我还吃不准是谁写的；第二次的，我吃定是阿弓。阿弓写匿名信，是他惯用的手法。因为不借给他书，写匿名信来罗织莫须有的罪名，对我进行报复，阿弓真是太缺德了。

时常想起老邢的话：苍蝇不叮无缝的鸡蛋。我真的是一只有缝的鸡蛋，给阿弓这只苍蝇叮上了？不久，阿弓因把一枚领袖像章压在茅坑板下，戴上了“现行反革命分子”的帽子，给关押审查。我吃准这是一个冤案，阿弓再傻，也不会去触碰这根高压电线，一定是吃过他苦头的人，合力对他的报复。开始时心里高兴，可后来有些后怕，因匿名信，我离“现行反革命”，也只有一步之遥。

一个多月后，我看见阿弓一瘸一瘸地在街上走。他不高的个头，瘦了许多，人也白净了不少，就只两只眼圈，像是熬夜熬久了熬成了淡淡的青紫。这时街上的人很多，钱聋子的弟弟钱小聪问他：阿弓呀，好久不见了，这段时间，你在外地开会，还是在参观？你的脚怎么啦，瘸得这么厉害？

阿弓不回答。

钱小聪说：是不是喝醉了，不小心跌折的？

周围听见的人，都笑了起来。

阿弓的脚是在关押时，因为大叫大吵，给看管人员打瘸的。

钱小聪的哥哥钱大聪，原来不是聋子，是给阿弓一记耳光打聋的。阿弓打他一记耳光，据说是因为钱大聪造谣，说在他早晨上茅厕时，看见阿弓从花朵家的后门溜出来——溜出来时，皮带还没系好。花朵是镇二把手的女人，那一天，二把手正在县里的学习班学习。这事，镇上有些人不信，说花朵的岁数比阿弓大 20 岁，是花朵喜欢啃嫩草，还是阿弓吃老蚌？不配的配到了一张床上，他们两人一定有心理毛病。这事阿弓听到，他找到钱大聪，就打了他一记全镇人都能听得到的耳光。钱大聪也真倒霉，一记耳光被打成了个钱聋子。钱大聪是不肯吃亏的人，打是打不过你，可说话不能输了你。聋子听觉有问题，也怕别人的听觉有问题，他说起那天早晨的所见，打雷似的嗓门，半条街的人都能听见。有人对他说，你不怕阿弓再来打耳光？钱大聪说，另一只耳朵打聋了，我的说话声，一定还要大一倍。对钱大聪，阿弓也真没办法，只得装成了一个听不见钱大聪说话的聋子。

我见瘸了腿的阿弓屁都没放一个，犟着头，离开了笑着他的人。原来，想起他写匿名信诬陷我的事，我一直恨着他，可现在，不知为何，一种莫名其妙的悲悯涌到了心头。

余 三 贵

余三贵做了一个梦。他梦中在吃煮熟的老菱。菱肉又香又糯，一边吃一边放屁。

醒后，余三贵对女人说：“我梦中吃菱，菱肉又香又糯。”

女人回答：“我只听见你放屁。”

余三贵抖抖被窝，屁还有些热。

余三贵是旮旯镇小菜场的摊位收费员。一些小商为求得太平，常送些荤腥果蔬上门联络感情。春有嫩笋、荠菜、马兰，夏有长豆、丝瓜、茭白，秋有菱角、柿子，冬有白菜、萝卜，四季常有的是鲫鱼、鸡蛋、猪蹄。余三贵除了菱角，什么都中意、都爱吃。他说生的菱角虽嫩虽鲜，但甜度不够，咀嚼无味；熟的菱角皮厚，角扎嘴唇咬不开。商贩们送来的菱角，除了女人吃些外，其余都倒进垃圾桶。

今天不知为什么，想吃煮熟的老菱，越想越馋，馋得真有些迫不及待。

女人见他那馋劲，劝他说：“又不是寒冬，无处去觅菱踪，现今正是菱角上市，吃一箩筐也有，馋什么！”

“最好是马上能够吃上。”

“你有病？不然怎么会这样馋？”

“谁病了，你认得那个离职的老王吗？他是个研究食疗问题的业余专家。他说过，从医学上来讲，人馋什么，就是人体内缺少什么营养成分。有的人嗜吃疮痂，有的人喜吃猪鞭、牛鞭，有的爱喝鸡血，就是这些人的体内缺少疮痂、猪鞭、牛鞭、鸡血这类食物的营养成分。我馋煮熟的老菱，说明我体内缺乏老菱的营养，馋得想立即能够吃到，也说明体内老菱这营养急需补充。”

“我什么都不馋。”

“唉，你这都不懂，证明你体内什么营养都不缺乏。”

“我想吃人肉。”女人作嗲。

“难道你没吃过？”余三贵笑出了声。

门外有人在叫余师傅。

天明时候，有人叫余师傅，余三贵知道，今天最起码的是蔬菜问题解决了。

门开半扇，递进来一荷包煮熟的老菱。菱还烫手，看上去刚刚起锅。余三贵开心得要死，现在一包熟菱，赛过有人送来三只大甲鱼的惊喜。

余三贵哼起了“公社是棵长青藤，社员都是藤上的瓜”：

社员都是向阳花。
是什么事，这么高兴？
煮熟的老菱。
几只菱，啥起劲。
你懂什么叫及时雨？

“我也要及时雨。”女人又作起了嗲。

上班时间还早，余三贵又上了床，把脚焐在被窝里，背靠床栏，拿一张旧报纸摊在被面上，准备吃菱。

“看你这双隔夜的手，夜里在香的地方摸摸，又在臭的地方摸摸，洗都不洗就抓东西吃，恶心不恶心。”他女人翻了一个身，嘀嘀咕咕。

“手只摸得着菱的壳，菱壳是不吃的，手再龌龊也只是龌龊了菱壳。”

四角馄饨菱，又大又肥，菱香香得别致，如菱塘里菱花开时风的味道、水的味道、采菱女手指尖的味道。

俞三贵的牙不像梦里那样锋利无比。他想用门牙咬开菱壳，咬不开，再用臼齿咬，可是菱角扎嘴。

女人说：“你这只笨卵，为何不把四只菱角咬去？”

余三贵开了窍，咬去菱的四只角，菱不再扎嘴了，可门牙不中用，苦了臼齿。

余三贵把剥出的菱肉一咬两半，半只塞进了女人的嘴。女人手推得迟了些，菱肉已经塞进了嘴。

“怎么有牙垢的味道？”女人问。

“你难道不知道我没有刷牙？怎么，过去不刷牙，你没有嫌鄙过，今日嫌鄙是为了什么？”

菱肉与梦里一样好吃。

如法炮制，余三贵一连吃了五个。

“喔唷。”余三贵的手捧到了左边脸孔上。

“扎破了，还是咬破了？”

“不是，是牙齿。喔唷！”

“我昨天眼皮跳，知道要出事。”女人下了床，叫余三贵张嘴。让她看看嘴里到底是什么毛病。

“废话少说，报纸上的菱壳堆里寻寻，有没有我的牙齿？”

“牙在牙床，怎会到菱壳里去？”

“笨啊，没有断掉的牙。”

菱壳堆里没有牙，女人用手指扒大余三贵的嘴，里面黑洞洞，什么也看不见。她用笨办法，从左到右，从上到下，一只一只摸，牙齿一只不缺。

“神经。”女人说。

“对，可能是牙神经病。”

牙齿还是疼。上班的时间到了。余三贵戴着大盖帽，穿上制服，用手捂着左脸。

农历九月里，是蔬菜上市最旺的季节。在卖蔬菜的摊位上有小青菜、大青菜、红花（紫云英）、草头（苜蓿、秧草）、蓬蒿、大蒜、小葱、药芹、菠菜、豌豆苗，这些蔬菜蓬勃碧绿；还有大白菜、小白菜、萝卜、黄豆芽、茭白、绿豆芽，这些蔬菜鲜嫩雪白；在卖鱼的摊位上，淡水鱼有鲫鱼、鳊鱼、白鱼、鲈鱼、鳜鱼、草鱼、青鱼、白鲢、花鲢、大虾、龙虾、乌鱼、甲鱼、河蟹、螃蟹、黄鳝、鳗鱼，海货有大黄鱼、小黄鱼、带鱼、鳕鱼，还有卖肉的摊位，卖鸡鸭的摊位……

余三贵忍着牙痛，在菜场各部位转了一个圈后，请助手代他例行公事，以便集中思想对付自己的牙痛。

菜场大门口的空地上，来了几个走码头的。一个是摆摊卖糖药的，一个是卖老鼠药的，两个穿着少数民族服饰的人，在卖什么可治百病的动物骨头。电线杆子旁，挂着一幅长方形白布，布上红字写着：最新科学，无痛拔牙。余三贵踱过去，身穿白大褂的中年人笑迎着他。浙江口音，问余三贵：“师傅，是收摊位费，多少？”说完要掏口袋。余三贵摇摇头。

“是牙齿疼？坐下好说。”

一只破旧的矮折叠凳，坐在上面，吱呀有声。

“请，张开嘴。”

余三贵嘴巴大张。

浙江牙医用金属镊子一只一只依次敲着，铮铮的，如弹着刀锋的声音。

“好牙齿，我走过好几个省、几百个码头，从没有见过这样质量优等的好牙。你的父母，你的祖父母，你的祖祖辈辈，牙一定不会差。牙齿和头发一样，好有好的遗传，坏有坏的遗传。好，我找到了，左边第三个臼齿，有一道细缝。”

余三贵擦去流出的口水和黏液，问：“这裂开的牙，怎么办？”

“拔去！”浙江牙医没有余地地回答。

余三贵摸摸左脸颊，狠一狠心，吼了一声：“拔！”

浙江牙医，用另一把镊子，夹紧小块药棉，在一个大口瓶里，蘸了些透明的药水，伸进余三贵的口腔，在左边的牙龈上涂抹起来。

牙龈上冷飕飕。

一把锋利的小刀在牙龈边刮着，一会儿镊子，一会儿小刀，进进出出口腔不知有多少回。余三贵觉得半个脸颊全无感觉的时候，只见一把弯头大钳伸进口腔，钳住了牙齿。余三贵腾地从折叠矮凳上跳起。大钳钳着一只血淋淋的牙齿。浙江牙医往他口中塞进一块药棉，叫余三贵咬住。

“师傅这牙怎么办？是否保留，纪念纪念？”一颗血牙在牙钳上晃动，余三贵要掏口袋。牙医推开余三贵的手：“请多关照我们走码头的。”

余三贵见过世面，不再多客气，点点头，表示了谢意。

两个钟头以后，余三贵的牙又疼了起来。

浙江的牙医走了，在菜场上，余三贵转了几个圈子，寻遍了旮旯，没有寻到。回到刚才牙医摆摊的地方，余三贵见到一颗牙，一颗血水凝干的牙。余三贵认定，这牙是他的。左看右看，这颗牙，没有一点缺点。这时，余三贵才明白牙医拔错了牙。

“骗子！”余三贵真恨。要不是牙齿疼，这恨，余三贵恨得一定会咬牙，在牙齿上咬出火来。

应了一句“打掉了牙，往肚里咽”的老话，余三贵无处诉说。牙钻心地痛，无可奈何，只好进了镇卫生院。

挂了号，到了牙科门诊部。

医生问：“牙疼？”

“是。”余三贵张开嘴，给医生检查。

“刚拔过？”

“是，想不到两颗牙都坏了。”

“是码头牙医拔的？”

“他说只要拔一只，想不到不行。”

“免费拔的？”

“怎么能揩别人的油，干我们这行的，不守法还怎么能立得住脚，人家拔一颗牙多少钱，我也付多少，一分不少。”

“多少钱？”

“拾捌元。”

“不贵。”

“这牙裂开了。”医生说。

“刚拔的牙也裂了。”

“啃的什么骨头？”

“猪蹄。”

“猪蹄有没有煮烂？”

“我喜欢不烂的。不烂的有嚼劲，想不到牙齿不牢。”

医生给他打了一针麻药。医生说，牙齿拔好后，还要打针消炎，预防感染。刚才拔过的牙槽肿胀得厉害。余三贵有些担心。

“假使感染了会怎么样？”

“要引起并发症，大到生命危险，小到痛得你喊救命。”死，人人都害怕，余三贵也怕。只听见“咔”的一声，牙齿离开了牙床。又是一块药棉，塞进无牙的牙床。“当”的一声，牙齿丢进了痰盂，余三贵从转椅上跳起，弯腰拾起那只丢在痰盂的牙齿。他忘了肮脏和卫生，把这只牙放在手心底里翻来翻去地看。

一只裂开的牙齿。

“余师傅你怎么啦？”医生好奇。

“看看有没有拔错。”

“你说什么？”医生没有听清。

“娘老子生出来的，舍不得呀！”余三贵知道说错了，随便扯了句谎。

余三贵说的话，医生听得好笑，他像巫师画符咒似的开了一张没有几个人能识得几个字的方子。

“去划价配药。”

余三贵一共付掉诊断费、治疗费、手续费、牙医费（挂号不算）三十六元六角。他抱了药来到牙科。

“这么贵？”

“贵，你刚才一颗牙拔掉拾捌元，拔牙费我便宜你了，只算你拾元，大部分是药费。”

“贵！”

“贵什么，我母亲到小菜场卖螺蛳，十斤不到，卖了两元钱，你收她的摊位费收了壹元贰角钱。”

余三贵打了针，回到家，望着牙出神。

“看你张脸，像不像蹲坑时用劲了拉不出的样子！”家里的女人说。

不明白，她是在幸灾乐祸，还是在说笑话。

朱　良

吃了山芋，上课经常要放屁的牛班（班主任牛汉章的简称），不止一次，他不点名说：肚子里只有几滴墨水，能把正确答案厨满中考的几张试卷，我姓牛的，吃了山芋一定不放屁。朱良知道，牛班这么说，是为了要撵走他们几个差生，好提高班级的升学率。朱良偏偏不走，与牛班唱对台戏。每听了牛班一节课，他总要问同桌的班长：数了没有，牛班这节课放了几个屁？朱良以中考备取第一名录取了高中。牛班听到朱良被录取，高兴的是提高了班级的录取率，心里却不信朱良会有水平考取，甚至断定阅卷老师花了眼，把错的批成了对的。假使不是阅卷老师批花了眼，一定是结分的老师结错了，算盘拨错了一粒，多给了朱良分数。朱良拿了录取通知书，给牛班看。牛班看了一眼，问他怎样考出水平的？朱良说中考前夜，做了一个梦，梦见一个花白胡子的老头给了他一支笔。这时，牛班放了一个屁。牛班奇怪，今天没有吃山芋，怎么也放屁？朱良听了牛班的响屁，他想起了牛班说过的话，心里懊悔，他不该把录取通知书拿来给他看，好像是为了报复，专门来听他放个响屁似的。

朱良没有考取大学。不是朱良成绩太差，是大学的门槛太高。那时小镇高中一个毕业班，不剃光头，学校已经有了面子，考取了两三个，就破了校史的纪录。高中毕业生，在小镇人心目中，已经是秀才，考不取大学，是一个落第秀才。秀才，小镇没有几个，浪费秀才，镇里的干部会被人骂有眼无珠。镇里正要办农业初中，镇里的文教科给朱良发了聘书。文教科长亲手把聘书交到朱良手里时，恭恭敬敬地叫了一声：朱老师。

农业中学只有一个班级。最大的学生和最小的学生要相差十几岁，大龄的学生大多只读过三四年级，小的学生倒都是读过六年级的。老师上课常常上得没有办法，讲五年级、六年级的教学内容，小的学生像猢狲，搔头摸耳，挤眉弄眼，引去老师的注意力，讲着讲着，自己不知讲到了哪里；讲初一的内容，大的学生一头雾水，脸上露出痛苦的表情，恳求老师不要讲下去了，他们的头要炸开了。班级里的气氛比一锅煮着的粥还热闹。大龄的学生规矩，小的学生调皮，常常写一些大的学生不识的字，叫他们去问老师。问的字中有“骚”“卵”，上当的大男生捉住小的，教室外去拉一把青草，脱掉裤头，在裤裆里的小鸡鸡上，染上绿色食品的颜色。班里的小女生比大女生封建，不忍见小男生给大男生强暴，捂着眼睛逃出了教室，大女生往往要挺身而出，保护小男生。大男生问她们，害羞不害羞？她们会一手叉腰，一手指着自己的鼻尖说，我害羞？你说我害羞什么？大男生退却了。小男生在大姐姐们的保护下，开始了报复。做好的作业插在裤腰带上，不给大男生抄作业。不抄，大男生的作业无法完成。赖着不交，老师在课上，点不交作业同学的名字：朱艮、陶龙、王南生……老是那么几个。

朱艮是朱良的哥哥，在班里岁数最大。新老师朱良，没有经验，与另外两位——沈校长、孙教导（农中共3位老师）相比，朱良是个没有培训的新手。吃教书这碗粥，新手与老手相比，你新手才高八斗，知识多得肚子里装不下，在嘴里滔滔不绝，可这碗粥，你不知如何吃，粥烫了，伤你的嘴舌；粥冷了，坏你的肚子。朱良一上讲台，班里就像一锅沸腾的粥。讲不下去，朱良满脸通红，脸像便秘一样的痛苦。朱艮见朱良没出息得连骂人都不会，常常会突然站起来，大吼一声：你们吵什么，真像一圈饿急了又不知道喝奶的猪！朱艮一吼，吼声的慑服力量像是一堆灰，暂时压住了火，只有片刻，火又蹿起来，班级响起了粥的沸腾。朱艮耐不住了，走上讲台，给了朱良一脚，嘴里骂道：不屙屎，你占什么茅坑，你丢了我的脸，你也丢了我们朱家的脸。这时，班里的小男生会说：朱艮你上课，朱艮你上课，我们保证认真听。

可惜朱艮肚里没有墨水。

几次以后，朱艮脚踢朱良的事，引起了校长、教导的重视，校长找朱艮谈话。

朱艮说，我踢的是弟弟朱良。

校长说，不，在课堂内你踢的是朱老师。

学生打老师，依据纪律条款，最轻的要记大过的处分。校长征求朱良的意见，要不要处分朱艮。朱良说，当然要处分，不处分，让他这样无法无天下去，今天他可以踢我——朱老师，明天可以踢教导，后天就要踢到你校长了。朱良大义灭亲，态度十分坚决。校长最后决定，朱艮毕竟是朱良的哥哥，给了最轻的警告处分。警告处分的宣布，口头上宣布一下，还是张贴告示宣布，校长斟酌了一番，假使当着全班学生口头宣布，朱艮接受不了，反应激烈，事情有可能弄得不可收拾，最后采用了告示的形式。教导有一手好毛笔字，他在一张旧报纸上写了处分决定，贴在办公室外的墙上小黑板旁。

朱良，你吃了警告处分，朱良刚进教室，一个小男生对他说。

什么处分？

警告处分。

为什么要处分我？

上课时，你踢了朱老师。

屁个朱老师，屁个处分。朱良说完，把几本课本撕了个粉碎，又把墙上的告示撕了下来，团成一团，往办公室里一丢。朱良大喊：朱良你出来，老子今天不读书了，我要揍你这个小杂种。校长和教导没有阻止住朱良，他从办公室里冲出去，吼着说：朱良，既然你不是我的学生了，我也可以揍你了，不要说你是我哥哥，孙子有理也可以打老公公。

架没有打成，给校长和教导劝开了。

朱良自动退学了。

班里大的学生、小的学生一致认为，朱良和朱良真的打起来，朱良一定会打倒朱良。根据是朱良的拳头打出去时，听到了呼呼声。这一拳幸得没有击中，击中了，朱良一定会瘫在地上。

朱良走后，朱良去上课，班里静得只有他一个人的声音。朱良想，朱良真正是一粒老鼠屎。朱良摸出了一些经验，到什么山唱什么歌，在这里唱“杨柳青青江水平”，听的人听不懂，只能唱“黄狗身上白，白狗身上肿”，少讲多做，一节课排得满满的，多写多抄，让他们多识几个字；小男生要调皮捣蛋，一个生字抄 50 遍，一篇课文抄 20 遍，看你还敢跟我调皮，跟我捣蛋。

“双抢”（抢收、抢种）期间，镇文教科指令农校老师到胜利大队红光小队支农。红光小队是朱良的户口所在队。当了副队长的朱良对队长说，支农人员的农活由他派，队长说你派我派都一样，你高兴派就你去派。朱良对校长说，抢收抢种太累，你们去收粪肥。粪肥在队员的私家粪缸中，为了公私互不占便宜，收一担，实实足足一担，挑往队里的大公坑中。粪肥中缺少内容，挑时在粪桶中晃荡。可怜朱良他们三人，半天挑下来，压得腰痛背酸外，裤子鞋子被粪星沫子溅上了，还没干爽，又给溅上了。朱良很开心。他对队员说：今天，臭知识分子真正臭了。下午队长给他们换了工作，到秧田去坐着拔秧。朱良对校长说：吃中饭时，我哥朱良给我爹打了一记耳光。朱艮吃了耳光，没有恼火，还突然笑了起来，一口饭喷得满桌子都是。

校长问朱良，朱良叫我们挑粪，他这样做为了什么？朱良说，有可能我们没有给他面子。

读农中的学生只有几个人时，农中关了门。朱良调到了小镇中学，与牛老师不光做了同事，而且两人都教初二语文，面对面地坐在一起。朱良开口牛老师，闭口牛老师，叫得牛老师一天到晚笑眯眯的。有一次，朱良对牛老师说，他听见了一首童谣。

一落二落，
三落四落，
一落三落，
二落四落。

牛老师没听清，叫朱良写了给他看。牛老师看了，摇摇头，读不懂什么意思。

纸片丢在办公桌上，风一吹刮到了地上。小纸有人捡到了，读出内容，交到了政工组。政工组长老余在昨晚到镇里开了关于阶级斗争新动向的紧急会议，新书记杨毛大举的新动向的例子，就是这首童谣，他说诅咒“语录——四落（死落）”反动透顶，要追查这童谣的来源。老余见了纸片上的童谣，校长那里，他忘了汇报通气，直接报告给了杨毛大。杨毛大锁定了朱良是反动童谣的源头。

杨毛大问朱良：童谣是你编的？

朱良回答：我是听来的。

杨毛大问朱良：请你说说童谣的意思？

朱良说：没有意思，你说有什么意思？

朱良被宣布清理出教师队伍后，回到了生产队。队里人都认为这人人会唱的童谣是朱良编的。朱良在他们心目中高大起来，朱良特别佩服他，说朱良这小子有种，屁都没有放一个，杨毛大只贼坯，拿他没有办法。

回家后三天，朱良拾到了一条丢弃的小狗，朱良把它取名叫毛大。秋收时，杨毛大带着大队书记一帮人到胜利大队检查秋收秋种进度时，到了红光小队，队员喊着毛大毛大，杨书记见有人直呼他的名字，瞪着眼睛满腔怒火。这时，他看见一条黑狗摇头摆尾，与这个队员亲昵后，又与那个队员亲昵了起来。他哼了一声，装作没事情走了。大队书记一帮人见他装作没事，跟着他也装作没事似的走了。

安肖松

27岁的安肖松，是镇烟酒门市部的负责人。现在，负责人可以叫经理，也可以叫老板；那时，习惯叫头头。头头姓王的，简化成王头；头头姓张的，简化成了张头；头头姓杨的，简化成杨头；头头姓朱的，简化成朱头。安肖松，镇上的熟人叫他安头。那时烟酒十分紧俏，有时货架上没有，是真的缺货；有时柜架上没有，是假的缺货；安肖松悄悄留着，是专给镇上大大小小部门的大头小头开方便之门的。镇上平头百姓，很瞧不起他的这种溜须拍马的德行。不少人在称呼他时，为表示对他有情绪，不叫他安头，因安肖松脸上有几颗青春痘似的红痘，叫起他红赤豆。慢慢地，红赤豆竟成了他的符号。在镇上问起安肖松，不少人不知道，问起红赤豆，知道的人就不少了。

烟酒门市部，原来有安肖松、老袁、潘胖姐三个人。老袁，耳朵背得很，顾客一到柜台前，他就侧着头，一脸的紧张，顾客的嘴一动，总会炸雷似的问：你要买什么？顾客打个吸烟或者喝酒的手势后，他也打个手势，叫顾客看货架。他知道自己没开后门的权力，也就不给任何人开后门。潘胖姐对安肖松有货不上货架，与人私下交易，非常不满。她的不满憋久了，就要爆发一次。轮到她当班时，想办法把安肖松藏着的好烟好酒，放到货架上公开供应。潘胖姐是供销社的老资格营业员，安肖松不敢当面得罪她，到主任那里去汇报工作时，添油加醋地汇报了她与他工作的不协调。不久，潘胖姐升任废品门市部经理，调离了烟酒门市部，文小娟接替了她。

文小娟原来在小学代课，咽喉有些问题，不适宜做老师，费了好多周折，才调到供销社。安肖松的女人是大饼脸小眼睛，一见到鹅蛋脸大眼睛的文小娟，安肖松像是遇到了天仙美女。安肖松关心她，关心到她几时例假；安肖松帮助她，帮助到给她买开后门才能买到的内衣内裤，这种关心和帮助，可以说是无微不至了。对于他的关心和帮助，文小娟十分警惕。安肖松大小是个领导，领导的关心和帮助，不接受怕引起误会，她勉强地接受了。到安肖松亲了她一个嘴和摸了她一把奶子以后，她就断然拒绝了他。嘴也亲到了，奶子也摸到了，感情反而就到此为止，安肖松横想竖想也难以想通。

文小娟对象季东生在他面前的出现，像有一盆冷水灌进他的衣领，打了个凉透了背心的战栗。在季东生面前，安肖松自惭形秽，别的不说，说身高，季东生就高出他一个头；说脸蛋，季东生的眼睛、眉头、鼻子、嘴巴组合得无可挑剔，不像他两只眼睛拉得太开，鼻子和嘴巴又挨得太近。文小娟对他一点都没有感觉，原来是她有了季东生。安肖松妒忌季东生，心里酸酸的。安肖松希望季东生能发生一个什么意外。安肖松夜间做了一个梦，民兵营长老绍的手枪走火，打中了季东生裤裆里的那个东西。

镇上出现了一条反动标语。反动标语是用粉笔写的，写在供销社卖杂货门市部的排门上，写的时间，估计在夜深人静时，反动标语的内容十分反动，矛头直指镇里的最高领导。镇里成立了专案组，进行了排查。排查了两天，没有蛛丝马迹。专案组长老程一筹莫展时，接到了一个匿名举报季东生有写反动标语嫌疑的电话，电话中举报的时间和地点基本吻合。电话里的声音很熟，像是在哪里听过的，只是一时想不起来，老程问他“你是谁”时，对方回答是“革命群众”后，就放下了电话。

季东生是镇屠宰站的会计。凡是镇里每发生一件大事，都要设立一个专案组。过去专案组一设立，就有外号“铁匠”的张开当领导。在他的逼供之下，出过几次冤案和伤残事故。在镇里群众正义的呼声下，引起县领导的重视，处分了张开。专案组的新组长老程，吸取了张开的教训后，对他的部下发出过严重警告，凡是谁要对嫌疑人动手动脚，出了什么意外，有多少责任你负多少责任，要吃官司的话，那只好你一个人去吃。这警告真灵，犯罪嫌疑人只要老老实实，不要激怒办案人员，是不会给你吃“金华火腿”和“绍兴笋笃肉”的。

季东生一听专案组有请，心中已经猜到请去是为了什么事情。季东生坐在离老程办公桌前一米多远地方的方凳上。老程还没问他，季东生就对老程说，他可以用性命作担保，他没有写反动标语。老程问他那天晚上你在什么地方，季东生说了他在家中睡觉后，老程问他谁可以证明？季东生说没有人可以证明。老程说没有人证明，你就难以洗脱你写反动标语的嫌疑了。季东生说，我若是你，不会这么笨，只要对对笔迹，有笔迹在，就不会冤屈我这样的好人了。老程告诉他，笔迹已经擦拭掉了。老程的意思很明白，在没有笔迹可核对的情况下，证人是至关重要的。季东生像是没有听懂老程的话，反而问他，你们凭什么传唤我？老程说有人举报了你。季东生十分激动，他大声说，有人举报我杀了中央领导人，你们也相信吗？一帮笨蛋！在一旁的值勤阿哐，听季东生骂他们笨蛋，在他的屁股上飞起一脚，季东生没有防范，人往前倾，额头撞到了老程办公台的台角上，鲜血直流的季东生顿时昏了过去。

文小娟坐在医院的病床上，问醒来的季东生，发生了什么事？季东生说老程问那一夜我在什么地方。文小娟说你说了没有？季东生说我没有说。文小娟流着泪说，你为何不说？说了你怕什么！你不说，我去说。文小娟真的走到专案组老程那里，说那一夜她与季东生睡在一起。老程说根据你与季东生的关系，你不能旁证。文小娟说我们搂了一夜，还要旁证吗？老程说，谁亲眼看见了？文小娟哭得很伤心。老程退了一步说，有谁看见你和季东生在一起？文小娟说，老袁和潘胖姐可能看见了。

老袁和潘胖姐住的都是供销社的公房。老袁和潘胖姐门对门，煤炉子放在过道里，文小娟住过道顶头的一小间单身宿舍。镇上人对身外的事情，大多不甚关心，可对男人和女人的事情是个例外，不光关心，而且还十分留意。老程走访了老袁和潘胖姐，他们肯定地说，我们看见季东生进了文小娟的屋子，这时，他们两人都在冲开水，但我们没有听见季东生出门，他在她那里过的夜。老程说老袁你不是聋子吗？老袁大声地问老程，你在说什么？老程刚回到办公室，县公安局的王科长来了个电话，说写反动标语的人已经来局里自首。老程问是谁？王科长说叫左道德。老程一听左道德，皱起了眉头，左道德的老婆是镇里书记的镇上人叫作姘头的情妇。他想一定是一直不知醋为何物的左道德吃醋了。又是尴尬事情。

季东生的事情，在镇上闹得沸沸扬扬，老程前边走过，后边就有人指着他的脊梁骂他笨蛋。老程恨透了那个打匿名电话的人。

安肖松对季东生的冤屈，在文小娟面前不断地表示同情，但他真的不能相信那夜，文小娟与季东生睡在一起。他一遍又一遍地问：你们真的睡在一起？不久，文小娟发现一件引人怀疑的事情。过去，老程问安肖松开后门买好烟，最多只有两包，现在升级了，经常是五包一条的，安肖松和老程之间发生了什么？文小娟由这个怀疑，想起诬告季东生的匿名电话。打电话的是谁？想到这里，她就不敢往下想了。有些事情的底细，不知道比知道更好、更安全。

文小娟与季东生结婚后，安肖松因妻子（与供销社主任通奸）的丑闻，领导给他面子，调他们夫妻进了县城。几十年中，有时公出，有时私出，几万里外远的地方都去过，就是没有回过这离城 20 公里不到的小镇。镇上的房子比县城每平方米要便宜一半，他的女儿安静在朋友介绍之下，订了一套近 300 平方米的大房子，叫他看一下，出点主意，再决定买与不买。在女儿的催促之下，安肖松到了小镇。小镇已经今非昔比。看了新房子以后，安肖松投了女儿买房的赞成票。时间还早，安肖松提出他要到街上走走。东南西北都分不清楚了。他随意地走着。他走到一所围墙围着的大房子旁边，冷不防从院子窜出一条黑的一条黄的看门犬，扑过来，冲着他大叫。安肖松吓得进退不得。狗扑上扑下，像与他有什么深仇大恨似的。这时出来一个与自己女儿差不多年龄的姑娘，她喝住了狂吠的狗，并呼喊着狗回去。安肖松一见那姑娘呆住了，盯着她看。那姑娘一见他看人的呆相，骂了声神经病，关起了院门。

安肖松走错了路。安静寻了好久，才在老街和新街的交汇地方寻到他。在汽车里，他想起给他赶狗的姑娘，活脱活像文小娟，她会不会是文小娟的女儿？那一黑一黄的两条狗，像在哪里见过？想来想去想不起来。

夜里十点多钟，他刚睡下，突然想起了那两条狗。

在小镇供销社小食堂的小天井里，一条黑狗和一条黄狗在交尾。这是一道难得见到的风景，大家都不愿错过。吃中饭的女同志，都在偷眼看，看着好像想起了什么，嘴角上挂着笑容。男同志没有女同志文雅，说着粗鲁的话，还指手画脚哈哈地笑着。安肖松也在笑着。爱开玩笑的老薛说笑着安肖松：看你快活的样子，你一定与阿黄阿黑一样的快活。

老薛这么一说，食堂里笑声一片。后来安肖松对人说，自己也不知是怎么搞的，到食堂的汤锅里舀了一大勺沸滚的菜汤，泼向了交尾的阿黑和阿黄。好事没有结束的阿黑和阿黄痛彻心扉地嚎叫逃走了。

这一夜，安肖松没有睡着。一闭上眼，眼前就出现了那两条屁股对着屁股交尾的黑狗和黄狗。

柏 常 青

柏常青，不少的镇上人，背地里都叫他“猪头肉”。叫柏常青“猪头肉”，不是他头像猪头，也不是他头上的肉，好似猪头上的肉，肥厚皱折得布满了沧桑的沟沟壑壑。说实话，他身上没有一个部位，可以与猪有丝毫联系上的。柏常青得知镇上人叫他“猪头肉”后，他问过自己，是不是我“猪头肉三不精”，没有什么大的本领，对什么事都不精通？他为此很难过。偶然一次，买猪头肉的江北老二对他说，叫你“猪头肉”，不排除说你没有本领，也有可能是因为你太欢喜吃猪头肉，真的是说你没本领，这也不用难过，三百六十行，行行出状元，把自己的工作做出些成绩来，给那些叫你“猪头肉”的人看看。江北老二说得对，做出些成绩来，给叫他“猪头肉”的人看看。

粗看柏常青，看不出什么优点，但只要认真地挖掘，处处能给人一个惊喜。别的不说，他有小镇上所有男子汉难以匹比的“四不一亮”。四不是不高、不矮、不肥、不瘦，一亮则是额头宽敞，头发长得高，老远见他，就给人亮堂一片，至于眼睛长得小，已不成为缺点，给人更有一种精神的机警。镇上的有些女人，在成堆的时候，激动时，免不了要开个玩笑，给男人打分。减去一个最高分，再减去一个最低分，柏常青居然忝列了她们眼中镇上十大美男的最后一名。

柏常青是镇上的清洁工。他这个清洁工，不是清洁街道，而是清洁厕所。小镇共 11 座厕所，其中 3 座新厕所，给他清洁得每到晚上，卖生姜的、要饭的，席子在里边一摊，当作了他们的行宫。清洁街道的清洁工，不是嫌脏嫌累就是嫌待遇低，走马灯似的换人。柏常青清洁厕所，无怨无悔，一清洁就清洁了五年。

当有的清洁工向老环卫所赵所长去辞职后，赵所长会盯着辞职者的背影，哼了一声后，会说，柏常青也在我的所中干得美滋滋地乐不思蜀，看你一副歪瓜裂枣的样子，想去当电影明星？

每天上午，柏常青清洁完厕所后，就到老街街梢江北老二开的小店，要 2

两白酒，2 块钱猪头肉，白酒喝完，猪头肉还剩一半，然后再要 3 两面条，猪头肉往面碗中一倒，拌和后，忽儿大口，忽儿小口，吃得满脸是幸福的汗水。柏常青是小店的常客，店主江北老二从不亏待他，给他的猪头肉不忘配搭一些猪头上的精彩部件。吃着猪耳朵，他呷了一口酒，他会大声夸奖，猪耳朵比海蜇头脆，味道更比海蜇头足。这时他会扯上什么乾隆皇帝，或者一个著名人物，奚落一下他们没有福气吃到江北老二的猪耳朵。吃着猪鼻子，他会发出咀嚼声一片，咽下后，他会说一声吃了江北老二的猪鼻子，把我拉出去立马杀头，我的头颅落地了，一定还会说一声江北老二的猪鼻子真香呀！有时，江北老二会给他一盆猪脑子，柏常青没有吃过河豚，吃过猪脑子后，他逢人便说，江北老二的猪脑子，比河豚还鲜美，比河豚还肥沃。夸奖河豚肥沃，照理说不通，镇上吃过河豚的人，正寻不到得体的语词说河豚，一听肥沃，认为这词用得十分得体，不管它通和不通，说起河豚，他们都用上了肥沃。

赵所长在当所长之前，干过十多年清洁工。他退休时，认准他的继承者，一定也要当过清洁工的，而且证明他在心灵深处热爱工作，愿为这人人不以为然的工作奉献终身的人担任，他才放心。他向镇领导推荐了柏常青。镇里没有人竞争这没有油水、苍蝇多了要挨批评、灰尘多了也要挨批评的职位，赵所长一退休，柏常青真的当上了所长。

柏常青接任所长那天，一是欢送赵所长退休，二是为欢迎新所长上任，所里办了一桌。镇里的几个主要头面人物，坐到了桌子旁，敬酒不停，劝酒不息。常柏青第一次进入这个有些人物的场面，心跳个不停，不知说些什么话好，本来 2 两白酒的酒量，顿时消失了，扑鼻的酒味使他头晕，真怕晕倒，吓得有人给他敬酒时，按着酒杯连连说他不喝酒。他怕吃相难看，给人留下一个不好的印象，菜肴虽在眼前转来转去，他却什么菜都不敢吃。吃喝完毕，他像没有吃过的一样，急忙到江北老二的店铺。老二一见他，半真半假地说，我以为你当了所长，不吃猪头肉了。柏常青说，所长的所，是厕所的所，今后别所长、所长地叫，叫我所长，还不如叫我“猪头肉”，我快饿死了，酒，我今天不喝了，面条仍然 3 两，猪头肉可以多来一些。

县里有关领导到镇上卫生检查，镇里指示，环卫所要好好招待。柏常青说所里没有钱。领导说，吃喝的费用由镇政府报销，并叮嘱他要放开手脚行事。检查结束，处处好得找不出缺点，镇里主管环卫的朱科（朱科长的简称）大为满意。当县里来检查的领导和镇里来陪检查的领导在宾馆的梅花厅坐定，朱科像在开玩笑，又不像在开玩笑，他对柏常青说，今天有没有“横爬”（大闸蟹的外号）？有没有“竖爬”（甲鱼的外号）？假如没有“横爬”和“竖爬”，那只好你爬在盘子里，叫小姐给我们端上来。柏常青第一次听到“横爬”和“竖爬”，真的不懂，有人见他愣着不说话，告诉他是什么后，他才恍然大悟，连忙说我去问一下。走出梅花厅几步路，他听得有人说，“横爬”和“竖爬”他都不懂？朱科说，除了猪头肉，他能懂什么。柏常青心里说，这个“猪窠”，一定是猪八戒投胎，除了吃还是吃。

柏常青向经理要了菜单，一看没有大闸蟹和甲鱼。他对经理说，这是朱科点的，没有也要想办法。经理说，宾馆里也没有。柏常青说，朱科说没有，他要我爬在盘子里端上桌子，我对你说了，真的没有，只好你爬在盘子里了。经理急了，她给几个宾馆打了电话，要求支援，回电都是爱莫能助。最后她拨通了她的相好，外镇一个书记的电话，书记说他正愁着怎样处理家中囤积的这些“横爬”和“竖爬”，你要多少，我立即派车送来。

丰盛的酒席经历过几次后，柏常青不再怯场，学会了先向领导敬酒，然后向同志们敬酒，还学会了什么时候可以说“随意”，什么时候可以说“干”了。“横爬”和“竖爬”上过桌后，朱科可能是为了活泼桌上的气氛，他拿起一瓶红酒，对柏常青说：柏大所长，新官上任，你的第一把火，烧得红彤彤的，我敬你，来，我们一人一杯接着喝，把这瓶酒喝干。

朱科这么说，柏常青觉得这酒喝得就是要趴下，也一定要喝。柏常青咕嘟一杯，气没透一下。一瓶酒喝完了，朱科又拿起一瓶，又要与他一人一杯接着喝。柏常青说：我实在不能再喝了。朱科大着给酒浸胖的舌头说：不喝不行，你真的不能喝，不是不可以，你只要在地板上横爬一下，然而再竖爬一下，就可以免去。柏常青不知哪儿来的胆量，说：朱科，我喝了你怎样？有人接着说：你喝了，当然是朱科爬。柏常青问朱科：你真的会爬？朱科说：不，这瓶酒除非你一个人喝了我才爬。柏常青想喝半瓶要醉，喝一瓶也是同样的醉，豁出性命说了声好，拿过朱科手中的酒瓶，倒都没有倒，用嘴接着瓶口，几口喝了个精光。在一桌人的哈哈大笑之中，朱科没有赖皮，真的在地板上爬了起来。他的竖爬，爬得非常毕肖，横爬却差了许多。他滚圆的身子，爬起来像一只一边只有一只脚的大闸蟹。

散席以后，柏常青趴在卫生间的抽水马桶上，痛苦地呕吐着。服务员进来，问：你在干什么？柏常青回过头，反问了一句：我在干什么，你说呢？可心中在笑，他定是当我在大便。有这样趴着大便的吗？

鲍 初 依

鲍初依原来是镇中心小学刻钢板的职员。镇里新提升的文教科长黄汇，与鲍初依是老同学。黄汇见他刻字十分辛苦，问他想不想换个工作？鲍初依已经厌透了刻钢板，心里一直想，用他的话说，枕头边老是黄脸婆，骚也发不起，换个看得能发骚的，当然高兴。他说，黄科长你赛过活神仙，能知道我肚皮里想的是什么，你若是真能给我换一个工作，你就是救苦救难的观世音菩萨。到那时，我一定要好好地谢谢你。黄汇说，说谢，我还没有谢你呢。鲍初依糊涂了，他要谢我什么？同学少年时，做过不少荒唐的事，是否是在初三时，黄鼠狼（黄汇的绰号）与他一起偷了三甲班勤工俭学养的两只小母鸡，事发后，鲍初依没有供出他，独自顶了贼名，记了个大过的处分。黄科长说的还没有谢他的事，是不是为了这个？

离镇5里多路的浦庄小学，缺少教六年级的语文老师，一时寻不到人选。那时，学校中的教师和职员的工作没有严格的区分，教师做职员，刻起了钢板；职员做教师，拿起了教鞭，这是主管领导的说了算的职权。黄汇一句话，把鲍初依从誊印室抽调到浦庄小学顶了缺。鲍初依没有教过书，也没有系统学习过，只得硬着头皮站上了六年级的讲台。他备课再是认真，有时难免挂一漏万。学生问他生字，自己不识，他就读偏旁。有的偏旁读对了，有的偏旁读错了。六年级的学生已经懂得幽默，叫他“包刀衣”——鲍初依读作“包刀衣”——有的偏旁读对了，有的偏旁读错了。

浦庄小学的谢校长心脏有病，要病休一段时间，又是黄汇的一句话，鲍初依代理了校长。鲍初依去谢黄汇时，黄汇对他说，老同学，你真要谢，做出些成绩来，这是对我最好的谢。鲍初依吃不透黄汇这干部境界里的话，是真话还是假话。他临走时，黄汇拍了拍他的肩膀，笑着叫了他一声鲍代校长。鲍初依听了感到很别扭。诸葛、上官是双姓，鲍代不是双姓，叫鲍代校长，多么拗口。拗口就是难听，若是把“代”字去掉，叫鲍校长就好听了。

浦庄小学四个班级，连校长在内五个编制。乡校一般是外地的老师才吃住在校，本镇远距离的，早晨到校，中午在学校搭伙，放晚学回家；近距离的，中饭都是回家吃的。这种作息制度，已经相沿成习，于公于私都有益处。鲍初依是属于中饭搭伙的一种。自他从黄汇那儿回来以后，挑来了铺盖，做了住校老师。他的住校没有引起老师们的注意，认为这是他当了校长的一种积极表现。

鲍初依住校住了两个星期后，突然宣布从下周起，周一到周六，老师们一律吃住在校，周日留两个老师值班。这一宣布，鲍代校长没有遇到什么大的阻力。三位年轻老师，刚从师范毕业，还没有对象。余老师和戚老师都爱上了白老师。白老师只是长得精致些，其他各方面都很平常，两个女人都爱上他，可能是没有选择的原因。余老师的鹅蛋脸粉红色的，很俏；戚老师的脸稍圆些，红红的，也很俏。恋爱虽是三角形，但细致观察，没有发现过有争风吃醋的表情。白老师在两个女人爱情的滋润下，更加青春可爱。他们本来就吃住在校，如同一家人似的，认为鲍代校长的宣布是脱裤子放屁。

住校的事情，只为难了米老师一个人。米老师是来代谢校长课的。米老师家在镇上，是镇上很少几个省重点高中的毕业生，因身体的缘故，进不了大学的门；也因身体的缘故，干不了重体力活，只能用嘴来糊口。代课老师辛苦，米老师说过，有一个学期中，甲校代 10 天，乙校代 10 天，他代了 10 多所学校。米老师的睡眠不太好，换了一张床他会彻夜难眠。他第一次要求不住校，鲍初依要他发扬集体主义精神，水也泼不进一滴；第二次再要求不住校，鲍初依说我决定的事，不会更改。米老师怕鲍初依听不清，故意大声说：鲍代校长，我这个米代老师杂牌军什么也算不上，是不能按你们正规军一样要求的。鲍初依用领导的口气说：是谁说的代课老师是杂牌军？国民党才有杂牌军。鲍初依说话上纲上线了，米老师就不再留有客气的余地：国民党是你说的，我可没有说，还有，我只是说我这个代课老师是杂牌军，一点没有影射你代校长是杂牌军。话要说回来，谢校长来上班了，我就杂牌军也不是了。米老师一石二鸟。鲍初依过去只听说，米老师的嘴不饶人，现在才正式领教了他的厉害，自知不是对手，弄个不欢而散。米老师虽有意见，他还是背来了铺盖，住进了学校。

鲍校长刻印了作息时间表。他亲自到每个教室里，把作息表贴在课表旁，又亲自给每个老师发了两张，嘱咐一张贴在天天要看的备课笔记本上，一张贴在宿舍的床头柜子上。除此之外，他还在办公室的门框边上贴了一张，怕人不加注意，作息表上，他画上了醒目的红边。

挂在办公室窗子外走廊上横木梁上的小铜铃，原来只是发出上课下课的信号，现在多了熄灯起床的信号。每天有老师值班，值班老师要负责准时敲响上课下课和起床熄灯的铃声。第一天白老师值班，忘记敲了起床的铃声。鲍校长严厉地训他：魂不在身上！当时，白老师笑笑认了错，事后，他觉得魂不在身上这句话，意味深长，越想越不是滋味。第二天，余老师值班，到了敲熄灯钟的时间，熄灯钟还没有敲，白老师去叫余老师，戚老师说余老师已经睡着了。第三天，值班的戚老师，怕耽误敲起身钟的时间，一早醒来后。她一看手表，时间已到，急忙去把钟敲响了。听到钟声，鲍校长一看时间，提前了一个小时，他问戚老师，你看错了时间？戚老师把表给他看，是到了时间。几个老师对过表后，是戚老师的表快了一小时。戚老师回忆昨晚广播报时对的表，不会有错，怎会快了一个小时？老师们哈哈大笑，鲍代校长实在笑不起来。他怀疑有的老师故意在恶作剧。下午开了个小会，鲍代校长说，白天的上课下课，以值班老师的表为准，从今天晚上起，熄灯钟、起床钟以我表上的时间为准，并由我一个人来敲。散会时，他问大家有没有意见？没有人说话。鲍代校长说，有意见说呀，不要不说话。米老师说，不说话就是表示没有意见。

为迎接县东片各镇的联考，镇里的各学校，进行了一次实战演练。统一试卷，各校对调人员监考。试卷装订后，再统一阅卷。名次排列下来，米老师代的数学，平均分全镇第一名；鲍代校长教的语文，平均分也是第一名，不过是倒数的。其他老师所教的学科，在十名左右，处于中等偏上水平。成绩还没有公开公布，小道消息已经传遍了每所学校。鲍代校长一副失魂落魄的样子，有时忘了敲起床钟，有时忘了敲熄灯钟。黄汇来到浦庄小学，办公室里没有人时，他指着鲍初依的额头说：考了倒数第一名，真正坍台，不光你自己坍台，连我的台也坍了，对我有意见的人提出了责问，你这个刘阿斗，下次县东片的联考，再是倒数第一的不争气，你只好仍旧回去刻钢板。有了压力，鲍初依在自习课上补课还不算，有好几个晚上，把学生留在教室里补。

星期六县东片联考。白、余、戚三位到中心校监考，校长是规定要留校的，米老师是代课老师，照例不作监考安排，留在学校。浦庄小学四个班级，中心校下来了由刘老师领头的四位老师。上午考好了数学，密封后，由刘老师送到中心校考试组封存。下午，刘老师领了语文试卷早早到了校。米老师晚上没睡好，躺在床上闭目养神时，只听得隔壁鲍代校长的宿舍里，刘和鲍在窃窃地说着话。不是米老师要听壁脚，是隔壁的说话声太大了。只听鲍代校长啊呀了一声：作文题怎会是《秋夜》呢？糟了！这时，刘老师说时间还早，快去给学生辅导一下。原来他们在拆看试卷。米老师觉得这事与自己无关，继续他的闭目养神。六年级在他的宿舍对面，他听得鲍初依在作考前辅导。他是在辅导怎样写冬夜、夏夜、秋夜、春夜一类的作文。

考前15分钟，鲍初依对米老师说：刘老师有些事情，可能要晚一些时间来监考，你先代他监考一会。发试卷时，张老师问刘老师呢？鲍初依说，他有急事回镇上了，马上会回来的。米老师悄悄问张老师，刘老师教的是什么学科？张老师说，他教的是六年级语文。米老师明白了刘老师回镇上干什么事去了。

星期天，全镇老师集中在中心校阅卷。下午在结分时，中心校的老姚对米老师说，这次统考出了大事，你知道不知道？米老师摇摇头。老姚继续说：已经查实了，我校的刘老师和你们学校的鲍初依联手作弊，分数已作零分处理了，他们两人在行政上还要处分。米老师还有些不信，他不是不信鲍和张的作弊，而是不太相信，事情会发觉得这样快速。

黄汇把鲍初依骂了一顿以后，仍调他回中心校的誊印室。几个月后，米老师到中心校代课，到誊印室油印试卷，与鲍初依打了个照面。想起在浦庄小学一定要叫他住校的事，米老师很不厚道地叫了他一声：鲍代校长。

贝老板

做老板的理发，认准一个人理，而且还是老理发师张老头理的，在小镇上，就只贝老板一人。张老头是小镇上的老派理发师，他没有被淘汰，靠的是价格便宜，理个头，只要3元，因而店名取作了“三元头”。“三元头”三个字是小镇书法家陶士雅仿明代书法家文徵明体写的，贴在一块大玻璃上，字大醒目，吸引着镇上低工资的、外来打工的，生意还是过得去。张老头不欢迎贝老板，其实不为什么，只是给穷人理惯了，再给有钱的人理，有钱人势利——怕他说这根头发剪得太短了，那根头发理得又长了，而且还特别的花时间。可恨的是贝老板一个星期理一次发，张老头一见他心就烦；最烦的是付钱时，拿出的总是百元大钞，找他97元，一大把毛票，头都要找得发昏。

贝老板一个星期理一次发，他的女人怀疑他理发理得这么勤，是否借理发在与发廊的小姐调情？她找了一个机会问他：一个星期理一次是否太勤快了些？贝老板回答：那是什么理发，不过是叫那破老头子给我的头部打扫一下卫生，打扫一次卫生不过3元钱，一个月花12元，12元好打扫4次，假使到什么发廊、发屋，12元理半个头还不够，再加上一些服务，所有花费加起来，张老头要给我理两年。贝老板的女人一听他的头还是张老头在理，不是去发廊理的，没有给人服务过，讨好地说：你一点都没有变，理个发也不忘记价廉物美。

贝老板，小镇上的人都叫他“绷筛”。绷筛是筛米粉的细筛子。叫他“绷筛”，是说他吝啬。小镇人对吝啬有一定的尺寸，戏言说，倒自己小便，也要把尿在绷筛里过滤一下，看一看还有什么没有吸收的营养，这是真正的吝啬。对自己吝啬，与别的人无关，可是贝老板不光对自己吝啬，对厂里的工人更是吝啬。如何吝啬？工人们幽默地说：中饭咸菜汤里的咸菜，都是菜帮子腌的，千嚼万嚼嚼出来的都是渣子，这渣子若是咽下去，火化以后，会变成一粒粒舍利子。难得吃一次肉，这肉哪能叫肉，零碎的都是肉砧板上的垃圾，称得上块的都是熬不出猪油的膜。

星期六下午，贝老板又坐到了张老头的转椅上。动刀剪前，张老头习惯先梳下头。木梳梳下去，一梳子就梳下了十几根头发。大镜子里，贝老板看得清楚，他对张老头说，别梳了，你再梳下去，会梳成一个秃子的。贝老板脱发，是他女人在换枕巾时发现的。厂子里的事是大事，脱几根头发是小事。从前年秋天开始，失去了不少老客户，新客户又没有找到，找原因，有人说是价格问题，有人说是质量问题。最烦恼的是自己的厂像个培训班，工人只要上手能单独干活，就偷偷地溜走了，连押金和欠的工资也放弃了。有好心人建议他提高工人的待遇。他回答，工人的待遇高了，我的待遇不就低了？为了寻求厂子的生存，贝老板快焦头烂额了，谁还会想得到什么脱发的事。张老头给贝老板修面时，自言自语地说：我剃了几十年的头，没见过像你一样脱发会脱得这样快，真像一棵枯树，只要轻轻一摇，树叶会落得一地。

贝老板原有一头好发，不疏不密，乌黑发亮，寻不见一根杂毛。别的不说，出门谈生意、会客、开企业家座谈会，不像别的老板厂长，在头发上加大投资，他只花一个成本。同行们与他半真半假地说：老贝，看你的头发，就能猜出你是低成本的行家。话里有骨头。贝老板不笨，心里在回答，你们的成本能比我高多少，扯淡，不剥削谁能成得了资本家，资本家前加上“红色的”三个字，只是当官的给你们染上去的，我可不要颜色。

有个客户，到了江城，请贝老板与他见上一面。在江城，客户没有见到，却结识了吴老板。喝茶时，他们谈到了相面。吴老板谈相面谈得很神。他说那次相面，是陪一个朋友去的。那朋友为何要去相面，没有对他说。朋友没有说一句话，相面的老头，盯着他看了一眼，就说在近期，你要出些事情。朋友在前几天已经出了次车祸，事情已经出了，近期还要接着出事，他不信。出于礼貌，他请他说出来听听。老头说你左脸的那个疖子碰不得。问他为什么碰不得？老头说碰不得就是碰不得，你听我的就听我的，不听我的就不听我的，那随你的便了。话说到这里说不下去了，走时，朋友要付钱，老头谢绝了。回家后，朋友的不检点东窗事发，老婆与他吵，吵着吵着打了起来。他打了老婆一个耳光，老婆在他脸上抓了一下，把脸上的疖子抓破了。就在那天夜里，朋友厂里的锅炉爆炸了，炸塌了锅炉房，炸死了烧锅炉的。

相面的老头真有那么神？贝老板疑疑惑惑的，问到相面的老头住在哪里，吴老板说就在江城。打听了相面花不了几个钱，贝老板决定去相一下。在吴老板的陪同下，穿过几条小巷，走进一个弄堂，相面的老头在家。贝老板一见老头，心里就讨厌，老头的头和脸酷似一只老鹰。坐定，老头不问姓名，不问年纪，不问岁数，盯着他看了看，说：你的发，全靠一头好头发，有了一头好头发，你月月发，年年发，你过去不发，因为你没有一头好头发，要想永远发，护好你的一头好头发。老头又盯着他看了看，说：你额上有两条福纹，福纹的源头在头发，头发好比一片大森林，森林茂密，财源好比水，财水就不断，森林砍伐了，水无源头，福纹干竭，福也就完了。

经相面的相过面后，贝老板琢磨着老头的话，有时三分相信，七分不信；有时七分相信，三分不信。一有空闲时间，他拿着镜子看个没完。为了保护头上的那片森林，不再乱砍滥伐——理发不是一星期一次，开始一月一次，慢慢地两个月一次，并且不再到张老头的“3元头”理。他怀疑张老头的轧剪上、剃刀上、毛巾上有传染的细菌，怀疑张老头洗发的那些什么露什么精价钱低廉，不是冒牌货，就是伪劣产品。他的一头好发，说不定败落就败落在“3元头”。贝老板在头发上加大投资，“生发灵”“护发精”都用上了，要么不理发，要理就上镇上最高档次的“风雪佳人”。“风雪佳人”理一次发，起价百元，一百元呀，只理个发，百元大钞出手时，真正疼呀，疼是疼，可是疼得放心。

采取了一切措施，头发还是势不可挡地脱。每天早晨，他的女人铺床叠被时，枕巾上的脱发仍没有减少。她把脱下的头发给他看，他骂道：又不是野女人掉在我床上的毛，稀奇些啥？滚你的蛋！

防止脱发已经防止不了，他的妻弟，给他求来了长发的秘方。秘方秘在简明扼要，上面写着：

红辣椒一市斤，加冰水三市斤，浸泡半月后，用辣椒水洗头，每天三次，连洗三个月。再用一百斤豆萁，烧成灰。用筛子筛成的细灰，加10市斤雪水泡上半个月，然而用豆萁灰水洗头，一天洗三次，洗上三个月后，头上开始有新发长出。然后再是辣椒水洗三个月，豆萁灰水洗三个月，一年后，不要说一个秃子，就是一座荒山，也能满山披绿。

半信半疑的贝老板，拿着秘方去请镇上最为著名的老中医麻老大看。麻中医看后，问这秘方是从何处觅得来的？贝老板说，这你就不用问了，告诉我这秘方对我有用还是没有用？麻中医笑了笑问：你是癞痢头吗？

贝老板摸了摸头说，真正是笑话，我怎么会是癞痢头？

麻中医说：秘方是治癞痢头的。

贝老板不是癞痢头。

贝老板没有发火，反而笑了起来，笑得眼泪比哭还要多。

头发脱剩三十几根时，奇怪，贝老板的头发突然不脱了。

这时，贝老板的厂子缩水缩得可怕，原来三个车间，只剩下了一个，一百几十号工人，剩下了三十几个。

贝老板对这三十几根头发勤加护理，头发长得粗、长得长，艺术性地处理后，光秃秃的头顶像结着一个蜘蛛网，有时风一吹，莫名其妙地会掉下来。这几十根头发真长，起码有一尺多长。几十根头发突然掉了下来，头光秃秃的，头发一飘一飘，怪怪的，路人见了，先是一怕，再是一惊，惊怕过后，咧着嘴笑了起来。

王秀姑

小暑那天午后，王秀姑上街卖西瓜。满满的一板车，有好几百斤。王秀姑自男人在瓜田里给毒蛇咬死后，已经有十几年没有种西瓜卖西瓜了。时过境迁，西瓜还知道怎么种，可是卖西瓜不知道怎么卖了。过去，王秀姑的板车在街道上推着，不用吆喝，老远就有人招呼她要买瓜。今天，不光没有人问一声，连看她西瓜的眼睛都是陌生的。她把瓜车推到人行道上的那棵玉兰树下，给菊花叫住了。菊花的娘家在王秀姑夫家的村子上，她们熟悉。

菊花说：街上流动的瓜贩子卖瓜，都要用甜甜的有汁水的嗓门吆喝，吆喝到不想吃西瓜的人，会条件反射地馋起西瓜来。你不吆喝，现在的西瓜多得铺天盖地，谁会来买你的西瓜！

王秀姑回答说：我真的不知道现在卖西瓜要吆喝。唉，菊花，我还不会吆喝，你会吆喝吗？

菊花说：没有吆喝过，我来试试看——

西瓜要买？西瓜要买？王秀姑的西瓜，不熟不甜不要钱。

菊花是个大嗓门，她一吆喝，板车四周围了不少人。人虽多，只是观望着，没有一个人买瓜。十几年前，王秀姑种的西瓜，在小镇上很有名气，西瓜车推到街上，买瓜的人要排着队。到后来，王秀姑不用推车上街了，买西瓜的人，有车的骑车到了她的瓜田去买，没有车的步行到她的瓜田去买。瓜不愁卖不掉。王秀姑见他们只看不买，对他们说：我是王秀姑，王秀姑种的瓜你们尽管放心买。

十几年了，物是人非，已经没有人记得王秀姑。

有人听了，这样笑着说：哈哈，又是王婆卖瓜。

还是菊花脑子灵，她没经王秀姑同意，在车子里随意拿起一只瓜，想用手拍开后，请大家尝尝。她拍瓜拍不开，用手指甲刻道痕后再拍，可她的手指甲一刻进瓜皮，没想到只听见爽脆的一声，西瓜自行裂开了。

红瓤。

汁水像是要渗出来似的。

好瓜，镇上人有个标准，除瓜汁多外，就是瓜要甜；而且这甜很讲究，要甜得不腻，甜得鲜洁，甜得爽脆，甜得舒服，甜得安全。

好瓜不愁卖不掉，王秀姑的第一车瓜，没有花多少时间就卖完了。

王秀姑临走时，谁也没有想到她会丢下一句话：假使今天买的瓜不熟不甜，你们留着，明天我来卖瓜时换给你们。

小镇上的人喜欢听这种负责任的话，这种话听了使人放心。

第二天，王秀姑准时到了，她叫菊花来帮忙，菊花上班还没回家。今天不像昨天，不见有人搬起这个瓜弹弹，搬起那个瓜弹弹，想从弹出的声音中，判断出瓜熟瓜甜，不见有人这个瓜掂掂，那个瓜掂掂，想从瓜的轻重中掂出瓜熟瓜甜，不见有的人捧着瓜在用耳朵听……买瓜的人，没有挑挑拣拣的，家里人多的，买大一些的瓜，人少的买小一些的瓜。王秀姑要称瓜，又要算钱，她实在忙不过来。当她的小秤秤出瓜的斤两后，要付多少钱，她叫买瓜的人自己去计算。买瓜的问她：你信我？王秀姑说一车瓜也值不了几个钱，甭说一个瓜。付款给她时，她会不忘叮嘱一声，这是你自己算的，错了只好你自己负责。接过钱，见有几个角币的，她又会说，角币你拿回去泡几瓶开水吧。虽只有几个角币的优惠，买瓜人心中会顿生起买瓜以外的快乐。

第三天，王秀姑没有来卖瓜，几个要买瓜的人问菊花：那卖瓜的老太婆还来不来？菊花说她昨天没有见到王秀姑。她问，昨天走时，王秀姑有没有说今天要来？

第四天，王秀姑没有来，来了个小老头子。他的瓜车，停在王秀姑停过的那棵玉兰树下。小老头是个公鸭嗓子，他吆喝着：卖西瓜、卖西瓜啦，熟的包甜，不熟的也同样包甜。

小老头子的瓜外表看来，与王秀姑的西瓜有区别。王秀姑的西瓜带着太阳的健美光亮，似有大自然野风的香味；小老头的瓜，白得缺少太阳的色彩，一看就知道是棚子里出来的。

小镇上的人吃西瓜已经吃出了经验，西瓜生得像葫芦，甜得发腻，这西瓜一定甜蜜素超标，有人吃得坏了肚子，到医院吊了几天液，吊得死去活来。小老头的西瓜可能也属于不安全不卫生不放心的那种，谁买他的瓜？买他瓜的人，这人不是有神经病，就一定是十三点。有人见小老头有趣，过去与他玩笑，问他西瓜里的甜蜜素是不是用针筒打进去的？小老头说，他种西瓜用的是最新科学，甜蜜素当然要用，用的方法，这是秘密，不能告诉你们，但绝对不是用针筒打进西瓜的。当有人说王秀姑的西瓜不光甜蜜多汁，而且吃得放心。小老头听了却不以为然，说她种瓜的方法已经老掉了牙，落后于形势，你们说吃她种的瓜吃得甜蜜放心，他说吃她种的瓜才是吃得最不放心。小老头说这话时，皱着眉头，做出恶心要呕吐的样子。在人们的追问之下，小老头卖了一会关子说：王秀姑卖瓜，我也卖瓜，她卖她的瓜，我卖我的瓜，说她的短处，人们会奚落我同行必怼，现在我说她，不是我要说她，是你们要我说她的。

小老头说：王秀姑种瓜喜欢用死猪、死狗、死鸡、死鸭、死鱼做肥料。这些死东西，真正是臭气冲天。他亲眼看见，她把人家丢弃的一头几百斤重的死母猪，用锯子锯成一块一块的，埋进了瓜坑里。王十月养的一塘鱼，被仇家用农药药了，死鱼氽了一河，王秀姑像捞银子似的，一条条捞了起来，也埋进了瓜坑里。还有，养殖场的瘟鸡瘟鸭，她也会去用车子推回来，一只只埋进瓜坑里。我走过她的瓜田，第一眼看瓜叶中滚着的还是一个个西瓜，第二眼看，就不是西瓜了，变成了一只只死鸡、死鸭，一条条死鱼，一块块死老猪婆肉。

小老头说到这里，真的像要呕吐的样子。

死鸡死鸭死鱼死猪腐烂了，变成了肥料，瓜的根须吸收了肥料，结出了西瓜，真像人吃了鱼肉，长出了精神，长出了力气，西瓜与死货色有关系吗？从小老头子的话中，大家弄明白了，王秀姑种的西瓜为什么与众不同。

小老头突然傻瓜样地笑了起来。这笑不是假笑。问他为何好笑？他请大家猜，王秀姑种的西瓜为什么汁水多？

大家说猜不出。小老头压低了声音说：

王秀姑给瓜苗浇连根水时，浇的是她的洗脚水。

丰同有

有证照，每月要交纳几元钱管理费的修鞋匠，原来各有各的领地，有的在小镇新街的街头，有的在老街的巷尾。为了市容的美观，镇里的工商管理部门，把他们集中到一座很少有车辆往来的水泥桥上。修鞋的摊子，在桥左右人行道上排开。一个摊子撑一把遮风遮雨遮太阳的塑料布伞。布伞是红蓝白三色的，两边对称，看起来很是舒服。

丰同有也是修鞋的，他一直没有去领证照。没有证照，也就没有资格被工商管理部门统一安排，街头巷尾又规定不能设摊，可这个没有难倒丰同有。他不是打一枪换一个地方，而是狡兔三窟。他经过认真调查研究，选定甲、乙、丙三处做得到生意的地方，今日在甲处，明日到乙处，后天又到了丙处。有证照要交纳管理费的鞋匠，得知丰同有在打野鸡（没有证照在修鞋），在工商所向他们收管理费时，提出了不少意见，可不知怎么搞的，丰同有还是在打他的“野鸡”。

丰同有年轻时，在镇上的轧米厂工作过十多年。他是第一线的工人，每天在轧米车间把一篾箩一篾箩的稻谷倒入大铁皮漏斗，稻谷注入轧米机的机齿。机齿剥去谷壳后，从一斜口出来，注入盛放的篾箩。反复进行三遍，机齿才能剥去全部稻壳，然后倒入风车的漏斗，扬去壳屑，米才轧成。车间里机器轰鸣，谷屑谷尘飞扬，不要多少时间，头发眉毛上都会沾上一层灰白的尘屑。丰同有个子瘦小，把盛有百多斤稻米篾箩端着倒入齐胸高的漏斗，常常显得力不从心。可能是过多地吸了车间中的粉尘，40 岁不到，就得了个气喘（气管炎）的毛病。不能在轧米车间工作了，厂里又没有适合他的岗位，领导叫他病休了。那时病休，工资每月 15 元。15 元钱加上他在棉纺厂做临时工的女人每月 20 元钱，养不活家里的三个小孩。丰同有只得再寻一个赚钱的门道——钓黄鳝。钓黄鳝是一个不要本钱（只需一根钢丝钓竿），也不要多少力气的行当，凭的是眼力和经验。丰同有钓黄鳝，每年从惊蛰开始钓到霜降结束。天天风雨无阻，一根钓竿，钓出了日用的油盐酱醋，钓出了孩子的书费杂费，钓出了家中五口人一年中可供替换的衣裤。当田地给化肥农药污染后，钓不到黄鳝了，他就摆出了只要工作态度认真，不要多少技术的修鞋摊子。

修鞋水平，在镇上所有修鞋匠中，他是最差的，可他用最好的服务态度，最低廉的价格，最长的时间，夺得了不少生意。其他修鞋匠，因为自己的辛苦，常常要埋怨政府，散布镇里干部的风流韵事，说到火气上，还要破口大骂。丰同有从不议论镇里干部，他不说他们好，也不说他们孬，只是修他的鞋。但是当有人说到学校，说到学校的白副校长时，丰同有会一反常态，不管你已经听过多少遍，他总不忘重复白副校长那件可恶的往事。

镇政府有个规定，为保证学校不受小商小贩的干扰，在距离学校大门口200米之内，不允许设摊。在镇政府规定颁布之前，在学校门口200米交界的拐弯之处，丰同有定期地（每个星期五）到这里摆他的修鞋摊子。一天上午九点多钟，一个眼睛大大的、个子瘦瘦的学生，急吼吼拿了只书包，请他修个拉链。

他对丰同有说：我与同学开玩笑时，不小心把他书包的拉链拉坏了，他不买我的账，说拉链修不好，要我赔只新书包。其实拉链并没有坏，只是有一个齿歪了。丰同有修鞋，有时也兼修拉链。他用钳子把那只歪了的拉链齿校准后，涂了些蜡，拉链就修好了。那学生要给他修理费，丰同有没有收，还劝告他今后别开玩笑，拉坏拉链是小事，伤了眼睛什么的就是大事了。

学生走了不到半个小时，来了几个工商和城管，不让丰同有说理，就把他和他的修鞋摊子用三轮车送到了工商所。到了工商所，丰同有问，我今天犯了什么错？一个胖工商说：是学校的白校长打来的电话，在上课时间，你给一个溜出校门的学生修拉链，你影响了学校的正常教学秩序。丰同有觉得很冤，要见所长，胖子说所长在市里开会，明天才会回来。丰同有说，你们收了我的修鞋摊子，叫我怎么做生意？胖子说，少做几天生意还是小事，有可能还要罚款。丰同有叹了一口气，问最多罚多少，最少罚多少？胖子说，最多几百，最少几十。丰同有又问：我要罚多少？胖子说：这要等所长回来决定。丰同有知道胳膊扭不过大腿，哭丧着脸站着不动。胖子说，你现在先回去，明天这个时间，你准备好钱，来见我们的所长。

第二天，丰同有怀揣100元钱，来到工商所。所长很年轻，他对丰同有说，他姓张。张所长叫他坐下，并给他倒了茶，敬了他一支好烟。张所长问他，为什么不领证照？丰同有说，他申请过，工商所说他每月有100多元轧米厂的生活费，属于退休一类的人员，不在领取证照的范围。张所长问他还认识不认识他？丰同有说他只记得他修过的鞋子。

张所长在中学读书时，请丰同有修过雨鞋。那是一个在融雪的冬天的午后，旧雨鞋有好几个口子，雪水渗入了，双脚冻得像红萝卜。他几次徘徊在丰同有的鞋摊前，想请他补一补，可是口袋里又没有一分钱。丰同有发觉了，问他是否想补雨鞋？他说自己一分钱都没有。丰同有说我给你补，不收你的钱。丰同有递给他一张小矮凳叫他坐下。他脱下雨鞋，丰同有注视着他冻肿的脚说，要当心，不然会冻出冻疮的，拿出块旧毛巾，怕他的脚冻着，给他包好了。这事，丰同有既然已经忘记了，张所长没有给他回忆，他叫了一辆三轮车，问他把你的鞋摊送到哪里？丰同有问：不罚款了？张所长说：学校那里你不要去了，免得惹出些麻烦。

丰同有有三个儿子，每个儿子成家前，他就申请一块地基，排好能造三层楼房的基础，然后他对儿子说：我只有给你们打个基础的能力，在房基上造什么房子，要你们自己努力了。儿子结婚，他只买一张床。买床的意思，他没有说。儿子明白，这是一块播种和休息的土地。父亲提供这块土地，是充满希望的。在丰同有的气管炎不能治的时候，他把一辈子积累的钱，一部分留给自己的女人外，其余的分给了他的三个儿子。在病危时，丰同有住进了医院。

晚上，医生对他的三个儿子说，你们父亲拖不到天明了。

到了天明，医生说你们父亲绝对拖不到太阳落山的。

丰同有的生命特别顽强，拖了半个月还没有咽气。三个儿子聚在病房里，怕丰同有听见，悄悄地在议论。

大儿子说：趁父亲还有一口气，送他回他住的老屋里去，在老屋里咽了气，丧事就在老屋里办。

镇上的习俗，父母死时，许多子女人家，都要争抢将要咽气的父母到自己家咽气，习俗称这会给这个子女带来好运。

当子女都同意把他送回老屋，在老屋里咽气时，丰同有大叫了一声。这一声如同雷鸣，整个医院都听见了。喊过后，丰同有咽下了最后一口气。

在子女们大声呼叫父亲时，母亲疯了样哭着说，他是给你们气死的。原来丰同有曾几次对她说，我有三个儿子，我不能指定在哪一家断气，我指定了，要说我偏心，让他们自己决定。他根本没有想到，三个儿子都不要他在他们的家中咽下最后一口气。

丰同有死后，他的骨灰在三个儿子家各摆上了一天，算是对父亲的补偿和忏悔。遗憾的是，丰同有已经什么都不知道了。

毕宝元

镇上各个部门，在每次政治学习中，都会出现几个“积子”（积极分子的简称）。毕宝元是在“狠斗私字一闪念”的政治学习中，从小镇教育部门冒出的积极分子。

私，镇上人都认为是人人都有的，没有私，也就不能成为人，而且私都是在灵魂深处暗藏的，不是随随便便让谁都可看见，谁都可以摸摸碰碰的，好似女人男人身上的私处。“狠斗私字一闪念”，说白了，就是把人灵魂深处的私处赤裸裸地公开给人看。镇上的教育部门在“狠斗私字一闪念”的代表会议上，出现了长久的冷场。这次代表会，县教育局也派人参加了，会议的冷场，让镇文教科长大丢面子。这时，毕宝元发言了。毕宝元不太会说话，只说了他狠斗私字的一个闪念。他在买一两粮票壹角钱两根油条时，他付了二两粮票壹角钱，收款人找给他二两粮票，他拿了油条和粮票，走了几步路，由于狠斗私字的一闪念，回去把粮票还给了收款员。毕宝元的发言给了与会的代表开拓性的启示，接着人人争抢着要述说自己的狠斗私字的一闪念。文教科长对毕宝元的救场十分感激，评选“积子”时，推荐了他。

那时，为了方便学生就近入学，镇和乡区有20多所小学，最小的巷墩小学只有一年级到三年级、一个教师的复式班。毕宝元是巷墩小学的负责人。毕宝元校长、教师、校工兼在一身，一口气干了十多年。学校离家远，管学生不光要管教管学，还要管吃管拉。毕宝元一直想离开这所学校，到离家近些的完小去教一门语文或一门数学，经过多次请人说情等努力，结果还是没有如愿，想不到狠斗私字一闪念给他闪出了一条不光实现了多年的愿望，而且还铺出了一条当上完小校长的坦途。

镇上的教育单位，年年要从“积子”中选拔一两个担任校长或教导，虽然这类校长或教导不是什么正式的干部，但是一经提升，以后加工资什么的，就取得了优势，不少老师对此还是十分向往的。毕宝元是在文教科长推荐下被任命为石村小学校长的。在老师们的眼中，担任校长要有些资历，毕宝元资历还不够，当大会上读到对他的任命时，好多老师笑他是用粮票换来的校长。

石村小学从一年级到五年级五个班级（那时小学五年制），是镇里五所完小中的一所，连校长在内共有7位老师。做“积子”难，特别是从狠斗私字一闪念中斗出来的毕宝元。他为了保持自己无私的形象，处处谨小慎微。

老师们发觉，他用的手纸，不像其他老师用的是废报纸和其他废纸，而是自带的粗草纸；他写信不像其他老师在备课本上撕一纸就写，而是自买的信笺；轮到他在伙房里值日，打粥时先打在一只碗里，然后再倒到老师的食具里，分饭时他用秤称着分。

毕宝元毕竟是校长，老师们看着他这样，学着他谨小慎微起来。学校里有一块半亩多大的园地，老师无事时，到园地上松土、除草、浇水、施肥，勤快一下，所获的蔬菜免费供给小伙房，改善伙食，减少了伙食费的负担。毕宝元上任以后，园地上收获的蔬菜以市价算，然后一分一厘分到各位老师的伙食费上。毕宝元说无偿取用学校园地上的收获，这是私字，这私字应该狠斗一下，至于老师在园地上付出的劳动和时间，国家已经付给了他们应有的工资报酬，不应再获取重复的酬劳。毕宝元这样说这样做，没有一个老师反对，可也没有一个老师认同。

小学老师是小知识分子，小知识分子也是知识分子。知识分子都在夹紧尾巴过日子，小知识分子当然也是夹紧尾巴过日子。从此学校园地日渐荒芜，毕宝元知道这是为了什么，但他坚持认为自己没有错。

园地上长满了荒草，石村的村民对毕宝元说：毕校长，你们把园地荒着，荒着多可惜呀，你们不种，我们来种了。毕宝元急了，决定在园地上栽山芋，山芋成活后，不要精密细致的田间管理，到秋后就能收获。荒地翻开后要做土垅，毕宝元利用规定的周四半天的政治学习时间，再请了五年级十几位个子大的同学，师生共同完成了种山芋的土垅任务。

一天早晨，他对五年级的班主任——代课老师王小福说，今天下午你们班有一节劳动课，再把下星期的一节劳动课调上来，两节劳动课种山芋。他又对其他老师说，假使同学们种不完山芋苗，余下的我们放了晚学种。说完，他上镇上买山芋苗去了。中饭后毕宝元回来，对王小福说，没有买到山芋苗，你们班里的劳动课改为打扫卫生冲厕所，下周的劳动课不用调上来了。可是毕宝元想不到王小福会这样对他说：同学们都带来了水桶、料勺、斜凿刀等种山芋的工具，今天不种山芋苗，就你这一句话，叫我王小福去对同学说不种就不种了？理由呢？我难以回答，最好你去说。王小福的口气十分坚决，而且十分生硬。自毕宝元来石村小学当校长这么长时间，王小福是第一个敢与毕宝元这样生硬说话的。老师们都等待着看毕宝元如何回答王小福，可是谁也没有想到，毕宝元红着脸尴尬了一会，只对王小福笑了笑。

这是为了什么?

第二天，毕宝元到镇上中心小学开会去了。王小福在老师们再三追问之下，才说出了事情的原委。

山芋苗的价钱一直居高不下，一百棵山芋苗要买到 3 元。毕宝元那天上街买山芋苗，恰巧山芋苗大降价，降到了每百棵只买 5 角钱。市场上常常有这样的循环，今天卖山芋苗的人多了，明天肯定会少而又少，山芋苗的价钱又会升高，便宜时不买，错失了机会，会懊悔好一阵的。毕宝元买了 2000 棵山芋苗，100 棵 5 角，与上一天 100 棵 3 元相比，他便宜到了 50 元钱。至于他为学校买的 2000 棵山芋苗，他拿回家种在了自留地上。老师们问王小福是如何知道的？王小福说，事情也凑巧，他在校门通道旁的房间里休息，听得从镇上回家的毕宝元与路过校门的大队妇女主任阿心在说话。阿心问他：毕校长是镇上回来？毕宝元说是呀！去买山芋苗的。阿心说，山芋苗还是老价钱？毕宝元说今天便宜了几倍，只要 5 角 100 棵。阿心说：这么便宜，你买了没有？毕宝元说，当然买了，买了 2000 棵。阿心说，只隔一天，你便宜到两个月工资。毕宝元说：两个月不到一些。

王小福把毕宝元和阿心的对话学得惟妙惟肖，引得老师们哈哈大笑。

下午 2 点多钟，毕宝元开会回来时，背回了 2000 棵山芋苗，他把农贸市场管理处开的发票给现金出纳的何老师，何老师一看发票，每百棵 3 元，2000 棵共 60 元，她吐了一下舌头说：这么贵?

毕宝元说：还是与昨天一样的价钱。

卞进才

镇文教科助理卞进才正要下班，他的顶头上司余科长还没跨进办公室，就大声说小卞你别走，我有要紧事。余科长的要紧事，几乎全是要卞助理加班。什么明天上午要用的镇里各校的流生汇总表、送上县局的经验总结、全镇教师大会上的讲话稿，等等。卞助理坐下，静听着余科长的吩咐。余科长说，我刚从镇长那里来，镇领导决定了，委任你到镇北小学当校长。余科长的要紧事，是通知他当校长。卞助理急了，他说余科长，这你知道，我是在农校学兽医的，一天课都没上过，还要当校长，这不是造桥请了个箍桶匠。余科长笑着说，镇农副办公室调你到我办公室时，你也不是说过这话？一年下来，你这个箍桶匠造桥的水平，快要赶上茅以升了。卞助理一时找不到合适的话回答。余科长说，别推脱了，是委派你下去当校长！就这么决定了，明天准备一下，后天上班。

卞助理不敢讨价还价。前年，他从农校毕业后，分派到镇里，镇里不接收，理由是编制已经超员，幸得舅舅的连襟与镇长在县读书班同学了一个星期。镇长给了舅舅的连襟一个面子，把他硬塞进了镇农副办。在农副办打了一年杂差，镇里人员调整，镇长把他塞进了不缺人的文教科当助理。镇政府成员都以职务称呼，大家都叫他卞助理。一个镇里多余的人员，只能听从领导，领导叫你往东，心中想往西走，可是没有这个胆量。卞助理像害了病，晚饭吃了几口，肚子就饱了。他母亲问他有什么心事？他说真见鬼，领导派我去当校长。母亲听了很开心，说派你当校长，是领导对你的提拔。他说，你懂什么？她说我是不懂如何当校长，假使你与我一样不懂当校长，你可以去请教请教姨夫。卞助理家在北街，姨夫家住在西街。到姨夫家只要走五分钟。姨夫正在灯下看报，卞助理叫了声姨夫，说明了来意。姨夫说，在乡村小学当校长，谁都会当，意思是没有多大意思，既然答应当了，不能丢脸，一定要当好。姨夫没当过校长，不懂校长入门，他只谈了教师心目中的好校长“好”字的六划是如何写的。姨夫叮嘱他，当乡村校长，一定要担一门语文或算术的主课。不会上，没关系，你放下校长的架子拜一个老教师为师，他上课你听课，你上课他听课，一个月下来，这课你自然而然就会上了。你的课上好了，校长也就当好了。听姨夫一说，卞助理心里放松了，可是脸上为难的表情还没消除。姨夫笑了笑说，浦尼小学的夏校长原来是个道士，河南小学的秦校长只读过小学五年级，他的那张文凭是买来的。大村小学的周校长，原来是镇上黄丰记绸缎的伙计，最多一个小学毕业，现在他们全都是镇上小学大名鼎鼎的语算双枪将，你农业技校毕业，折算起来一个硬当当的高中毕业生，一个高中毕业生，教小学五年级、六年级，不是学问太少，而是学问太多了。姨夫这几句话，抹去了卞助理脸上的为难表情。

镇北小学三个班级，连校长在内一共四个编制。老校长回大队当了会计后，开学将近一个月，校长一直缺着。三个班级，三个老师，每天从第一节课上到最后一节课，上得嘴干喉咙疼。他们天天盼新校长到任——不是盼新校长来领导，而是盼新校长来分担他们的课务。当一听说新校长是卞助理——他们知道卞助理没有上过一节课，年龄最大的林老师长长地叹了一口气，对毛老师说：老毛，卞兽医来当了校长，你的老毛病有治了。毛老师有痔疮，这一阵上课上累了，正在发病。毛老师一笑，痔疮要痛。林老师的话，他不得不笑。毛老师痛苦时笑得十分可爱，他想回应一句林老师，可是这句话他没有说出口，他自己先乐得笑了起来。毛老师的脸更痛苦更可爱了。林老师的爱人生了二胎后，同意结扎，他想说但因痔疮痛得无法说出口的话，被齐老师猜对后说了：阿林，卞兽医来了，嫂夫人的事，可以减少麻烦，减少痛苦了。林老师有气管炎，一笑就咳嗽，咳得上气不接下气。齐老师急忙给他捶背，他边捶背边说：盼星星盼月亮，盼来了虽不会上课但课总是要上的校长。解放的日子已经到来，我们的老林不能牺牲，老林牺牲了，我和老毛又要吃二遍苦了。

卞助理上午到文教科整理了一下自己的东西，下午到了镇北小学。

林老师带头叫了一声卞校长后，毛、齐两位老师也叫了一声卞校长。

三声卞校长，把卞助理的脸叫得像刚下蛋的母鸡一样通红。

一间办公室，四张办公桌一顺溜地排着。林老师指着最后张办公桌说，这是虞校长的。虞校长是前任校长，新任校长当然要接着坐前任校长的办公桌。卞助理看了看四张办公桌中档次最高的办公桌，问林老师，第一张靠窗的办公桌是谁坐的？林老师说是我坐的。卞助理说我眼睛不好，靠窗可以借些光明。林老师当是听错了，看着卞助理，希望他再说一遍。站在一旁的毛老师拉了拉林老师的衣襟说，卞校长眼睛不好，老林你与他换个位置。林老师说，换个位置，小事情，马上换。卞助理说，桌子也别换，椅子也别换，换个人就行了。

毛老师他们从心里欢迎卞助理调换办公的位置。原来的几任校长，都是坐在最后，在校长前边坐着，备课批作业，忘了校长坐在最后，假使要写封信，看几页闲书时，总觉得校长的眼珠子在后脑壳和背心上骨碌碌地转动着，很不自在。卞助理抄了全校的课表回家后，林老师他们谈论着卞助理调换办公的位置，论到他是有意调换还是无意调换，结论是有意调换的。毛老师夸奖他，这是领导的艺术。齐老师说他可能学过心理学。林老师则认为这是他对我们信任的一个信号。调换一个办公的位置，卞助理把林老师他们拉近了。镇北小学的三个班级都是复式班。齐老师上一年级、二年级的语文课和算术课，毛老师上三年级、四年级的语文课和算术课，林老师上五年级、六年级的语文课和算术课。第二天一早，卞助理开了一个短会，会上，他提出毛老师上的算术课由他担任，毛老师只上语文课，原因是他在文教科做助理时就知道毛老师身体不好。他问毛老师有没有意见？毛老师连说谢谢。林、齐两位替毛老师高兴，满脸笑容。这满意的笑容，毛教师读得懂——兽医在给你医治痔疮。毛老师对他俩笑了笑。他的笑，林、齐两位也读得懂——注意尊重人，别开玩笑。大家没有意见后，卞助理拿出重排的课表征求意见。过去有个规定，校长只要上老师的一半课，还有一半课给校长的职务顶了。老师们数了数自己一周的课，少了2节，再数数卞助理的课多了6节。多了6节课，校长与他们上了一样多的课。林老师说，卞校长你上的课太多了，毛、齐两位接着说，真的，卞校长，你上的课太多了，匀几节给我们。这三位多则二十几年、少则十几年教龄的老师，第一次说校长你上课太多。课务定了后，卞助理说他要聘请几位担任一些职务。请林老师负责排课调课，毛老师负责学杂费的收缴和办公费的收支，齐老师负责少先队工作。这些事情，都是校长的职权，现在职权下放，这是信任，老师们乐于承担了。卞助理说了谢谢大家，敞开了心扉，说他没上过课，没做过一天老师，叫没有做过一天老师的人当校长，真正是像叫黄狗耕地，以后恳请各位多多帮忙。真话假话，只要看表情听语气，卞助理说的是真话，真话能感动人。林老师说请放心，毛老师说一定不拆烂污，齐老师说有什么难处，你尽管叫我们。会议结束时，卞助理说，有一事，险些忘了，你们以后有事假病假，我在时与我说一声，我不在，与林老师说一声，把课务调好就行了。老师们听了，吃了一惊。在请病假事假上，最能看出校长的肚量。前几任校长，最头疼老师请病假事假，请假时校长的那张脸——脸上竟会明目张胆地打着问号。谁会没事找事，谁会没病装病。病假、事假最后还是准了，可是准得双方不舒服。老师们的吃惊，吃惊的是卞助理会有这么大的肚量。

新课表在下个星期执行，这个星期，卞助理天天从第一节课听到最后一节课。老师们上得认真，他听得认真，记得认真。新课表执行后，他试上第一节课，就请毛老师听课；第二节课、第三节课，毛老师没时间，就请林老师、齐老师听课。听了他的课后，他恳请他们评讲，请教的人抛出一片真情，没了吹捧、敷衍、搪塞。三个星期下来，卞助理能抓住重点讲课了，课上时间的安排，差不了一两分钟。一个月下来，卞助理上课上得像课了，他委托林老师开了个学生座谈会，学生们都说卞校长的课，从开始听得糊涂，现在听得懂了。学生能听懂老师的课，这个老师可以独当一面了。卞助理原来是个小胖子，一个月下来，人瘦了不少，眼睛显得特别圆，合身的衣裤，变得肥肥大大了，原来没有发育过孩子一般尖嫩的嗓音，粗笨沉重了，这嗓音像是在一个月中，完成了他的发育过程。

星期六下午，卞助理正要回小镇。林老师请他到家小聚。“就请我？”卞助理问。林老师说为什么最后一个叫你校长，怕你花费，这话有道理。林老师家在离校不远的林村。到他家时，身材小巧的林师母把一切都已经完美地准备好了。入座后，林老师端米酒敬卞校长，只说了声欢迎后，又说了声随意，他把满满的一碗米酒一口喝了下去。卞助理酒量不大，林老师的一声欢迎，他忘记了自己的酒量，也只一口喝下了满满的一碗米酒。毛、齐两位老师接着敬酒，两声欢迎，卞助理又喝下了两碗米酒。卞助理不胜酒力，忘了回敬，他用筷子捡着碟子里的炒黄豆时，他说你们叫我卞校长，我真的不好意思，镇北小学的校长，你们谁当，谁都比我当得好。想请你们叫我小卞或者大卞，可我这个卞姓不好，怕学生听见了也跟着叫我“小便”“大便”，这样吧，今后你们不要叫我卞校长，也不要叫我卞老师，你们叫我老师，也真的不好意思，你们就仍叫我卞助理就行了。卞助理醉了，边说话边夹着碟子里的炒黄豆，滚圆的黄豆难挟，说话真说到把夹住了的一粒黄豆，送到嘴里，在牙齿嚼开黄豆的咯嘣声中才停歇。

昌 龙 毛

离镇只有三里路的刁家生产队，是全镇有名的落后队。镇里评生产队先进是以粮食亩产量的高低为唯一标准。有人曾提出不同意见，以亩产量为标准，那政治呢？镇党委书记说，政治不挂帅，产量会高吗？他立即举了刁家生产队为例子，全队报纸不订一份，一年到头会也不开一个，粮食亩产年年全镇倒数第一名，这个队你能评先进吗？事实最具有说服力，有不同意见的人，立即没有了不同的意见。落后生产队不等于说没有先进的人，只是这先进的人，给落后埋没了，埋没了的要挖掘，镇书记在秋收秋种动员大会上，作过这样的指示。镇里报道组的几个通讯员，心领神会，决心要在刁家生产队等几个落后队中挖掘先进。

苍天不负苦心人，在秋收秋种的关键时刻，镇里的报道组在刁家生产队，挖掘出了昌龙毛。

刁家生产队的早工，要比其他生产队晚一些，要等天大亮时才会出工。队员们一到要翻地种麦子的一块大田，吃了一惊，大田中间黑油油的，已经翻开了一埨，大田有 30 多米长，翻好这一埨土，起码要 3 个小时。土是新翻的，块块泥土还滋润着。这是刁家生产队从来没有发生的事。队长昌叔毛问这土是谁翻的？落后生产队的社员，说话一点不先进，都说我们上工，听你队长的哨子声，你哨子声不响，到田里来翻土，你队长一定会觉得我不是戆大，就是痴子。没有人承认。有些迷信的人说，是否是鬼翻土？有点知识的人说，会不会有人梦游？早上 6 时 30 分，镇里广播站开始广播，头条新闻就是广播的刁家生产队的昌龙毛，题目是：争分夺秒抢收种，披星戴月开夜工。

队里人听了广播，知道这土是昌龙毛翻的，吃了一惊后，有人开玩笑说，昌龙毛，你这只贼力气用不完，若是我，把自己女人的三分地再翻上一遍，我也不会到这大田里来翻土。有的人听见广播中表扬了昌龙毛，心里觉得他占了大便宜，但便宜不能全让他占去，很严肃地对队长说：昌龙毛不听你队长开工的哨声，私自翻土，这工分你要记给他吗？队长不说话，有的队员说要记，有的队员说不能记；说要记的有要记的理由，说不能记的有不能记的理由。一田人像一田麻雀，叽叽喳喳地闹个不休。

“我不要记工分。”昌龙毛大吼一声，大田里顿时鸦雀无声。

给队里干了活，不要工分，在刁家生产队，昌龙毛还是第一个人。

有人问昌龙毛，你半夜三更翻土，镇里广播站是怎么会知道的？追问了半天，昌龙毛没有吐露一个字。

这件事，昌龙毛觉得不能讲，讲出来要笑掉大牙的。那晚上，他上了床，自己也不知道睡了多少时间，家里没有钟，又没有表，不知当时是什么时间。阴历十六，窗外的月光亮得如同白昼，他当是自己睡得太死了。他像是记得队长在昨天收工时说过，明天早工翻土，但记不得到哪块田里翻土。他掮着铁耙，匆匆走到田头。走了好几块地，都没见到人。这时他才明白，是自己出工早了。回去再睡，可一点睡意也没有。想都没有想，就翻起了土。翻了只有几米时，镇里的两个通讯员下乡采访晚归，路经刁家生产队，发觉了昌龙毛。他们如获至宝，问他，你为什么独自开夜工，昌龙毛没有说真话，他说秋收秋种时间紧，这样做，是为生产队多作一点贡献。昌龙毛这几句话已经够了。经通讯员一加工，一个一心为集体的昌龙毛形象就树立了起来。昌龙毛本想翻了几米土后，社员们不上工，他还是要回去睡觉的，可经通讯员一采访，他把一垅土翻到头，队长的上工哨还没吹响，知道自己搞错了时间。他回到家，睡在隔壁房里的女人说：你出外蹲坑，蹲了这么长的时间，是连根屎！

经过镇里的广播站一广播，昌龙毛成了镇里著名人物。镇书记为他预言的实现，非常有信心。秋收秋种完成，他亲自接见了昌龙毛，对他说一个人做点好事并不难，难的是一辈子做好事，希望他脚踏实地，埋头苦干，做出成绩，成为刁家生产队的一棵大树。

年终时，评比先进，经书记的提议，昌龙毛评上了列了名册的县级先进人物。

第二年春天，昌龙毛闹出了一件传遍全镇的笑话。

刁家生产队阿英的丈夫昌全龙在外省工作，因病在家休养。昌全龙的病是一种怪病，经常要神经兮兮地自言自语。阿英陪着他，到几个大城市的名医院看过，都不能确诊他得的是什么病。医生不能确诊的病，队里人说，可以用迷信的方法试试。病急乱投医，试试就试试，试不好，对病人对自己没有什么损失。神经兮兮地自言自语，可能是撞到“煞”。“煞”附在你身上而引起的，要“煞”离开你的身子，唯一的办法是送。送“煞”的时间要在病人不知的情况下，半夜三更熟睡时，还要给“煞”大量冥币和纸折的银锭金锭。阿英公婆已经去世，昌全龙又没有叔伯兄弟，她见昌龙毛获得了县先进后，乐于助人为乐，请他在送“煞”时帮她一个忙。昌龙毛说，我是县先进，帮你搞迷信，这事传出去，我这个先进人物会给人当笑话讲的。阿英对他说，半夜三更只有我们两个人做的事情谁会知道？昌龙毛认为阿英的话说得暧昧，认为她相信他。他不能推托一个相信他的女人要他帮忙的事，就答应了。半夜里，昌龙毛来到阿英的家，为怕惊醒昌全龙，每说一句话，都是悄悄地贴着耳朵说的。昌全龙没有睡着，他不知道他老婆在干什么事，听见昌龙毛来到他家，鬼头鬼脑的，引起了他们有私情的怀疑。他没法忍受，从床上跳了起来，不听阿英的解释，对昌龙毛拳脚相加，可怜的昌龙毛被打得落荒而逃。

当夜，这件事传遍了队里的每个角落。第二天一早，在镇上的茶馆里传开后，成了镇上人茶余饭后的闲话。

一个县级先进人物，会犯如此低级的错误，镇书记说昌龙毛真正是块朽木，雕刻家的本领再大，也不能把他雕成经得起时间考验的艺术品。从此在他心中，抹去了昌龙毛。

自此，昌龙毛回复到他过去的平常生活之中。

2004年年底，镇里新一代的领导人，想起了过去曾经做出贡献的劳动模范和先进人物，决定给他们献上爱心，每人补助700元人民币，昌龙毛获得过县先进，也在补助的名册中。他怀里揣着补助到的700元，刚进家门口，他的儿子问他补助到了多少钱？他说700元。他儿子说：全部充公。昌龙毛见儿子板着脸，不像在开玩笑，说，这700元钱，是政府补助给我的茶钱。儿子说：茶钱也要充公。昌龙毛用手压着口袋。他儿子说：你的老骨头痒了？最后，媳妇出来调解。昌龙毛留下200元，500元给了儿子。

窦 宪 平

窦宪平原来与儿子一起住在城里。他说城里不自由，真像一只关在笼子中的鸟，回镇上住在他父亲留下的那间老屋里。年轻时窦宪平赚过大钱，城里儿子住的楼房就是他赚大钱时买的。至于他为什么没享受到退休金，要靠儿子给他每月 10 元钱的生活费过日子，镇上人只是在背后议论过他，没有当面问过，也没有做过调查。窦宪平没有事干，早晨到茶馆里喝杯茶，喝茶完毕后，到小菜场上看看，到修伞补鞋的小摊上坐坐，与修理师傅聊聊天。他是个和气的小老头，见熟人总是笑着先打招呼，有时陌生人面带笑容在他面前走过，他会误为陌生人认识他，于是笑着会问对方：好久不见了，近来在忙些什么？陌生人见他这样问，礼貌起见，总是笑着点点头。陌生人走了几步路，会回过头来看看他的背影，心里想这个没有门牙、只有一圈花白头发围着光秃秃头顶的老头是谁？

居委里评先进，上级提名的一个候选人，有缠夹不清的男女关系，最后落选了。先进的名单镇政府催着要，在第二天下午要开大会表彰。居委的几个主要领导在最后敲定人选时，有人提出了窦宪平。没人有不同意见，一致通过了。好消息传得快，不到一个小时，窦宪平听到自己被评为先进，他坚决不相信，他还伸手摸了摸告诉他这个消息的阿桂的额骨头，说阿桂你没有发烧，怎么说起胡话来了？当他获知是这消息不假时，他摸了摸自己的额骨头。阿桂说，你摸什么，这是真的，不是你额骨头在发烧。窦宪平说，发烧不发烧，我还不糊涂，我是在摸摸我的额头为什么会这样亮。

窦宪平的先进在助人为乐一栏中。没有评到先进时，他从来没有想过助人为乐的意思，一评到了先进，想到了助人为乐的意思，帮助了人，自己还要快乐。助人为乐，助人容易，一定要快乐，就不容易了。评上了助人为乐的先进，自己又没有助人为乐过，不能挂个名。从此，窦宪平逛街没有了过去的闲情逸致，在川流不息的人流中，寻找着助人的机会。有时，见一个老婆婆买两根油条时，忘了带一两粮票，窦宪平给她付了一两粮票。老婆婆说，明天你等在这里，我还你一两粮票。有时，见一个乡下大嫂，剪了5尺布，少带了一尺布票，窦宪平给她付了一尺布票。大嫂说，我过几天上街，我见不到你的人，我会把布票给剪布的营业员，你到她这里来取。买油条的老婆婆没有还他粮票，剪布的大嫂没有还他布票，他为这样的助人，心中不快乐了好一阵。帮助了人，自己心中不快乐，这不能叫助人为乐。从此，他再也不做助人不快乐的事情。

梅雨时节的一天早晨，天还好好的，突然下起了雨来。乡下到镇上赶早市的人，有不少没有带雨伞和笠帽，他们躲在屋檐下避雨。见雨下个不停，在镇上有亲戚和熟人的，他们借了雨具回家了。窦宪平在茶馆里喝茶出来，见茶馆门口几个人焦急地看着雨，窦宪平说雨有什么好看？他们说，看雨？神经病才看雨。窦宪平说，那么你们不看雨在看什么？他们说，在看天几时不下雨，我们可以回家。知道了他们没有雨具无法回家，窦宪平说，你们中的一个先跟我走，其他人等着，我一个一个帮你们解决问题。他撑开他那一把有好几个漏洞的油纸伞，其中一个最心急的人，钻到他的伞下，雨大，伞漏雨，他苦笑着对窦宪平说：伞没有借到，我的衣服先淋湿了。窦宪平把伞转了个半圆说：我把漏洞多的一边转过来了，漏的雨少些了吧？走过十几个门面，走到一爿怕雨淋、只开了两扇排门的小店门口，他大声对店主说：大块头阿姨，借顶伞来，我的乡下朋友要急着回家。大块阿姨说：雨天借伞，我一共只有一顶伞，我要出门怎么办？快借来，什么出门不出门。大块头阿姨把伞借给了他。乡下人接过伞，问他，以后这伞还给谁？窦宪平说：随你的便，你可以在茶馆里还给我，也可以直接去还给大块头阿姨。他用同样的方法，给茶馆门口的几个避雨的乡下人借到了雨具。窦宪平自己虽然淋湿了，想到经他的帮助，乡下人用借到的雨具遮挡着大雨平平安安回到家，他很快乐。

淋了雨，窦宪平感冒了，这次感冒十分厉害。他眼泪、鼻涕流个不停，茶友问他：打针吃药了没有？他说打了吃了。茶友说怎么会打了吃了还不好？他说我怎么知道。茶馆里会开玩笑的人不少，说感冒从开始到结束，一个星期最重的感冒也痊愈，假使一个星期不能痊愈，这感冒不是打针吃药就能治好的了，要治好，有一个秘方。茶友阿六不顾自己会传染到感冒的危险，凑着他的耳朵说了这个秘方。

窦宪平听了说：这是迷信，鬼才相信。

茶友说：我已经说，信不信由你了。

小镇没有改造之前，东南西北四条街，每条街的小弄堂都有茅厕。茅厕很讲究，用砖砌的不会漏水渗水的坑，坑上搁放一个钉着木板的结实的木架子，木架子上大解的长方形框口前，由于茅厕没有大门，安装着一块遮挡大解人不雅处的木板。

剃头的阿八去大便，发现木板上用白粉笔写着：优惠奉送重感冒。

这是谁写的？

剃头阿八骂了一声绝子绝孙，立即觉得自己的鼻子有些不通。他刚把裤子带束好，觉得鼻子里痒痒的，自己也无法控制，一个惊天动地的喷嚏，把刚束好的裤子带打断了，只得提着裤子回家。

到了第八天，窦宪平的重感冒好了。

在茶馆里，他悄声地对阿六说：你的秘方灵验。

阿六说：原来镇上所有茅厕挡板的粉笔字是你写的？我去阿八那里剃头时，他流着鼻涕在大骂，谁个断子绝孙的，在茅厕的挡羞板上写着：奉送重感冒，而且还优惠，上了他的大当，我只有读一遍，他的感冒就奉送给我了，优惠得鼻涕不断。

我见他感冒这么重，吓得发都不敢给他理，怕给他传染上了。

天又下起了雨。不下雨想不到雨具，一下雨大家都想起了雨具。

窦宪平在茶馆里喝茶。大块头阿姨来茶馆向他讨油纸伞。大块头阿姨还没有走，小弟的娘来讨笠帽，阿根的好婆来要雨衣。

窦宪平苦着脸说：这些乡下人真正拆烂污，他们明天不来还，我买新的赔给你们。

助了人，自己不快乐，助人为乐真难呀。

花 景 良

县新华书店在镇上有个分店。分店一开间门面，就只花景良一人。镇上人叫花景良都叫他花店长。一年之中最忙碌时间是在春秋两季开学前。花景良要分发镇上中小学几千个学生的课本，各要忙上半个多月的日子。其他的日子，他天天背靠着一大排书架，立着或是坐着，目光呆滞地看着街道。镇上喜欢读书的人买不起书，买得起书的人又不喜欢读书，书店里一天卖不了几本书。那时书价低廉，一天有卖书卖上十几元、二十几元钱，生意已经算是不错的了。路过书店的人，总是看见花景良没有事地立着或者坐着，不少人眼红他的这份工作，只要坐坐立立，每月能领到一份工资，真正是前世里修来的福气。拖板车的老蒋，每次空车拖过书店，都要稍停一下，与花景良开个玩笑：

老花呀，我俩的工作能否换几天做做，让我能享上你这样的几天清福。

花景良听了，说了声“看人挑担不吃力”后，诉起了苦：我整天立着坐着，除了当好灰孙子外，还要当好儿子，当好爸和妈。

花景良话的意思是，我一个人守一爿店，真正不容易。

老蒋听后，说：我才不眼红你的工作，看你整天站着立着，像一个新鲜活死人，做新鲜活死人，还不如做独守空房的寡妇。

老蒋拖着板车走远了，在花景良的耳朵里，留下了一长串活蹦乱跳的车轱辘声。

那时新华书店的头头说，在各个镇上开分店，主要是为了社会效益，但从每月发下的各镇分店的销售统计表看，这社会效益却在其次，更突出的是经济效益。花景良店里的经济效益，排名在县倒数几名几次以后，他觉得排名在后，县总店主任虽没当面批评他，但这不批评比批评还要难过。他决心努力一下，力争上游不敢想，争个中游挽回自己的面子。

他向排名在前的同行老费取经。老费说他真的没有什么经，我能多卖出几本书，主要是面皮厚，书店来了新书，我就背着送到学校、镇政府、棉织厂、农具厂等单位，向领导推销。一开始，这些单位的领导口径像统一似的，都念经，念得比乞丐还要穷。你听着，不要为他们念的穷经而生恻隐之心，只当没有听见。耐着性子坐下去，软泡硬磨它几个小时，这一招保你灵，为了打发你早些走，他们总是能买上你几本书。经常去了，隔一段时间不去，他们还会想念我呢。花景良如法炮制，每次新书一到，立即去单位送书。老费说得不错，真正要面皮厚。领导对花景良说没钱，回绝你时，花景良就摆出你没买我的书我不走的一副无赖样子，这样回答无钱买书的领导，可能是为了打发你早一点走，于是就买下几本书。镇上大大小小的单位有好几十个，每个单位买上 10 本，数量就大得吓人了。一个多月下来，县店的统计表上，花景良的销售业绩排到了第三名。几个月下来，花景良有了经验，商品有紧俏的，有的商品的紧俏是人为造成的；书当然也应该有紧俏的，书要紧俏，也需要人为一下。他再次送书，凡是书店发下的书只有一本两本的，他把这书列入紧俏书，送书时故作神秘，悄悄向领导介绍，这书曾是禁书，现在内部供应。内部供应的禁书，刺激着人的神经，连不识几个大字的领导，也产生了一睹为快的强烈欲望。由内部供应的禁书开路，连架子上几本卖不动的书也搭配着销了出去。花景良上了县店销售的榜首，年终时获得了农村图书发行先进的锦旗一面。花景良把锦旗挂在店堂中最显眼处。人们在街道上行走时，看一眼书店，就能看到那红底金字的锦旗。

每次县店的新书分发下来，他立即验收后，到单位送书，难得会过夜。一次，新书送下来不到一天，他接到县店一个电话。叫他不要开包验收，立即把书送回县店。电话来晚了，大部分书他已经送到了各个单位。这种情况，过去也曾发生过，是发下的书中有真正的禁书，省店奉命要县店收缴已经发下的书，县店要向分店收缴，因为这里面牵涉了政治，谁也不敢怠慢。花景良骂了一遍人后，拿着书单子，赔着笑脸，到单位去收书。有的单位有图书室，收起来还是容易；有的单位没有图书室的，书买下后，你一本我一本给大小领导带回家去阅读了。收书比卖书还难，收了五天，县店打了十几个电话催促，花景良才把书收齐。县店收到他送上去书的第二天，他接到县店的电话，叫他立即进城，电话是县店总经理打的，口气十分严厉。花景良一进县总店主任的办公室，总经理把一本书往桌子上一掼，骂着：花景良你做的好事，我真正想不到，你还有这么一套本领。花景良如坠入云里雾中，见主任瞪着眼睛，像要吃人的样子。花景良受不了，心里想，看他这个样子，真正像只狗，还是县总店主任呢！就不软不硬地回答了一句：什么事情，你总该让我有个明白。

总店主任口吐白沫说完了，拿出了他上交的书。是《查太莱夫人的情人》。经理边翻边对他说：你看，你睁大眼睛看，这本书有人把书壳拆了下来，里边换了《创业史》。花景良呆了。花景良已经想不起这本书送给了哪个单位。

这本书我赔，好不好？

总经理又上了火，他说：上级要收的就是这本书，这是本黄书色情书，是上级三令五申，要一本不少地交上去，不交上去，要负责任的。花景良知道事情严重，他说他只卖书不看书，不懂《查太莱夫人的情人》，我懂了，就不会做这种只有傻蛋才会做的傻事。保证回去后，一定去查找这个调包的人。

事情既然是这样了，总经理觉得也只能这样办。

花景良回到镇上，实在回想不起这本书是哪个单位收回来的。连单位都想不起，查找谁调的包，比大海捞针还难。就是想起了那个单位，没有人承认调了包，还是没有办法的。花景良没有去查找，可总经理来电话催问时，他总是回答说正在寻找。无法解决的问题，用拖来应付，不失为是一种好的办法。后来，总经理不来电话了，他当是事情过去了，可是他万万没有想到，在新华书店所有员工加一级工资时，唯有他没有加到，原因是渎职。一年多的努力，给你的奖励是一面锦旗，一本书的失误，少加了一级工资。花景良叹了一口气，没有说什么，他只是不再到单位去推销书了。

书店里空了的书架子又慢慢地满起来，他整天坐着或立着，目光呆滞地看着街道。店里没有抹桌布时，他把锦旗一剪为二，一块当作了抹桌布，另一块当作了擦湿手的布巾。

龙来

那时小镇上，很少有人穿毛料衣服，蛇医龙来是少数几个人中的一个。龙来的毛料上衣，摸上去没有毛感，若细嫩的手摸上去，有些扎手。不少人猜想，这毛衣的料子，真是羊毛的，也一定是羊头、羊脚、羊肚皮上的下脚毛。龙来个子小，毛衣又肥又大，不合身，但看惯了，觉得他是穿这肥大的毛料上衣的天生衣架，有城里人的派头。这毛料上衣，他从九九重阳开始穿，到五五端阳脱掉，既当夹衣，又当棉衣。外地有人来镇上寻龙来，随便问小镇上的什么人，都会回答客人：见了穿毛料上衣的就是龙来。

小镇上有几个蛇医，龙来的资历和医术都不如他们。巫蛇医，三代祖代；果蛇医，拜过名师。龙来只是跟一个捉蛇的学过几个月，捉蛇的教了他配制蛇药的方法，还教了他其他蛇医都不敢用的吮吸法。

吮吸法广受欢迎。到龙来那里治蛇伤的人，大都是在田头让蛇咬了的。此事性命攸关，十万火急，耽误不了分分秒秒。脚上被蛇咬了，手上被蛇咬了，只是应急地用裤带切住腿弯臂弯。满腿泥巴，满身汗臭，喊救命地叫几个身强力壮的大力士，扛着或背着伤员，抄着近路，半里一换，向小镇飞奔。

巫蛇医的诊所在南街，果蛇医的诊所在北街，龙来的诊所在西街。龙来自己也弄不明白，南街外村里和北街外村里的病员，也会多走些路，背到他的诊所。

镇上三个蛇医，三爿诊所，龙来的最蹩脚。诊所里一张办公的旧桌子，四条桌脚，有两条腿一样长，其余两只脚下各垫了一块厚薄不等的砖头；一顶橱，橱里放四只大瓶，瓶里浸着蝮蛇、竹叶青、眼镜蛇、五步蛇的标本；用一张木板搁在长凳上搭成的病床，还有几把长凳。

龙来见病号进他的诊所，手里再忙的活，也会放下，亲手把病人扶上病床，看看蛇咬的伤口，问问病人住在什么村子，离镇几里，蛇咬后耽搁了多少时间，路上走了多少时间，询问完毕，立即亲手给病人服蛇药，喂开水，在病人切着裤带的腿弯、臂弯上边些，扎上自己预备的看似柔软实则坚韧的带子。

下边，就开始龙来的吮吸法。

吮吸法，用这种方法，医生一定要“吃粗”。所谓“吃粗”，镇民们的一个习惯用语，意思是说鼻子、嘴巴、眼睛不避不嫌腥臭、恶浊之意。

龙来喝上一口60度的烧酒，漱漱口，吐掉；再喝一口，漱漱口，吐掉。然而，他俯下身子，用嘴巴凑上蛇咬的齿痕上，吮吸伤口。

吮上几十秒，吐一口血水。

再喝一口烧酒，漱漱口，吐掉。再吮。

少则吮半个多小时，多则吮一个多小时，血水要吐半痰盂，直吮到吮不出血水为止。

人心都是肉长的。

病员和病员的亲属感动得热泪盈眶。

吮吸完毕，龙来脸色煞白，仿佛生了一场大病。

龙来收费有个规矩，病员的蛇伤没有根治，不收分文。治好后，有现钞的交现钞，没现钞的，写张欠条，欠条上写清归还日期，但最迟至稻谷登场；到那时再没有现钞，新米、黄豆，按当时市价作钱。他收粮食，一是因为他家里有四个孩子，饭量很大，能吃，省得自己去买。

对于吮吸法，巫蛇医和果蛇医私下里议论过，认为这种方法是走江湖捉蛇人的一种原始的治蛇伤的方法，也是一种拿着自己生命开玩笑的方法。喝酒漱口，看上去像是一种消毒方法，实际上是用酒在检查自己口腔中有没有伤口，若舌头上、嘴唇上、下颚上、喉口有伤口，吮吸以后，蛇毒一定会渗入伤口。这种方法对治疗蛇咬时间较短的病人，有一定的效验，但治蛇伤，起主要作用的还是蛇药。

几年之中，巫蛇医在一次事故中死去了，果蛇医应师父之邀，离开了小镇。

小镇上只剩下了龙来一个蛇医。

1968年初夏，龙来不明不白地被抓了起来。龙来不明白自己怎么会被抓，镇上的人却从大幅标语上看到，龙来是反革命组织××党的中央委员，一条险些漏网的大鱼。

审讯时，启发了半夜，龙来还没供出一个字。

专案组的上官主任一怒之下，示意手下把龙来揍了一顿。

这一顿，揍得很结实，光牙齿就揍掉了五颗。

龙来缩在墙角，看着革命同志吃着肉丝面条，心里在梳理，想在五十多年的生活经历中，寻找一些可以提供的自己的罪证。

这时候，上官主任提着短裤，奔进了屋子。

“不好，被蛇咬了。”

“真的？咬在什么地方？”有人问。

“这里，这里！”上官主任指着裤裆，让一个看了另一个再看。

“怎么会咬到那里？”

“别说了，全是那个骚货！”

大家明白了，骚货是谁！主任和骚货在干什么？

“主任，快进医院吧！”

“医院里又没有蛇医，去了也没用。”上官主任说。

“说到蛇医，蛇医就在那里。”

龙来摇摇摆摆走到上官主任身边。

“裤子脱掉，躺到办公桌上。”

上官主任一点不怕羞，当众脱掉了裤子，光溜溜地朝天躺着。

龙来一看离私处不远的大腿上的蛇齿印，说：“腹蛇咬的，快送 × 镇蛇医处看。”

“你不是蛇医？”

“白天你们抄家，把蛇药抄得一粒不剩，全部投进了茅厕，用什么治？”

“你不是会吮吸吗？”

“他不行啊！咬在那个地方，蛇毒进血液了，快，把他抬到 × 镇去，再晚，可能会没救了。”龙来这么说，革命同志不信，强按着他的头，勒令他在上官主任的私处边吮吸。

天明时，上官主任昏迷不醒。龙来晕倒在上官主任旁边。

上官主任送到 × 镇 × 蛇医处，× 蛇医也因 ×× 党一案，畏罪自杀了。上官主任经几个反复，终于耽误了时间，不幸逝世，享年三十五岁。

龙来因满嘴伤口，吮吸时中了蛇毒，几天后死去，享年六十八岁。

从此以后，小镇上没有了蛇医。

蛇不会因小镇没有蛇医而不咬人，插秧季节，村民们被蛇咬了，火急火燎往县城送。这时，人们想起了龙来，都说：“龙来不死，可以省却多少麻烦。”

1994 年深秋，一个村民被蛇咬了，抬上汽车，送往县城时，围观的人都在说：“龙来不死，蛇咬了，要去什么县城！”

有人一算龙来假使还活着，今年已经要九十出头了。

龙来还活着。

阿　胖

我不认识阿胖的时候，听见有人叫他阿胖，不由得好奇地在他身上瞄来扫去，心里想，皮肉干瘪褶皱，筋骨裸露发达，而名之曰阿胖。想到这里，别过头，偷偷一笑，笑大千世界，无奇不有。

阿胖，小时候曾胖过。阿胖这个小名，就是在他曾胖过时喊出的。小时候喊出的小名，就像人身上的胎记，岁月也奈何它不得，只能让它在时间中生生灭灭。阿胖小时候胖过一次后，再也没有胖过。据他妈妈说，他胖过后，不肥不瘦适中，真正无可挑剔。他高考后，接到了一所地方师范专科学校的录取通知书。阿胖说话结巴，不适宜担任教师这崇高的职业，但阴差阳错，偏偏录取了将来要担任这崇高职业的学校。反复查看志愿书的草表，师范类没沾过边，正在又气又恨之时，见是否服从栏中，填上了服从两字。自己没有填过服从，是谁把服从两字写上志愿书的？这是桩无头官司。既然志愿书上有服从两字，不管这服从是谁写上的，也只能服从。阿胖不明白也不清楚，那几年报考师范类的生员不足，学校为达到自己高考录取的百分比，是否有个别人在志愿书上做些手脚？等生米做成熟饭，你有意见，米已经变成饭了，你还奈何得什么？

读书时，阿胖没有发现自己瘦的地步，可以说无知无觉，只是不明白，裤管怎么会肥大，衬衫怎么会宽松。放寒假，一到家，娘见面第一句："阿胖，你瘦了！"

就这样，阿胖知道自己瘦了。

三年毕业，分配到家乡的一所初中。在报到那天，原来的老师、同学一见到他第一句话："你怎么会这么瘦！"

阿胖看他们惊奇的表情，知道自己已经很瘦了。但他感受到自己饮食、睡眠一切都很正常，瘦的原因，可能是学校学习辛苦所致，今后工作正常了，虽不敢奢望到阿胖会名副其实，但充满胸部会饱满些、脸部会厚实些、四肢会粗壮些的希望。将来找对象时，让女人在他身上发现许许多多看了不觉得满足的可爱。

三年之中，阿胖最得意的是两件事，第一件事是摸出条经验，上课用普通话慢慢讲，说话就不会结巴。千万注意别发火，发火骂人，是暴露自己结巴的好机会。第二件事，娶了个胖笃笃的小美人，她是小学音乐教师，歌喉甜圆，流行的情歌她唱起来，不比电视中的歌星逊色。他们恩恩爱爱，有了一个小妹妹。阿胖最不满意的，自己仍然很瘦，三年之中，不知上过几次磅秤，无论在饭前称，在饭后称，从来没有超过九十八斤。

端阳那天，阿胖与税务、司法、工商、银行系统的老同学聚会，西装革履的同学，个个大腹便便，气宇轩昂，潇洒风流。阿胖虽也西装革履，可是肚皮无肉气，像生产过后的小老猪婆，胸部瘪塌塌，轧在他们中间，自惭形象欠佳，不知不觉气馁下来，蹙紧眉头，弓起背，像是老了不知多少年。他私下留心，连敬酒的小姐，只看过他一眼，而且这一眼，冷得使人觉察有些歧视，本来想象中的多情脉脉，成了遥远的奢望之想。阿胖觉得自己坐在这里像个瘪三，走又走不掉，坐又坐不住。酒后，还要跳舞，老同学本来很挺的肚皮更挺了，本来十足的风度现在更十足了。阿胖啤酒没少喝，看看肚皮，仍是平而直。跳起舞来像僵尸一具，省得给人恶心，阿胖悄悄地溜了。

我为什么这么瘦？

凡事不可多想，相思的病是想出的，瘦是什么原因？不是病，是什么？

镇医院有一位人们尊称为博士的医生，他兼职病源咨询。他说太瘦也是一种病，若这人胃口出奇的好，有可能体内有肿瘤，肿瘤需大量营养；若人突然瘦，这瘦病是一种绝症的外部表现；若瘦的历史很长很长，可能在性的方面不健康，在睡眠方面有些问题……要使自己胖起来，试试乌龟甲鱼，不间断地食用之后，检验检验肠胃吸收情况怎样……

阿胖从医院回家，研究博士的“致病论”，从形式到内容，一项也不符合，放心了不少。梦中，突然跳醒过来，他想起吃得这么多，营养都到哪里去了？想不通，有些紧张，急忙到市院检查拍片，结果一切正常。

阿胖不傻，没有听博士要不间断地食用乌龟甲鱼，但他也确实吃了许多胖子忌食的肥肉、荤腥、甜食……几年吃下来，还是瘦，他知道自己瘦不是病，但有时免不了有些怀疑。在怀疑中过日子，这日子过得很是紧张。

一次读报，他看见全国老师身心健康调研课题组，负责人介绍对 20 个省市 22700 人的调查结论，“教师与一些现代生活有关的‘文明病’在教师群体中发病率很低，如高血脂者极少，这得益于他们较单纯的人际关系和淡泊而相对平衡的膳食（领导除外）”。

阿胖不是领导，读后深受鼓舞，翻阅词典，弄明白了高血脂就是大腹便便，营养过剩，是一种现代文明病，自己的老同学都患着这种病，自己真蠢，也向往着这种病，自己的瘦，却是真正的健康。

心中的顾虑全部消除。

夏至那天吃了馄饨，阿胖去磅秤一称，吓了一跳：101 斤。

并且秤尾巴还不住地往上翘。

和坤

镇上把倒插门到寡妇家的男人，叫“黄泥头”，这婚事叫“搅黄泥”。我问对民俗有研究的老斯，老斯说这是俗语，至于出典，他说不知道。我说你别保守，学问一直放在肚子里，等你百年之后，是要失传的。他说我真的不知道，知道了不对你说，我是小狗。老斯已经年过花甲，犯不着诅咒自己是小狗，看来是真的不知道。后来，我又查了不少有关民俗方面的书，都没有查到，看来这“黄泥头”和“搅黄泥”真正是我居住的小镇和小镇周边特有的俗语了，但是肯定有典故，有可能是失传了。

和坤是镇上北街翁家的“黄泥头”。他来“搅黄泥”时，已经33岁，个子不高，长得很结实，细细打量他的眼睛，会让人想起金鱼的眼睛。翁家的寡妇叫林巧英，身子很单薄，高颧骨，她水性很好的丈夫翁得平，在河浜里摸河蚌，莫名其妙地淹死后，寻找死因，寻找不到，就想到了林巧英的颧骨上。女人“颧骨高，杀夫不用刀”，归罪到了林巧英。这种没有根据的胡说，幸得她没有听到，假使她听了她丈夫的死是因为她的高颧骨，一定会活活气死的。

镇上有不少光棍，听说林巧英要招一个男人，都想去试一试，但考虑到上门去了，要抚养林巧英两个还没成年的孩子，觉得太不合算了。当有好事的人去说亲时，他们像是约定似的，都是说，怕她的高颧骨，最后会把他杀了。这样，外县人和坤，在林巧英表兄的娘舅牵线之下，到翁家做了“黄泥头”。

在北街，翁家的家境还算不差。翁得平死后，林巧英大病了一场。家中原本没有积蓄，为看病变卖了所有值钱的东西，到和坤来时，家中没值钱的东西了。

小镇上，几乎每天都有一些家庭为了鸡毛蒜皮的事，不是男的就是女的要提高了喉咙，吵闹几声的，而林巧英家，自和坤来后，听到的只有那两个孩子嗲声嗲气地在叫和坤爸爸，还有林巧英的笑声。镇上的老规矩，前夫的小孩，叫“黄泥头”只叫叔叔的。孩子肯叫爸爸，再是林巧英过去很少有笑声，现在一天要笑几次，邻居觉得和坤这个人一定是个很有骗功（魅力）的男人，他的功夫好得不得了，骗了女人，也骗了孩子。

和坤在镇上的搬运队找了一个编外工。编外工在搬运队忙时有活做，闲时只能在家歇着。和坤做事卖力，对队长尊重，对同事和气，碰到要搬运弄不好会压伤身子的大部件物品，不少人要藏奸，要躲躲闪闪；而和坤是搬运队里唯一不藏奸、不躲闪的人，总是站到了重量最大的杠子那头。队长对他另眼相看后，关心地问他：为了翁家，你这么累，有的时候你会不会冤屈？自从到了翁家，这事没有人问过他，问他的人一定是不把他当外人了。不是外人，不能说假话。和坤对队长说：承诺了，一定要把责任负责到底，不这样，就不是一个男子汉了。

队长喝了些酒，还问了一个使和坤尴尬而难以回答的问题：你在林巧英之前，有没有和其他女人睡过？

和坤说：没有。

真的没有？

就在看露天电影时，一个陌生女人，在暗黑的人堆中，拉着我的手，塞进她的胸膛，硬要我摸。

摸了？

起初不敢摸，她说你不摸，我要叫了。我就摸了。

味道如何？

还不如面粉团子。

一定是摸过的人多了，摸得老了。

队长，你真会说笑话。

队长说：这样看来，在林巧英之前，你还是一个童男，一个童男的初次与一个寡妇，你觉不觉得亏了？

和坤问：亏的是啥？

队长说：你是林巧英的第二个男人，林巧英是你的第一个女人，一个女人已经睡了两个男人，而你只睡了一个女人，好像一件衣服，一件人家穿过的衣服，你接下来穿了。

和坤说：旧衣服软熟、贴肉、温柔。

其实和坤早想过这个问题。有一次，想得要进入死胡同时，林巧英用她的软熟、贴肉、温柔，把他从死胡同中呼唤了出来。一个女人软熟了，贴肉了，温柔了，我是女人的第几个，这些都是次要的了。

初冬，林巧英受了风寒，又病倒了。住了几天医院，主治医生给和坤日夜服侍的辛苦感动了，对和坤说，她的病，真的不一定要住院，回家边疗养边服中药，与住院是差不多的。出院时，医生偷偷地给了他抓药的处方。

镇上人把病人叫作“药罐头”。家里有了只“药罐头”，每天要哗哗地把钱投入进去，时间长了，即便银行是你自己开的，离破产也会为期不远。在林巧英要抓最后一个疗程的药时，和坤已经身无分文，瞒了林巧英，卖了一只他“陪嫁”的戒指，可是还缺三分之一的钱。不能耽误林巧英服药，他还是去了药房。

抓好药付款时，他对药房的张经理说，钱不够，我过几天送来。药房是国家开的，是不赊账的。和坤经常去抓药，张经理是个生意人，生意人识人，和坤不会是个欠账不还的人，他没有犹豫，就破了例，把药赊了他。和坤提了药，出了药房几分钟，他又回到了药房。他先谢了张经理，说所欠的药费，我过三天送来。

第二天上午，张经理到他妹夫家去，途经和坤的家，见和坤在屋面上卸瓦，好奇地问他：你卸瓦做什么？

和坤不好意思地说：把木梁换下来，换上一根杂树。

张经理不懂了：木梁好好的，换上杂树做什么？

和坤说，把木梁卖了，还欠你药房的药费。

张经理一听，连忙说：药费不急，等你有了钱，再还也不迟。

我是说好明天还的。和坤说完，继续卸起瓦来。

张经理想了想，对和坤说：你屋上的这根梁，算是我药房的了，现在药房不要用，几时要用，我几时派人来取。

和坤说：你别开玩笑。

张经理说：谁有时间与你开玩笑！快把卸下的瓦铺好。

和坤想了想：要不要写张字条，你担心不担心口说无凭？

张经理说了声随你后，又补了一句：我可以不信我的老婆，但我信得过你和坤。

回到药房，激动的张经理逢人便说和坤要卖屋梁还药费的事，大夸和坤的诚信。

不到几个小时，和坤卖屋梁还药费的事传到裁缝刘不通的耳朵里。刘不通听了哭笑不得。

正巧，我到他铺子里，向他借一枚钉杂志的长铁针，见他哭笑不得的样子，我问他，你笑，是想笑什么呀？

刘不通说，我笑，笑的是张经理，有可能会上和坤的当。

你哭，又是要想哭什么？

假使和坤是真的，我是有眼无珠不识人。

憋了好久，他终于没有憋住，吞吞吐吐与我说了一件棉衣的事：

去年初冬，和坤到他那里做一件棉衣。那段时间，我非常忙。和坤来过几次，棉衣没有做好，我请他再等几天。做好了，等他来拿，他又不来了。一天午后，他问棉衣做好了没有？我说做好了。他说我是路过，没有带钱，是否先让我把棉衣带回，明天来付工钱？我那时忙着，不知怎么搞的，回答他说：你家又不远，带了钱来拿棉衣，一手交钱，一手交棉衣。我之所以会这样说，我做裁缝多年，要欠工钱的人总是这样说的，等一会我拿来，有的等了几年也没有拿来。我见和坤笑了笑走了。我天天等和坤来拿棉衣。早晨等到傍晚，月初等到月中，再等到月底。天下雪了，我想和坤今天冷得定要来拿棉衣了，可是他就是没有来。除夕那天，我等到下午 3 点钟，和坤还是没有来。我想给他送去，一想早知道有今天，何必当初呢？不好意思，没有送去。立春过后，清明到来，我猜到棉衣要在我这里过个夏天、秋天了。棉衣再放在工作间里，怕它会在灰尘中旧去，实在是有碍小铺的观瞻，我就带了回去。过了几个月，我的老伴在晒夏时，一不留心，给收破烂的顺手牵羊去了。前几天，和坤来拿棉衣，我谎称棉衣在家中的樟木箱中，等我带来了再来拿吧，他说好的，付了棉衣的工钱，头也不回走了。幸得我记性好，还记得棉衣的面子和夹里是什么布料，也记得尺寸的大小，我所担心的，镇上的布店里，剪不到那棉衣原来的面子和夹里，真正剪不到的话，我只能走一趟城里了。

这事真正有趣，我熬不住地笑了起来。刘不通也笑了起来，说我刘不通的这个笑话，在镇上要传下去了。临走时，刘不通叮嘱我，莫把这事说给别人听，他的裁缝店，还要在镇上开下去的。

我一直想遇见和坤时，问他一声，那件棉衣，是因为什么缘故没有去拿。镇子虽然不大，有时你不想见到的人，能天天见到；想见到的人，你几个月也难得见上一面。我和坤没有见到，却见到了老斯。

老斯见了我说，正要找你，你问我的“黄泥头”和“搅黄泥”的出典有没有找到，却找到了“黄泥膀”。他从口袋中掏出一张纸，递给我看。纸上抄着：

“黄泥膀”是入赘到寡妇家的男人。周振鹤的《苏州风俗·婚丧礼俗》上说：乡间妇女，死了男人，没有子女，招个男人进来，是为了“防儿荒”。吴音“防儿荒”读做了“黄泥膀”。接着，他哼起了乡贤刘半农的《瓦釜集·第五歌》：“要我成家除非皇后娘娘招我做个黄泥膀。”

我明白了，“黄泥头”和“搅黄泥”，是“黄泥膀”没有依据的大胆想象。

金　争

努力争取了三年，金争才从几百里外的滨海小城，调到家乡的小镇中学。学校和家只有 200 多米远，他十分珍惜这水乳交融的生活和工作，决心牢牢地捧住这只得之不易的饭碗，一直捧到自己白发苍苍退休时。

上午空课，金老师正在认真备课。

有个人走进了办公室，金争不认识这个左眼眉毛间竖着一个疤的人。问：你找谁？金争问时，看了一眼办公室，奇怪，刚才与他一起在备课、批作业的老师不见了。来人说：我是阿二，镇上剃头的，大家叫我剃头阿二，老师你是新调来的？难怪你不认识我。金争再看了他一眼，像是见过，只是记不得在哪里见过的。金争再问他找谁时，阿二说，我不找谁，只是请教几个词的意思。

剃头阿二喜欢把有些镇上会说不会写的方言，请教了镇上最后一个秀才黄树年老先生后，请他写在手心上，到中学里来试试中学老师的水平比黄老先生高，还是比黄老先生低，掂掂老师的斤两。这些方言刁钻促狭，老师有时写不出，脸上一阵红一阵白。见老师的这种尴尬，剃头阿二心里有说不出的高兴，他会摊开手心，把黄老先生写在手心上的字给他们看。几次下来，老师一见剃头阿二的影子在办公室外晃一晃，像是见了鬼魂一样，他们就会立即丢下手头的工作，找一个地方去躲避。

阿二问了两个词，金争想了想，拿起粉笔在办公桌上写着。办公桌刚油漆过，写上的字糊涂，他怕剃头阿二看不清楚，写到了办公室墙的小黑板上。小黑板上写着校长室的通知，他随意在通知的边沿上写下了：

“老卵”（这是镇上人对自以为是、傲慢自大的男人的称呼）。

“激聒婆”（这是镇上人对目空一切，只有自己没有别人，一有机会就要响亮地说话的女人的称呼）。

剃头阿二一看，金争在小黑板上写的，与黄老先生写在他手心里的相同，认准了这新调来的老师是个高手。他捏紧了拳头——怕手心里的字给金争看见。一看见他手心里的字，秘密会拆穿，街上人会笑话他的。

送走剃头阿二，金争继续备他的课。

老师陆续回到办公室。王老师对着小黑板笑了起来，王老师他在笑什么？老师们一看小黑板，都大笑起来。

校长室的通知写着今天下午第三节课后，全体老师在会议室，听张江宝老师介绍发动学生保护教室内外环境卫生的几点经验，葛英兰教师如何利用自习课提高学生自制能力的体会。通知另起行时，张江宝、葛英兰都在行首。“老卵”写在张江宝之前，“激聒婆”写在葛英兰之前，读起来就成了：

老卵张江宝

激聒婆葛英兰

张江宝的女人是镇里的文教科长，葛英兰的男人是镇里的副镇长。张、葛两位不是领导，可是神通广大，有时领导遇到难题，暗下里，少不了要请他们协助解决，教师们有时遇到尴尬，万般无奈之中，要走走他们的门路。在学校里，他们见到的都是老师们太阳花一样开放的笑脸。

校长一看小黑板，心想糟糕，捅了马蜂窝了。铁青着脸问：谁搞的恶作剧？

金争听老师们笑，当是看了“老卵”和“激聒婆”两个词在笑，只是备着自己的课，听校长问谁搞的恶作剧后，他抬头读了读通知，见那两个词在张江宝、葛英兰的之前，这太不妥当了，忘了用粉刷板，或是用手掌擦去这两个词。金争向校长解释：是剃头阿二问后，没有留意写上的，真正对不起。校长知道金争是无意的，只说了声今后注意。

这事在教师之间议论着。议论的焦点是金争有意为之，还是无意为之。说是无意，怎么会这么巧；有意的话，金争这个小子一定吃了豹子胆，现在你图一时痛快，今后有数不清的不痛快在等着你。老师们观察张江宝、葛英兰的反应。张、葛二位像是不知道发生在小黑板上的事，不见一点异样的反应。

周三的下午，教语文的小胡和小陈老师请教王老师，镇上的方言“狗比到灶”有几个意思。王老师说：有小气吝啬的意思。金争是数学老师，语文老师之间的探讨本与他无关，可他插进来补充说，还有做事情欢喜挑剔，为人不爽快的意思。王老师点头称是后，说“狗比到灶”还可以写作“狗皮捣灶”“狗屁到灶”。小胡老师问，可以不可以写成“狗屄到灶”？王老师说，也可以这样写。金争笑了笑，说：小胡老师说的“狗屄到灶”用在一句歇后语上，最为恰当。这句歇后语，小胡、小陈、王老师想了想，在记忆的歇后语词库中找不出。金争老师说，这歇后语不文雅，不说为好。王老师几个一定要金争说出来听听。金争说：你们一定要我说，不要听后嫌我嘴臭。

“雌狗婆爬到灶头上——狗屄到灶。”

金争说时，正巧张江宝走进办公室。他一听，脸顿时煞白，在王老师他们拍手大笑时，他掉头就走。

说者无意，听者有心。张江宝的女人江巧英，镇文教科的江科长，原是镇上一个大队的妇女主任，她能当上镇的文教科长，靠的是前任镇书记的栽培。她用自己的身子向镇书记交纳了栽培费。镇上人认为她为了争取一个芝麻绿豆大的位置，用自己最珍贵的去交换，都说她太贱——雌狗婆一样的贱。当面碰见她，大家都叫她一声江科长，背地里说起她，雌狗婆长、雌狗婆短的。张江宝的母亲对他说过镇上人背里叫巧英雌狗婆，让他对巧英留一个神。张江宝留起了神，他没有发现巧英红杏出墙，也没有听过别人当着他的面说一声雌狗婆。这是他第一次听见有人当着他的面叫雌狗婆。一声雌狗婆，对张江宝的伤害远远超过老卵。可对张江宝认定的金争对他的伤害，金争却蒙在鼓里，一点都不知道。

金争班里出了一件事。这是一件小事，这是一件过去没有出现过，也没有人听说过的小事。

农机站站长叫“鼻涕”的儿子，在上午第一节数学课上做小动作，给金争发现了，问他手里拿的什么在玩？叫他站起来把双手摊开。“鼻涕”是班里出名的捣蛋鬼，他站起来时，只用手揩了一下鼻子后，摊开了双手。金争走近他一看，手里什么都没有，叫他坐下了。第四节课时，班长气喘喘地跑来告诉金争。金争上厕所去了，不在办公室。班长告诉了小胡老师：“鼻涕”的鼻孔里两粒黄豆抠不出来，现在呼吸都很困难。鼻孔里的黄豆抠不出？小胡老师叫班长别胡说，鼻孔再小，黄豆再大，也不会大到黄豆抠不出小鼻孔。班长说真的。这是奇闻，顿时传遍了办公室。

金争把“鼻涕”叫到办公室，一看“鼻涕”的鼻孔，真正的，两粒黄豆像两个软木塞塞在“鼻涕”的鼻孔里。“鼻涕”齉着鼻子，说话都很困难。金争用牙签，想把黄豆戳出来，牙签一戳，黄豆像是不在出来，而是在戳进去。金争捏着他的鼻子叫他擤，鼻孔里气都没有，而且一擤就痛得流泪。金争一见事情不妙，背起“鼻涕”直奔医院。在五官科，马医生用镊子夹了好久，鼻孔里的黄豆软乎乎滑腻腻的，钳了好久钳不出。“鼻涕”痛苦得眼泪流个不停。马医生说：他已经没有办法了，只有送县人民医院。送县人民医院不是小事，要征求“鼻涕”家长的意思。他正要寻人通知“鼻涕”的家长时，医院扫地的清洁工在一旁说，剃头阿二有掏耳朵、抠鼻子的一套工具，可以请他去试试。清洁工一提醒，金争背着“鼻涕”到了阿二的剃头店。

阿二正在给一个老头剃光头。剃了一半的老头让出了椅子，他叫“鼻涕”坐上了。金争急得满脸通红。剃头阿二说：金老师，你别急，鼻孔里的黄豆我没有掏过，但塞在耳孔里的黄豆我掏过，鼻孔比耳孔大，我想我一定能掏出来的。他用掏耳的特殊镊子，先挟出左鼻孔里的一粒，接着又很快地掏出了右鼻孔中的一粒。金争见黄豆掏了出来，松了一口气。阿二撕了一块旧报纸，把两粒浸胖得可以磨豆浆的黄豆挟到上面，拉了拉“鼻涕”的耳朵：小赤佬，你的鼻孔里真肥沃，这两粒黄豆快要出芽了。

一回到学校，金争正要问“鼻涕”黄豆是如何进你的鼻孔时，校长来了，把“鼻涕”叫了去。校长问的是与金争同样的问题。“鼻涕”老老实实说了，上课时他在玩两粒黄豆，给金老师发现了，他怕受处罚，偷偷地把黄豆塞进了鼻孔，以掩盖做小动作的错误。因为上课时，他觉得金老师在盯着他看，没有时间把黄豆抠出来，后来慢慢地忘了鼻孔中塞进了两粒黄豆。黄豆受湿发胀后，再抠已经迟了。“鼻涕”这么一说，校长皱了皱眉头，他没有找金争谈这件事，因为他想来想去，不知道如何谈。

鼻孔里的黄豆，讲的人当故事在讲，听的人当故事在听，不到半天，传遍了小镇。

我在因麻雀众多出名的“麻雀初中”代课，教数学的孔老师，经医生检查，他的肺漏气，请了病假。我们的赵校长到镇里的江科长那里去要人。江科长说：领导已经决定，将由镇中学的一位数学老师来接替。赵校长问她是谁？她说暂时保密。赵校长叫我猜一猜，会是镇中学的哪一个数学老师来。我说一定是金争。赵校长问我为什么是金争？我刚从镇中学调到“麻雀中学”，镇中学里哪个老师咳嗽，我的女朋友都会告诉我。我秘密的讯息渠道不可泄漏，我对赵校长说，我只是猜猜而已。

我没有猜错，调来的果然是金争。

赵校长握过他的手后，我握着他的手说：欢迎金老师来到我们“麻雀学校”。

“麻雀学校”离小镇五里远，一条曲曲弯弯的泥路，从小镇到学校，天晴时走四十分钟，天雨时在泥泞的路上一脚深一脚浅走，一个小时还走不到。

谢 鼎

一年四季戴帽子的，北街上有镇供电站的副站长谢鼎和“中意”小吃店的老板明月光。谢鼎戴的帽子，不分四季，一律是单的鸭舌帽，好料子，一看知道是在城里的大商场买的。谢鼎的鸭舌帽，颜色也分四季，冬天是灰黑色的，春天是浅蓝色的，夏天是银灰色的，秋天是奶黄色的。

我在明月光的“中意”小吃店，与谢鼎、明月光聊天时，谢鼎说，他的秃子是基因关系，像兔唇、哑巴、舞蹈病等基因一样，是没有办法的事情。他可能担心我们认为他这样说，是在为他的秃子找原因开脱。他有根有据地说：他外祖母的五个女儿，第一胎，凡是男孩子，一到 18 岁时，秃子已经在他们的头上开始了；到 25 岁，基本形成；到 30 岁，就秃得完全彻底了。说也奇怪，我外祖母的阿姐、妹子的头胎外甥，也与我同样是个秃子，我大姨妈、二姨妈的外甥在读高中，她们担心，再过几年，与我会一个模样。在不知基因之前，我在头上是花了大把钞票的，什么养血生发胶囊、滋补生发片、生发丸、生发剂、生发液，都耐心地用过，这些东西用在头上，好像用在石头上，还有头发再植，我也植过，后来我发觉，植在头上的头发，稀稀拉拉的，比坟包上打了霜的茅草还要难看，只能又花钱去拔掉了。

不知道秃子有遗传，以为谢鼎在说故事，知道了是遗传，谢鼎的秃子，比故事还要好听。

说到戴帽子时，谢鼎说，他原来是一直不戴的。他说戴着，总感到头上不干爽，有泼上了咸肉汤的感觉。

我说你不戴帽子，形象还是很光辉的，人还显得更成熟，看上去，像个有满肚子学问的人。

谢鼎知道我不是在开玩笑，也不是在恭维他，可还是坚定地说：帽子，我还是戴了好。

供电站与自来水厂一样，是镇上关键的部门。谢鼎在供电站工作多年，现在还大小是个干部，不少人都认识他。凡是小镇停电了，一片漆黑中，人们会调侃和责备参半地说：谢鼎今天戴上假发了，或者说谢鼎牌灯泡爆啦。

在小镇上，与人聊天时，常能听到不少新鲜事。

我在镇政府工作的朋友老沙住医院了，我去探望他。老沙因病而满脸皱纹，比实际年龄老了不少。我虽不年轻，与老沙比起来，有小了一辈的差别。护士小姐误解得有趣，说我是病人的外甥。我说不是外甥，只是小了几岁的老朋友。护士小姐笑了，说在去年，镇上供电站的谢站长在县医院住院时，也出现过同样的误会。我说，说出来听，是什么误会？她说，不是我误会，是从县医院调来的护士小娴，她说给我听的。

在谢站长住院时，探望他的人不少，有的是他供电站的同事，有的是在供电紧张时，得到谢站长关照过的厂长，但他们有的来探望了一次，有的来探望了两次，以后就不再来了。可是有个小巧玲珑穿戴时髦的年轻女子，一天要来看他好几次，有人打起问号，这个女人是谢站长的谁？大家议论起来，有的人说，不可能是小蜜，如此大胆，全无顾忌，除非这个小蜜吃了豹子胆。有的人说有可能是小蜜，气得他的老婆当他死了，所以一次都没来看过他。我的同事小娴说，一个镇供电站小小的站长，不是大款，而且又是个老头子了，绝不可能是小蜜，一定是他的女儿，你们不信的话，我来打听一下。

小娴在给谢鼎服药时说：你的女儿，对你真正孝顺，一天要来看你好几次。

谢鼎说，我没有女儿。

不是女儿，那是你的啥人？

谢鼎叫她猜。

小娴大胆说：是供电站的年轻女同事？

谢鼎笑着摇头。

小娴笑着说，难道是你的女朋友？

谢鼎有些急，叫她别胡说，说她是他的老婆。

小娴夸着他老婆年轻漂亮时，谢鼎问：我真的老得像她的老子了？

真像老子。

不般配？

是不般配。

不般配在什么地方？

看你的头上，头发没有几根。

我想起在谢鼎“中意”小吃店说的话：帽子我还是戴了好。难道谢鼎戴帽子，是为了与他的女人拉近般配的距离？

护士小娴走了，老沙有气无力地说：不要小看谢鼎头上戴的那顶帽子，是帽子救了他供电站副站长的职位。

老沙在镇里工作，有不少我无法知道的事，特别是那些芝麻绿豆官职位升降的内部消息，都是他悄悄告诉我的。

老沙说，县里为了干部年轻化，满55周岁的，都要让出位子，而且是一刀切。谢鼎只有46岁，也在其内。

我问，是否他在生活作风上，或者在经济上，给人落下了把柄？

老沙说没有。

是工作能力的问题？

现在当官的能力大小，算不了什么问题，谢鼎的能力没有问题。

我说老沙你别卖关子，直说了吧。

镇里组织科负责审核的席科长，是部队的转业干部，他工作细致，到各个部门，对满55岁的即将退居二线的老干部，逐一进行了交流，听听他们有什么意见。他到供电站，与王站长交流时，曾与谢鼎见了一面。回办公室后，他对副科长老林说，那个姓谢的副站长比王站长还要老，他怎么不在离任的名单内？老林说，他还没到年龄。席科长说，县里领导说的，有的因为疾病，身体不好的，也可以动员他退居二线，那个姓谢的，我看他快到退休年龄了，你说他不到年龄，这里边是否有猫腻？这是我上任之前的事情，我不想去搞个水落石出。我的意见是否准确，你明天回答我，我俩统一了，把姓谢的也报上去。老林当了多年副科长，对他的顶头上司决定的事情，从没有过不同意，凡是征求他的意见时，他当场就会说，这事行啊。这次他只是笑了一笑。下班后，老林找到了谢鼎，劈面就问：你这小子，你几时得罪新来的席科长的？

没有呀。

你认识他吗？

他来供电站，找王站长时，我与他只见了一面。

仅仅见了一面？

那时，我的头皮发痒，我正在搔痒。

难怪他说你是个老头子了。

老林一五一十，把席科长与他说的话，告诉了谢鼎。谢鼎问他怎么办？老林说，最好的办法是让席科长重新认识你，给他一个年轻英俊有为的形象。

如何把这形象向他推荐？

这是你的事情了。

谢鼎和老林是铁弟，铁弟对铁哥说话，没有什么可说与不可说的，他问老林，席科长有啥嗜好？老林说，他的烟瘾大，而且吸的都是好烟，差一些的，他吸了几口，就要掐灭，你去推荐你的形象，最好的礼品是带几条好烟去。老林叮嘱他，与他说话时，少说几句，一定要有年轻人听从长者教诲的谦逊。

谢鼎回家后，他的女人亲自给他穿上她认为最为年轻最为休闲的夹克衫，戴上了张艺谋常戴的那种式样和颜色的鸭舌帽。在是否要女人陪他一起去时，他们在镜子前看了又看，戴帽子的谢鼎与她如绿叶衬着红花，天生一对，般配极了。

敲开席科长家的门，开门的是席科长爱人，她一见谢鼎夫妇，大声向里屋的席科长说：老席，有一对年轻人看你来啦。谢鼎自我介绍是供电站副站长谢鼎时，席科长一看面前的谢鼎夫妇，立马断定他在供电站看错人了。谢鼎听老林的话，自我介绍后，再介绍了自己的女人，说了几句来供电站指导工作的话后，留下礼物告辞了。

谢鼎的事情，席科长没有在老林面前提起。

我又想起谢鼎的话：帽子，我还是戴了好。

现在，谢鼎已经提升为供电站站长。我到“中意”吃馄饨，见明月光戴了一顶银灰色的、有红丝纹的鸭舌帽，看去，人不光年轻，而且有精神。我问他，谢鼎还来不来吃馄饨？明月光说，谢鼎这小子，还是很讲交情的，我们这里几十户人家突然停电，打电话给电工，半天没有来，我直接给谢鼎打了电话，他问我是谁，我说我是明月光，他说明老板找我有什么事？我说我们这一片几十户人家断电了。他说好的，我立即叫人来修理。说到这里，明月光说，这小子，在电话里说，要送我几顶帽子。我说你留着自己戴吧，他说都是新帽子，朋友送的，现在帽子多得很，戴到退休也戴不了。我说，你既然戴不了，就送一顶我吧。过了几天，他一送就送来了五顶。明月光指了指头上的帽子说，这顶也是他送的，你说，我戴了形象如何？我说，真的年轻不少，你家的方雪花怕不怕你有外遇？明月光说，这几天她也装俏起来了，三天两头往镇美容中心去。为了装俏，她已花了上千元，这上千元，要卖掉多少馄饨才能赚得到，谢鼎的帽子，快败了我家一半的家当。明月光这样说，脸上的笑越来越多，笑到最后连眼睛都闭上了。

张　大

张大的脚，其实并不大。前脚掌扁薄，五个脚指头与众不同，它长得只比手指头短一些。镇上人的姓名，大多是三个字。张大后面添上一个富有他的特点的脚字，叫起来就顺口，不是大脚的张大，叫成了张大脚。不是大脚的张大，对这个自己不喜爱的叫法，他不能接受，但也不好拒绝。慢慢地他发现，他张大脚之所以叫得响，是与他的挑水职业有关，镇上不少人的绰号，都与自己的职业有关，像做大饼的武地龙，脸上只有十几颗雀斑，被人叫成了武大麻子。张大脚要比武大麻子好听得多。

回想起来，张大很难确切地说清，自己怎样会选上挑水这个职业的。他十七八岁的时候，镇上的商业不景气，小店歇业，大店裁减，张大找不到工作，只能待业在家里喝稀粥吃泡饭。一次隔壁的张婆对他说："阿大，挑水阿桂病了，你去代他挑几天水，弄几个钱，买斤槽圈肉，好让家里开个荤。挑水这苦差事，不知你愿意不愿意做？"

阿大说，只要有机会挣钱，除了做贼骨头强盗，还有鸭子，什么事情他都愿意做。

阿桂是镇上的老单身汉，挑了几十年的水，脑子里记着的全是镇上请他挑过水的人家的大小水缸。那天，张婆领张大到阿桂那里。阿桂见张大生得憨厚，喜欢上了他，听他说愿意接他的班，糟透了的心情顿时好了些。心情好了，像是身体内有了力气，他张大说："我领路，去认识一下要挑水的人家。"

不到半天，他领张大走遍了镇上四条街上需要挑水的每户人家。做什么事都有要领，挑水也有要领。要领是一种看家本领。阿桂的挑水要领，从没对他人说过，阿桂像是知道自己快要死了，他把他挑水的看家本领，竹筒里倒水似的，全都教给了张大：

心静，挑水时，桶里的水也会静而不溅；步稳，挑水时，桶里的水也会稳而不急；万万不能急躁，一急躁，桶里的水也会急躁，会跳起来打湿你的鞋袜，淋湿你的衣裤，浇湿你前边的路，那时候，你就会寸步难行。

阿桂还半开玩笑地说："我不挑水时，这桑木扁担，这杉木水桶，这白铁吊钩，还有几十双草鞋，统统送给你。"

张大那时只当他是说说笑话，想不到阿桂没几天就死了。

阿桂死后，张大仍找不到工作。找不到工作，饭还是要吃的。张大的娘说："要吃饭，就去挑水！"

张大只好去挑水。

世上凡是有竞争，做起来才有劲头。阿桂死后，抢死鬼阿桂饭碗的还有两个人——没有工作的阿掌和阿国。

真该感谢阿桂，没有阿桂那天领着指导，张大可能不知往哪里挑水。

阿掌、阿国常歇着没有水挑。就是三人在一起闲着，有人喊挑水，总是喊张大。

张大后来发现，阿桂的桶，桶板薄，容水多。五担水缸，阿掌、阿国五担挑不满，阿桂的桶只要四担就挑得满缸，还好盛一两盆。按照阿桂的挑水要领，挑水挑进人家家门，滴水不漏，缸周清爽，家家户户欢迎。

"阿桂真是我的师傅！"张大不止一次把这话对他娘说。

娘说："阿桂有时还要帮人家出缸脚（水中沉淀的污物）。"

这一句话，点通了张大。

凡水质没坏的水，缸里还剩一担半担，张大把随身束在腰里的皮管取下，塞到水缸底，在厚厚的一受力就会浮动的缸脚中，用嘴一吸，缸脚就自流到地上的木盆里。水变质坏了，鼻子闻得到螉冻臭（东西陈久了发出的臭气），他就用铜勺把缸脚舀干，清水把水缸洗净揩干。还有一个连阿桂生前从来没做过的善事。水挑满水缸后，从口袋里挖出细碎的明矾，放进水缸里，用扁担一搅，十几分钟之后，一缸水，干净得像一面大圆镜。

旮旯镇十几爿理发店合作成两爿，总社和分社。五爿小饭店，合作成大吃部和小吃部。本来理发店和饭店的用水都是由伙计挑。合作了，伙计都当家做了主人，都不愿意专门挑水，轮流挑又轮不像。合作社主任就把挑水包给了张大。给单位干事，不像现在，领导手阔，开价大。那时候，领导五个手指并拢，滴水不漏。张大给居民挑水，每担二分半；给合作社挑水，每担二分。张大算了一算，二分也值，单位用水多，每天要挑水。能捧牢挑水这只饭碗，每天起码能喝到稀粥。

张大每天要挑近百担水：

理发合作社总社　25 担左右

理发合作社分社　15 担左右
饮食合作社大吃部 15 担左右
饮食合作社小吃部 10 担左右
供销合作小食堂　10 担左右
居民用水　　20 担左右
婚丧喜庆（平均）5 担左右

平均每担水 2 分，张大每天能挑 2 元左右。那时候镇书记月薪才 51 元，张大能赚 60 元一月，已属旮旯镇高薪阶层。

张大挑水，脚穿草鞋，穿过街道，到河边，一级一级走下埠头，一直走到河里齐膝盖深的那级（冬天除外）。河水清澈见底，看得见螺蛳吸着水底的石桩；鳑鲏鱼的红眼睛，它一翻一翻的白肚皮；串条鱼来去一把梭子，啄得他小腿发痒；土婆鱼伏在水里，黑成了一摊水墨；白的小虾通体透明。张大只需稍微弯腰，两手扳住桶沿，一挽，水就满桶，直起腰，一级一级走上去，嘴里不由自主地呼哧出声。

张大用挑水的钱，娶了女人，用挑水的钱养了三个儿子——大虎、二虎、小虎。

旮旯镇的人说张大把三个儿子养成三只老虎，把女人养成一头熊，真不容易。可是张大挑水，把自己挑成了一只猴子。

"瘦的好，胖的人能一天挑一百担水吗？"

旮旯镇每个人都吃过张大挑的水。

张大女人说："不对，张大从没给家里挑过一担水。家里的水都是他娘到河埠头提的。娘死后，是我从河埠头提的。"张大承认："我张大从没给家里的水缸挑过一担水。"

后来人们发现，河水颜色开始发绿，洗脸闻得一股异味，喝时能闻得到一股农药味。小镇居民把河水变质的问题反映到政府。镇长在会议上说："这个发绿的臭水谁知道它是从什么地方流来的？你们问我，我去问谁？去问大河，大河会回答吗？"镇长警告镇民，今后不得食用河水，一律食用井水。若今后出了问题，已经有言在先，自己负责。小镇居民认为镇长的话有道理，旮旯镇的河连着大江大河，谁能查得清这发绿的臭水源头在什么地方，并且坚决服从镇长命令，食用井水。

于是张大不再挑河水，改挑井水。

旮旯镇有两大口井，一口在镇政府，一口在邮电局。镇政府和邮电局的后勤负责人，欢迎张大来挑水。张大明白，井水越挑越发，越挑越新鲜。挑井水不像挑河水，走下埠头不歇，挽起来就走。井水要吊了才能上来呀，张大请箍桶匠阿弥打了一只板薄容量大的吊桶。两吊桶水盛满一水桶，四吊桶才能盛满一担水。现时挑一担水，不知要耽搁多少时间。再是两口大井都在街梢，离街中心的理发店、饭店远。过去挑五担水，现在只能挑一担。张大提出涨水价，河水仍是两分一担，井水要一角。理发店的经理（过去的主任）说："我们剃个头，只收壹角伍分，一担水一角，要大半个头，价钱太高，只肯出五分。"饭店经理说："理发店五分一担，我出六分，不过一点不能掺假，全部要井水。若是拆烂污，挑了几担河水来，顾客说坏了肚子，住进医院，医药费要你负责。出了人命，我上法院，你去吃官司！"

张大挑井水，挑得真累。

吊水，手掌磨出铜板厚的老茧。百步没有轻担子。为了赶担数，张大忘了阿桂的挑水要领，一天到晚紧紧张张，像是旮旯镇某处在失火，张大挑水是专门负责救火的。

回到家里，一身骨头，拆散了一样。

一算经济账，收入没有增加（减少了挑水的担数），他骂河，是个臭得了梅毒的婊子，只好看看，碰也碰不得；他骂井，黑窟窿深得比地主的心还黑；他骂那两个经理，是资本家转世。

"这样下去，不到半年，一定要挑死。"张大对他的女人说。

"你太戆，我有办法可以减轻些。"

"什么办法？"

"桶上做文章。"

张大打了对新水桶，是桐木打的，轻而厚实，容积只有原来的五分之三。

没有办法，张大心里对自己说，对不起了，只能黑吃黑了。

一天，张大重感冒，身在床上，四肢疼痛得没处放。没办法，只得歇一天。

你张大休息，理发店、饭店没有休息。经理们亲自出马，三请张大。张大无法应命、只得强令"三虎""一熊"出马。

三虎尝到了挑水的味道，对躺在床上的张大说："爹，这么多年，你真不容易！"

张大女人听了，落下了眼泪。

张大眼睛有些湿。

两个经理怕张大自来水公司停水，曾从农村挑选身强力壮的夯汉挑水，可是这些夯汉经不住一天到晚处于挑水如救火状态的考验，打躬作揖，喊一声再见，拔腿跑了。

旮旯镇的哲学家万方六先生，在饭店喝酒时，对经理说："挑水是张大几十年苦练的奇功。不要说旮旯镇，就是全县、全市、全省也难以找到张大这个角色。奥运会开设一个挑水项目，世界冠军非张大莫属。旮旯镇有张大，这是旮旯镇的光荣，全镇居民都应该感谢他。旮旯镇凡是理过发的人，都受过张大挑的神水的沐浴。再说这饭店里，哪个没受过张大挑的神水的滋润？"

饭店经理听了万方六先生的一番话，主动提高了张大的水价，每担壹角。

水价上涨后，张大换上了他的大桶。

"人是靠良心吃饭的。"张大对女人说。

张大因挑水而背驼，人像是在缩小，而他的几个儿子长成了大人。

镇里办起纺织厂，大虎从机修工的岗位上提拔了厂长，几年中成了市里著名的企业家。二虎牵头办起了多服公司，当上了经理。小虎大学毕业，留学西洋，娶了一个外国大老板的女儿，那个大老板，准备拨巨款来旮旯镇投资设厂。

旮旯镇一片兴旺发达，还开了化工厂、皮革厂、金属机械厂，还有一爿城市不许办的什么厂。

张大依然挑水，挑到井水发臭，不能再用。

镇里又办起了一爿厂——自来水厂。

自来水厂开业那天，张大的"挑水厂"关闭。

旮旯镇人关切地说："张大你失业了？"

张大回答："不，是退休。"

就在自来水厂开业、张大"挑水厂"关闭那天，张大家的大虎、二虎为父亲办起了退休喜筵，放了十几个爆竹，十几串鞭炮。旮旯镇的哲学家万方六先生应邀出席。酒席上，他带着几分酒意演讲般地说："张大挑水四十又二年，今天光荣退休。退休金一半由大儿子大虎负担，另一半由二儿子二虎负担，这真是前无古人的美事啊！"

现在，张大已经故去，他挑水的事不常有人提起。但父母给子女钱时，常能听到：

"这钱你要掰成几爿花，这是你爹娘，像张大挑水一样挣来的钱啊！"

张大还活着。

真的。

曹国新

刚到浴室上班没几天，擦背师傅曹国新的名字，被老浴客周家封改了一个字——“新”字换上了“舅”字，叫作了曹国舅。镇上人读字，旧字和舅字的读音，没有差别，听时分不清楚，大家当是周家封在叫他曹国旧，新字改成旧字，意思是在嫌他年纪大，擦背的技艺还是老一套，没有什么新鲜玩意。

第二天，周家封又来洗澡，他贼忒嘻嘻，拿着一张八仙过海的旧年画，逐一给他几个熟悉的老浴友看。年画之中八仙之一的曹国舅，脸型、眼睛、神态活脱活像擦背师傅曹国新。

浴友们骂着周家封促狭时，自己也同样促狭地叫曹国新——曹国舅。

曹国新听见浴客们叫他曹国舅，当是浴客们叫错了，用他的扬州方言纠正：

不是旧，是新，新中国的新。

小镇上难以听到的笑声，这时在浴室中哈哈地响亮起来。

程记浴室是小镇上最老最简陋的浴室。它由浴客的更衣休息室和浴池组成。卖浴票的账台摆在门口，卖票的老板不卖票时，眼睛盯着在浴池中浴客的空座位，唯一的一个服务员，他忙着冲茶水，清理更换浴客丢下的用过的毛巾。浴室中一直没有擦背的服务项目。自浴室转制过户给赵平南后，他计划改建，可没有资金，只能将就着继续营业，在浴客们的强烈要求之下，也为了增加浴室人气，应浴客要求，增添了擦背的项目。

曹国新是邻镇的浴室老板陈老板介绍来的。报到时，程老板要看看曹国新的身份证，他说已经丢了；又问他岁数，他说 53 岁。程老板站了几十年柜台，真正是阅人无数，当时就认准曹国新瞒了年纪，而且不是瞒了 1 岁或者 2 岁，起码瞒了七八岁。程老板想，擦背不是轻松的工作，要长时期伛偻着背，在水汽蒸腾的浴池旁，年纪太大，有可能力不胜任。现在的浴客，不论是有钱的没钱的年龄大的年龄小的，他们都喜欢年纪轻一点的擦背师傅为他们擦背，他们要的是过瘾和健康。人已经来报到了，程老板不好意思劝说他回去，但在订合同时，只订到阳历年底。

浴池是老浴池，四周狭窄，放不下一张擦背的木床。只能在浴池的池沿上，放上一块木板，让浴客躺着擦背。池沿低，曹国新给人擦背，弯着九十度的腰，看他这个样子，假使他不累的话，躺着擦背的人会替着他累。给人擦背是全身运动。微胖的曹国新，手擦着，胸前松懈的皮肉，有节奏地抖着，这抖动与他喘着的大气，合着一个拍子。在曹国新之前，镇上的小浴室虽有几个，但都没有请过擦背师傅。镇上人勉强有个温饱，天天有浴洗，已经十分幸福，背自己擦，或者互相替换着擦，还没有达到出钱请人擦的经济水平。镇上人绝大多数，从没有在城里洗过澡，也从没有出钱请人擦过背，现在请曹国新擦背，是尝个新鲜，生平还是第一次，说实话，真不知曹国新的擦背水平怎么样，擦了，才知道这就是擦背。在城里擦过几次背的，给曹国新擦了，总觉得不太一样，会不会他与过去给他擦背的人，属于不同的流派？说出来怕人讥笑，没见过大世面。

那时还没有棉纱和特殊化纤混织的、可以戴在手上专门用来擦拭的洗涤手套，只是把绞干的毛巾缠在手掌上。毛巾擦背对浴客来说是柔软舒服，可对擦背的师傅来说，要擦得到位，需要费劲地认真地反复。可能曹国新觉得这样擦，太累人了，于是换了一种新的方法。他先用劣质香皂，在人体上抹过一遍后，用水冲洗干净皂沫，他擦时，不再用绞干的毛巾，而是用丝瓜成熟干透后的网状纤维，镇上人叫作的丝瓜筋擦。丝瓜筋是镇上人用来刷洗锅子和碗钵的。人不是锅子和碗钵。丝瓜筋没有用熟时，十分毛糙，除污垢却十分拿手。有人央求他擦轻些，他说你们镇上人的皮肉太嫩了，我一点都擦得不重。有人说，你怎拿丝瓜筋擦？他说丝瓜筋是中草药，可以祛风湿、通经络，还可以治胸胁疼痛、筋脉酸痛，你不信，可以回去看看李时珍的《本草纲目》，用丝瓜筋擦可以健体活血。他说得有道理，大家认可了他用丝瓜筋擦背。

曹国新给人擦背时，他总会嫌鄙让他擦背的浴客：你起码有十几天没洗浴了，污垢真多呀，丝瓜筋擦上去，像擦到了一层油脂，搓成面条，可以下上一大碗，饭量大的人，也能吃一个饱。

他会把擦下的污垢，集中堆放在你的胸前，让你看上一眼，夸奖他的成绩。

有时他嫌鄙时，躺着擦背的人说：我昨天刚擦，哪有这么多污垢？

他说：你这个人天生的会生污垢。

经曹国新丝瓜筋的折腾，还有对污垢多少的嫌鄙，不少人就不擦背了。

曹国新一天擦不到几个背，收入的减少，使曹国新很着急。

擦个背 5 元钱。程老板按规矩，收 1 元提成，他实得 4 元。擦背的人少了以后，他在擦背时，会悄声地对给他擦着背的人说：你最好把 5 元擦背费直接交给我。

有的人直接交给了他，有的人不光没有交给他，反而问程老板，这是怎么一回事？这事，程老板早就知道了，对告诉他这事的人只是笑笑，一句话都没有说。他有空的话，翻翻墙上挂着的日历，心里算着，离 12 月 31 日还有几天。

擦背的浴客离去时，在账台上交费，程老板就给曹国新一根竹筹。每天浴室收汤后，曹国新就和程老板根据竹筹多少结算。

有一天，收汤后结算，曹国新说：我今天擦背几个，你少给了我一根竹筹。

程老板说：不会错的。

曹国新说：真的少了一根。

程老板说：你的擦背钱，我少给了你，这不是在折我的阳寿？

曹国新说：我不相信迷信。

程老板拿出 5 元钱，递给他时说：我要说明的，这 5 元钱，我是请你吃夜宵的，不是你的擦背钱。

曹国新收下了。

第二天，他像有病似的，每进来一个浴客，他会走上去悄声地问：昨天擦背，你有没有忘了给我 5 元擦背费？

元旦那天，曹国新走时，程老板把他每擦一个背的 1 元提成，全部还给了他，并还赠予他 100 元路费。

曹国新走了，浴室里留下了一只曹国舅擦背的新编故事。

还有的故事，程老板没有说，是他的女人翠菊说漏了嘴说出来的。程老板吃了陈老板的一记歪（上了个当），陈老板又吃人家的一记歪。曹国新原是他户口所在一个单位食堂里洗菜刷锅刷碗的勤杂工，根本不懂得擦背，他把镇上的人当猴子耍了一下——当作碗锅在浴池中刷了一下。

成可人

身下垫着厚厚的稻草，身上盖着草苫，女裁缝邢虹头朝南脚向北，直挺挺地躺在河边油菜花田边的田埂上。菜花开得正盛。不知是风还是人，在草苫上撒满了金色的油菜花瓣。邢虹淹死的消息在镇上传开后，听说过邢虹，但想不起邢虹是长着怎么一副面容的人，丢下了手头的事情，去最后认识一下这个镇上最漂亮的女孩。到了菜花田边，见撒满油菜花瓣的草苫盖得严严实实，心里都想看一眼，可是没有人去掀开草苫一角，走近她时，脚步都放得很轻，像是怕惊醒她。

从邢虹丢在河边的新外衣和一只皮鞋看，邢虹是投水自杀的。

邢虹的未婚夫成可人，不相信她会淹死。他对告诉他这个噩耗的卖豆腐的马阿二说：这不可能，昨晚我离开她时，已经过了 12 点，她送到我门外，嘱咐我路上走好。我说天上有月亮，没事的。走了一段路，我还听见“咿呀”一声的关门声。马阿二对他说：也可能搞错了，你去认一认，可能是邢虹，也许不是邢虹。成可人掀起草苫的一角看了一看，立即盖上了。死者确凿无疑是邢虹——邢虹的鼻子左边有一粒俏俏的美人痣。草苫盖上后，成可人只觉得双脚一软，坐倒了邢虹头边的田埂上。

邢虹是成可人谈的第四个对象。前三个对象中的第一个，见了两次面后，第二个一起看了三次电影后，第三个一起到省城玩了两天后，女方都提出了中止关系。成可人真正感到莫名其妙。邢虹是老蔡介绍的。老蔡外号“包生儿子”，做媒人没有失败的记录。在邢虹家，成可人发觉，邢虹总是避着他，心事在她的两只大眼睛里，看得清清楚楚。成可人找了老蔡问，邢虹是否在谈对象，我插上一腿，怕是不合适，趁我还没坠进感情的泥潭中，还是中止了好。老蔡拍了拍成可人的肩膀，问他：邢虹漂亮不漂亮？成可人点点头。又问他：漂亮女人有几个人追求，正常不正常？成可人又是点点头。老蔡说：锲而舍之，朽木不折；锲而不舍，金石可镂，你是中学老师，我是小学老师，你水平比我高，其中“舍”字的意思，一定比我理解得深刻。老蔡又像真的又像假的说，谈恋爱的成功率要达到百分之一百，光凭真诚是不够的，一定还要辅以勇敢和无耻。什么是无耻？老蔡的解释是脸皮厚得比城墙还要厚。老蔡给成可人鼓足了劲。晚饭后没事，成可人厚着脸皮天天往邢虹家跑。有好几十个晚上，邢虹礼貌地给他泡了杯茶，推说手头的活太多，忙不了，要开夜工，关起房门，踏起她的缝纫机。邢虹的父母不能冷待成可人，邢虹父亲陪着他聊天，聊得没话讲了，接着邢虹的母亲来陪他聊，真像是成可人在邢虹的缝纫机的伴奏声中与她父母在谈恋爱。邢虹的父母累，成可人更累。

昨晚，成可人一到邢虹家，邢虹请他进了她的闺房。邢虹的母亲一见成可人进入了邢虹的房，过来把房门关上了。关上门后，听得邢虹的母亲在说：阿才（邢虹的父亲）陪我到妹子家去走一趟。响起了大门关上时的“咿呀”一声。邢虹房里唯一的一张凳子上，放着几件缝好的衣服，不知坐在哪里，在床沿上坐下的邢虹，拍了拍床沿，示意成可人坐在这里。成可人紧挨着邢虹坐到了床沿上。在一个女人的闺房和女人紧挨着坐在一起，而且是坐在床沿上，成可人出了娘胎还是第一次。他抖颤起来。邢虹问他：你冷吗？成可人回答：很热。热得会身子抖颤？邢虹问他。成可人说：我自己也不知道。邢虹叹了口气。成可人说，你叹什么气？邢虹说，我也不知道。两人紧挨着，坐了好长一段时间。邢虹问成可人：你想做什么？成可人站起来惊慌地说：我没有想做什么。邢虹等着他坐下后，说：你是没有做什么，谁说你做了什么。我是问你，现在我们两个单独在一起，你想做些什么？成可人拎清了邢虹的话，说：想做，可我不敢。邢虹说：你说的话，我没听清，你再说一遍。成可人重复了一遍。邢虹又叹了一口气，突然伸出双手，抱住了成可人的头说：我已经想通想透了，今晚你没有不敢做的事，你要我做什么，就做什么，我愿意。成可人要吹熄灯。邢虹说：别吹，我欢喜点亮着灯做。说完，她把玻璃罩子灯，又捻亮了一些。

做完了事，成可人要走了，邢虹说她还有话要说。成可人以为她会说今晚的事情一定要保密。成可人猜错了。邢虹说的是：今晚的事，我是自愿的，我活着是你家的人，死了是你家的鬼。听了邢虹的话，成可人真的很开心，但觉得女人也真的像条深不可测的河，要过去并不难，只要有一根够得上她河心的篙子，用全力撑一下就过去了。

但神仙也难以想到，事情怎么会是这样！

抬尸体的人来了。成可人认识，是邢虹的两个堂房兄弟。掮门板的叫邢刚，拿长竹杠和麻绳的叫邢才。翻开草苫，邢虹的鼻子中、嘴巴里都是污泥，脸因水的浸泡，浮肿得非常丑陋。邢刚、邢才把尸体抬上门板，成可人帮着用一块白被单把邢虹盖了，在门板上结好麻绳，套上竹杠。邢刚从口袋中掏出爆竹，正要用烟头点燃，成可人制止了他。

邢刚哥，等我一下，我到邢虹家去有几句话，说了回来，再放吧！求你了。

快去快回，天气热，死人要发臭的。

成可人到邢虹家。邢虹的父亲在闷头抽烟，邢虹的母亲哭得喉咙哑了。邢虹的哥哥邢雷在大发脾气。成可人听得他在说：去找那狗贼算账，把尸体抬到那个狗贼的家里。但他一见成可人，马上不说话了。成可人想，邢雷是要找这个狗贼算账，把尸体抬到我这个狗贼家里？见了我为何又不说话了呢？

你不要闹，不要发脾气，我这个狗贼是来认账的，我这个狗贼是来要死人的。

成可人一直想改一下口，把对邢虹父母伯伯、婶母的称呼改称一声爹和娘。不是他害羞，只是感到邢虹身上的凉意，逼得他的心热不起来，有时爹娘已经在喉咙口，没有出口，就化作了一声长长的叹息。

他叫了一声爹。邢虹的爹说，这时候，别这么叫，我不好意思听你这样叫我。

他叫了一声娘。邢虹的娘说，我喜欢听你这样叫，可是我听了心痛呀。

成可人对邢虹的爹娘和哥说：我已经决定了，把邢虹抬到我的家去。

邢雷说，不能诈你，我刚才说的话，不是说你的，你不要多心。

成可人想，刚才你不是说我，那么你说谁呢？不要赖了。

邢虹的家人不答应把邢虹抬到成可人家去。成可人急了：邢虹昨晚对我说过，她活着是我家的人，死了也是我家的鬼，再说鬼魂也要一个真正的家呀。邢虹的爹娘问：邢虹真的这样说过？成可人说，真的说过，而且我是答应她的，我的家就是她的家。

邢雷说，我妹子拖累你了，我们的心里真正不好受呀！

成可人回到家，他的寡母正在哭。他叫母亲别哭了，去请人布置一个灵堂，邢虹马上要回家了。她看了一眼儿子，只问了一句话：邢虹的死，你有责任吗？成可人说，我怎么会没有责任？

邢虹的丧事办完后，关于邢虹投河自殉，有这样的闲言碎语。

在老蔡把邢虹介绍给成可人之前，邢虹已与全县最年轻的一个乡长好上了。说年轻，这个乡长比邢虹大上 15 岁。这个乡长信誓旦旦说过，他离了婚一定会娶她的。邢虹怀孕后，她催乡长离婚。乡长却叫她去堕胎。叫她去堕胎，乡长有他的理由，他即将升到县里当局长，离婚会影响他的前程。邢虹执意不肯堕胎，要乡长离婚。乡长做了坚决要她堕胎的决定后，邢虹找他，他一直避而不见。这时，老蔡把邢虹介绍给了成可人。镇上人说，老蔡是乡长的同学。乡长请他帮一个忙，说服邢虹去堕胎。老蔡认为说服邢虹去堕胎是下策，嫁胎于人是上策。邢虹肯这样做，乡长愿包揽邢虹出嫁时的所有费用。急着要找媳妇，蒙在鼓里的成可人，上了乡长和老蔡的圈套。邢虹的家人知道了邢虹的尴尬处境后，都对她说，你上了乡长那骗子的当，你吃了哑巴亏，这怪不了谁，只能怪你自己，劝她去堕胎，为了声誉，为了你将来还有身价，愿意陪同她到外县的县人民医院堕胎。邢虹死活不答应。老蔡把邢虹介绍给成可人以后，怀着良心的不安，他们把成可人视作大救星。可是邢虹拒绝这个大救星。她父母再三求过邢虹，邢虹答应了。可是想不到，就在邢虹答应的第二天，她选择了一死。

还有人见过邢虹到南街上的张铁嘴那里去算过命。她对张铁嘴说，不是算自己的命，而是代她的表姐来算命的。邢虹说出了自己的生辰八字。张铁嘴算到婚姻时，对她说，你表姐交了噩运，第一个遇到的是骗子，她将失去女人珍贵的贞操，弄不好，这个骗子还会留下个孽种，这个孽种除去也好不除去也好，在她的心上会留下难以愈合的伤痛。假使有第二个男人要她，这个男人就是麻子癞痢，一点不优秀，也要抓住他，别放弃，这个男人的家，是你的肉身和灵魂的永远栖息的地方。邢虹给她表姐算命时，一个乡下女人正巧在张铁嘴那里，她是亲耳听到的。

至于成可人，为何要追认邢虹为他成家的媳妇？他和邢虹之间曾发生过什么事？没有人问过成可人。成可人更没有与他人谈过。这事成了小镇上难得的解不开的谜团。

杜涅夫

裁缝郎进元，今天说要死，明天说要死，可在床上整整躺了三年，却一直没有死。三月初一的上午，九点多钟时，他的老妻梅英正在小天井里，在有太阳的水泥水槽里洗荠菜。只听得郎进元在房内喊着杜涅夫，这声音大得吓人，一点不像是生了病的人喊的。听到这喊声，梅英说：你喊什么魂？是要小便还是要大便？等一下，我手里还有一捧荠菜，洗好了就来。等梅英洗好荠菜，进房一看，只见郎进元眼睛一翻，没有了声音。梅英说：老不死的，你别吓人。郎进元过去曾经有过这样几次，后来都没有事。这次郎进元可没有吓人，他真的死了。

郎进元儿子郎朗，在母亲和自己的女人哭得死去活来昏头昏脑的时候，他没有耽误时间，给城里的姐姐郎静和姐夫杜涅夫，电话通知了父亲的死讯。

一个小时不到，郎静赶到了。郎朗问郎静：姐夫呢？郎静说他天黑前会赶到的。郎静先是呼天抢地地哭，直哭到哭不出声，哭不出泪。天黑时，杜涅夫来了。郎朗说：姐夫，父亲的后事我们商量一下。杜涅夫说：这个我真不懂，也不知道做些什么，你说怎么办就怎么办，至于丧葬费用，要用多少，只要与你姐姐说一声。杜涅夫是城里宙斯装潢公司经理。小镇上的人都知道郎进元的这个女婿有钱，可他来看望丈人丈母，来也匆匆，去也匆匆，连邻居都只见到他几次背影，只觉得好像他个子不高。

小镇的习俗，人在白天死了，要在天黑时才能入殓。镇上的殡葬服务所所长，吃中饭时来过，三点钟时又来过，问郎朗需要什么服务？郎朗对他说，等天黑时姐夫来了再说。杜涅夫刚刚坐定，所长来了。

殡葬服务所可以提供的服务有：代你联系乐队（小镇上称军乐队），相信道士的人家，可以给你联系道士，相信和尚的人家，可以代你联系和尚，要请哭丧婆的人家，可以代你联系哭丧婆，还可代你联系入殓的工人，而且要几个有几个。殡葬服务所，还兼顾出售花圈、孝鞋、香烛，出租孝衣和暂时存放尸体的玻璃棺材。

所长向郎朗、杜涅夫介绍了服务所可以提供的服务内容后，问他需要提供些什么服务？郎朗说姐夫你看呢？杜涅夫说都要。郎朗说真的都要，有必要吗？杜涅夫说，爹活着时曾对我说过，他结婚时爆竹都没放一个，六十大寿又没庆祝，说要等到七十大寿热闹一下，他没等到，这是最后一次，给他热闹一下，这钱我来付。郎朗知道父亲对杜涅夫好，没有父亲的坚持，以他的长相是娶不到天仙似的姐姐郎静的。他为父亲最后的一件事排场一下，没有什么不好。所长问杜涅夫要请多少人？杜涅夫说，郎朗，这个你决定吧。郎朗要了一个乐队、四个道士、两个和尚、一个哭丧婆和四个入殓的工人。至于花圈孝衣要多少，他叫所长等他电话通知。杜涅夫听了，补充说，乐队请两个，哭丧婆也请两个。郎朗问：为什么？杜涅夫说，有了两个才有竞争。

入殓的郎进元，穿戴整齐地躺在搁在大门前的玻璃棺材内，脸上盖着张草纸。这是他躯体在家的最后一夜。这最后一夜，对郎进元来说并无重要不重要，但对活着的人来说，这一夜是永诀的一夜，良知最能体现的一夜，天塌地陷也要在他身边陪伴的一夜。与死人同睡，是子女中男子汉的任务。棺材的左右两侧，稻草的地铺，郎朗睡在左面，杜涅夫睡在右面。郎朗累了一天，睡下去睡得像他棺材里的父亲。杜涅夫自小长到现在，第一次睡稻草地铺，翻一个身，稻草铺窸窣了一阵；再翻上个身，稻草铺又是窸窣了一阵。他睡不着，坐起来抽一支烟，见玻璃棺材中躺得笔直的老丈人，只隔一层玻璃，人却在阴阳两个世界。他有些担心，老丈人会突然叹息一声，有气无力地叫他一声杜涅夫。想到这里，他像真的听到了棺材里有叹息声。这一夜，他自己也不清楚是怎么熬下来的。天一亮，号啕的哭声又起。他感到累，对郎静耳语了一下，找了个静处，躺下闭目养神。

乐队来了，哭丧婆来了。两支乐队，一支在大门左侧摆开阵势，另一支在大门右侧摆开阵势。哭丧婆一个站在棺材左边哭，一个站在棺材右边哭，她们各哭各的，调子拉得长长的，哀声震荡，一句都难以听得懂她们哭的是什么。鼓声、号声、钹声、唢呐声突然响起，震得楼房都在颤抖。这声响压倒了哭声，稀释了悲哀。镇上的鸡在叫，狗在跳。

十点钟，送郎进元火化的工人和车子来了。杜涅夫穿孝服，孝服没有号码，他个子小，人又瘦，穿大人穿的，嫌大些，穿小孩穿的又嫌小些。只能将就着穿，再戴上一顶蓝帽子，他觉得这样的穿着，形象肯定不好，悄悄地在镜子里一照，不像杜涅夫杜经理，真像一只猴子。想摘下蓝帽子，脱下孝服，犹豫了再三，心想小镇上没有人认识他，没人认识他，也就不会有人注意他。他戴上了随身带着的墨镜，低下头，混入了送郎进元火葬的队伍，上了汽车。在汽车里，他一直低着头，假装着打瞌睡。

到了火葬场，杜涅夫没有下车，心中默念一声：老丈人，请原谅，送到你这里，下边的路，老人家独自走好。在车窗外传来的遗体告别的音乐声中，杜涅夫睡着了。送郎进元进入天堂的氧气礼炮——二十四响，最高级别的送别声中，杜涅夫醒来了。

丧车开到离家 200 米的地方停下，车上去火葬场送别的亲戚朋友全部下了车，排成了一列长队。郎朗拿着父亲的遗像排在最前，郎静把父亲的骨灰盒递到杜涅夫手中，悄悄地说了声：真没办法，这是铁定的乡俗。杜涅夫糊涂地捧着骨灰盒，排到了郎朗的后边。乐队吹打起来，哭丧婆号啕起来，队伍中能哭的全都哭了起来。队伍缓缓地移动。

郎家的大款女婿出钱请了两个乐队、两个哭丧婆、四个道士和两个和尚，这为死者操办的排场，小镇几十年中从未有过。消息传遍了小镇的每家每户，不能错过了这难得的机会，听得郎进元火化归来，小镇的闲杂人员拥上了街头观看。场面热闹，杜涅夫从墨镜中偷眼一看，观看的人都在指着他说着。吹打声、号啕声、嘈杂声太大，听不清他们在说些什么，杜涅夫觉得他们说的一定是他。他们说的是些什么话？

杜涅夫回到家，听郎朗的丈母娘说，明天出殡，和尚道士来了，还会比今天热闹，到安息堂，要穿过一条大街。杜涅夫喝了一口水，对郎静说，我今夜要回公司。郎静问：有急事？杜涅夫说：真有急事。郎静说：明天早些来，出殡更为忙碌。杜涅夫无奈地笑了笑。他打通了公司的电话，6 点整，派小车到小镇来接他。

公司的人已经下班，他拨通了刚进公司不久的大学生崔东风的电话，请他急来公司，有要事商量。崔东风的住所离公司不远，只有十几分钟的路程。崔东风个子不高，人长得眉清目秀，与杜涅夫长得很像。杜涅夫对他说要请你帮个忙。崔东风说，我在公司服务，经理你说什么，我听你的，就去干什么。杜涅夫说，我今天累坏了，偏头痛的旧病复发，今晚要去住院，我想请你代替一下我。杜涅夫说到这里不好意思说下去，崔东风说，你尽管吩咐。杜涅夫说，委屈你，你明天代我去做一天女婿，给我丈人送葬。崔东风说，这不是一件小事，叫我代你去做一天女婿，实在不敢当，你是抬举了我。杜涅夫说你答应了，我说不出的高兴，明早，我派小车送你到小镇。你戴一副墨镜，什么话都别说，郎静叫你做什么，你就做什么。杜涅夫从抽屉中拿出 1000 元钱，叫崔东风收下。崔东风不收，说杜经理你把我当作外人了。杜涅夫说这是喜钱。崔东风说既然是喜钱，我收你一毛。杜涅夫见崔东风执意不收，说了声我叫会计打入你的工资卡中，把钞票放进了抽屉。

崔东风走后，杜涅夫给郎静打了一个电话，他告诉她自己旧病复发，已经住进了医院，明天我的事，由崔东风代替，请她体谅他，住院的事告诉一声妈和郎朗，请人替代的事，不要告诉他们，估计在出殡时的一片混乱中，谁是杜涅夫，谁是崔东风，没有人会来仔细辨识，能混过去最好，混不过去以后再解释。郎静知道杜涅夫生的是什么病。听到大出殡时的孝婿由崔东风替代，她觉得心中压了一块石头。死人已经死了，活着的人还要过日子。死人死后的风光，死人是看不到的，所有的风光都是演给活人看的，是活人自己折腾自己，

可能崔东风与杜涅夫长得真的很像，出殡开始到结束，没有人发现做孝婿的不是杜涅夫。

方全平

这是 1948 年的事情。

方全平能做到镇长的文书，主要是镇长看中这个小学时的老同学，有不喜欢女人、不喜欢喝酒、不喜欢赌博的“三不”爱好。有这“三不”爱好的，镇上还有好几个，但是方文书还有其他人没有的硬功夫，坐得住，没有事，在椅子上一坐，半天时间不会挪动一下身子。镇长却与他相反，有欢喜女人、欢喜喝酒、欢喜赌博的三大爱好，还有“白脚花猫”和“猢狲屁股”的两大外号。镇长有了这三大爱好、两大外号，就没有时间做镇长了。镇里的大事小事，他就放心地全权委托了他的方文书。方文书没有辜负镇长对他的信任，把办公室当作了自己的家。他的女人不满他晚上也不回家，说他像一条狗，一条不是看守自己家门的狗。

镇子虽小，可是事情不少。谁家兄弟分家，谁家房产田产抵押，谁家卖田买房，写契约文书，要请镇长，镇长有时间参加，他要带着方文书；镇长没有时间，他委托方文书参加。乡里人为地界房界纠纷，打闹到镇里，镇长不在，他就下乡勘探解决。解决时，他不喝任何一方的一碗茶。茶水都不喝的人，说起话来响响亮亮，寻找事实，该怎么办就怎么办。有时双方虽都不能满意，可在事实面前，都无话可说。每年有流浪汉暴死街头，这事使他最为烦恼，镇里没有钱收殓，他就亲自向镇上开着店铺的老板募捐化缘，买一口薄皮棺材，寻一处黄土，埋了这个异乡客人。在小镇上，方文书口碑好，大家信得过他。有时夫妻为小事吵架，无人劝说，夫妻俩都会说，走，我们去找方文书评评理。

五月下旬，黄花庄黄大龙家失火。火是在夜半失的。黄花庄在小镇的西边，大火蹿上天空，天空也是一片通红。小镇上救火的水龙赶到时，黄大龙家已经烧成一片灰烬。在小镇上，失火的事情年年发生，并不奇怪，但失火烧死人少见，黄大龙家失火，烧死了人，而且死的不是别人，是房主黄大龙。烧死了也就烧死了，埋了算了。可是黄大龙的弟弟黄小龙告状告到了方文书那里，认为哥哥家火烧，火从厨房烧起，这火是失是放，暂且不下结论，他怀疑的是哥哥不可能活活烧死。睡在一张床上的嫂子陈阿翠为何逃出了火海，哥哥黄大龙为何不能逃出火海？黄小龙还说，哥哥出门时，总要关照他留一个心，哥哥虽没有明说，可是明白他的暗示，嫂子有野男人。嫂子的野男人是谁，他心中有数，只是现在不能明说。黄小龙强烈要求方文书验尸。

为消除黄小龙对他哥哥死因的疑虑，也为给陈阿翠一个清白，方文书决定验尸。叫谁去验尸？方文书先去请开诊所的钱医生。钱医生一听说是请他去验尸，而且是去验一个烧熟了的人，立即呕吐起来，他求方文书饶了他。方文书见他呕吐出来的东西，自己也要呕吐了，逃也似的离开了钱医生。镇上除了钱医生，没有别的医生，请谁呢？他想起了兽医秦阿狗。秦兽医听方文书一说，他说方文书你老人家别与我开玩笑。方文书说，不是开玩笑，是请你去验尸。秦兽医说，我答应了去验尸，可我也不知道怎么验尸，黄大龙是人，不是猪和羊。方文书说，这个简单，不要你开膛剖肚，你只要撬开他的嘴看一看。撬开嘴看一看？秦兽医说这也叫验尸，验尸能这么简单？方文书说，简单不简单你就不用问了。

验尸的事，传遍了小镇内外。方文书赶到黄花庄时，已有好几百号人等着。烧得焦煳的黄大龙躺在门板上，散发出令人作呕的熟肉气味。观看的人们认为验尸的是县里面派来的，一看是镇上的大家熟悉的秦兽医，闲人们笑了起来，黄花庄黄大龙的族人愤怒了，责问方文书，黄大龙不是猪羊，你怎么请了个兽医？陈阿翠更是不得了，扑到了黄大龙的身上，大哭起来。方文书问：你们信得过我，就让秦兽医验一验，信不过我，我和秦兽医回去，那就不验了。至于怎么验，请你们放心，不要说现在黄大龙没有汗毛，就是有汗毛，秦兽医是汗毛也不会碰他一根的。黄小龙说，我信得过你，既然汗毛也不会碰到一根，那就验吧。秦兽医用毛巾捂着鼻子，撬开黄大龙的嘴巴，嘴巴里没有烟灰。方文书看了，确凿没有烟灰。黄小龙看了，确凿没有烟灰。再请了族里的几个长辈，看了都说没有烟灰。方文书问黄小龙家里有没有小猪？黄小龙说小猪没有，老母狗养的小狗有好几只。方文书说小狗也行。他嘱咐黄小龙活杀一条小狗，再把另一条活小狗用绳子绑着，生一个火堆一起烧。

方文书的葫芦里卖的是什么药？

火堆里发出活小狗临死前的惨叫声。

火堆里发出一股焦煳的味道。方文书叫熄灭了火，说秦兽医看你的了。秦兽医撬开死小狗的嘴巴，死小狗嘴中没有烟灰，再撬开活小狗的嘴巴，活小狗嘴中满是烟灰。方文书当场宣布，黄大龙是死了以后，再遭火烧的。陈阿翠有杀人嫌疑。他当即派人把陈阿翠押到了县里。

后经审讯，这是陈阿翠和姘夫合谋的一起杀人纵火焚尸案。县里对镇里能神速破案作了表彰。镇长很高兴，问方文书是怎么想到这个法子的，方文书说，这是他从古书上看到的。

小镇上的晚清民居，大都是前后三廨，临街的那一廨是临街的门面房，中廨、后廨都是住房，中有天井，三廨房子都是用厢房连接着，前后贯通，开有后门。1937 年，这种民居绝大多数给日本鬼子烧了，以后造起的房屋，格局还是晚清的式样，只是低矮简易，不可与往日的老屋相比。在渐有凉意的一个晚秋下午，我在街后的瓦砾堆上捉蟋蟀，抄近路到街上去，从方文书家的后门进去，走到中廨，见方文书躺在藤榻上，又瘦又小，像是藤榻太大了，他脸如白纸，眼睛盯着我看。那天没有太阳，屋子里阴暗，见了这个小老头，顿时背心上凉飕飕的，一直不知害怕的我害怕了，急忙从后门退出。过了几天，在不放爆竹的时刻，听到了爆竹声，小镇不大，只一会儿，就传来了方文书去世的噩耗。

五十年后，也就是 20 世纪的最后一年，小镇上最为著名烈士于雄的妹妹于英还健在，有人采访了她，写了一篇她对烈士的回忆，其中写到了方文书。

于雄的尸体放在离自卫团不远的田径上。得到确实消息，明天敌人要割下于雄的头颅，挂到小镇的石桥上示众。于英得到消息，买通了自卫队的岗哨，请了乡亲，把于雄的尸体偷了回家，连夜入土安葬。县长得知，赶到小镇，把于英逮到了镇政府，强令她把于雄的尸体从入土的棺材中挖出，哪里偷的就送到哪里，不答应的话，于英要以通匪的罪名，逮捕到县判刑。一向文静的方文书，勃然大怒，拍着桌子指着于英大骂：你这个泼妇，我娘舅怎么娶了你这个泼妇当儿媳妇，真正是前世作孽！你不去偷胡葱，不去偷大蒜，也不去偷汉子，偏偏偷了个死人回去。死人又不好红烧，又不好清炖，你偷他回去干什么，叫你回去把死人背回来，还要一派胡言，你这个泼妇！

县长一听，方文书是于英公爹的外甥，他看了看镇长，镇长心领神会，对于英嘿嘿一笑，尸体不要你送到镇上来了，你立即回去，烧好浴锅，把死人从棺材里挖出来，放在浴锅里煮烂了喂狗，等会儿，我会派人来查看。

于英回到家，公爹叫她躲起来。于英怕连累公爹一家，没有躲藏，等待着镇长他们的到来。以后什么事情都没有发生。于英问公爹，镇上的方文书是你的外甥吗？公爹说我吴家的祖宗十三代与方家的祖宗十三代，没有一点瓜葛，什么亲戚都不是，还外甥什么。

郭 天 一

我和郭天一的第一次见面，是在沈三石儿子满月的宴席上。沈三石把我介绍给郭天一时，他嘴里说着久仰久仰，还伸过手来，使劲地与我握了握。大家都很高兴。高兴了，酒就喝多了。酒喝多了，大家就更高兴。额头喝得锃亮的匡校长提出，我们每人唱支歌。丁村长不会喝歌，他说他最不喜欢喝歌，建议谁的属相（生肖）是什么，就模仿自己的属相，大声地叫上三下。这个建议很新鲜。连提出唱歌的匡校长也拍手赞成。丁村长属猪，猪叫了三声。匡校长属牛，牛吼了三下。我属鸡，鸡啼了三遍。郭天一属狗，犬吠了三声。评审下来，郭天一获得惟妙惟肖奖，匡校长获得出神入化奖，各人敬酒一杯。

第二天午后，我和郭天一在镇东的老桥相遇，想起他惟妙惟肖的犬叫声，心里十分温暖，急忙迎上去，问了一声：中饭吃了没有？想不到，他只看了我一眼，而且这一眼十分陌生。他没有理睬我，自顾自走了。是否我认错了人，他不是郭天一？回身看了看他的背影，确凿无疑是郭天一。郭天一没有认出我，可能是在思考一个重要的问题，因太专心而忽略了我，我想一定是这个原因。

在福建人新开的小吃店里，我和沈三石在品尝着笼蒸的饺子。饺子里肥肉多瘦肉少。沈三石用筷子夹着咬开的饺子，看着里边亮晶晶的肥肉，在吃与不吃之间犹豫着。沈三石不是不吃肥肉，只是不喜欢吃这饺子里的肥肉。我说你看什么，闭着眼睛吃呀。沈三石说，我怕这肥肉不熟。我说在蒸笼里蒸过的，不会不熟吧。沈三石说，这肥肉像白蚂蚁的幼虫。我咬开一只，仔细一看，这肥肉真的像白蚂蚁的幼虫，顿时没有了胃口。沈三石正在咀嚼，我开玩笑说，白蚂蚁的幼虫是高蛋白、大补的食物。沈三石皱了皱眉头，看看旁座吃着蒸饺的打扮很入时的年轻女人，为了自己的形象，没有吐出来，强制着咽了下去。

蒸饺一笼 12 只，我和沈三石一人一笼，各吃了 2 只，不想吃了，还有 20 只蒸饺打包还是留在桌上？此时郭天一在店门口好奇地打量着。沈三石一见他，仿佛来了个大救星，把他拉到了座上，从筷筒中抽出一双筷子，把两笼蒸饺推到了他面前。郭天一说了声，今天吃福真好，拿起筷子客气没客气一声，一口一只吃得有滋有味。吃完饺子，郭天一用餐巾纸擦了擦嘴，问沈三石我是谁？沈三石回答了我是谁后，郭天一伸过手，说着久仰久仰，使劲地握了握我的手。沈三石还想说些什么，只见郭天一夸了一声蒸饺真肥，站了起来，说他女人在等他到小菜场去买只草鸡，不陪了。

郭天一离去后，我对沈三石说，你儿子满月的酒席上，你已经把我给他介绍过了，我在他面前还像个陌生人，这人有没有病？沈三石说，郭天一没有病，只是他眼睛的记忆极差，他是我们镇上人说的“笨眼”，我们与陌生人一次谈话，一次聚会，下次见面，一眼就能认出，可郭天一不同，他一定要经历三次到五次。

听说过“笨眼”，没有见过“笨眼”，我对“笨眼”很感兴趣。我知道沈三石前几天做了笔生意，赚了几个钱，下一笔生意还没有开始，现在有的是时间，要他说说郭天一的眼“笨”到何种程度。沈三石笑着说，我是个做生意的，时间是金钱，听一只故事，你付多少？我说好说，按质论价，至于钱，暂且欠着。我与沈三石调侃了几句，他就说开了郭天一。

郭天一的舅母给他介绍了个对象，女的叫王秀芹。郭天一与王秀芹在舅母家见了一面后，双方同意，明天午后两点钟，在镇公园临河的荷花亭再见上一面。见面前，郭天一在公园门口遇上了老同学，多说了几句话，到荷花亭迟到了几分钟。亭中有两个女人，一个穿红色的上衣，一个穿绿色的上衣，她们背着他，像在数着池中绽放的荷花。郭天一见王秀芹还没有来，因迟到而紧张引起的心跳，老是停不下来。他坐在长椅上，点燃了香烟，很悠闲地吸着。一支烟吸完，王秀芹还没来。第二支烟吸完，王秀芹还是没有来。他急了，急的是她可能早于他到了荷花亭，见他不守时，是不开心而离开的，还是为了刁难他而离开的？是变了卦，根本没有来？现在的女人几分钟换一个念头，你做她们肚子中的蛔虫，也难以摸透她们的心思。他走过去问在欣赏的两个女人：对不起，你们来之前，有没有看见一位女士在亭子中？穿绿上衣的赏荷的女人回过身，盯着他看。郭天一也盯着她看。突然，穿红上衣的女人走过来，牵着绿衣女人的手，走出了亭子。绿衣女子问红衣女子：这个人有没有病？原来红衣女子是王秀芹，绿衣女子是她的表妹，她怕自己看走了眼，请她来当参谋的。王秀芹回家后，给郭天一的舅母打了电话，一句没提荷花亭里的事，直截了当地表达了与郭天一不再发展下去的意思。舅母摸不着头脑，舅母问为了什么？王秀芹说，她已经有了心上人。舅母十分尴尬，以没有缘分为理由，王秀芹的事到此为止。

郭天一的不少知己朋友，几次与他说过他的眼太笨了，郭天一承认自己的眼睛有些笨，但断然否认自己的眼睛会笨到见了几次面还不认识的地步。问的人见郭天一那种死守自己眼睛不那么笨的阵地，一笑了之，不再追问。是呀，对认识一个人，见一次面不忘记，与见几次面不忘记，不是性命攸关的事，再说这是郭天一的事，要你去苛求他做什么。

沈三石说，郭天一不是对所有陌生人要见几次面才认识，也有例外的。我说，你说给我听听。他舅母给他介绍的第二个对象小翠，他见了一次面就认识了。第二天，他到镇上的成衣厂找他的表兄，一到厂门口，正巧女工下班，他在上百个女工中，一眼就认出了小翠。他很激动，大声地喊了声小翠。小翠的小姐妹问她叫她的是谁，小翠的脸红了起来。有人问她这个是不是你的对象？小翠低头不作声，不少人轧出了苗头，打量着郭天一，弄得他难为情地只是傻笑着。郭天一第一天到染色车间上班，快到午餐时，工人们不再干活，聚在一起吹牛皮，他偶尔向窗外一看，发现了路过的孙老板，便赶忙拿起笤帚装得十分投入地扫着地。在一次全厂的职工大会上，孙老板说起劳动纪律，他以郭天一扫地为例，大大地表扬了他一番。沈三石说到这里，笑了起来，我问笑什么？他说你知道我在笑什么？我说你笑个屁，别卖关子了。沈三石说，郭天一之所以见了孙老板和小翠一次面就认识了，是因为孙老板是头上只有几根毛的秃子，而小翠的左脸上有一块角币大的胎记。当时听了没觉得有什么好笑，后来琢磨了几下，真的值得一笑。

我问沈三石，郭天一还在染色厂？沈三石说，孙老板表扬了他以后，车间里的人误会他是孙老板的眼线，没有人理他。他孤家寡人了十几天后，就到了香精厂当门卫。香精厂的工人上班，都在胸前别着胸卡。老板叮嘱过他，不别胸卡的人，一律不准放行。郭天一履行职责，只认胸卡不认人。一天上班不久，来了个衣着入时、浑身喷香的女人。她连看都没有持郭天一眼，进了门房，正要从侧门进厂时，郭天一叫住了她。她说我是马老板的表妹。郭天一说，没有胸卡，你是马老板的外婆也不行。那女的根本不把郭天一放在眼里，哼了一声，要闯进去。郭天一拉住了她的外衣。她大声地说，你是不是想对我非礼？郭天一说，我是不懂什么非礼不非礼的，没有胸卡，就是不能进去。吵架没有好话说，她骂郭天一是一条看门的狗，狗还认识人，你连狗都不如。郭天一骂她一定是二奶，给一个老头子包了的二奶。声音大，有人听见了，去报告了马老板。那女人一见马老板，哭着说，他骂我是二奶。郭天一说，她骂我是你厂里的看门狗。马老板板着脸，打个手势，叫女的进去了，然后对郭天一说，那天在办公室，你见过她，怎么不认识了？以后有人要进厂，说是我的表姐、表妹的，都让她们进来。郭天一想说，没有胸卡不准进厂，是你马老板说的。看着马老板板着的脸，他没有说，只是心里想，陌生人到了你厂里，会有几个人带着东西来？厂是你的，又不是我的，不过少了东西，你别来把责任推给我。隔了一个星期，又来一个女的，没有胸卡，说是马老板的表姐，郭天一没有盘问，就放行了。半个小时不到，女的背着一只包，笑眯眯地出了门房。快要下班时，马老板来到了门房，问他有没有陌生人进厂？郭天一说除了你的表姐，没有人进来过。马老板说，我叮嘱过你，没有胸卡的，一律不准进厂，你怎么能擅自放陌生人进厂？郭天一说，你说过的呀，你的表妹、表姐没有胸卡可以进厂的。下班后，郭天一被请进了镇上的派出所。狄所长问他那个女的长相，郭天一想了半天，没有说出个眉眼来，给他照片看，看了又看，不能下判断，只记得她的身上很香，她的香现在还在他的鼻子尖尖上。郭天一第二天就被辞退了，辞退后才知道，厂里失窃了一打进口香精，至于那个女的，原来是马老板的姘妇，由于郭天一不能作证，那件失窃案就挂了起来。

蒸饺店的生意忙了起来，不能再坐下去了。沈三石说，今天到此为止吧，要知后事如何，以后你请我喝酒时再说。

郭天一和小翠开着一个门面的粮油店，有固定的客户，生意还算过得去。那天，我到郭天一店对门的五金店，买几只螺丝钉。五金店的女老板阿菲，我曾与她谈过恋爱，那时我太穷了，她也穷，穷怕了，嫁一个比她还穷的，活着就没有什么意思，就嫁了一个有钱的生意人。经济上是不穷了，可在感情上没有富裕起来。生意人包了二奶后，她怒不可遏，离婚了。现在一个人开着一家小店。她见了我，眉眼总是有些情意，泡杯茶我喝，要与我说些话。她忙着她的生意时，我注视着对门郭天一的粮油店。

一个要饭的，向郭天一乞讨。郭天一给了他一枚硬币。街道很窄，我听见郭天一对要饭的说了一声再见，并且还握了握手。有趣的一个场景。只有几分钟，要饭的又来到了郭天一的店门口。郭天一又给了他一枚硬币。又是一声再见，又是握了握手。间隔比刚才长一些，那要饭的第三次出现在郭天一的店门前。再是一枚硬币，再是一次握手。当要饭的第四次出现在郭天一的面前时，小翠从屋里出来了，大声地对要饭的说：我吊子里的水都烧开了，你这个要饭的怎么还没有走？郭天一为要饭的辩护，刚才几个已经走了，这一个刚来。他递给要饭的一枚硬币后，说了声再见，伸手要与对方握一握时，要饭的别转身子，飞也似的逃了。这时，小翠笑着，扭住了郭天一的耳朵，说你真正是个笨眼。此时，郭天一才明白了，他笑着说：

我也奇怪呀，今天要饭的叫花子为什么会这样多！

廉凤玲

一小碗甜酒酿，煮了三大碗又甜又鲜洁的酒酿汤，全部喝下后，廉凤玲自己也说不明白，竟然会如酒醉一样，头颅放到枕头上，醒来已经天明。使廉凤玲更说不明白的是，整整一夜，没有方便一次，而且醒来还没有感到尿的憋急，昨晚喝下肚子里去的那三大碗酒酿汤，到哪里去了？

廉凤玲披好上衣，右脚伸进裤管后，左脚刚伸进裤管时，每天总在这个时候，发痒的喉咙要干咳几下。干咳了几下后，屋后棚子里的老鸭婆，会接着她的干咳，高傲地领唱三声，然后几只小鸭婆跟随着有节奏地合唱起来。今天，廉凤玲干咳过后，没听见老鸭婆领唱，也没听见小鸭婆合唱，她想今天老鸭婆、小鸭婆的耳朵聋了，她故意大声地干咳了几下。仍没有鸭婆们的回声。奇怪。会不会鸭婆们出了问题？廉凤玲提着裤子到鸭棚一看，鸭婆们不见了。棚子的门还关着，棚顶却开了个大天窗。老鸭婆、小鸭婆一只没留，全部偷去了。

“我家贼偷了！”廉凤玲大叫。

“贼偷了什么？”隔壁的永康聋子问。

“鸭婆。”

“阿婆（丈夫的母亲）？”

“不是阿婆是鸭婆。”

在廉凤玲与永康聋子纠缠不清时，村里人一听廉凤玲家贼偷，都过来关心地询问。廉凤玲领着他们去看了鸭棚，确定鸭子是真的偷去了，于是议论了起来。鸭子不是一棵青菜，也不是一根萝卜，鸭子有会叫的喉咙，它被小偷偷去时，难道鸭子救命都不会喊一声？大家在回忆，夜里有没有听见鸭的叫声。

“偷了鸭去干什么？”有人在问。

“可能是吃的。”

“一定是去卖的，这几天，听说鸭价上去了不少。”

永康聋子弄清廉凤玲家的鸭子偷去了，他当机立断地对她说：“快去镇上农贸市场，说不定小偷正在卖你的鸭子。”

永康聋子说得不错。可村里步行到镇上要半个多小时，等你步行到镇上，小偷已经把鸭子卖了，这样白白折腾自己一场，实在是犯不着，偷去就偷去了，当是自己大病一场，鸭子奉献给了医院。这时，廉凤玲听见了从村子那头驶近来的破嗓子车声。一听见这破嗓子车声，村子里的人都知道，是老袁骑着他的那辆起码转了八九个人手的摩托车来了。

廉凤玲拦住了老袁。老袁说：“廉鸭婆，我这坐骑有哮喘病，带不起你。”

“有急事，带得起要带，带不起也要带。”

村里人叫她廉鸭婆的人多，叫廉凤玲的人少。20年前，廉凤玲是生产队的赶鸭婆。白天，她撑着小船，在大河里放养着生产队的几百只鸭。白鸭像是白色的云朵，麻鸭像是褐色的云朵，廉凤玲立在船头，她用竹篙赶着浮在绿水中的白色的云朵褐色的云朵。夕阳西下时，她把白色的云朵和褐色的云朵赶进了生产队的鸭棚。她的鸭婆之名，便由此而叫开的。生产队解散时，河水同时也发黑发臭，到整条大河，螺蛳都找不到一颗时，廉凤玲就不再赶鸭了。前几年，卖豆腐的王小节办了养鸭场，廉凤玲被聘请去当了鸭头（养鸭场的负责人）。鸭场有鸭几千只，只要她一声吆喝，鸭场的鸭群如同飘起的一片白云。因为她过去赶过鸭，场里的工人都以鸭婆称呼她。禽流感来了，镇里的领导非常害怕，怕自己的前程也给流感了，为了防患于未然，悄声地补贴了王小节一笔钱，请他扑杀鸭子。王小节精明，以最优惠价卖给了外县的食品公司。廉鸭婆不相信禽流感会流感到她领导的鸭场，她实在舍不得这些可爱的鸭子，在王小节处理这些鸭子前，她利用自己的特权，瞒了王小节，选中了5只最会下蛋的鸭婆，用白酒灌醉后背回了家。鸭场停办，她同工人一起被辞退了。

快到镇子时，摩托车喘息了几下，就熄火了。老袁说：“廉鸭婆，我没骗你，车子有哮喘病，超载了就要休克，你信不信？”

“是呀，没骗我。”

“离镇不远了，你还是步行吧，我这车子自己熄火，它会像老鸡婆一样讨哺，趴在鸡窝里不肯起来。”

老袁没有说谎，几次发动，摩托车没有发动起来。廉凤玲谢了谢老袁，抄着近路进了小镇。在农贸市场东边狭窄的出口处，一个中年人背着一只蛇皮袋子从农贸市场走出来。一缕风飘来，她闻到一股鸭屎臭。这鸭屎臭好熟悉，有臭咸鱼的味道。她昨晚给鸭婆喂过臭咸鱼。背蛇皮袋的中年人离她越近，那熟悉的鸭屎臭味道越是浓厚。这人会不会是偷她家鸭婆的贼？当他与她擦肩而过时，廉凤玲看见他背上的蛇皮袋里有东西在躬动。

“蛇皮袋装的是什么？”廉凤玲说，一手抓住了蛇皮袋。

“抓我的袋子做啥？装的什么关你的屁事！”

廉凤玲的手一抓到蛇皮袋，就知道袋子里装的是鸭子。

“是鸭子吧。”廉凤玲说。

“是鸭子又怎么样？”

“是鸭子我倒要看看。”

“笑话，我买的鸭子，要你看做啥，你是谁？”

“我家的鸭子贼偷了。”

“你家的鸭子贼偷了，与我有何关系？”

“既然是你买的，我是看看，你买的鸭子是不是我家的鸭子。”

“我不给你看，你能拿我怎么办？”

廉凤玲一定要看，那中年人一定不给他看。

“不给我看袋子里的鸭子，你心里一定有鬼。”廉凤玲不客气地说。

“你胡说，当心我掴你的耳光。”

看热闹的胖子对中年人说，她家给贼偷了鸭子，你又没偷她家的鸭子，你给她看看，关什么事？你不给她看，她怎能不起疑心？

中年人没有办法，只得放下背在肩上的蛇皮袋。他解开绳子，打开袋子口，廉凤玲一看，袋子里五只鸭子是她被偷去的。她激动得像是喉咙里塞着东西，一时说不出话来。这时过来一个瘸子，他一把揪住了中年人的胸口。他涨红了脸，喷着唾沫愤怒地说：“你买鸭，竟敢给我假币，我不相信你的骨头是铁打的。”

“蛇皮袋里的鸭子是贼从我家偷的。”廉凤玲提高的说话声，盖不住中年人和瘸子的吵闹。

“是真的？”胖子问。

“说了谎话，马上给车子撞死。”

这时看热闹的人越来越多。胖子他们几个人已经看出了问题的蹊跷。有人看住了中年人，有人看住了瘸子。胖子打了110。

廉凤玲、中年人、瘸子都被叫到了派出所。

中年人一进派出所，脸就吓白了。民警一开始审问，他坦白，他买鸭的钱是假币，但这假币不是他的，是他花了钱从他的隔房阿舅那里买的。这是小镇上第一次出现的最新的几可乱真的假币。民警向所长汇报后，所长又向县局汇报，县局长亲自赶到小镇，以中年人的假币为线索，破了一个贩卖假币的大案。当然，这是后话。

民警审问瘸子，一点都不顺利。瘸子咬定鸭子是他养的。廉凤玲说鸭子是她养的。到底是谁养的，民警犯了难。民警请示了所长，所长说，鸭子是谁养的，这好办，把鸭子放到院子里去，谁叫鸭子，鸭子听谁的，这鸭子就是谁养的。民警把鸭子放到派出所前的院子里。鸭子受了惊骇的缘故，五只鸭子一堆，挤在墙角里，吓得不敢出声。

镇上的消息传得快，说派出所里在试验谁是偷鸭贼。这有趣的话题，更是有趣的事，吸引了镇上不少好事的人。只有十几分钟的时间，派出所的院子里，有了几十号人。

先是瘸子招呼鸭子。他学着鸭子嘎嘎地叫。鸭子没有一点反映。瘸子又变着娘娘腔学着鸭子叫。鸭子还是一点都没有动静。轮到廉凤玲，她拍起了手掌。

镇上的方老先生，是镇上唯一懂得韵律，能写古典诗歌的诗人，他每天要花几个小时的时间在镇上散步，寻觅诗句。今天是撞巧，也挤到了派出所的院子里看热闹。他听廉凤玲的两只手掌拍出了：

平平仄仄仄平平
平仄平平仄仄平
仄仄仄平平仄仄
仄平平仄仄平平

听着，廉凤玲的手掌像是拍出了一首七言绝句的韵律。挤在墙角的鸭子似有反映，但只是扑了扑翅膀，伸直了脖子，像是在回忆什么。廉凤玲的手掌击拍第二遍时，方老先生不由自主地跟着手掌的击拍，哼着他生平最喜爱的杜牧《寄扬州韩绰判官》：

青山隐隐水迢迢，
秋尽江南草未凋。
二十四桥明月夜，
玉人何处教吹箫。

廉凤玲击掌结束，方老先生哼诗完毕，只听得一阵嘎嘎嘎的欢叫，又听得一阵拍拍的扑翅声，五只鸭子仿佛完成了准确无误的回忆，同时扑到了廉鸭婆的脚下。鸭子主动地认了它们的主人，瘸子跪在了地上，求派出所所长能对他宽大处理。瘸子的心理防线已经崩溃，民警们乘胜追击，瘸子坦白了作案的罪行，又坦白了作案的方法。作案的方法，民警们第一次听到——偷鸡偷鸭用的是迷药。至于迷药的配方，瘸子要坦白时，派出所所长警告他对谁也不要说，说了的话，今后谁家偷去了鸡鸭，就要找到你。

廉凤玲背着鸭子回家时，方老先生问她：古律诗的韵律你是跟谁学的？廉凤玲听不懂。方老先生说了是你招呼鸭子时，那有板有眼的击掌。她说这击掌是自己过去在船上赶鸭时，自己琢磨出来的。经过千百次的试验，只有用这有板有眼的击掌，鸭子才最听说话。

方老先生不明白，难道鸭子也懂韵律？

平不高

裁缝平不高，已经三年没有摸过针线了，在女婿厂里的食堂中当杂工，小酒喝喝，日子过得蛮顺心的。平不高擅长做一到三岁孩子的童装。他做的童装，不光款式多，做工也考究，名声响亮，缝纫的生意好，收入也不少。可是从三年前开始，镇上开了几家童装专卖店，请平不高缝纫的人一天比一天少，有时，甚至一个月也没人请他。平不高去过几次童装店，一看机制的童装与他手工做的并不差，可是价钱便宜了好几倍，他知道自己缝纫的工作要到此结束了——吃了二十多年的饭碗要丢了。丢饭碗，换得其他人，一定会焦虑得寝食不安，可是平不高如同解脱了一泡憋着又拉不下的屎。他厌透了裁缝整日整夜地穿针引线，坐着如同陶俑，立着如同标本的职业，现在不是过去，找一个职业要求爹爹拜奶奶，远的不说，最近的，女婿厂里也要招人。于是他转行到了女婿的厂里，安排在小食堂，帮忙打杂，维持秩序。

一天午饭后，平不高正在擦餐桌，邻村的董风吹请他帮个忙。平不高一听董风吹是请他到他家做几天缝纫，给没有满月的外甥做几只宝宝袋（婴儿的睡袋），做几条开裆裤，缝一百块尿布。平不高说，这些东西童装店里都有卖，还要做什么？至于尿布，现在没人用了，小孩用的是一次性尿不湿。这样说是婉转地拒绝。董风吹说，宝宝袋、开裆裤买不到，尿不湿是用了，可小外甥的皮肤过敏，屁股上大腿上红红的一片，用了尿布就没有。平不高说，缝尿布，这简易的缝纫，你老婆难道不会做？董风吹说，不是一块，是一百块呀！这个女人你知道，嗑瓜子能嗑上半天，拿起针线，眼睛就会睁不开。

平不高只是挠着头不说话。

董风吹说：外甥急着要用，我求你了。

平不高说：县长来请，我也不会答应的。你董兄除外。不过，要说明白，就做一天，义务的，不收一分钱。

平不高答应，不是董风吹说了一声求你的话，是在十几年前，平不高给摩托车撞伤了左脚，肇事者逃逸了，不少过路人只是围着躺在路边呻吟的平不高指手画脚议论，不动手救援，是董风吹借了板车，把他拉进医院，并给他垫了一笔医药费。做自己不高兴做的事，平不高之所以答应，是为了报答那次救援之恩。

第二天上午，平不高做好了宝宝袋和三条开裆裤。中饭，董风吹夫妇用五粮液和大闸蟹招待了平不高。平不高怕一百块尿布半天做不好，吃完饭后，只抽了一支烟，就动手做起了尿布。

缝纫机嗒嗒地响着。平不高有个习惯，踏缝纫机时，头会跟着缝纫机的节奏上下抖动。董风吹的女人叫高小米，由于保养得好，年纪虽奔五十了，看上去只有四十出头，她看着平不高的头不断地跟着缝纫机的节奏，如鸡啄米似的，她憋了半天没有说出的笑话说了出来：平师傅，看你踏缝纫机的样子，像是一只芦花公鸡在啄米吃。

平不高橄榄头，鼻子很高，头发黑白相间，他的样子真像一只芦花公鸡在啄米。平不高过去经常在外做工，说惯了笑话，笑话中常不知不觉要夹带些荤的。他说：我这只芦花公鸡，最喜欢啄蚌珠。高小米不示弱，说蚌壳硬如钢板，当心啄断了鸡嘴。平不高还想说，我这鸡嘴是钢钻子，啄蚌壳容易得如同啄破一层薄纸。可她是董风吹的女人，笑话不能深入了，再深入，要对不起董风吹的。

缝纫机响着，平不高芦花鸡似的把米啄着。

厨房里传来高小米啊呀、啊呀的叫声。

出了什么事了？平不高离开缝纫机，到厨房一看，平不高哈哈地笑了起来。原来高小米想从房顶垂下的铁钩上，踮着脚板，取下一只篮子，不知身上哪一个部位的肌肉突然抽筋了，形成一个右手臂向上笔直伸着不能动弹的造型。乡下人把这种突然的抽筋叫作“闪”。快一点的“闪”，只有几分钟时间；慢一点的，说不定要个把小时，或者还要更长一些时间。要消除这种突如其来的抽筋，有个土办法，给抽筋的人一个大刺激。去年他的女人在脱棉毛衫时，突然抽筋不能动弹，他在她的胳肢窝里呵了一下痒，只听他女人一笑，骂了一声杀千刀，立即不抽筋了。董风吹的女人不是自己的女人，不能用呵痒的办法。高小米由于右手臂伸着，上衣吊起，露出了裤腰。平不高一见高小米的裤子，不是束的皮带，而是束着一条布带子，他灵机一动，到工作台上拿了一把剪刀，嘴里说着别动，走到高小米身旁，伸过剪刀，把高小米的裤子带剪断了。

此时在屋外整理杂物的董风吹，听到高小米哎哟哟地喊，不知发生了什么大事，进了屋，走到厨房门口，看到她那个模样，明白她一定是“闪”了。当看到平不高伸出剪刀剪裤带，不明白是怎么一回事，想问个究竟，可平不高的剪刀已经剪断了高小米的裤子带。

出乎平不高的想象，原来以为高小米穿着短裤，裤子带剪断，外边的长裤掉脱下来，里边还有短裤，可是不知怎么搞的，今天高小米没有穿短裤。裤子带剪断，裤子泻到膝盖上，露出雪白的大屁股。此时，高小米似触了电，伸长的右手突然缩了下来，抢着拉起了泻到膝盖上的裤子。这时，她见丈夫董风吹站在厨房门口，不知她是如何想的，用她的左手，往平不高的右脸打了一记。啪的一声，这记耳光十分响亮。

平不高眼前火星直冒。他右手拿着剪刀，左手按着打得麻木的右脸，说了一声对不起，走出了厨房，像丢了魂似的坐到了缝纫机前。

董风吹责怪高小米：平师傅是好意，你怎么打人家？

高小米说：谁要他来管闲事。

平师傅是为你好。

好个屁。

这么大岁数了，量度还那么小。

量度小，给他看见了，还说我量度小？你量度大，你说，你要我多大，我就多大，我听你的。

好了好了，莫说了，再说下去不怕难为情？

董风吹走到外边，对平不高说：真正对不起，给她打了一记。

平不高说：这要怪我多管闲事。

平不高说完，在厨房里的高小米接着说：我不是打你，是要你接受一次教训。

平不高说：是接受教训。

高小米的耳光太厉害了，右脸上留下五个手指印。回到家，平不高的妻子阿琴问怎么回事？他认为没有什么可以隐瞒的，对阿琴说了。阿琴听了哈哈大笑，说你多管闲事，打得活该。阿琴问他看见了高小米的什么？平不高摇了摇头。阿琴说，你要说老实话，假使看见了什么，要老实说，看见了哪个什么，是不吉利的，要放爆竹才能解除晦气。平不高说，别来添乱了，让我静一下心。

这事不知是谁传出去的，还传回到平不高的耳朵里。平不高听了，放下了心，剪裤带的不是平不高，而是一个裁缝。静下心来想，平不高自己也笑了起来，高小米给他的一记耳光，是自己管闲事讨来的。

春天的一个下午，平不高回家拿身份证。一张存款到期了，没有身份证，银行不给转存。由于心急，走得快，追上了离他有好一段路、推着自行车走路的女人。走近了，才看清推车的是高小米。看见高小米，就想起她给他的一记耳光。男人不能与女人一般见识，他走上一步说：怎么，有车不骑?

高小米听出是平不高，不好意思回头，回答说：轮胎破了。

蛇皮袋里的是什么?

买的稻种，是新品种，我家老董开后门弄来的。

这时，车子颠簸了一下。蛇皮袋上贴着的一块胶布，颠了开来，袋子中金黄的稻谷不停歇地漏下来。

平不高看着，心里乐着，心想等你稻谷漏光，我才对你高小米说，让你得知一记耳光，不是白打的，是要付出代价的。但见稻谷在不停地往下漏，心中着实不忍心，绕着远路说：小米呀，你说心里话，一个人爱管闲事的好，还是不爱管闲事的好?

平不高想，只要你高小米说一声是管闲事的好，我就马上对你说，你假若说是不管闲事的好，就让你一袋子稻谷漏个精光。

高小米回答得十分爽脆：当然是不管闲事的好。

真的?

当然是真的。

为了什么?

为了什么？这是一句两句话说不清的事情。

我也吸取了教训，我也不管闲事了。

高小米嘿嘿地笑着说：你真的不管闲事了?

真的不管了。

是给我一记耳光打聪明的?

是给你打聪明的。

你要谢谢我。

我当然要谢谢你。

给我打了，还要谢我?

我现在不在谢你吗?

平不高熬不住地笑了起来。高小米先是听他的话不对头，再是觉得他笑得奇怪，回过头来一看，她看见了平不高笑出的眼泪，也看见了漏在路上的金色的稻谷。由于心急，她急于要堵住蛇皮袋上的漏洞，自行车没有停稳，翻倒在路上。

高小米急得大骂平不高不像男子汉，像个还不如我的小女人，过了几个月，还没有忘记一记耳光。平不高觉得自己太过分了，赔着笑脸，帮她把自行车扶了起来，并把在蛇皮袋的口子捏住。

高小米说，稻谷都漏光了，你还捏住袋子的破口子干啥？

是呀，稻谷都漏光了，还捏着口子干啥？

王 小 虫

阿八的娘子——镇上人简称都叫她八娘子。八娘子做了一个梦，梦见自己的手指变成了把不锈钢刮刨，这手指刮刨真正好使，随你丝瓜、菜瓜、黄瓜、萝卜，刨起皮来，要薄些就薄些，要厚些就厚些。她真要把这手指刮刨宝贝样显给阿八看。这时，阿八骂着：你地震一样抖些啥？接着在她屁股上打了一巴掌。她醒了，摸摸屁股，见天已大亮，问阿八，我家的那只不锈钢刮刨呢？阿八说，你的刮刨几时变成不锈钢的了？我像是好一阵子没有碰过那只刮刨了。她骂了声老不正经，立即起了床。阿八说这么早，你到哪里去？她说寻刮刨。2 元钱的一只刮刨，值吗？阿八说完，裹了被子仍旧睡他的。刮刨在哪里？她寻了好几个地方，没有寻到。会不会是龙宝好婆借去了？是借了还是没有借，还是去问一问为好。

到龙宝好婆家去，必定要走过王小虫的家——这是两间上个世纪 80 年代造的平房。几年前王小虫买了新房搬去后，这老平房一直空着。去年王小虫出了件在小镇人看来算得上是件大事的事。一直只敢在嘴上风流风流的王小虫，动了真刀真枪，与一位因外遇与丈夫离婚的叫水云的女人好上了。现今的小镇上，除了公路上的大大小小血肉模糊的血腥祸事，传得最快的要算是床上的桃红色的性事。小镇上传着王小虫与水云在城里的宾馆中用了假名过夜，正值城里举行扫黄打非大行动，民警们把光条条的王小虫和赤裸裸的水云从热被窝拎出来，在派出所里冻了一夜，最后由镇里的领导把他们领了回来。小镇上还传着，王小虫陪着水云去邻镇的医院堕胎，遇见了也陪着情人在堕胎的虞十三。虞十三认识王小虫，王小虫不认识虞十三，虞十三一不小心说漏了，王小虫搞大水云肚子的事，顿时在小镇上风雨一片。王小虫的老婆顾敏娟，论性格、脾气、长相，说她是男人，可就是缺男人那个一点点。镇上的人叫她顾大嫂。顾大嫂是《水浒》中的女英雄，外号“母大虫”。丈夫的风流韵事，往往是自己的老婆最后知道，这已经成了小镇上妇孺皆知的常识。顾敏娟得知王小虫背叛了对她的忠诚，怒发冲冠，与他没说满三句话，就动起了拳脚。“母大虫”心里恨，出手也狠。第一拳，王小虫脸肿了；第二拳，王小虫鼻子青了；第三拳，打碎了王小虫上牙床上的假牙；第四拳，王小虫仅剩的几颗牢不可拔的牙齿也都摇摇欲坠起来。王小虫招架之功都没有，哪有还手之力，只得抱着头鼠窜钻到了桌子底下。在顾敏娟累得喘气时，她的哥哥顾敏钢闻讯急吼吼赶来了。王小虫从桌子底下钻出来，大呼冤枉，说他连水云的味道都没嗅到过，怎么能上得了她的身？顾敏娟一听水云，一听上身不上身的，又拔出了拳头。顾敏钢说：妹子，我绝不是替妹夫说话，捉贼捉赃，捉奸捉双，你说姐夫有外遇，你应当拿出证据。顾敏娟拿不出人证物证。相持不下时，顾敏钢见王小虫鼻青脸肿，很是可怜，对他说：没有水落石出之前，姐夫你最好与我姐远离接触一段时间。王小虫委屈地说，石头根本不在水里，等什么水落！最后王小虫还是听从了顾敏钢的建议，远离接触，住到了平房里。

八娘子经过老屋的后门时，听见有人在刷牙，而且是在很认真很用力地在刷。她想，王小虫的牙刷得这么清爽，一定是为了与水云去亲嘴，不去亲嘴，用不着刷得这么干净的。她心里骂了王小虫一声老骚货。

八娘子一直恨着王小虫。她知道她男人阿八与村长的女人雯雯有些私情。理解万万岁。她知道，阿八吸的烟喝的酒，都是雯雯供应的，她也知道阿八对雯雯不是真心的，他只是用感情去换些烟酒，因而对阿八与雯雯的事，睁一只眼闭一只眼，假装糊涂。可是王小虫多管闲事，阿八与雯雯在树丛中搂着亲嘴时，他路过看见了，看见了假装没看见，就什么事都没有了，可他咳嗽了一声。莫看这轻轻的一声咳嗽，镇上人都从他的咳嗽声中听到了阿八与雯雯在亲嘴。对王小虫，她和阿八一样恨，发誓要报咳嗽之仇。她听着刷牙，心里骂了声杀千刀。

有女人在屋里唱歌？

唱的是什么妹妹坐船头。

王小虫在刷牙，水云在唱歌？

水云在他屋里，不能错过这难逢的机会。

龙宝好婆一听八娘子说水云在王小虫屋里，她认为这事与她无关，但她又一想，顾敏娟是她的远房侄女，应当帮帮被水云这个女人分享了自己男人的可怜的侄女。她答应八娘子去盯住王小虫家的后门。

八娘子折回家，告诉了阿八，阿八一听精神抖擞，守住了王小虫平房的前门。有好戏看了，但八娘子一想，连自己在内，人虽有三个，但这三个人还不是主力军，主力军应当是顾大嫂。可是顾大嫂家的电话没人接。八娘子怕事情有变，决定立即行动。

“王小虫开门。”

敲门声大得像雷炸。

王小虫开了门，见是阿八夫妇。这么早，门又敲得这么急，一定有急事。王小虫问有什么急事，阿八夫妇不回答，直奔进屋子，这里看看，那里看看。这两间老平房，卧室里一床一桌，厨房里一只煤气灶和一张小餐桌，其他地方都是空着，真正是一览无余，不要说人，藏只猫都没地方藏。

王小虫奇怪，问阿八，你们想要找什么？是否找一只小黄猫？八娘子说是找一只小黄猫，你看见了？王小虫说，天亮时我看见它躲在窗台叫的，以后就没有看见。阿八说，我还当这只小婊子（小黄猫的外号）藏在你家。

水云会飞？水云会土遁？

八娘子不相信，她问守着后门的龙宝好婆，水云是否在你眨眼睛时溜了？龙宝好婆说，她盯着后门，眼睛眨都没有眨一下，苍蝇没有飞过一只。

真的水云会像水和云一样蒸发了？

决不能便宜王小虫。阿八娘子找到了顾大嫂，把她的发现一五一十说了。顾大嫂怒不可遏，要立即去抓王小虫。阿八娘子百般劝说，顾大嫂才把怒气压下去，答应与她在明天清早一起行动。

第二天，天一亮，她们听得王小虫开始刷牙了。刷呀刷呀，有女人唱起了歌，还是昨天那首“妹妹船头坐，哥哥岸上走”。顾大嫂听得了，要开口骂水云你这只臭婊子，八娘子用手按住了她的嘴。顾大嫂有钥匙，悄悄地开了门，放轻脚步走进了屋子。

王小虫太专心了，没有听见有人走进屋子。

顾大嫂和八娘子看呆了。

王小虫左手拿着假牙，右手用牙刷刷着，一边用假嗓子唱着，唱的不是“妹妹船头坐”，换了一首歌：

小白菜呀地里黄呀，
三两岁呀没了娘。

像是感觉身后有人，王小虫回过头一看，吓了一跳，手里沾着牙膏的滑腻腻的假牙，掉到了水泥地上。可怜塑料的假牙，跌成了三片。

你们来做什么？人吓人是要吓死人的。王小虫看着地上碎了的假牙，心疼地说，现在镶一口假牙，要好几百元。天刚亮不久，这么早，你们来做啥？

八娘子说，顾大嫂是来请你回家的。

王小虫听了摇摇头。

顾敏娟说，你摇你死人的头，你不回去，你真的想死在这里？

在后门守着的阿八，不清楚屋里发生了什么，但他肯定搞错了，想想自己，男子汉一个，干捉奸这一类的鸡鸣狗盗的不光明正大的事情，有损自己堂堂正正大丈夫的形象，便悄悄地溜了。

魏文光

南街和北街之间，有一条30多米长的中街。中街不像北街样笔直，有三个直角形小拐弯，可能是中街成街时遗留的不能解决的问题。魏文光修伞补雨鞋的小摊位，就摆在北街走进中街的第一个拐弯处。魏文光是苏北人，有人记录，他第一次出现在小镇时，背上背着一个三岁的男孩子，他与背上的男孩一样，饿得面黄肌瘦。逃荒的人，对能不能生存的环境特别敏感，哪里不能活下来，哪里能够活下来，小镇有他们活下来的环境。魏文光和他的男孩，在镇上留下了，而且一直没有走。

魏文光谋生的工具，只有一只不大的长方形木箱子。木箱子是自己制作的，小巧玲珑，在木箱长的两头各钉一个铁环，铁环里串上皮带，木箱子可以斜背着来去，十分方便。每天清早，魏文光按时来到他的领地，放下工具箱，坐在折叠凳上，打开工具箱，拿出补雨鞋修伞的锉刀、胶水、小竹刀等十几种工具，等待着顾客给他生意。魏文光的手艺，不是小时候就学的，而是到了小镇上为了谋生，自己琢磨着学会的，可以说是无师自通。其实掌握补雨鞋修伞的手艺，没有什么窍门，只要有耐心就行了。镇上修伞补雨鞋的有好几个，魏文光的手艺不是最好，可他的生意最好，生意最好，可又赚的钱最少。修补一根断了的伞骨子，要两角钱，可修伞的人身上只有一角钱。魏文光就收他一角钱，但他一定会与修伞的说明，我收你一角钱，还有一角钱，我是请你吃碗小馄饨的。这样的说明不是多余的。他怕同行说他破坏游戏规矩，会想出法子暗算他。纸伞、布伞补了又补的，套鞋补了又补的，魏文光明白，这种人一定与他一样穷得叮当响，不穷得叮当响谁还会修补这种破得已经难以再补的破伞破雨鞋，早就弃旧换新了。这种费工最多的修理，他只收最少的修理费。魏文光一年忙到头，只能勉强维持个温饱。与人谈到这样的温饱，他总是故意打一个饱嗝，示意自己能过这样的日子，已经十分满足。

那时镇上亲朋好友之间的无偿帮助，叫作搭会。会在前清、民国时期，是民间一种小规模的经济互助组织，入会的成员，按期平均交款，分期轮流使用。新中国成立以后，会的形式和性质发生了变化，在突遇急需用钱，比如起房造屋、嫁女娶媳、生老病死、借贷无方时，由事主出面，恳请亲朋好友伸出援助之手，临时组织起来一个会。会有大会、小会。大会的款项较大，每次添会（交会费）要添几十元；小会的款项只是五元、八元。会员每月添一次的叫月会，半年添一次的叫半年会，一年添一次的叫年会，也有时间长的，一个会期五年结束，叫作五年会。事主起组织作用，他是头会（第一个收款），以后收会的名次，能协商解决的就协商解决，不能协商就抓阄决定。搭会有时容易，有时十分艰难。

黄全新儿子结婚，在农具厂一个车间主任那里开后门开到一张西式片子床（可折可装的），可是身无分文，借了几处又没借到，车间主任催着用现款去提货，他正走投无路时，有人提醒他搭个会。会搭来搭去，连外甥在内还少一个人。黄全新路经魏文光的修补摊子前，不抱什么希望，随意地问了他一声：小歪（魏文光的外号），你能否帮我一个忙？魏文光放下手中正在修补的布伞说：要我帮什么忙？黄全新说，我搭会还缺一个人。魏文光看了看穷得与他一样丁当响的黄全新，只问了一句：是月会吗？每月添多少？黄全新回答说，是月会，每月添 10 元。魏文光想都没想就说，承蒙你看得起我，我帮你一回。黄全新把会员的名单逐个给会员过目时，他们一见会员中有魏文光，都说他们不是说他不诚信，只是怀疑他每个月能添得起 10 元会费吗？然后，他们提出条件，只有把魏文光放在最后一个收款的末会，他们才没有意见。黄全新与魏文光商量，能不能把你放在末会？魏文光见黄全新一脸无奈，说我知道他们是不相信我，末会就末会，一句话。

有了说了几句讽刺江青的实话，以现行反革命罪关押在县看守所的赵政，其母亲死了，赵政在看守所的看管人员押送下回家料理后事。魏文光送去了 50 元钱。不少人傻了眼，公社书记的月薪才 50 元呀，魏文光在发神经病。魏文光在赵政母亲灵柩前磕了三个响头，赵政自己也不明白，自己的母亲与魏文光有什么关系？痛哭流涕的赵政给魏文光磕了三个响头，魏文光见他磕头，跪下来，还磕了三个响头。

这里面有什么秘密？

魏文光送钱磕头的事，成了茶馆里的焦点新闻。

后来，人们才从赵政的远房伯伯那里知道事情的缘由。原来魏文光背着他的三岁儿子来到小镇的当天晚上，没有去处，就坐在赵政家的屋檐下。赵政的母亲先请他在自己家的柴屋中住下，并给了他们吃的。夜里，小孩不断地哭闹。一早，她去问小孩夜里哭闹的原因时，魏文光说孩子病了。她用手一摸小孩的额头，热得烫手，她就到东街请来了许医生。许医生诊断后，说孩子是痘疮。痘疮是天花，天花易于传染，镇上不少人怕出天花，都叫赵政的母亲将魏文光父子赶走。她没有搭理他们，她整整服侍了魏文光父子半个多月。孩子病愈后，魏文光才离开了她的家。

秘密原来是一个动人的故事。

魏文光的儿子魏小龙当兵复员后，安排在苏州的一家大工厂，当了中层干部。儿子每封来信，都是劝说他别修伞补雨鞋了，他的工资养得起他，住处都给他预备好了，叫他说定个日子，回家来接他。魏文光不识字，他儿子的来信都是请供销社的张会计代读。

魏文光的儿子当了一家大厂的干部，儿子叫他到城里去享福，镇上人都夸奖魏文光养了一个好儿子。

老魏你几时去苏州？

快了，苏州的房子已经装修好了。快，快到十天，迟，迟到一个月。

可是魏文光没有等到那一天。

一天上午，魏文光坐在他太阳下的摊位上死了。

看他的死相，不少人认为他是在打瞌睡。

三先生

老同事三先生，他的住所离我家不远。在学校时，教学和生活能互相照应，几十年之中，一直走得很近；退休了，也会隔上两天三天的碰个头说说话。碰头了就会坐一会，喝杯茶，说上几句话。说话时，我们还总要开上个玩笑，比如他嗜好猪尾巴下酒，我会一本正经地说，现在猪已有了能长 18 条尾巴的新品种。我有时弱智一样，把大月小月的天数搞乱了，他也会说上 2026 年的 6 月份，会有 32 号等等。

在学校时，三先生说话总是牢记言多必失的古训，很少与人说话，现在可能是思想的放松，生活的改变，接触面的开阔，像是要把过去没说的话，要补着说出来，变了一个人，变成了一只“话篓子”。我很少出门，镇上发生的大事和新闻，如镇上的某人失踪了五年，突然回家了；某人老屋的地板下，成了黄鼠狼的家，都是他“广播”给我听的。在前年的春天，他睡不着觉，怀疑自己患了失眠症，与我说话，不少话题都与失眠有关：镇上某人失眠了几年，某人又是失眠了几年。为这失眠的事，他十分在意，也十分苦恼。

我“诊断”他的睡不着，很可能是他没事可做，心里空荡造成的。在谈到我的睡眠时，我说我的头颅放到枕上就能呼呼大睡。他问我有什么诀窍，我说我有一个习惯，在睡前总要读上一万到两万字的书，读到眼睛有些涩，觉得睁不开了，躺下就进入了梦乡。我这经验之谈，他马上跟着实践了，先是来借书读，后来听说他也在网上买书读。不久，我听他与人说话时，他自称读书上了瘾。以后与他说话，镇上的新闻仍是不少，但诉他失眠的苦却听不到了。立秋后不久，与我闲话时，他说他家的老亲南街某老板，患了痈疽的毛病，痛得喊救命，没有片刻安宁。

“痈”字的繁体写法是“癰”，痈疽古书上写成“癰疽”。痈疽是皮肤上肿胀隆起，是一种毒疮，用现代科技治疗，不是什么疑难杂症。三先生要说的话说完了，站起来准备要走时，我把他拉住又坐下，对他说，我在一本古书上曾读到“孔子於卫主癰疽”，孔子会治这个病。三先生读书真正读出了瘾，一听我这么说，急忙问我，这是否真的。我说我是从古书上读到的，难道会有假？他又问是什么书？我说你去查查《论语》《孔子家语》，刘向的《说苑》。三先生最近几年囤书不少，我知道他囤有这几本书。

说心里话，我对他说的孔子会治痈疽，是赵岐的错误注解，是一个文史玩笑，但这个玩笑很冷僻。

过了几天，三先生找到了我，打开了带来的《说苑》，奚落我读书读出了鬼，什么癰疽、雍疽，癰疽是毛病，雍疽是人名，癰疽雍疽读音相同，“孔子於卫主癰疽”，意思孔子在卫国住在雍疽家里。接着他说你这只猢狲，害得我好苦，查书查了几个晚上。

我见他精神很好，问他今晚睡得可好？

他说查书查昏了头，我还能睡得不好！睡不好的话，我会走路走到你这里来。

我说三先生呀，你应谢谢我老李呀，不查“孔子於卫主癰疽”，会睡得这么好吗？

他在我肩上擂了一拳，说你别贪这个功，我睡眠的好转，主要是靠自己生理机能的调节，当然，近墨者黑，经常听你胡说，一不小心，给你溅上了几点墨水。

周六上午九点钟不到，三先生进门就大喊：老李在家吗？我正在喝茶，一听声音，我知道是三先生，但听他喊得这么急，当是有啥重要的事情。一见他自带着茶杯，茶水只剩半杯，猜想他今天是路过我家，有新闻要向我通报。他坐定后，我礼节性地随口问了句，早饭吃过了？他说明天的还没有吃。我正想回上一句玩笑，他抢先问我，这次工资你能加多少？

加工资的事，我只是听说，如何加，没有多作打听，真的不知道，于是对他摇了摇头。他说他刚遇见某退休局长，他看到了内部文件。什么工龄加多少，职称加多少，满多少年龄又是加多少，总共算起来一共加多少。他说他给自己算了，可以加多少，接着又给我算了能加多少，一直讲到补发几个月，什么时候发到手。他讲得头头是道，我听得糊里糊涂。我给他的茶杯里第三次加水时，他还没讲完。这时从厨房里传出嚓啦一声，接着飘出了炒韭菜的喷香，他才知快到中饭时间了，站起来哈哈一笑，说今天吹牛吹得又忘了时间。

临走时，他见桌子上有一本合着的书，问我是什么书？我说是明人余继登的《典故纪闻》。他问是文学还是历史的？我说是史料笔记。他拿起书，读起了我合着的那页。三先生古文有功底，一读就不肯放下手。我想吃中饭时间快到了，说要走还不走，老伴在家要等急的，故意说：老三呀，立着读多累，坐下读，中午在我这里喝一杯吧。我说的话不知他听到了没有，回答的不是我要问的：永乐二年周王进献朱棣的“驺虞”是什么动物？

我说我也刚读到这里，从群臣朝贺看，一定是一头祥瑞的动物，至于什么动物，要查查辞典。

这时他的手机响了，是他的老伴催他回家吃午饭。

我刚吃完午饭，三先生又来了。他大声地说，老李呀，我查到了“驺虞”的资料，“驺虞”在《诗经》中是一首诗名。他随即打开带来的《诗经注析》给我看。这是一首赞美猎人的诗。书上对“驺虞”的注释有两种，一种说是掌马兽官，代指猎人；另一种是说引《毛诗传》：“驺虞，义兽也。白虎黑文，不食生物，有至信之德则应之。”义兽说是神话。接着他又给我他抄写的半张纸。纸上抄着《山海经》《淮南子》《艺文类聚》等书对“驺虞”的记载。这些书所记载的“驺虞”，是天下名列第一的珍兽。狮身虎头，白毛黑纹，尾巴长于身子，身心善良，不忍心踩踏草地，不吃活的动物，奔跑的速度优雅敏捷，日行千里。

如此繁琐，我的兴趣不大，但对三先生的认真，真的十分敬佩。当年他大学毕业，不是因为成分的牵累，分配到乡村中学做老师，到什么研究院去研究，可能现在不是专家就是学者了。我打趣地对他说，我们这把年纪，还要这样钻牛角尖似的呆读，是否走火入魔，读出了毛病？三先生一本正经地说：你读出什么毛病，这是你的事情，与我无关，我这样读书，不光没有读出毛病，反而读好了毛病，告诉你吧，我现在一觉能睡上五六个小时，而且有质量，我老太婆说，呼吸还十分均匀。

他打了一个呵欠，说离去好几年的瞌睡虫，不知什么原因，最近没有请它又回来了。我要回家眯上一眼。

我说：祝你在梦中骑上“驺虞”，周游列国。

他说：白日梦，你真的走火入魔了。

张 三 石

好几个家住在附近各镇，原同一中学的退休老师，他们很想在一年之中，有一次或者两次聚在一起聊聊天。人能聚在一起无忧无虑无拘无束地聊天——没有干扰，时间真正属于自己，爱聊多少时间，你只管聊下去，这是人生命的秋天里才能有的难得的大好晴天。他们电话中一举推荐住在小镇的黄森为联络员，请他选一处清静的“聊斋”。黄森说我家可不可以？知情人说你的蜗室难为“聊斋”，一两个人可以，七八个人的话，转身都要擦着屁股了，少不了递茶送水，你的嫂夫人的身体坚持得了这一次，肯定坚持不了下一次，聊天不是只聊一次，而是要三次四次地聊下去，建议他到学校商量，商量好后，选了一个好日子，等你的通知后，我们一定风雨无阻。

校长张三石，黄森做过他的班主任。做张三石的班主任时，黄森只知道教好书，带好学生，希望他们能够成材，只是没有想过谁将来会当县长，谁将来会当镇长。张三石会当校长，他也没有想过。张三石当了校长以后，他感到很陌生，张三石不是张三石了，最简单的事情，比如大操场四边的植树绿化，这种芝麻绿豆大校长点点头可以拍板的小事，他今天讨论，明天研究，结果错失了绿化的大好时机，至今大操场四周没有一棵投下一片绿荫的大树。还有教师加班的辛苦补贴——老师风趣地说，饼里原来有馅，饼上原来有芝麻，现在饼里没有了馅，饼上没有了芝麻，好的是现在饼还没有变小，有些担心，饼会不会慢慢地变小。还有，他听到要用钱，一张扁圆的脸会慢慢地拉长，眼皮耷拉下来。这脸相虽不可怖，但一点不好看。他一定不快活，也一定不是一说钱就认为是俗得超脱。看见他这张脸，看了一次，没有人再愿看第二次。以后，除了非用钱不可的时候，不再与他说用钱。

黄森的住所，幸得离学校不太远，三天一次、五天一次问张三石，研究讨论了没有？在三月中旬的那天，黄森又到了张三石那里。张三石问：你们一共有几个人？黄森说：最多十几个。张三石的脸拉长了。黄森说：我们不吃饭。黄森的回答歪打正着。张三石脸红了，急忙说：老教师难得回校，学校虽穷，一顿饭还是吃得起的，地址在教师阅览室，时间就在这个星期天。

黄森走后，张三石请来了总务主任赵赶，说星期日有两桌人吃饭。赵赶问是谁？张三石说是退休的老师。照常规，赵赶应该问下伙食标准多少，可他不愿与他一谈起就不快活的钱，只是默默地站着。张三石说：你叫食堂的杜师傅拟一张菜单，拟好后给我看看。

赵赶在食堂寻到了杜师傅，说校长请他拟份菜单，拟好后立即送给校长审批。杜师傅问：谁来吃饭？赵赶说：退休的老师。杜师傅来食堂时间不长，听说过有的退休老师，其中最老的老师，校长要恭敬地叫他师太公。师太公、师公们个个都是学校的贵客，贵客是不能怠慢的——尤其是校长的贵客。

杜师傅拟好菜单，进校长室，把菜单递上。张三石接过后放到了一边，叫杜师傅一个小时后来拿。到食堂，来去要十几分钟，现在去了也没有事，下了楼，路过会计室，见里边很热闹，探头看了看，会计见是杜师傅，说杜师傅快进来，正要请教你一个问题。会计问的是民俗中什么神仙的节日要吃全素斋的？这是一个在现今绝大多数人无法回答的问题。问杜师傅算问对了人。杜师傅是个乡村厨师，婚丧喜庆，迷信和不迷信的酒宴，他都去掌过勺。他问会计问这个干啥？会计说有人问我，我说我记不得了，查了书再回答你，查了十几本书没有查到，看见你，想你有可能知道。杜师傅说，别路神仙，我真的不知道，我只知道农历二月十九的观音会，农历六月十九的观音菩萨成道日，这两天是观音菩萨信徒的素斋日。这时总务主任赵赶进了会计室，他对杜师傅说，校长打到食堂的电话没人接，他再打电话给我，叫你去拿菜单，我说杜师傅不在，他催我找你，真巧，你会在这里。

一个小时，过得这么快，杜师傅有些不相信。

从张三石校长手里接过菜单，杜师傅要过目，张校长说：回去看吧。杜师傅说好的。校长又说：照菜单买办，不许更改，还有数量不要太多，该碟子的用碟子，不要用盆子，吃不掉，这是最大的浪费。杜师傅说：那是当然的事。杜师傅很得意，我开的菜单，校长一定全单通过了，不全单通过，要更改的话，只能是个别更改，否则不会这么短的时间就审查好了的。走下楼，杜师傅迫不及待地看起校长审查过的菜单，没有细看，他就大吃一惊，菜单已经审查得面目全非。

七道冷菜，除了糖醋黄瓜片，豆芽拌芹菜外，还有五道：

白斩鸡改成了豆腐干丝；

醉虾改成了咸鸭蛋；

卤鸭改成了糖渍红枣；

烤鸡腿改成了莴苣丝；

煨鹌鹑改成了马兰齑。

八道热菜除了粉丝炒笋片、荠菜炒粉皮、肉皮烧蛋清，其他五道：

红煨鳗鱼改成了丝瓜烧豆腐；

炒鳝段改成了笋片炒鸡蛋；

清蒸白鱼改成了香蕈炒茭白；

炒虾仁改成了油炒红萝卜条；

蘑菇煨鸡改了蘑菇鹌鹑蛋。

四道汤菜，除了豆腐汤，莲心汤外，其他两道：

甲鱼汤改成了咸菜慈菇汤；

土婆鱼蛋汤改成了菠菜汤。

杜师傅把张校长改过的菜单，悄悄给赵赶看了。赵赶看了，皱了皱眉头，说退休老师年事都已高了，高脂肪、高蛋白的东西吃多了，对身体只有百弊而无一利，这是校长对老教师的关心。你开的菜单，很有可能在营养方面的配比不太科学，校长把你的菜单一改，营养的配比就科学了，起到了点铁成金的作用。

赵赶说话时没有表情，杜师傅听不出他说的话是真话还是假话。

校长是学校的皇帝，张校长改的菜单是圣旨，赵赶不说要坚决照办，杜师傅也会坚决照办的。

星期天的天气出奇的好，扑面春风，处处桃红柳绿，纯棉的新毛巾般柔软，如此好的天气不出门看看，其他损失，或许还可弥补，这一种损失，说能弥补，这是自欺欺人。外镇的老师能来的都来了，本镇的老师，黄森没有通知的，得到了消息，也一起赶来了。老同事们有的已经几年没有见面，话像坏了的自来水龙头，没有了开关，从心灵深处直喷出来。半天一眨眼就过去了。中午用餐的时候，由于只准备了两桌，人来得太多了，十人一桌的圆台坐不下，一桌坐了十三个，一桌坐了十四个。一看桌上的菜，会心地相视一笑，大家是来聊天的，不是来赴宴的，借了一块地方，还要供你饭吃，没有人计较——大家的脑子很清醒，知道我是谁。今天的胃口不明白为何特别的好，菜还不够吃，杜师傅不好意思，每一桌加了一大盆炒青菜和一大盆油面筋汤。

张三石校长没有来参加，说他在开一个重要会议，实在没有时间。总务主任赵赶也没有来参加，说他头晕，在家躺着。

改菜单的事是后来传出来的。黄森听到后，告诉了我，他还告诉我，他们聚会聊天的那天，校长在宾馆招待上级领导，吃三千元钱一公斤的刀鱼时，校长不小心，鱼刺鲠在喉咙里，到医院请了医生。还有一说，是吃阳澄湖大闸蟹，舌头吃出了泡。我说会不会是造谣诬陷，黄森说，这也有可能。

福老师

见了福老师，总忘不了开几句有关他的玩笑。福老师个子小，饭量还可以，可就是不长肉，他穿了棉衣，不要怎么认真地摸一摸，就能摸到他的骨头。他说他的体重最轻多少记不得了，最重没有超过49公斤。几次聚餐后，他拍了拍肚皮，就拉着我去过过磅，很令人失望，有时他还不满49公斤。那时小镇生猪收购50公斤起收，49公斤的当然不收。生猪收购站不收购福老师，福老师还缺2市斤。以后只要有人说福老师你像是胖了些，福老师明白了胖了些就是够斤量的意思，够斤量了收购站就要收购福老师了。谁愿别人把他比作猪，可福老师没有生过气，开玩笑的人外号叫虾米的，他就骂一声你这只虾米贼，我今天烧汤吃了你；外号叫笊篱的，他就骂一声你这个笊篱贼，粪缸里蛆多，借你去笊笊蛆，我的外号叫菱角，他就骂我你这只菱角贼，剪了你的角，剥了你的皮，在油里汆了你。大家这样乐一乐，有利于身心健康。

好几个月没见福老师了，福老师真的胖了些。

"你胖了。"

福老师没骂我菱角贼什么的，只是呵呵地笑了笑。

"你真的胖了。"

"生猪收购的标准提高了，胖了也没有关系。"

"怎么有空溜出来的？"

"我被解雇了。"

"解雇？"

福老师退休快两年了。退休前他在小镇中学负责档案，并兼职阅览室。阅览室开放，他就忙在阅览室里；阅览室不开放，他就忙在档案室里。领导要什么档案，一个电话，只消几分钟，档案就会送到领导的桌子上；教师要查找什么期刊什么报纸，他帮着查，很少会使人失望。领导不看档案，教师不查报刊，谁都不在乎他存在不存在。领导要看档案，教师要查报刊，偏偏他请假或者他病了，看不到档案查不到报刊时，就不断地问福老师几时上班？福老师的档案室，在市局档案室年检时，年年被评为先进档案室，可福老师在学校评先进时年年不先进，领导说不是福老师不先进，只是先进名额有限。福老师没野心过先进，管档案看阅览室谁都会，能守住这份工作，说难听一些，就是捧住这只饭碗，已经幸福得要晕过去了。福老师退休后，继续这份工作的是一个姓孙的年轻女士。孙女士喜欢嗑瓜子，嗑得档案室里满地瓜子壳，阅览室里满地瓜子壳，其他喜欢嗑瓜子的女同事有了知己，一起从档案室里嗑到阅览室里，瓜子壳嘴唇上落下，一片片干瘪的花瓣。领导不敢得罪姓孙的，她是镇上"孙悟空"的侄女。领导要看档案，要费劲才能看到档案；教师要查报刊，有了这期缺了那张，查到了胳膊查不到肚脐眼，最后也懒得来查了。全县档案大检查，幸得"孙悟空"给检查的摆了大宴，意思了一下，孙女士才没落得个最差管理员称号。孙女士干不下去了，领导就给她调了工作。档案室里没有了人，学校里谁也不愿给孙女士擦屁眼。档案室不能没有人，校长想起了福老师。

"校长，聘用我多久？"福老师问。

"两年、三年，只要你高兴，十年也没问题。"校长说得果断。

"十年太长了，一是不知我能否活到梦寐以求的那天，二是不知那时你是否还是校长。就三年吧。"福老师打了个三折。

"好，三年就三年。"

重阳节没有到，报纸上天天有敬老的新闻，电视里台台有敬老的专题，福老师看得乐呵呵的。重阳节过了好几天，一位领导迎面走来。习惯要避着领导走路的福老师，今天没有留心，与领导碰上了。

"福老师你好。"

领导紧紧握住了福老师的手。

"好、好、你好。"

领导的手很温暖，温暖到心里。

"县里领导的关心，发到手了吗？"领导问。

"什么关心？"

"刚才碰见小学退休的曹老师，他们已经发了，怎么你们中学还没兑现，重阳节已经过去了好几天了。"

领导走了。福老师想今天真不走运。他责备自己，为何不早几分钟出校门，又为何不晚几分钟出校门。早了晚了都不会碰见领导，不碰见领导，就不会出现询问县领导关心的那桩事。等会，领导见了校长，提起县领导对退休老师的关心，中学里没有兑现的事。领导一定会说是福老师说的。现任校长领导福老师已经十几年了，他的心胸有多宽多广，肚肠有多细多粗，福老师和其他老师一样不知已经丈量过多少遍了，校长听了领导的话，认为我是在暗地里搔他的脚底，人们说秋后算账，他绝不会等到秋后，说不定明天，或者后天，迟至大后天，这账一定会来算的。

福老师回到办公室，把不多的几件私人物品整理了一下，静静地坐着，木然地等待着什么。等了半天，平安无事。第二天下午他仍然等着，却等着的是会计，会计送来了县领导的关心。第三天上午，校长助理通知他校长有请。

“期中考试了，学校里有了富裕的人手。”

校长说话没有主语，但福老师听得明白，校长要辞退他。

“期中考试前走人，还是期中考试后走人？”

“随便。”

“那我立即就走，我东西都已整理好了。”

福老师问我：

“假如我今年 30 岁，碰到这事我会说走就走吗？”

“你不想走，也一定得走。”

“我会问清原因吗？”

“你一定问不清真正的原因，真像这一次。”

福老师一脸茫然。

福老师脸上有白癜风，原来只盘踞在左额的上角，病态的细皮白肉，现在它已侵略了大半个额头。他过去曾自我调侃说杨贵妃如何羊脂白玉，只要看他额角的那块细皮白肉就知道。想开个玩笑，看福老师的一脸茫然，知道现在不是开玩笑的时候。

袁杏百

错过了结婚的年纪，接着父母双亡以后，袁杏百就打消了结婚的念头。袁杏百家住镇北三里外的袁家村，父母双亡前，都生过大病，医生说已经无药可医，可袁杏百是个大孝子，不听医生的，死马当作活马医，请医买药，用完了家中的积蓄，变卖了家中所有能变卖的东西，当父母撒手归天时，只剩下了两间屋的躯体——已经没有一件内脏（家具）的躯体。

单身汉袁杏百，是个最典型的单身汉。一扇大门板，搁在垒起的土坯上，床的里半，放置着春夏秋冬四季更换的衣被；床的外半，就是他一天中三分之一时间度过的地方。袁杏百不用枕头，问及原因是，他说他的背有些弯，睡硬板床不用枕头，能防止背会更弯。他家中没有凳子，能坐的地方除了床上、门槛上，还有一块形似石鼓的青石。这石鼓原是村上老地主家老屋的柱础，老屋坍塌后，他就把这石鼓搬到家里当作了凳子。石鼓有几十斤重，他要烧火做饭，就把它搬到灶洞前当作烧火凳；他要到门外坐着晒太阳，就把它搬到屋檐下。石鼓给他坐出深青的本色。一副独眼灶（只有一口锅的土灶）、一大一小两只碗，没有碗橱，剩饭剩菜，剩得多时，盛放在大碗里，用小碗扣着大碗；剩得少时，盛放在小碗里，就用大碗扣着小碗。袁杏百有个不好的习惯，吃完粥饭后，伸出一条长长的舌头，舔光了饭屑粥汤，还要舔几遍，把碗舔得比用清水洗的还要干净——他也就不再洗碗。

袁杏百最大的爱好，就是看戏。那时乡下，不少村子里爱好哼几句的戏迷，由他们凑份子，请一个只有几个人唱的野鸡戏班子，到村上唱几个晚上。袁杏百只要得到演戏的消息，步行到五里、十里外的村子看白戏。他独个儿去，又是独个儿返回。回来时，就一路上唱着他记住的那么几句。有时，他路过镇子，从南街的街梢，唱到北街的街梢。他的一副天生的好嗓子，虽老是唱着那么几句，但听得不厌。夜半时分，睡不着的人认真地听了他的歌唱，也会轻轻地跟着他哼上几声：

杨乃武是个好心人，
葛小大有病替他看，
小白菜与他无私情。

“文革”期间，镇上成立了毛泽东思想宣传队，会唱的大都是破嗓子，有人推荐了袁杏百。袁杏百苦着脸对队长说，我只会在没有人影的夜里瞎唱瞎唱，唱的东西，我自己知道，都是东一句西一句拼凑而成的，你叫我到宣传队，你先写张保证书，我东唱一句西唱一句，唱出了政治问题，责任全部由你负责，我才去。宣传队长知道，袁杏百嗓子刮刮叫的好，他唱的正如他说的，只是东一句西一句瞎唱，宣传队演出时，他真正唱出了问题，谁也负不了这个责任，动员他到宣传队演唱的事，就此作罢了。没有老戏看了，袁杏百就看宣传队的演出，宣传队演到哪里，他就看到哪里。有人说：袁杏百，你天天看同样的演出，你厌不厌？袁杏百回答：不厌，正如我天天欢喜吃萝卜干搭粥。

说完，他贼嘻嘻地问：你与你女人老是玩一个老花样，你厌不厌？

说完，在人家的笑骂声中，打着哈哈，逃也似的走了。

袁杏百还有一个精于捕河蚌的特长。每年天下第一场霜后，镇上人开始想吃蚌肉了，河塘边出现了袁杏百扛着柄有晒衣竹竿长的扁齿的捕蚌铁耙的身影。袁杏百捕蚌，与其他人捕蚌不同。他认准了一个池塘后，像是用铁耙翻地，从河心到河坡，从不漏过一耙。耙子耙到的是蚌还是砖块，是捕到的死蚌壳还是乌龟，他的双手感觉到的同时，他的耳朵也能听到了。

袁杏百一天少时能捕几十斤蚌，多时会有上百斤。第二天一早，他就把河蚌挑到菜市场，拾几块砖头当凳坐着。他从不吆喝，拿着一把剖蚌的小刀静静地等着。蚌肉是小荤腥，吃不起鱼肉鸡鸭大荤腥的镇上人，吃一次蚌肉，也是开了一次荤腥。袁杏百剖蚌有本领，从蚌壳里剖出来的蚌，肉衣里包着的一汪水晶样极亮的水，使人浮想联翩。

袁杏百剖着称着，不时会唱出一句：

嗳嗳唷，青菜炒蚌肉
鲜得你眉毛、胡子全脱落
——嗳嗳唷

一声嗳嗳唷，整个菜场上的人都能听到。

一寒冬卖蚌肉的收入，再加上队里的分红，村里人估计，袁杏百一定攒了不少钱。

袁杏百看戏归来，见大门开着，点亮墨汁瓶做的节约灯一看，硬板床翻了个身，抖开的衣被丢得满地。小偷光顾了他的家。袁杏百笑着说，这个贼骨头，是自己瞎了眼，白白地走一趟。

小偷也真幽默，独眼灶上留下了一张纸条。纸条上写着四句顺口溜：

偷过几百次，
空手第一回。
想你真可怜，
敬你一碗酒。

酒在哪里？袁杏百见倒扣在小碗上的大碗里，有大半碗浑浊的水，真的是酒？袁杏百一闻，一股尿臊臭。小偷没有偷到东西，恶作剧了一下，小便小到了碗里。

袁杏百没有钱，他的钱哪里去了？袁杏百不会赌博，村里人猜想，袁杏百的钱不是藏在小偷偷不到的地方，就是花到了女人身上。开始留心袁杏百，过去见他不在家，总当是他出去看戏了，留心后才发觉，他有时不是外出看戏的，而是到镇上西街梢头独门出入的俏寡妇筱菊英家。

袁杏百没有在筱菊英家宿过夜，他只是在她家坐坐，坐大约一场戏的时间，他会自觉地离开回家。回家的路上，一路上与看戏归家时一样，东一句西一句地唱着。

袁杏百你到俏寡妇家去干什么？有人问。

他的女儿认了我做干爹。

俏寡妇的女儿叫周静鹃。她读书聪明，名次年年是年级里的前三名。每到开学时，俏寡妇总是要为她的报名费用犯愁。认了袁杏百做干爹后，周静鹃拿着袁杏百资助的钱，书一年年地读了下去，直读到了高中毕业，考取了师范大学。

就在这年年底，袁杏百死也没有想到，俏寡妇嫁给了丧偶的老干部、县里的张局长。在俏寡妇结婚的那天晚上，袁杏百坐在街梢头那座明代建的石拱桥的麻石的石栏上。认识袁杏百的老胡路过石桥，见他呆子样坐着，问他你坐在这里干什么？袁杏百说：我想唱戏。

老胡说：那你唱呀，让我听上几句。

袁杏百哭丧着脸说：我现在唱不出。

凤 清 颐

西街上的凤姓，五个大学毕业的子孙中，出了两个右派。二十多岁的凤飘云，发配到新疆石河子管教，五十多岁的凤清颐遣送回镇上。右派总有当右派的原因，凤清颐也有他当右派的原因。凤清颐就在大家议论他们所里的书记，与曾是旧政权一个高官的姨太太关系暧昧时，他说了句堂堂书记，与这种二手货不清不白，真是鸭屎臭。话传到书记的耳朵里，书记是东北人，他吃不透鸭屎臭是什么意思，他请教了所里的苏州人老仄，才明白了鸭屎臭在吴语里是丢人的事。凤清颐当上右派的这个原因，不是凤清颐自己说的，是镇里吴科长说的。吴科长看过凤清颐的档案，档案上记载着，说一句鸭屎臭就当了一个右派，镇里人觉得凤清颐的右派当得真冤枉。

凤清颐的公职已经被开除，照理他应在改造中自食其力，可凤清颐却是个例外，他没有到镇里民政科安排一个改造思想的工作岗位。镇里的民政科科长见他没有要求，镇里各个单位也实在没有供他改造思想的工作岗位，就默许他闭门思过。凤清颐的几个子女很孝顺，每月寄给他30元生活费。30元钱，在物价低廉的小镇上，可以过一个半人半仙的好日子。凤清颐一天只出一次或两次门。每天早晨他出门买东西，有时买菜，有时买米，有时买柴，有时专门到文化站看报。出第二次门，他不是上街，而是到田野去散步看风景。他上街买东西时，看见熟人能躲则躲，能避则避，怕碰见熟人，走路总是看着脚尖。有人叫他一声老凤时，他的样子像是在睡梦中醒过来，看清楚了叫他的人是谁以后，他会立正了谦卑惶恐地对你笑，恭听你的话；与他打招呼的人，见他那副谦卑惶恐的样子，自己反而觉得尴尬，非常懊悔刚才那一声招呼。不同心境的人在同一个地方生活，处境各有各的，最好大家都互相陌生一些。陌生一些了，有时可以互相认识，有时可以互相不认识，这样各人在各人的生活里，可以自由一些，不碰撞出突如其来的尴尬。

凤清颐住在原来是一间当作客厅的老房子里，里边灰蒙蒙的一览无余。最里边是一张挂着水纱帐子的小床。离床不远是一张满是尘秽的四仙台，台上胡乱地放着盐钵头、酱油瓶、油瓶。离四仙台不到一米的地方，放着一只行灶，行灶没有排烟的烟囱。看到这里，明白了屋子缘何灰灰的，原来都是行灶里冒出的烟灰的颜色。这是一间不会料理自己生活的老单身汉的屋子。除了外出一两个小时外，难以相信他会在这间屋子里，独自待上20多个小时。镇上戴着“帽子”的人，每月规定一天的上午到镇里的保卫科汇报自己近阶段思想改造情况。凤清颐的汇报是他人长篇汇报之后，老是那么几句：我是戴罪之身，安居在镇上，得到领导和革命群众无微不至的关怀，真正感激涕零，争取早日脱胎换骨，重新做人。凤清颐的回答简短扼要，没有废话套话，吴科长欢喜这样的回答。一次凤清颐汇报完了，吴科长随便问了一句：你一天到晚门也难得出，你在做些什么？凤清颐回答：我除了闭门思过，我在研究鲠。

鲠，吴科长小时候听说过，这是一种形似黄鳝，人误吃了，会全身发痒，如稻麦的芒屑沾在皮肤上的那种痒，痒得难熬，要洗热水澡，水越烫越好。最后人的皮肉会融化在浴水中，只剩下一具骷髅。吴科长一直当是传说，听凤清颐在研究鲠，十分好奇。凤清颐说：鲠，在词典上说是鱼骨头，有东西卡在喉咙里也叫鲠，其实鲠是一种有剧毒的鱼，它长得与鳝鱼一模一样，唯一的区别是到尾梢时，它的尾梢突然捩转过来，由锥形成平面形。鲠混在鳝鱼之中，假使不看它捩转过来的尾梢，是难以区别的。吴科长问他：你看见过没有？凤清颐回答，他曾在一本忘了什么书名的古书上见过记载，这鲠生活在河底污泥下的僵泥之中。凤清颐说到这里，他请求吴科长，多给他一些外出的时间，能到水利建设的工地，去寻找鲠。真能找到一条鲠，能证实传说不是传说，对科学研究可以添上一块砖瓦。吴科长看着说鲠说得已经进入境界的凤清颐，当场答应，在全镇的范围内，哪里在开河挖渠，你可以去实地观察考证。

农村的水利建设，大都在冬天。一到冬天，凤清颐特别忙。哪里在开河，经常能见到他拿着一把小铲子，往河底的僵泥中掘着。挖泥的社员一挖到白色的鳝鱼、红色的泥鳅，都请他去辨别，这是不是他寻找的鲠。这些鳝鱼、泥鳅的色相虽然奇特，但是它的尾巴没有捩转。这不是鲠。凤清颐没有寻找到鲠，但他为鲠写了几十页的文字。

吴科长读了这几十页有关鲠的文字，很有兴趣，鼓励他继续寻找。

为了引起全国各大科研所对鲠的重视，他把有关鲠的几十页文字抄写一遍，寄往北京、上海、广州的有关科研所。科研所没有回音，他又继续抄写着寄。寄了几十次，他终于得到北京一个科研所的一张便笺：你把鲠说得如此神奇，请能寄一条实物样品过来。样品当然没有，但他相信有鲠的存在，他还是抄着寄着。邮电局的郎局长怕凤清颐经常寄信会寄出什么问题，劝他不要再寄了，并泼了他一桶冷水，说鲠是个传说，传说只能传说传说，犯不着把传说去当真。凤清颐误会了，他怀疑过去寄往全国各大科研所的有关鲠的文字，全给他扣住了，于是他不再在本镇的邮电局寄，到五里外的邻镇邮电局去寄，寄出去的信，仍旧如石沉大海。但他坚信不疑鲠的存在，仍是天天到掘沟开渠的地方去寻觅。

“文革”开始后的一次批斗大会上。吴科长戴着走资派的帽子与右派分子凤清颐站在一起陪斗。吴科长是以与阶级敌人（凤清颐）坐在一条板凳上的罪名，给镇里的造反派戴上走资派帽子的。凤清颐偷偷地看了他一眼，意思是你全是为了我，是我害了你。吴科长低下头，轻轻地对他说：什么时候，我们一起去寻找鲠？凤清颐说，会有这个机会吗？当夜凤清颐自杀了。大家不相信死会这么容易，一根只有黄鳝骨头粗细、系在床栏上的布带子，就把自己勒死了。

柳 汝 仁

西街的积极分子柳汝仁，与东街、南街、北街的几个积极分子相比，他积极的资历要比他们长。在新中国成立之前，曾为地下党组织递过几次秘密信件，还有一个他们比不上的，他抛头露面的机会要比他们多得多。重要的节日来到前，他会与镇里的宣传员一起，宣传员掖着一大沓写好的标语，他提一只面粉打的糨糊桶，在街头的显眼处，他用浆帚在墙上或排门板上刷上一帚，宣传员就贴上一条标语；在镇里召开的有群众参加的重要大会上，当需要有口号热烈会场气氛时，他会站起来领喊口号；在天旱不雨的冬晚，他会左手托着竹筒，右手拿着硬树棍，从南街头敲到北街梢，再从东街梢敲到西街头，“火烛小心”地一路喊着，他个子不高，嗓门却很大，他的竹梆声和叫喊声，半个小镇都能听得他那舒卷悠长的警示。

可奇怪的是，资历没有他长的积极分子，在工作中没有他积极，他们都一个个加入了组织。加入了组织以后，有文化的在镇里当上了文书，没有文化的在武装部当上了助理，曾经当过几年学徒的，在镇商会当上了副主席，唯有柳汝仁，既没有加入组织，连镇里的食堂杂工也没有轮到他。

原因是他有一个疑点没有得到解释。

几次叫他送信的地下党联络站的老唐，半夜里敲开了他的家门，给他一把钥匙，要他立即送到何家村何文才家，亲手交给何文才。为什么要送钥匙？钥匙的内容是什么？这许多都是他不该问的，这是规矩。柳汝仁出门不久天下起了大雨。钥匙交给了何文才后，离去时，柳汝仁向何文才要把伞，可何文才把他一推，就关紧了大门。柳汝仁给雨淋病了，在床上睡了三天起来，他得到了一个难以相信的消息，联络站的老唐给人勒死后，尸体抛到了大河里，何文才和藏在他家的区委黄石书记，在一处荒僻的松坟里给人砍了脑袋。柳汝仁怕祸及自己，逃到上海的远房亲戚那里，一直躲到新中国成立后才回来。

是谁泄露了消息？老唐之死，何文才、黄石之死，已经死无对证，疑点集中在没有死的柳汝仁身上，是他出卖了老唐他们三个人？没有证据，新中国成立后专案组成员一直在寻找证据，尽管没有找到。但疑点像魂灵一样，一直附在柳汝仁身上。柳汝后自己并不知道专案组一直在寻找他出卖三个同志的证据，但他心中有数，自己不能进步，很可能与老唐等三人被杀有关。心中没有亏心事，夜半不怕鬼敲门，他相信自己，也相信党和人民群众，心里虽然积极得痛苦——白白地积极的。为了表明自己忠诚不二的心迹，他在痛苦中一如既往地积极着。

柳汝仁家有几亩地，在政府号召农民组织互助组时，他组织了十几户农户，组成了镇里第一个互助组，他被推荐为组长；等几个互助组合并成高级社时，又被选为社长，在名单交由镇审批时，被没有说明原因地撤了下来。他老婆骂他：积极积极，弄点吃吃，你积极得快饭也没得吃了。柳汝仁担任互助组组长时，因为有经验，常有人请他出去传授。出门传授经验，没有误工补贴，互助组是互助记工的，你少出工就欠了人家的工，以后有钱的出工钱，没钱的要去还工。成立了高级社，高级社的主要干部是脱产的，外出开会记工分，个人享受利益的时候，却轮不到你。他理解老婆为什么要骂。柳汝仁没有当上高级社社长，新社长却十分器重他，经常委以他重任。高级社搞水利建设，要开一条几百米长、连通大河的支河，新主任就请他负责。几百号民工，在柳汝仁开工、休息、开工的锣声下，干了一个冬天。高级社的社员常常闹纠纷，社长又特派他去调解纠纷。成立了人民公社后，高级社变成了生产大队，在原来互助组的基础上成立了生产队。柳汝仁成了生产队的队员，大队长（原高级社的主任）同样没有忘记他，叫他负责管理全生产大队的“四类分子”——“四类分子”外出探亲的请假、“四类分子”的思想汇报、“四类分子”做不记工分的公益劳动的出勤记录。“四类分子”是只烫手的山芋，他们表面上服从你管理，心中都在盘算如何对付你。幸得柳汝仁很讲政策，心中有朦胧的人道主义，对他们的请假从不拒绝，口头的思想汇报只要几句，书面的思想汇报前后雷同不罚重写，义务劳动尽量少派，因而在“文革”开始清理阶级队伍时，造反派采取以毒攻毒的办法，叫“四类分子”审讯有叛徒嫌疑的柳汝仁，使他少受不少熬夜的折磨和皮肉的痛苦。柳汝仁被关押了一个多月，造反派眼看在他身上榨不出什么证据，开了一个批斗大会，宣布他戴上“叛徒”的帽子后，放回了家。柳汝仁在关押中，虽被优待，皮肉之苦还是受了不少。一天傍晚，他的屁股上刚刚敷上药，走资派的走狗赵阿五悄悄到了他家。柳汝仁见了赵阿五，皱着眉头说：现在是什么时候，你来干什么，再惹出些事情，我可吃不消了。赵阿五说，我被监视了，不能去周大毛家，我得到可靠情报，选反派今夜要去捉拿周大毛，明天开批判镇长的大会上，要他陪斗，你去告诉他一声，叫他有个准备。想起周大毛对他的关照，柳汝仁答应了。

小镇上的“文革”，正像一场接一场的戏，今天会演的到台上演几下，明天会唱的到台上唱几句，演员一茬茬地换，但是演到后来，唱到后来，新的演员都没有演下去、唱下去。“文革”虽没结束，戏还在继续演，可戏台上的角色变成了原来的镇书记、镇长、主任。周大毛稳稳地坐住了大队书记的位置，论功行赏，派柳汝仁去负责大队里的两只土砖窑。周大毛第一个叫他柳窑长后，慢慢地生产大队的社员要卖砖，见了他，不再叫他柳汝仁，都叫他柳窑长。

砖窑上的事最烦也最辛苦。烦的是砖块供不应求，生产大队卖砖预收的砖款现在一分不收，砖窑要连烧三年，才不外欠。每次砖块出窑时，柳汝仁为了公平，按票据时间的先后供应。可是常常事与愿违，周大毛的一张条子，破坏了他的公平。柳汝仁被人骂作开窑子的老乌龟，这还不算，几次险被人揍打，幸得逃得快。他像兔子一样逃跑时，已经没有一点柳窑长的威风。装窑、卸窑，大队里专门有一批装卸工，可是烧窑、闷窑只有他与老师傅阿才。烧窑，只要掌握各种燃料的火候，很少会出次品。窑里烧的是青砖，闷窑后，要不间断地从窑口向下浇清水。没有水泵，水是一担一担桃的。一担水，从河埠头挑到窑口，有 30 多米落差，不分日夜，要挑几天。这是个笨重的、过度消耗体力的劳动。一次，他脚下一滑，连人带水桶从窑顶滑到窑脚，抬回家后，柳汝仁再也没有站起来。

临死前，周大毛去看他，他对周大毛说，我死后，假使见到老唐、何文才、黄石，我问了他们是谁杀的，我一定托梦给你。他最后提出要加入组织。

周大毛说了句心里话：人死了，加入了有什么用呢？

柳汝仁说：阳间和阴间是相同的，不同的只是一个世界是白天，一个世界是黑夜。

要加入组织，不是周大毛一个人说了算的，再是周大毛不想欺骗一个临死的人，嘴里在说我回去研究了再说，心里在想，可能你熬不过今晚了。可奇怪的是，柳汝仁今天不死，明天不死，又拖了一个星期。死了双眼不闭。他的女人问他，你不闭眼睛，是否还有没了却的心愿？周大毛听说柳汝仁不闭眼睛，猜到是为了什么，走到他的床前，附着他的耳朵，说了一句轻轻的谎话：

我们已经研究，决定让你加入组织。

柳汝仁的嘴角，像笑一样颤动了一下，十分恐怖，可是恐怖了没有几秒钟，他的眼睛，自觉自愿地闭上了。

史 阿 婆

史阿婆姓什么叫什么，镇上人都不知道，称呼史阿婆，只是因为她是镇里史书记的母亲。史阿婆小个子，小脸孔，小眼睛，还是小脚，见过史书记的人见了她，不需辨认，都会说史书记长得像他的母亲。

那时镇上只有一爿大饼油条店（饮食店的分店）。每天早晨，你想改善一下早餐，吃一副大饼油条，那需要排很长的队，花不少时间才能买得到。史书记刚到镇上上任，镇民不认识他，更不认识史阿婆。一天早晨，只见一个小老太婆，手里拿着根筷子，没有排队，挤到了氽油条的热油沸滚的油锅边。后边排队的人见有人插队，而且插队不是插在中间，居然插到了第一，不少人哄了起来，挖苦地说：老太婆，你不要倚老卖老。你再老，老得路走不动了，爬到这里来买油条，不经我们群众同意，还是要排队的，自觉一些，到后边去排队。

氽油条的阿发娘子，长着一张寡妇脸，听到排队买油条的人在起哄，她白了一眼史阿婆，用氽油条的铁夹子向她做了个排队的动作。收钱收粮票的小余也对她说，买油条排队，这是规矩。史阿婆拿着筷子不走，小余不收她的钱和粮票，阿发娘子不给她油条。僵持了一会，史阿婆突然说，油条又不是我要吃，是我家史书记要吃。排队的人中有人听说镇上新来的书记姓史，问她史书记是谁？你又是史书记的谁？史阿婆说史书记是我的儿子，我是史书记的娘。阿发娘子说，冒认官亲，是要吃官司的。小余说，别乱打牌子，中央首长来买油条，也要排队。这时，饮食店的羊经理从屋里出来，他亲自收了她的粮票，拿她的筷子，串了四根油条客气地给了她。

队伍中有人说，羊经理，你在拍史书记的马屁？

羊经理说：别冤枉我，史书记的影子我都没有见过，怎能谈得上拍马屁，再说四根油条能拍一个马屁吗？这老太，我第一次见到，我估计她不懂得买油条要排队的规矩，又担心她站得离油锅太近，溅出的油星子烫着了她。你们说真的烫着了她，我这个经理能一点责任都没有？羊经理说得有点道理，大家才不再说话。

以后，再也没有见到史阿婆买油条，但阿发娘子见了买油条不排队的人，白了一眼后，会讥笑发问：是不是你家的史书记要吃？以后这话逐渐传开，凡是镇上排队买东西时，不排队的人挤到前边，营业员都会嘲笑一声：是不是你家史书记要吃？

史阿婆在镇上住了不长的一段时间后，她认识了镇上不少年龄与她相仿的老人，有事没事，她常与她们聊天，一聊就是半天。

西街的沈老太，摆着一个香烟摊子。她卖香烟，与众不同，香烟是拆包卖的，你一支一买可以，三支一买可以，用米、鸡蛋换香烟也可以。她独自一个人，一天到晚孤独地守望着她的那个香烟摊子。史阿婆路过她的摊子，礼貌地问她，饭吃了没有，生意好不好呀？沈老太对她的礼貌并不热情。经过几次，史阿婆有些奇怪，觉得这个沈老太对人太冷了。一次史阿婆与民政科王科长的娘说起沈老太。她对史阿婆说，沈老太的男人是国民党的一个团长，在湖北襄樊打日本鬼子时战死了。她是个可怜人，结婚只有三天，丈夫就上了战场。她一直等她的男人回来，等到新中国成立后，她才得知她丈夫的死讯。参加共产党打日本鬼子死的，都是烈士，父母妻儿都是烈士家属，受政府抚恤优待。她的丈夫是参加国民党打日本鬼子死的，没有文件说可以受政府的优待抚恤。她这么老了，还在靠自己卖香烟度日子。史阿婆说，你儿子是民政科科长，权在他手里，是否可以把她定个五保户，每月发她一些生活费，好歹她的丈夫是打日本鬼子死的。民政科科长的娘说，我儿子也是这么想的，可是前任马书记不同意。史阿婆说，这个放心，我与我家的小狗（史书记的小名）说。

果然，没有一个月时间，沈老太接到了通知，让她到民政科去领生活费。

民政科的助理姚志诚对她说：以后别忘记，每个月的今天到我这里来领。

沈老太说：谢谢政府。

姚志诚说，政府是要谢，但你还要谢谢史书记的娘——史阿婆。

沈老太找史阿婆没有寻到，民政科科长的娘对她说，史阿婆到她的小儿子家去了。

史阿婆离去的原因，镇上传有两种说法。

一是她买油条不排队，还说是儿子史书记要吃。史书记认为她在他的形象上，着上了一点人人见了都觉得可笑的颜色。还有前任书记都推宕不去解决的难题，她非要逼着儿子去解决，不答应她，她就用老母亲的权威责令他去办。史书记怕长此下去，她还会生出一些麻烦的事，因而打发她走了。

二是史书记自己说的，她母亲住在他这里住不惯，到当农民的弟弟家中去呼吸新鲜空气了。

沈老太每次到民政科领生活补助金，盖了一个手指印后，总是这么一句话：

共产党好，但共产党的娘比共产党还要好。

范寿宁

镇上的食品站是县食品公司的一个站点，定点收购全镇的生猪，定点杀猪，专卖猪肉。食品站有八个人，站长、会计是吃国家粮的正式人员，两个打杂的临时工，四个在镇上小刀手中招聘的合同工，范寿宁是四个合同工中的一个。小刀手负责杀猪卖肉。那时，杀猪还是传统的那一套路，三个小刀手合力从圈中拖出一头猪，摆上案凳，白刀子进，红刀子出，因为技术娴熟，猪大都是只喊叫几声，就没有痛苦地咽下了最后一口气。食品站的汤池大，可以几头死猪同浴。在调好的水温中，死猪放入头汤池中，翻了几个身，刮尽了毛，再放入二汤池中，小刀手就在猪脚爪子第一个爪子和第二个爪子之间，行话叫"水灵桩"的地方，割开个口子，用梃杖从口子中挺进去，通出几条气路，然而用嘴往口子中鼓气。范寿宁在小刀手中，力气最小，可气最足，给猪鼓气，只有他能一口气把猪吹得敲上去会发出锣鼓的声音。

食品站卖肉的门市部二开间门面，卖肉的砧板一字对街排开。3 万多人口的小镇，一天只卖十几头猪的猪肉，而且别无分店，门市部的排门没有打开，人就在外边挤着，等排门一打开，砧板前全是涌动的人头，小刀手面对涌动的人头，似四尊活动的石雕。说石雕有表情，只是六亲不认的那种。买肉人买肉，没有选择，猪肉的各个部位，也没有价格的区别，小刀手随意地用他的刀斧斩下一块，用秤一吊，报出一个价，往你面前一丢，这肉就是卖给你的了。买肉人不能有丝毫犹豫，有的人往往在丝毫的犹豫中，这块肉就会给旁边的人抢手买了。要买腿肉的买到了前夹心，要买前夹心的买到了五花肉，心中虽不满意，但庆幸自己买到了肉。小刀手脸上没有表情，但眼睛都雪亮着，砧板前谁是镇干部、大队干部、老同学、小兄弟。干部来买肉，对他们不怕马屁，也不能得罪他们，说不定将来有事还要去求着他们，先给他们一个好的印象。当然要优先。老同学、小兄弟来买肉，优先点他们，让他们眼红一下自己手中一把刀的权力，以后能记着自己。当然，要藏着优先的破绽，别让其他的买肉人一眼看破。几个优先的人优先过后，一定要打发买肉人里最显眼的挤得气喘吁吁的老头老婆子。然后再继续优先。可是范寿宁一站上砧板，与其他三个小刀手不同，他优先得没完没了，不在他优先范围内的人，要买到他的猪肉，一定是他已经没有优先的人了。买猪肉的人买不到猪肉，虽有怨气，但是也不敢得罪他。镇上卖肉的就只一个地方，卖肉的人，就只四个人，要买肉只能到这里来，人说官官相护，卖肉的当然会护着卖肉的。

有一次，范寿宁的砧板上只剩下最后一块肉了，他的远房的叔叔擦着额头上挤出的汗，眼睛瞪着范寿宁，假使这最后一块肉不卖给他，远房叔叔一定会与他急，范寿宁知道叔叔的脾气，这块肉准备卖给他。范寿宁正要用秤钩钩起这块肉，用秤一吊，报出了价钱，这时，已经挤在砧板前好久好久的老头子，伸手从秤钩上抓住了这块肉。范寿宁说：放下。老头说：为什么要放下？范寿宁说：这肉不是卖给你的。老头说：你要卖给谁？范寿宁说：这就不用你管了。范寿宁力气大，从老头手里抢过了肉后，丢给了他的叔叔。

辛书记，挤了半天，你也没有买到肉？有人在问老头。

抢还没有抢到，怎么会买得到肉？叫辛书记的老头，从地上拾了片废报纸，擦着右手抢肉时抢得满手的油渍。

范寿宁听说镇里来了个新书记，但过去的书记从不亲自到砧板上买肉，只要一个电话打给经理，经理会把好肉给他送上门。书记真会亲自到砧板上买肉。范寿宁还是不信。这时，镇里的副业科科长路过，范寿宁问他，镇里新来的辛书记是个老头吗？科长说：是呀，你问他干什么？范寿宁的叔叔见他的眼睛盯上了他手中的那块肉，他明白了他要他让肉的意思，他瞪着眼睛说，这块肉的肉钱我已经付了，你休想把我的肉夺回去拍马屁，这块肉我要派大用场，我要用它做肉馅，裹小馄饨，招待我那没有过门的媳妇，你拍马屁的机会有的是，今天拍不到，你可以明天拍，明天拍不到，还可以后天拍，也可以提猪肉到他家里去拍。范寿宁听着叔叔的话，看看辛书记远去的背影，对站在一旁看好看咧着嘴笑的人说：这有什么好看好笑的，不要说你镇里的书记，就是县委书记来，我不卖肉给他，他能拿我怎样？

说完，他把斩肉的大刀，敲得砧板砰叭响。

为与辛书记发生的抢肉风波，范寿宁心中一直忐忑不安，怕他寻机报复，串通食品站的经理把他清理出门。他自己也知道手中没有了斩肉刀，自己什么也不是了。可能大人不记小人过，也可能辛书记工作忙已忘了这事，范寿宁等待的报复终于没有来到。

范寿宁左右脸上匀称地分布着几颗小麻子，镇上没有人叫他姓名，都叫他麻子阿宁。议论到麻子阿宁时，镇上人鄙视地说：这是时势造成的人，猪肉多了，这样的人也就没有了，他现在的神气，其实不是他的神气，是猪肉的神气，他不知道自己在买肉人心中的真正位置，买肉人心中真正的位置不是他，而是猪肉。

这话真正是一语中的。

改革开放后，猪肉市场放开了，小刀手自己卖起了肉。

在小菜场上，有几十个卖猪肉的摊位。

范寿宁摆着一个自己的摊位，小刀手们个个满脸笑容。范寿宁的笑容尤为灿烂，他那几个俏麻子，看上去也粒粒饱满地在笑。范寿宁的生意并不好，杀了一头猪，有时半头也卖不出去。他见卖掉猪肉的同行，收拾干净了摊位回去，他心里很急。他见老远有人走来，就大声地招呼，这人虽没有最后走向他的摊位，可这也招致了同行的不满。现在买肉，有了选择，谁的肉卖相好、质量好、又便宜，他们就到谁那里去买。范寿宁的肉卖不掉，降下价格卖，可熟悉他的镇上人，宁可不买他的便宜肉，在他的摊位前走过，他招呼假装没有听见。范寿宁的鲜肉卖不掉，家里又没有冰柜，只能腌成咸肉，镇上人不喜欢吃咸肉，他的咸肉往往十天半月卖不出去。买过他咸肉的人说，范寿宁的咸肉，只要蚕豆板那么大一块，能搭上一顿粥，于是镇上出现了一条新的歇后语：范寿宁的咸肉——咸得鸡巴往上缩。

在摊位上，范寿宁总是放着一只特大号的茶水杯子。经常能见他端着杯子咕咕地喝，一喝就是一杯子。有人猜，范寿宁一定吃多了他自己腌的卖不掉的咸肉。

其实，猜的人猜错了。

不久，范寿宁到医院检查身体，医生说他得了糖尿病。

葛 尔 生

当兵的没有打过一次靶的，镇上当过兵的人中，就只有葛尔生。当了兵，没有打过一粒子弹，镇上人很难相信。与葛尔生一起当兵的苏小虎说，葛尔生没有打过靶，这事不假，在新兵连，新兵都打过靶，葛尔生错过了这个机会——他在关禁闭。关禁闭的原因，是带新兵的班长批评了他几句，这几句中有一句说他傻头傻脑的。葛尔生是有点傻头傻脑。有点傻头傻脑的人最恨人家说他傻头傻脑。班长打不还手，被打得鼻子流了血。葛尔生打完后，还指着班长说：假使我手中有一把枪，我一定一枪毙了你。他的禁闭结束后，照例，打靶是新兵考核的一个重要内容，葛尔生应该补考，可是新兵连长没有给他补考的机会。不久，新兵分到了各个连队，葛尔生分到了不需要枪的大山深处养牛。大家猜想，可能是葛尔生说了那句威胁班长“假使我手中有枪，我一定一枪毙了你”的话。枪只有在可靠的人手里才可靠。

团部的养牛场在大山深处。养牛场不大，只有 20 多头牛。养牛场班长大杨和副班长小刘手下的兵就只葛尔生一个。班长大杨，人结实得像个秤砣，整天乐呵呵的；副班长小刘，个子瘦小，大山的黑风、大山的日头，没有吹去也没有晒去他一副书生模样。葛尔生到养牛场的第二天，他就要与大杨和小刘掰手腕。葛尔生在新兵连时，他与 70 多个新兵掰了手腕，他们都成了他的手下败将，荣称为掰腕冠军。大杨答应了。葛尔生反悔了三次，还是连输了三局。葛尔生不相信自己会输，摸了摸自己手臂上的肌肉，再摸了摸大杨手臂上的肌肉。大杨的臂肌坚韧如树骨突，自己只如一块硬木头，硬木头是比不了树骨突的，葛尔生才真正服了输。葛尔生要与小刘掰。小刘说不要掰了，我掰不过你，我认输。葛尔生非要与他掰。小刘缠不过他。赢了一局，葛尔生还要扳，说只有连赢三局，才算真正的赢。葛尔生连赢了三局，于是他自封为掰腕亚军。大杨很尊重小刘，从没有叫过小刘，开口总是叫他副班长。布置工作后，不忘要说一声副班长你有没有补充。葛尔生获掰腕亚军后，他对副班长小刘的态度，慢慢发生了变化。他不再叫他副班长，开口就是小刘，有时会用命令的口气对小刘说：小刘你给我去打盆水来；小刘，我的被子你给我叠一叠。开始几次，小刘还听他的，几次以后，小刘装作聋子不理他。葛尔生叫了几次，见小刘不理他，会大声说：小刘，你的耳朵聋了！

小刘还是装作没听见，真正的聋子一样。

牛群中有头大牯牛，犟头犟脑一直不听葛尔生的指挥。不听指挥，葛尔生用树条狠劲地抽。开始，大牯牛只是对他瞪着它红红的牛眼，用牛尾摸摸被他抽打的地方，不再理他。一次，葛尔生把大牯牛抽急了，它猛地回过身，要用它粗大的牛角去撞击他。这事突如其来，慌了的葛尔生往后一退，给树根绊了一下，朝天摔了一跤。他只见牛角要插进他的胸膛时，他大喊救命。这时，他听得小刘吹了声口哨，大牯牛抬起头，对小刘哞地叫了一声，踱着方步离开了葛尔生。小刘扶起葛尔生，对他说，这大牯牛是牛群的首领，老虎和豹子都怕它，狼只要听到它哞的一声叫，一口气会逃上几里路。但这大牯牛只听我指挥，我的口哨声，就是给大牯牛的指令，我要它做什么它就会做什么，比如叫它用牛角把人牴伤或者牴死，你不信，我再打一个口哨试试？惊魂未定的葛尔生，求饶似的双手直摇。

葛尔生是秋季兵，第二年春天，老兵复员时，他也跟着老兵复员了。

葛尔生回到镇上，正是“文攻武卫”大行其道时。“文攻武卫”指挥部为壮实自己的政治实力，网罗了不少退伍兵。有眼光有头脑的退伍兵，一到“文攻武卫”这几天，看着“文攻武卫”那无法无天乱七八糟的样子，就借各种原因辞退了。

“文攻武卫”指挥部设有私刑，凡是那些原来不是阶级敌人的，因为某个问题与党政领导发生了矛盾，因为与显要人物一起与同一个女人有关系，因为在一个村子里的威信超过了干部，这些人都会莫名其妙地戴上现行反革命、坏分子之类的帽子而变成了阶级敌人。不是阶级敌人的人变成了阶级敌人，他们不服，用嘴巴奋战。这类人中，今天这个，明天那个，逐个在夜晚被请进了“文攻武卫”的私刑室。

葛尔生进了“文攻武卫”以后，他白天不用上班，只要每晚在私刑室里工作上一两个小时。葛尔生给阶级敌人用刑，从不用棍子，只用自己脚上穿的橡胶鞋。啪的一声在屁股上，不久，屁股上就会现出半个青紫的胶鞋印。葛尔生挥着胶鞋一敲下去，他的脸上会出现难以见到的笑容。他打得准，打得稳，打得狠。阶级敌人在他的胶鞋底之下，没有一个人不求饶之后坦白交代的。

葛尔生在“文攻武卫”红了一阵，人们称他为“胶鞋大王”。

他被“文攻武卫”开除，是他把一个女人当一个男人打了。他一胶鞋打下去，打得那女人裤裆里全是血，并且立即昏厥了。泼了冷水，她还不醒，有人怕她死掉，立即送她上了医院。原来这女人怀有身孕，葛尔生一胶鞋打得她小产了。女人给“文攻武卫”打得小产的消息没有被封锁住，在镇上闹得沸沸扬扬。这事好似剥开了“文攻武卫”的画皮。为证明“文攻武卫”不是鬼怪，是革命的战士，责任推到了葛尔生身上，把他开除了。

回到生产队，葛尔生仗着自己体壮力大，挑担时，要与人家比谁挑得多；翻地时，要与别人比赛谁翻得快。队里人都知道葛尔生的脾气，不理他也不睬他。你做你的事，我做我的事，井水不犯河水。葛尔生耐不住寂寞，有事没事常常寻衅，昨天因为你说了声痴子，与你揪起胸部，打了起来；今天因为你说了声吊眼皮（葛尔生眼角上有个疤），他会不由分说打你一个耳光。队里人与他发生争吵，总是让他三分。时间长了，葛尔生愈发无理，别的人无理，也要听人家说完三句话，才会动起手来；葛尔生无理到不等别人说一句话，就要挥起拳头。大家忍无可忍了，联合了起来，只要他与一个人发生冲突，十几个人会拥上去，假装劝架，抱住了他，让对方狠狠地教训他。这一招真灵，葛尔生再也不敢惹人了。社员们在田头休息时，常常见他一个人，用拳头打泥土。

一天，队里的大池塘里浮起一条半死不活的大青鱼。葛尔生对与他一起看见的社员说：这鱼是我先看见，这鱼是我的。

说完，他扑通一声跳下水，游到青鱼那里时，青鱼还是一动不动。葛尔生紧紧地把青鱼抱住。只见水面上开出一朵淘箩大的水花。葛尔生抱着青鱼，与青鱼一起再慢慢地沉下去。大家只当是他在卖弄自己的水性，谁也不在意。想不到，葛尔生会淹死。

他的尸体捞起来时，双手还紧紧抱着那条青鱼。

章金倍

秦安茶馆，开在小镇老石桥南堍，门面朝东的第一家。

茶馆北面临大河，西面是一条河浜与大河的交汇处，水面开阔。茶馆临河的西面，开着一大排玻璃窗，光线充足。秦安茶馆与镇上的其他茶馆相比，要清爽精神，生意也要好上两三成。镇上其他茶馆，开上几年，就要换上个新的老板，唯有泰安茶馆，传到章金倍，已有 50 多年的历史。

一爿茶馆能开这么久，有什么窍门？

有人问过章金倍。

章金倍说：我父亲说过，只要把上门的茶客，全当成我的长辈亲友。长辈亲友中有穷的，也有富裕的，富裕的到你的店里来听书喝茶，要做到热情而不谄媚；穷苦的到你的店里来听书喝茶，要温暖而不怠慢。茶客中三六九各式各样的人都有，要想留住这些人，成为茶馆的常客，不经过在生意场上的多年修炼，是没有法力留住像水样流动的茶客的。

老虎灶在茶馆门口，灶上四只圆形深口铁锅，四只铁锅中间，是投入燃料的老虎口，灶的里侧是两只盛热水的大铁锅，铁锅上固定着圆形的无底木桶（镇上人叫接锅），在不远处，是两只为倒水打水方便而半埋在土中的大水缸。章金倍雇一个工人，工人值班在老虎灶上时，他就去给茶客加水；工人给茶客加水时，他就在老虎灶上值班。老虎灶整天对外供开水，热水瓶是一分钱一瓶，有人不用热水瓶，用大瓦壶、小水桶时，章金倍从不主动说要多少钱，打水的给少了，少了就少了；打水的给多了，他就找他多少。老人来打水，他不忘关照一声：老人家你慢慢走，走路时看着脚下。小孩来打水，他也不忘关照一声：靠边上一些走，不要望野眼，小心热水瓶上的塞子掉了，烫痛了脚。那是在“双抢”（抢收抢种）时，在田头、场头，生产队供应社员开水，镇附近的生产队社员喝的开水，都是到章金倍茶馆的老虎灶打的。章金倍想得周到，备着炒煳的大麦，往来打开水的水桶里放上一把，在场头田头，社员喝着凉了的大麦茶时，不忘夸奖一声，这大麦茶真香呀。夸奖后还不忘问一声，谁做的好事？知道的人回答一声：章金倍。

茶馆，也是镇上人听书的书场。一天书有两场：日场，下午一点半到四点；夜场，晚上七点半到九点半。听书，也像现在看电视连续剧，要上瘾的，一到紧要关头，说书先生就要叫大家明日请早。说书先生的说书艺术，水准有高有低，艺术水准高的，书场里天天爆满。说书先生和茶馆老板的利润分成，说书先生拿六成，茶馆老板拿四成，外加茶水的收入。书场里天天爆满，说书先生满意，书场老板也欢喜。但也有艺术水准差劲的说书先生，他们是到江湖上混口饭吃的，书场里的听客会越听越少，不少书场老板会请说书先生提早荐书，早早离开。章金倍面对这些差劲的说书先生，为了不失他们的面子，也不减少收入，每天他在给喝早茶的茶客添开水时，不忘说一声，看我的面子，今天晚上来捧捧场，假使手头不宽松的话，我请客。茶客中不少人讲江湖义气，觉得章老板遇到的尴尬是因为他们不来捧场而引起的，为使他不尴尬，给他一个面子，书听不进，来热闹热闹也是快乐呀。说书先生见逐渐稀少的听客慢慢丰盈起来，自己心中有数，这是章老板给他的面子，那么自己也要给章老板一些面子，使出自己所有的看家本领。

每个书场，每一场都有站在书场门口听白书的人。听白书的人，除了个别几个对听书已经有了无法戒掉的书瘾，但又无书钱治书瘾的成年人外，绝大多数是大男孩，特别是在漫长的暑期中，他们没有地方去娱乐，偶尔听上几十分钟，使他们进入了书中，进入书中后又无法走出，只能跟着说书先生一天一天地深入下去。站在书场门口听书，会对进入书场给茶客加水的进出产生了障碍，有的老板客气地劝说听白书的离开书场，不客气的推推搡搡地把听白书的赶出书场。章金倍不是这样，他提着沸水吊子，慢慢走着，轻声轻气地对听白书的说，当心烫着，闪开一些，闪开一些。有时书场内听客不多，他会对听白书的大男孩说，书场里去听，靠窗有两张书桌，坐着听好。这不是章金倍在说反话，他说的是真话。几个大男孩将信将疑了一会儿，也就真的老实不客气，坐到了章老板指定的书桌上。几年后，这几个大男孩长大了，成了他书场中的老听客。一爿茶馆开了 50 多年还开着，章金倍用这样的方式培养茶客的接班人，是不是他的生意之道？也许这与生意之道毫无关系，这是他内心的大气和善良。

清理阶级队伍时，有人供出，在抗战胜利的前一年，他救过忠救军的王团长和新四军的一个地下区长。那年春天，忠救军的王团长到他茶馆与悄悄渡江南下的新四军方面的一个张区长在茶馆见面，商讨交换被各自拘押的几个俘虏。可能有谁告了密，驻在镇上的十几个日本鬼子要挨个检查茶客的身份。章金倍把鬼子大大方方引进茶馆，让他们逐个检查，检查了好久，没有检查到他们要找的目标，当是情报有误，急急奔向镇上其他几爿茶馆。章金倍认识王团长和张区长。他们坐到一起时，章金倍眼皮跳个不停，猜想可能会有突发的事情出现，就果断地把他们两个领出后门，上了停在埠头上鸭屎臭的捉鱼船。鸭屎臭接过章金倍的一个银圆后，就把船撑进了深浜。这事没有人知道，他自己也从未与人说过。章金倍进了专案组，一夜没有回家。第二天一早，茶客们听到这个消息，集队到专案组保人。他们写一张保证书，保证章老板历史清白，保证书上百位茶客签上了自己的姓名。他们把保证书递进了专案组，一起坐在专案组外的水泥地上等消息。一会儿，章老板毫发无损地从专案组走了出来，可能是一夜没睡，人显得十分疲惫。章老板一见这么多的茶客为他的命运担心，双膝跪到地上，给他们磕了三个头。

茶客们的保证书送到专案组后，镇专案组的王组长打电话给县专案组的陆部长，简单讲了章金倍智救王团长和张区长的事后，陆部长说，张区长在省里已经官复原职，这事不要再追查下去了，把章金倍放了，你这样对他说：沙家浜里的阿庆嫂救过国民党的胡司令，也救过受伤的新四军，你有功没有罪。至于那个来举报的人，对他说，你能坦白出隐藏着的历史，你也没有错。

章金倍死于初夏的一个午后，他说口渴，女儿给他吃了一个西瓜心，他说了声瓜心真甜真解渴后，就闭上了眼睛。

死后，章金倍共收到 150 多个花圈，全是茶客送的。

云 岐 凤

虚岁 16 岁那年，一过大年初五，云岐凤在自己嫡亲大舅的保荐下，到城里的一家绸缎店学生意。三年学徒期满，老板见他忠厚老实，留他在店里当了伙计。吃绸缎生意的饭，吃了 20 多年，不再吃下去了，回到镇上。镇上人感到纳闷，20 多年的绸缎饭已经吃了，为什么不继续吃下去，发生了什么事情？提出问题后，大家忙忙碌碌的，没有进一步把问题追究下去，在时间中渐渐淡忘了。云岐凤没有工作，镇政府为消灭镇上的无业人员，做到人人有口饭吃，不管云岐凤愿意不愿意，把他的一家人强制插迁到镇郊的一个生产队。

城里绸缎店的老伙计，成了生产队的一个新农民。

云岐凤不会插秧，不会罱河泥，不会摇船。一个 40 多岁的人，不要说学精，要学会也不容易。刚到生产队，云岐凤不知有农活技艺的深浅，见插秧人背对青天，面朝泥水，一棵一棵地插，想来也不见得太难，可是下水田一试，捏秧把的左手不听插秧的右手指挥，插秧的右手不听捏秧把的左手指挥，右边左边的插秧人，“鸟叫六棵齐”（即鸟叫一声插齐六棵秧），自己好像是瞎鸡啄米，只十几分钟，田里的插秧人个个远离了他十几米，心里一慌张，秧苗带起的污浊泥水，溅得脸上、衣服上斑斑点点。他插秧不是插，而是更像种，左右的插秧人插到了头，他才种了十几米。

队长说：老岐凤，你哪里是在插秧，你是在种秧。

社员们看着他种秧，一个个学起了蛤蟆叫。粗笨的蛤蟆叫声，有什么好学的？有的社员在说，老岐凤，看你那副样子，真像氽在秧田里的一只蛤蟆。云岐凤一看满身的泥水，一看自己孤零零地在水里，真正像一只癞蛤蟆。

自插秧得了教训以后，对有技术性的农活，再也不敢去沾一点边。队长知道他是真正的干不来，派工时只派他干一些只要力气的活。云岐凤身子单薄，一副书生的样子，力气的活，大都是挑担。肩膀上的功夫，是练出来的，是压出来的。云岐凤的肩膀没有练过，没有压过，一天挑下来，回到家，人都立不起来。挑粪肥时，前后两只粪桶，云岐凤不懂挑粪时用脚步的节奏平衡粪桶中的粪水，一路走，前后粪桶中的粪水一路溅，不光鞋子、裤子，连上身也都溅满了粪水。

云岐凤满身是粪肥的味道。

休息时，社员都离得云岐凤远远的。有的社员用锡剧的调门在唱，歌词像是一路走来一路唱，又像是一路走来一路臭。

云岐凤就这样一天天地熬着。

云岐凤也一天天地混着。

每个社员都有如何在干活时混的故事，这故事说过了，就谁也不记得了，唯独云岐凤混的故事，成了镇上人饭后茶余的保留节目。

插秧田，先要把秧田平整一下。这道工序，队里人叫摊田。最难摊的田，是田里只有一薄层水的田，摊时不能有一点马虎，马虎了，高的地方裸露，低的地方积水。最好摊的田，是田里一汪大水。那天摊田，下着大雨，田里有半尺深的水。云岐凤见左右摊田的社员，用铁耙哗哗地摊着，速度快得惊人，于是他用尽吃奶的力气，还是与他们越离越远。这时，他的铁耙掉了下来。云岐凤从水田捞起铁耙，他没有上田埂上装铁耙，而是把铁耙往蓑衣里的裤带中一塞，用铁耙柄在水田哗哗地做摊田的样子。雨下得大，谁也没有发觉云岐凤这样地混。插秧时，在云岐凤摊过的地方插秧的人大骂，这是哪一个王八摊的田！因为大雨，队长也排不出哪个地方是谁摊的田。队长问是谁摊的，谁都没有承认。生产队好的地方真好，像农活干得马虎了，谁也不会认真地追究真正的责任人。

云岐凤写得一手好的正楷字。这是他小时候，在前清中过秀才的叔公督促下练成的。

镇上会书法的黄渭写不动字时，他向求他写字的张栻，推荐了云岐凤。张栻不信云岐凤会写字。黄渭说，信不信由你，但你可以去叫他写写试试，我担心的是他不肯写。张栻造了两间新屋，急于要一副联语装裱后点缀门面。镇上除了黄渭，会写字的人有几个，但这些人写的字，只能当作标语，贴在街头，稍懂些书法的张栻，一个都看不上眼。黄渭说云岐凤会写字，一定不会瞎说。张栻找到了云岐凤。云岐凤正在家里切猪草。他一听说，张栻要请他写字，便说，自我拿起锄头铁耙后，没有写过字，不知道还会不会写，你要写什么联语，写在纸条上留下来，过 10 天，你来看看，你喜欢就拿去，不喜欢就算了，不过，我没有写字的宣纸，你的字要写在宣纸上，你就给我送几张宣纸来，不要写在宣纸上，白纸，我家里有几张。张栻要他写的是曾国藩写给何栻的宅联：

千顷太湖，鸥与陶朱同泛宅；

二分明月，鹤随何逊共移家。

云岐凤在文徵明的书帖中选出22个字临摹写成了。过了10天，张栻看到云岐凤写的联语，说你写得不输黄渭先生。云岐凤说，这是临摹的，手腕犟了，手指麻木了。说到这里，他指着屋角的一大堆旧报纸说，写了一大堆才选出这22个字，你认为在客厅中挂不出，以后我可以给你重新写一幅。张栻说：挂得出，挂得出。云岐凤见了张栻欣赏他的字，得意地说，临摹人家的算不了什么本领，我写得最好的字是一寸见方的正楷。张栻听了，接过话头，说我很想有一幅朱柏庐的《治家格言》，你能否用你擅长的正楷给我写一幅？云岐凤当场答应了，约他一个月以后来取。张栻给他10元写联语的手工钱。云岐凤没有收，说交个朋友吧。

第二天，张栻把云岐凤写的联语拿到茶馆给茶客看，都说字写得好，当问是谁写的，张栻说是云岐凤写的。

茶馆里惊讶声一片，谁都没有想到云岐凤还会写字，而且写得这么好。

镇上和乡下不少人家都造了新房，在门前的客厅中有了副联语，会显得气派和书香。印刷的联语在镇供销社就可以买，但大多数人不信印刷的，一是印刷的就这么几句，二是印刷的一印要印上万副，不稀奇，请人亲笔写，自己想写什么，可以写什么，心中想写的挂在客厅中，舒坦，也可以区别大家，我有的你们没有。

在张栻于茶馆展示了云岐凤写的联语的那天下午，就有十几个人到云岐凤家求字。十几个人几乎同时去的，人多了就有竞争。他们要云岐凤把字写好一些，快一些，都爽快地给云岐凤定金。字没写，就收人家的钱，云岐凤不好意思收。

当求字的人说你不收，我们心里不踏实时，云岐凤才答应收钱。问到一副中堂联语收多少钱时，云岐凤说了声随便。既然随便，第一个人给了他10元，第二个、第三个跟着都掏出了10元。十几个人，一百几十元钱。云岐凤已经十几年没有见到这么多钱了，当是自己在做梦。

求字的人各自把自己要写的联语写在小纸条上离开后，云岐凤拍拍自己的脑袋说：早知道我写字能活得更好，我还去干那力不从心的事受罪，我真傻呀！云岐凤哭了。那时生产队的一天工分值5角钱，云岐凤只有整劳力的七折，3角5分钱一天。

自此以后，云岐凤不再去生产队出工。他不出工，连队长都没有问过一声。真的，自云岐凤进生产队后，他在社员的眼中，是一个多余的人。

喻庆文

姓喻的，镇上就只喻庆文一家。喻家有兄弟三个，喻庆文是长兄，招女婿（入赘）于北街窦梦轩家。窦梦轩有三个女儿、一个儿子。窦梦轩有儿子还要招女婿，是有特殊原因的。窦梦轩是清白瞎子，里里外外的事情，主要靠自己的女人，自己只能拿根棍子坐在家门口赶赶鸡。儿子是在小女儿 10 岁时，阴差阳错生下的。儿子五岁时，女人生了一场病，病愈后面对家里的一大堆事情，已经力不从心，于是把准备要嫁出去的大女儿——窦英，改作招赘。镇上很少有长子出门入赘的，喻庆文入赘窦家，是有条件入赘，将来生育的子女不姓窦，仍是姓喻。窦家有儿子，不在乎一个姓，招女婿只是为窦家增添一个不发工资的劳动力。

招上门的女婿是浮萍，要在窦家扎下根，要在生产队扎下根，喻庆文牢记了他母亲教给他的三字经绝招：起得早，睡得晚，少说话，多干活，敬父母，爱弟妹，远小人，近友朋。母亲的三字经真灵，喻庆文入赘窦家后，不到一年就融入了他们一家，队里人也不当他是外人，吃吃喝喝都要叫他一声。喻庆文小学没有毕业，就当上了地球修理工，在五年的时间里，他掌握了农活所有的技术和窍门，如罱河泥、摇船、打草鞋、落谷等。入赘窦家一年后，由于他在农活上的全能和出类拔萃，队员们一致推举他当了队长。

喻庆文当了队长后，队里人都叫他喻队长。

喻队长的个子有 1.7 米高，肩膀阔，胸膛厚，手脚粗壮，肩上能挑 300 多斤重的担子。喻队长农艺精湛，队里有好几个人的农艺与他差不多精湛，但肩上能挑 300 多斤，一挑就是半天，队里没有一个人能与他匹敌。大部分的农活要靠体力，喻队长靠他的体力，取得了他生存的优势和队员们服从他的权威。生产队的田地在镇政府后门外不远，书记、镇长等镇里干部心情好的时候，要到田间小路上散散步、呼吸呼吸新鲜空气。他们经常能碰见带着社员们早出晚归干活的喻队长。喻队长碰见他们，肩上挑着担子的时候也会恭敬地给他们让道，他认识的，叫声某书记、某科长，不认识的，他会嘴里咕噜一声，当书记的像是听得他在叫书记，当镇长的像是听得他在叫镇长。镇干部对喻队长的印象十分好，在一次全镇大队小队干部会议上，侯书记在报告中说到干部带头劳动能激发社员的劳动热情时，举了几个例子，其中喻庆文就是一个；再说到大队干部的培养时，书记说眼睛要放在骨干的小队干部身上。喻庆文把书记报告中的话前后联系起来时，突然一阵心跳。

喻庆文决心做出些成绩来。

学生的成绩，是考试能考出多少分数；裁缝的成绩，是一天能做出几件衣服；箍桶匠的成绩，是一天能箍好几只水桶或粪桶；小队长的成绩好坏，是一亩地能打出多少粮食。要多打粮食，除了田间管理外，关键是肥料。

于是大河里多了一道喻庆文带着社员在斜风细雨中穿着蓑衣罱河泥的风景。

于是“年初一拾狗屎独行”的民谚，落实到了喻庆文身上。

于是喻庆文到城里运粪肥，演变成喻庆文偷城里人屎尿吃的故事，在茶馆里流传着。

有的人没有良心，可土地不像人，每一寸土地都有良心，你给它多少，它会回报你多少。秋后，稻谷的产量连喻庆文自己也不敢相信，去年亩产 800 斤不到，今年亩产却达到 1100 斤。有了这么高的产量，喻庆文才想到，水稻亩产的产量在全镇肯定会第一了。全镇第一的成绩，将会给他带来什么？想到这里，喻庆文突然一阵心跳。

全镇水稻的亩产产量统计出来，喻庆文队的亩产与第一名只相差一斤三两，位居第二名。第二名与第一名只相差一斤三两，但这一斤三两，却使喻庆文伤透了心，获第一名的队长陆秀山，不久提拔了大队长，喻庆文只得到了一只镜框。喻庆文不相信陆秀山队的水稻亩产量会超过自己，他几次看到过对方队里的水稻长势，其中一定有外人猜测不到的故事。喻庆文沉得住气，牢骚话都没一句，可他开了窍门。第二年秋后，喻庆文在水稻产量上，每亩虚报了 50 市斤，可统计下来，他又以 3 市斤的落差，位居了全镇第二名。虚报了产量，增加了队里的增购任务，每个社员少分了几十斤粮食，社员们一片怨言。喻庆文有苦说不出，他除了一只镜框，还是什么也没有得到。

冬天，大队书记要造新房子。房子未造，砖瓦先行。喻庆文给书记去帮工挑砖。一块青砖四市斤，一担青砖 40 块，只有 160 市斤，过去喻庆文能挑得健步如飞，可今天挑得迈不开步，他觉得自己病了，应该回去休息，可一想到今天是给大队书记帮工，挑得人瘫倒，也要坚持挑下去。大队书记招待晚饭，他在饭桌坐了一会，一口都没有吃，回家躺倒了。

喻庆文躺倒后，经镇医院名医诊断，是严重的肝病。他在镇医院病床上躺了半个月，不见好转，送到县医院去治疗。县医院的名医束手无策。这时喻庆文肚子开始肿胀，外形已十分可怕。医生对陪他的女人说，你准备后事吧。队里人得到喻庆文病危的消息，派与喻庆文私人关系最好的副队长去探望他。喻庆文只对他说了一句话：

“第一名叫陆秀山拿去了，我死不瞑目。”

喻庆文在县医院病床上去世后，镇里的王镇长和民政科的钱科长来了。

原来县政府推广火葬的会议刚结束，王镇长和钱科长听到喻庆文去世的消息，饭也没有吃，赶到医院，对喻庆文的家属做思想工作，几千年的土葬要突然改成火葬，死的人已经死了，什么都不知道，活着的人却难以接受。王镇长见喻庆文的家属对火葬水也泼不进一滴，于是亮出了他的法宝，说若是火葬了，喻庆文的两个小孩，可由镇政府抚养到 16 岁；若是不火葬，坚持要土葬，两个小孩抚养的事，只能他们自己解决。喻庆文的两个孩子，一个三岁，一个一岁。窦英想到自己，想到两个孩子，不管喻家人答应不答应，她说：我听王镇长的，火葬就火葬，但两个小孩养到 16 岁的许诺，你给我一个证明。窦英答应了火葬，喻家没有人敢拒绝，只是因为亲情，只是舍不得把死者放入火中烧。心里舍不得，只能用哭声来发泄。

镇有 900 多年文字的历史，喻庆文是镇上火葬的第一个。

事情也巧，陆秀山脑溢血，送到小镇医院已经没了气。在镇长等人的思想工作下，陆秀山的家属也同意火葬。他是继喻庆文后，小镇上位居第二名的火葬者。

俞 霄 飞

在米粮短缺的好几年时间，镇里农户培植的山芋苗，远近闻名了几百里。到山芋苗栽种的时候，山芋苗市场上，几乎全是外地来的求购者。有不少山芋苗的培植者，因此而发了小财。俞霄飞是镇里第一个种植山芋，第一个摸索出山芋种子安全过冬的经验，第一个培植的山芋苗，并且把它推上市场的人，可他却没有发上小财，而且把成本和工钱加起来合算，他还蚀了本。

俞霄飞初中毕业，在他所在的那个生产队，他读的书最多，队人里叫他俞秀才，但因为他心中藏不住灰尘大的一点秘密，比如他三年之中摸索积累的山芋如何安全度过冬天，山芋苗又是如何培植的经验，只要有人讨教，在一两个小时中，把这经验一点不留，全部传授了出去。猫是虎的老师，猫还留一手上树逃命的看家本领。俞霄飞连猫也不如，只能眼睁睁看着别人用着他的技术和经验发财。因而不光队里人，就是不少镇上人都叫他俞戆大。

队里有不少人家，在屋后的小园里栽着李树，年年春天，李树花繁枝茂，可结的果却少得可怜。那时开始搞计划生育，有人调侃，说人刚开始计划生育呢，李树已经计划生育了。人还不如一棵树。在李树每一枝的枝头上，只有一个独生子女，而且这个独生子女的身子中还盘踞着一条蛀虫，可是俞霄飞家的李树，却是满树果实，果实压得树枝往下沉，像俞霄飞挺着大肚子的女人阿宝。负担虽是沉重，却是十分幸福。李子大丰收，卖了够买一年油盐酱醋的钱。阿宝也是大丰收，养了个双胞胎，两个白白胖胖的小男孩，令人眼馋得要死人。俞霄飞家的李树为什么果实满枝头，队里人向他讨教经验，他说没有经验，可能李树也和人一样，有的人结婚了不会生育，有的人只会生女娃，我家的李树像我的女人阿宝一样，没有特别加工，一胎就生了两个。俞霄飞不戆大了，乖了，一定是吸取了泄露培植山芋苗技术和经验的教训。这不能怪他，技术和经验就是钱。只有真正的戆大才会把钱拱手送给别人。技术和经验可以偷，正月十五元宵节，队里人发现俞霄飞打着松枝扎着的火把，一棵一棵烘照着李树。烘照完了，他又用斧头敲打着节疤，李树发出了“笃笃笃”的声音。在夜间，这声音传得很远。俞虪大装神弄鬼的，他在干什么？这是他家李树结果多的秘密？这秘密是技术是经验？队长的儿子结婚，他私自灌了一小瓶米酒，俞霄飞不喝酒，他灌了米酒带回家，难道是为了做料酒？他又向队会计的女人，用新短裤换了她十四岁女儿的一条处女花短裤，他的葫芦里又在卖些什么药？在天上有一个好月亮的夜晚，队里人发现俞霄飞把女孩的花短裤系在李树的树干上，手握一炷香，对着李树叩完三个响头后，喝一口米酒，雾一样喷向李树，口中吟诵结子无数三遍后，解下短裤系到另一棵树，然后对李树叩拜，喷酒吟诵。那时阶级斗争抓得很严，队里有人把俞霄飞月夜的奇怪情况报告到了大队。大队的纪书记对俞霄飞一直心怀感激，他就是靠他传授的培植山芋苗的经验和技术赚了不少钱，靠这钱开路才做了书记的。俞霄飞搞迷信，他又不能不管，通知他到大队部来。俞霄飞进了纪书记的办公室，纪书记亲自倒了一杯茶，责备他搞封建迷信，一不小心是要吃官司的，以后一定要注意，这次我给你包庇着。俞霄飞见纪书记对他一片赤诚，悄悄告诉他，这不是搞迷信，我这是嫁树。纪书记好奇了，问他什么叫嫁树？俞霄飞说，女人嫁了，才能生儿育女，树也同样如此。纪书记问，把树嫁给谁？俞霄飞说：嫁与东风。说俞霄飞是胡说，他嫁树了，他的李树果实压弯了枝头；说他不是胡说，认真地思索一下，嫁树不是胡说，世界上还能有什么不是胡说。

这一年，俞霄飞的李树结果结得比去年还多。听到这消息，纪书记的唯物论开始了动摇。

俞霄飞的双胞胎儿子，先下地的那个大的取名叫不，后下地的那个小的取名叫要。他叫儿子总是两个一起叫：

不要吃饭。

不要起床。

不要上学。

不要做作业。

俞不、俞要不很认真，成绩却一直在班里排在前几名。中考的分数俞不、俞要都超过了县城重点中学的录取分数线。这是家长们梦寐以求的事情。可俞霄飞没有把他们送往省重点中学，而是留在了镇上的普通高中。三年后高考，俞不考取了北京的一所名牌大学，俞要考取了上海的一所名牌大学。人活一辈子，最大的希望在子女。在人们向俞霄飞祝贺的同时，要他指点一下教子的路径。俞霄飞的回答，使人们大吃一惊：

我是给不要吃了增加智力的配方。

配方这个词，不像现在，是个人人皆知的词，那时还是个稀有用词。追问他用的是什么配方。俞霄飞说：请你们原谅，这是个秘密。假使我公开了我家不要吃的配方，人人都会像不要那样读书聪明，这不是好事。现在的世界上，聪明人已经太多，都吃了我的配方，人人都是聪明人，这个世界就要乱了。至于我家不要吃的配方中，除了增加智力外，还特意配制了人能诚实的秘方。

俞霄飞又是在胡说八道？

现在俞霄飞已经年过六旬，他的可以增加智力的配方，一直没有公开。常常有腰缠万贯的老板到他家，为自己读书读不上去的子女求配方。在一沓沓人民币面前，他说，我的配方写在一张纸上，前几天，我寻找这张纸，可惜写在这张纸上的字，全给老鼠啃掉了，记在脑子里的，不知为何全都忘记了。他对着那一沓沓人民币嘻嘻地笑着。

那些老板问他，为什么笑？

他说看见钱就不笑，难道去哭？他真的需要钱，可惜的是配方已给老鼠啃了。

谢 小 高

在谢家村，除了老地主谢雪良读过一年大学外，读书最多的要数在农业高中肄业的谢小高。谢家村的人，与读书很少和没有读过书的人闲话，说过了就说过了，话像天上的一片云，风吹过，记忆中也就不再存在；可与读过很多书的人说话，把他们的话当作知识文化，听的时候认真听，不懂不明白的还要问个究竟，这些话永远记着，在一定的场合，还要搬出这些话，当作自己的知识卖弄，别人不信时，往往会说这话是谁说的，谁说的话你还能不信？谢小高说过的太阳里有黑子、向日葵结的籽只有白籽和黑籽两种、扒灰的来历、蠢材就是愚蠢的人，等等，这些话曾在谢家村茶余饭后传说过一时。

那时，政治运动一个接着一个，镇上专门吃政治运动饭的干部，为了表现自己工作的努力，隔一段时间就要玩一个把政治运动推向高潮的什么批判大会、万人学习大会、样板村参观大会。玩腻了大会，他们又想出一个新花样——为了显示人民专政的威力，把全镇的地主、富农、反革命坏分子、右派分子、特务、叛徒集中游街示众。

谢家村核定游街示众的阶级敌人有十个，村上的老地主正巧中了风，民兵营长给镇里的武装部沈部长打电话，说老地主中了风，游街示众时，是否叫他的儿子抬着他？沈部长说，抬着游街示众不行，又不是庙会，可以抬着菩萨巡视。民兵营长说，抬着不行，我们村里只能少一个人了。沈部长说不行，一个都不能少，少一个补一个。大队书记、主任、民兵营长、妇女主任几个人开了紧急会议，讨论明天谁去替代中风的老地主？大队书记说，老一辈人中寻不到，我们可以在年轻一代人中间去挖。民兵营长说，年轻一代中思想最反动的要数谢小高。一说到谢小高，大队主任说，这家伙污蔑太阳里有黑子。妇女主任说，他说向太阳的葵花，结的籽不是黑籽就是白籽。民兵营长对书记笑笑，讨好地说，他说愚蠢的人叫蠢材，他的矛头直指胡春才书记。会只开了十几分钟，大家一致决定，明天叫谢小高挂着现行反革命的牌子去游街示众。

游街示众回来，谢小高不吃不喝，在床上躺了三天。

第四天下午，大队书记正在大队部召开大队干部和小队长会议时，只见谢小高走进会场，站定在书记旁边，举着语录本，高呼："胡春才万岁！万万岁！"

在只有一个万岁的时代，有人高呼胡春才万岁，胡春才吓得差一点昏了过去。

会场里的大队干部和小队长大笑过后，觉得事态严重，这是谢小高游街示众后的反攻倒算，几个人拥上去，用手按住了还在高喊万岁的谢小高的嘴。有人寻着绳子，要把他绑起来。这时，谢小高的母亲走进会场，哭着说："真是作孽呀！我家的小高好好的，给你们逼疯了！"

谢小高是真的疯了。

庆幸的是谢小高不是武疯子，是个文雅的疯子。每天上午不论刮风下雨，他都要到村头，与那棵几百岁的银杏树嘀咕上半天；每天下午，他会走到大队办公室，见门开着，胡春才不在，就到胡春才的位置上坐上一会。他不吵不闹，办公室里的人见他可怜，只当没有他这个人，就让他坐着。有时，他见胡春才坐在办公室，他在门外喊着胡春才万岁。人人敬畏的胡春才胡书记，怕疯子谢小高喊他万岁，老远见他，自觉地避开了，村里人说胡春才有三怕：一怕老婆、二怕儿媳妇、三怕谢小高。

开春以后，谢小高经常往镇上跑。他一到镇上，别的地方不去，就在闹市盯着领袖的巨幅画像看。镇上人不知道谢小高疯了，见他看，跟他一起看。人越挤越多。谢小高突然说：我终于发现了，画像上领袖的眼珠中有一粒黑子。

领袖的眼珠中有一粒黑子，这还了得？黑子在哪里？大家盯着画像上的眼睛看，先是像有粒黑子，看久了越看越像。不到半个小时，画像上眼珠子上有黑子的事情，传遍了镇子。画像是画在一座大楼的墙壁上的，第二天一早，画像没有了，墙壁已经粉刷一新。

秋收秋种时，镇里的大大小小干部要到乡下指导和参加生产，镇里的陆副书记和武装部沈部长等一桌人，分配到谢家村。他们吃住在谢家村小学，由小学的校工服侍他们一日三餐。陆副书记是个实干家，一到生产队，社员做什么，他做什么。沈部长他们见副书记这样干，不好意思偷懒取巧，只能硬着头皮跟着干。上午，他们翻了半天地，又饿又累，回到小学食堂，见饭菜已经摆好，坐下就狼吞虎咽起来。

这时，谢小高拿着语录本，大声地对他们喊着：起立。

那时一日三餐之前，盛行敬祝。一桌人一听有人喊起立，条件反射地站了起来，急忙从口袋中掏出语录本。

谢小高喊一声敬祝万寿无疆，他们跟着喊敬祝万寿无疆；谢小高喊一声敬祝身体健康，永远健康，他们跟着喊敬祝身体健康，永远健康。谢小高说一声敬祝完毕，坐下吃饭，大家才坐下吃饭。

谢小高离去后，副书记问校工银龙，刚才的人是谁？

银龙说，他叫谢小高。

谢小高是大队里的什么干部？

屁个干部，他是个疯子。

奚雪珍

大家去看彭银根的新媳妇，整条街上的人，你对我说，我对你说。街上年年有小伙子讨媳妇，但没有这次彭银根讨媳妇那样好奇和激动。别人家的新媳妇，真正讨上门来之前，未来的婆家，少的会来玩上几次，多的要来玩上十几次。彭银根讨新媳妇，讨之前街坊邻居听都没有听说过，闪电战一样，昨日说今天要结婚了，大家当是在说一句笑话，谁也没有想到，今天真的结婚了。彭银根有1米75的个子，肩宽背阔，从后背看来，是个不错的小伙子，但从正面看，会令人十分失望。他小时候生过天花，留下了一脸的小坑小洼。这么丑的人，讨的媳妇漂亮吗?

奚雪珍和几个伴娘坐在客厅的酒桌上吃自己的喜酒，她朝南坐着。看新媳妇的人，只要不犯判别方向的错误，一眼就能看出谁是新媳妇。看客中，有的人故意要使新媳妇脸红一下，明明知道谁是新媳妇，装得不知道似的对着一桌如花伴娘问：谁是新娘子？大多数新媳妇，待这一问，怕羞的会不自觉地低下头，不怕羞的会像怕羞地低下头。可是奚雪珍经这一问，笑着面对问的人，用手指往自己额头一指说，我是新娘子。眼睛好像在说，你还有什么可问的？奚雪珍的不怕羞，使问的人觉得自己的冒昧，有些难为情起来。奚雪珍是圆脸盘，左右脸各有几个大雀斑，今天虽然敷了粉，在雪白的灯光下，雀斑还是历历在目。奚雪珍长得不漂亮，但眉眼间的天真活泼，只有没有涉世的小姑娘才有，是经得起眼睛咀嚼的。

新媳妇今年几岁?

听说是十八岁。

不，虚岁是十八岁，落雪天生的，实足年龄只有十六岁。

对答的人对答这几句正经的话后，接着说了些不正经的，什么瓜刚熟水分多，一朵鲜花插到了彭银根的鬓边。不正经的虽然含蓄，正经的人听了，正经地说：当心口角生疮，不积阴德，留些神，当心你们的儿子，走路时一条狗把裤裆里的东西叼了去。

那时，新媳妇今天过门，第二天就上田头干活，这是大办农业时的一种时尚。初夜后的清早，奚雪珍一早起了床。彭银根问她起得这么早干什么？她说去队里干活。彭银根叫她歇几天，她说身上没病没灾的，歇它做啥。她决意要去干活。彭银根心里非常快活，但他快活的不是自己女人勤快，快活的是今天奚雪珍一到田头，好用她的漂亮去气气队里的女人。他们曾说过，彭银根将来的媳妇，一定是比他还丑的丑八怪。今天要让奚雪珍与你们比一比，你们漂亮，还是我的女人漂亮。今天的农活是在桑树地耙土。奚雪珍一出现，桑树地静寂了一会后，大家窃窃私语起来。奚雪珍知道，队里人在议论她。在议论些什么？说话声太低了，她很难听清。

那边，几个还没结婚的小青年，在逼着彭银根招供，夜里的破坏工作是怎么做的。奚雪珍旁边的方大嫂在悄悄问奚雪珍：

圆房了？

圆了。

疼吗？

有些疼。

奚雪珍的声音不轻，好些人都听到了。她的直率，使不少人失去了新奇。没有新奇，一切都归于平常。

在镇上，女人结婚了，大多在一年内要生产。奚雪珍三年没有生产。她的母亲问她，是你不行，还是银根不行？她说，这个我怎么知道？是呀，这个行不行的事，奚雪珍怎么会知道。第四年，奚雪珍领了一个一周岁的小男孩。孩子叫她妈妈，但她总觉得自己像个姐姐。

一天，她抱怨地对彭银根说：我早知道结婚和不结婚差不了多少，我还不如不结婚，不知人家结婚了也像我们这个样子吗？彭银根说，凡是结婚的，都是这个样子的。奚雪珍有些怀疑。彭银根说，你不信，可以去问问别的女人，别的女人不信，你可以去问问对你最好、与你无所不谈的表姐。她说，银根我不是不相信，我怕你与我一样什么都不懂，我真的要去问你表姐。

奚雪珍老老实实对表姐谈了她的困惑。表姐哈哈大笑后，说天底下的夫妇睡在一起，都是像你说的那个样子的。

表姐的话她信，她不再怀疑。

大队的皮件厂招工，她录取了。她年轻手巧，皮件厂的负责人老五叫她跟从城里请来的钟师傅学手艺。钟师傅比她长十多岁，城里人看上去，要比实际年龄小好几岁。他的嘴很甜，见奚雪珍不爱说话，就没话找话，要与她说上几句，这几句总是夸她手巧，人长得不十分出挑，但是很有气质。奚雪珍爱听他夸她。他与钟师傅的话多了起来。话说多了，相互间也熟悉了，有的话说得豁了边，奚雪珍伸手去拍打他，他捉住了她的手，就在她的手心搔起了痒。有时，只要钟师傅与她在一起的时候，他会讲起城里人的故事，这故事很荤，奚雪珍听得心怦怦地跳。

一天，钟师傅对她说，另外一个皮件厂，用这里两倍的高薪聘他，明天他要走了，今晚，请她去他的单身宿舍，有几个皮件上关键的理论问题，要教一教她。她真的去了，一进宿舍，钟师傅抱住了她。奚雪珍全身软瘫，任凭钟师傅做什么事。

事毕，钟师傅发觉，奚雪珍还是个处女。

奚雪珍没有想到，人世间还有这么美好的刹那间。

钟师傅走了，奚雪珍没有去找过他。她对任何人没有泄漏她与钟师傅的秘密。她恨彭银根欺骗她，也恨表姐与彭银根合谋欺骗她，她更恨自己傻，傻得连一个女人应该懂得的事情都不懂得。

生活好似流水，日日夜夜地流着。

大队的皮件厂关门了，奚雪珍又被大队送到邻县的一个养殖场进行河蚌育珠的训练。在养殖场，她认识了一个安徽的小伙子。在训练结束的那天，她与小伙子私奔了。队里人听到这个消息，纵容彭银根去追拿。

彭银根说：不用去追了，随她吧！

事情到这里，大家才明白了底细。彭银根小时候出天花时，吃了蛤蟆浆，丧失了性功能，成了一个太监。

过了几天，彭银根到镇民政科，说明了原因，办了离婚证书，把奚雪珍的嫁妆和衣服，租了一辆卡车，亲自送到了安徽小伙子的老家。

村里人问奚雪珍，那个麻子是谁？

奚雪珍说：他是我的哥哥。

施 顺 达

镇上熟悉施顺达的人，见了他，总是会条件反射一样提防着他。这提防，不是提防他会来向你借钱，会来向你诈骗，会来向你无理取闹，会来向你挑拨离间，而是提防着他上当后，想方设法使你与他一样去上当一次。当你上当后，去向他讨一个说法，他会问你真的也上当啦？当得知你确实上当了，他会满足地落脱魂灵一样地大笑。笑过后，他会说想不到你也会与我一样上当，真正对不起。这时，他会用手搭着你的肩膀，装出一副难兄难弟的样子。上当的都是生活中一些鸡毛蒜皮的事情，见他这个样子，谁也不会与他去较真，只能得出个教训，见了他，要提防着一些。

施顺达在镇上的熟人中，上他的当，次数最多的是陆倍仁。陆倍仁在镇上是读书最多的人中的一个。他读书眼睛倒没有读出近视，却读出了一脸的憨相。他酷爱独自散步，镇上的旮旮旯旯，他几乎都散步过了。在镇上唯一的公园门口，他遇见了从公园里出来的施顺达。施顺达对他说，老陆，我发现了公园中有一处像饭店里的雅座一样的地方，静极了，你在那里坐上半天，保证不会有人来打扰，风景也不错，从树隙中还能见到池塘边那只绿树垂拂的亭子。陆倍仁说，我怎么没有发现？施顺达说，你天天在公园里散步，可能熟视无睹。陆倍仁按照施顺达指点的路径寻到那里，见是满地大便，臭气熏天，急忙退出来，想到施顺达的“雅座”，他捧腹大笑，笑疼了肚子。另有一次，陆倍仁散步到走向老砖窑的路口时，碰见了从窑那边走来的施顺达，陆倍仁问他到砖窑去干什么？施顺达说我没有去砖窑，我是从砖窑旁边的水泥桥上过来。陆倍仁说，听说那水泥桥已经断了，你怎么走过来的？施顺达说，谁说断了，桥断了我还能走过来吗？不信，你去看看，反正两里多的路，又不远。这条路，陆倍仁好久没有散步了。陆倍仁走到桥边，水泥桥只剩两个桥墩，不乘船，要长了翅膀才能飞到彼岸。陆倍仁这时才知道自己又上了施顺达的一次当。陆倍仁回身走到路口时，施顺达靠在路口的大树上还没有走，见了他还问他：怎么不过桥走，要走回头路？陆倍仁没有恼火，只是傻傻地朝他笑。

施顺达的女儿和陆倍仁的儿子，在镇上的电力站工作，电力站有钱，每年要安排职工外出公费旅游一次，而且电力站还有特例，职工本人不想旅游的，可以由直系亲属替代。这次是到山东半岛旅游。施顺达的女儿身体不好，陆倍仁的儿子已经在半岛上游过，重游旧地没有兴趣，这次旅游的任务，就落到了施顺达和陆倍仁身上。电力站外出旅游的大都是年轻人，年轻人有年轻人的游法，施顺达和陆倍仁结成了游伴。施顺达知道陆倍仁已经外出旅游多次，什么海南岛、张家界都去过。自己只是第一次，他怕自己在旅游过程中会出什么错，走路时紧跟着陆倍仁，要买什么东西，陆倍仁买什么他也买什么。在青岛吃早餐，陆倍仁吃油条豆浆，他也吃油条豆浆，真正是价廉物美。在崂山游下来，导游领游客到茶园买茶，陆倍仁买五元钱一两一包的茶，他也买五元钱一两一包的茶。回到旅馆，品味买来的茶叶，茶味真正不错。到了威海，到韩国城购物，陆倍仁买了两副钓竿，施顺达也想买钓竿，一想自己不喜欢钓鱼，钓竿买回去又不好做晒衣裳竹竿，但他看得眼红，也买了一副钓竿。陆倍仁买汗衫，商家开价50元钱两件，陆倍仁还价20元两件，最后25元两件成交。施顺达问，你买的汗衫给谁穿？陆倍仁回答，给家里的老婆穿。你买的是几号？陆倍仁回答说有三个XXX的。施顺达的老婆有两个妹妹和两个表妹，个子的长短肥瘦与他老婆差不多，他的老婆与陆倍仁的老婆长短肥瘦又是差不多，连老婆在内五个人，施顺达125元买了10件，每个人两件，权当这次旅游的礼物。

旅游结束，回到家的第二天，施顺达见了陆倍仁，问他，你给你夫人买的汗衫合身吗？陆倍仁说，我没有给我夫人买汗衫，我给我自己买了两件，他指着身上穿的汗衫说，这件就是在韩国城买的。施顺达一看，陆倍仁穿的汗衫合身、得体、大方。他指着陆倍仁说，我问你时，你说是给自己老婆买的，原来你是给你自己买的。陆倍仁笑着，说老施，你别先别恼怒，我告诉你，韩国城卖出的女人的汗衫，十分前卫，符合世界潮流，只能刚好遮住肚脐眼，假使胖了些，一定会露出肚脐眼，露出肚脐的女人才性感呢！施顺达说，她们都是50岁上下的人了，肚脐不露出，想不到什么，肚脐眼一露出，令人作呕，昨晚，我被我老婆骂了半夜，今天我被女儿骂了半天。想想真正没脸见人。

陆倍仁说，我们扯平了。

陆倍仁与他扯平了，没有扯平的人还多着呢，他们将如何与他扯平？施顺达担心起来。

任斌富

不整齐、不干净，看上去很脏，镇上人叫邋遢。几十年前，镇上日日夜夜绑在土地上的人家，十户人家中，整齐干净的只有一两户，邋遢的倒占有七八户；邋遢人家中，还有一般邋遢和实在邋遢之分。

任斌富家，排在实在邋遢户中，而且还是其中之最。

家中邋遢的责任，任斌富要负责，但他不能负主要责任。居住的老屋，原来是村里老地主家的（老地主是他祖父）牛窠屋，屋子檐头低，时间久远，烟熏火燎，一片灰色。石灰墙壁像是上了油似的，石灰水粉上了十几遍，也难以粉白，原来的小窗小门虽已放大，却难以增加阳光；比他大五六岁的胖妻，眼睛近视，近视又不戴眼镜，在娘家时，是个娇生惯养不会做家务的娇小姐，嫁给任斌富后还是娇，养了三个孩子后，娇已经无法再娇，只能得过且过，安于现状地打发日子。队里的工分年年贬值，任斌富为使日子过得不缺吃少穿，他养猪养鸡，猪有圈栏拦着，只要喂饱它，它非常遵守纪律，可恨的是十几只鸡，在外面觅不到食时，它们就进屋，趁家人不注意时，飞到桌子上，飞到灶头上。队里人有事进屋，亲戚朋友有事探访，桌子上的鸡屎，使他们皱起了眉头；灶头上的鸡屎，使他们倒了胃口。正事难以传远，趣闻却是口口相传——连邋遢的人，也在笑话任斌富家的邋遢。任斌富曾经想不邋遢，可是他没有时间，没有精力，没有兴趣。邋遢的环境，自己虽不满意，慢慢地习惯后，也就适应了自己不满意的环境。

大人小孩年年要缝些新衣，总是把裁缝请到家中干活。裁缝在家，烦的是要供他们一日三餐。除这烦以外，不光量体裁衣方便，更主要的比把衣料送到裁缝铺做要省几倍工钱。任斌富请裁缝，裁缝师傅总是会扳着手指说，东村某家要请他去做几天，西村某家要请他去做几天，日子算下要几个月才有空闲。其实裁缝师傅在说谎话，他们嫌任斌富家邋遢，他的胖女人烹饪的手艺又极差。到他家干活，环境使他们压抑，饭食也使他们难以下咽。任斌富请不到裁缝，只得去请张宝生。张宝生是任斌富的小学同学，读书时成绩极差，学了裁缝，手艺也在同行中极差。任斌富心里不愿请的张宝生，一请就请到。

不说张宝生的手艺如何差，他有两个特点：一是他的嘴吃粗，但吃饭时，面对着拉着大便的小孩，对他一点没有影响，饭菜多少香，还是多少香；二是他肚里藏不住一点东西，他在任斌富家吃完收工饭后回家时，任斌富付了工钱恳切请他多多包涵，不要宣传在他家所见所闻的邋遢。张宝生当时一口答应，但有人与他说邋遢时，他什么都忘了，把在任斌富家所见所闻的邋遢全部端了出来。

任斌富家的小女儿坐在门槛上吃饭，他家的十几只鸡，一齐伸长了脖子盯着她的碗，她吃一口，冷不防有只鸡会到她的碗里来啄一口，她拿着筷子赶一赶，鸡们退后一步；她吃一口，另有一只鸡冷不防伸长脖子啄一口。一碗饭，鸡比她吃得多。她进屋去盛饭，她的胖妈妈还会骂她，满满一碗饭还没吃饱，你的嘴边难道接通了茅坑？

张宝生讲完，他马上嘱咐听的人，这是他亲眼所见，我已经答应我的老同学，不要传扬出去。他知道传扬了，任斌富会骂他是个不守诺言的人。为了能听一些任斌富家更多的邋遢事，听的人会说，鸡与小孩同吃一碗饭，他们也曾见过，这算不得邋遢。张宝生听后，又一切都忘了。

一天早晨，我挑了缝纫机到任斌富家，他问我有没有洗脸？我说还没有洗，于是他端出一盆洗脸水，他的胖女人递给我一块洗脸布。洗脸布黑黝黝的，我接着时，手心里油腻腻的，在脸上擦时，我闻到了一股抹桌布的味道。我洗后问任斌富，你女人是否把抹桌布拿错了当作洗脸布？他的女人眼睛不好，耳朵却很尖。对我说，这洗脸布在前天，我用碱水洗过的。搭早饭的小菜黄豆、老萝卜干放到桌子后，任斌富盛了一大钵的热粥放到了桌子上，他的女人给我盛粥，她可能怕碗龌龊，就在我洗过的洗脸水里洗了洗，揩都没揩干，就给我盛了粥。张宝生说到这里，听的人都笑开了。张宝生说你们别笑，还有更有趣的。他说我吃了一口粥，像吃了一口抹桌布的味道，炒黄豆里有几粒大的黑豆，我用筷子捡到嘴一嚼，不脆却很松——原来是一粒羊屎粒头。听的人捧着肚子笑问：张宝生，羊屎粒头是什么味道？张宝生说，羊屎粒头能有味道？当然是羊屎粒头的味道。大家不笑时，张宝生说那天我吃了晚饭回家时，由于我喝了几口酒，我对送到我门口的任斌富说：你家的邋遢是真正的邋遢，没有人家再会比你家更邋遢的了。可是任斌富这样回答我：宝生癞子（张宝生头上有几个疤），我也不想邋遢，等我发了财，盖了新房子，你要想进我的屋，我要你换了鞋子，才允许你走进来，那时，请你不要叫我“清水蟛蜞”。

任斌富的邋遢故事传了三十多年，听过这故事的，不少人已经死了，可任斌富与张宝生还活着。任斌富的女儿，秉承父命，用小车把张宝生接到了她在湖边的一幢别墅里。张宝生还没有跨进别墅的院门，院里有小花园，张宝生把嘴上叼着的烟屁股随手一扔，任斌富停下脚步，到花丛中拾起了他扔的烟屁股。张宝生喉咙痒，随口一口痰，吐到了几片如笋一样长的假山石上。进客厅时，任斌富叫张宝生换了鞋。张宝生在沙发上坐下后，见他拿着几张餐巾纸，到院子里假山石上擦着。张宝生问你在擦什么？任斌富说，我在擦你刚才吐的一口痰。

吐一口痰还要用纸巾揩，真的要讲卫生，伸一下脚，用鞋底碾擦一下就行了，有了钱就臭讲究，真正成了一只“清水蟛蜞”。张宝生咕哝着。任斌富问，宝生你说的什么？张宝生说，我没有说什么。

吕锡南

厉记茶店兼营玩麻将，茶馆的麻将是经有关部门核准经营的，有麻将兴趣的人，都可以大摇大摆进去玩一下。吕锡南是茶馆里的常客。茶馆清早3点多钟开门，习惯起早麻将的，在茶馆开张的同时，就全身心投入地玩了起来。吕锡南喜欢麻将，但他的喜欢不是动手玩，而是用眼睛看。茶馆里有两桌麻将，他每次总是坐在观看的最佳座位上，这座位能清清楚楚看到几个人的麻将牌，谁是好牌，谁是臭牌，谁的这只牌出得好，谁的这只牌出得臭，他都一目了然，但他从不开口参与，只是在心里夸奖谁运气好又聪明，应该要赢，谁运气会不好而又笨，活该要输。有时，玩麻将的人难免要为几只尴尬牌决定的输赢，而面红耳赤地争论不休时，双方都要证明自己是赢家（没有赖皮），吕锡南是旁观者清，请他来说句公道话。吕锡南被请，他从不和稀泥，谁是输，谁是赢，谁为什么是输，谁为什么是赢，说得头头是道。被他判作输的人，心里服帖，可是嘴上不饶人，会骂吕锡南瞎了眼睛。吕锡南被骂，不但不生气，反而哈哈大笑，会说一句，昨天，我判你赢时，你怎么不骂我瞎了眼睛？你真正是只小狗，只记得罚，不记得奖。厉记茶馆玩麻将的大都是固定的常客，这些人都被他判过输赢，都骂过他瞎了眼睛，他们也都被他骂过小狗。有时，玩麻将的尿急屎急，要请吕锡南代劳。吕锡南只答应给他看着麻将台。茶馆张老板说吕锡南，你有精湛的麻将手艺，玩几下赢几个钱，不是举手之劳。吕锡南说，张老板你别乱夸奖，当局者迷旁观者清。

吕锡南原是镇农具厂铁工车间的工人，农具厂破产后，由于进厂晚，工龄缺一年，条文上规定没有退休的资格，只能一次性补偿了结工龄。吕锡南回家后，给几个个体老板干过几年，原来农具厂的主人，给老板做长工，做得愁眉苦脸，心里忍受不了，就辞了职。不做老板的长工，吕锡南在家里也当不了主人。现在的家由媳妇当，媳妇是主人。知书达礼的媳妇对他说，你厂里补偿的几万元钱，省吃俭用够你生活十几年的，见你给人家当长工当得愁眉苦脸的，家里人心里不好受，你做了一辈子，还有的日子，你就自由自在地自己安排，欢喜玩什么就去玩什么，欢喜看什么就去看什么。自己女人说话不算数，儿子说话不算数，媳妇说的话是算数的，吕锡南不爱听广播，不爱看电视，爱到茶馆喝茶时，爱起了看别人玩麻将。

清早下雨，张老板见吕锡南没有来喝早茶看玩麻将，心里想，可能雨下得太大了。但一听雨声，雨并不大，张老板觉得奇怪。第二天，吕锡南又没上茶馆，张老板想他一定外出了。当玩麻将的为输赢吵了起来，请吕锡南裁判时，玩麻将的才知道吕锡南没有来看玩麻将。这时吵架吵得很凶，麻将台都翻了个身。到第六天，玩麻将的问张老板，吕锡南这个老头这么多天没有来，是否已经升天了？张老板说，他升天了，活该我倒霉，他还欠我一个月的茶钱（吕锡南的茶钱是包月的，包月的可以打九折）。半个月过去后，吕锡南出现在茶馆。张老板惊讶过后，问他今天你怎么没有自带茶具（为了卫生，吕锡南的茶壶和茶杯是自带的）？吕锡南说，我不是来喝茶的，我是来结账的。玩牌的见吕锡南来了，很是高兴，好几个人手里摸着牌，嘴里说着，这么几天没有看见你，我们大家当你死了，都在说，你死也不通知我们一下，好让我们给你送个花圈。说到死，吕锡南说，这一次重感冒，真的差一点死掉。重感冒差一点死掉，吕锡南说得夸张了，不过，这次感冒确实来势凶猛。他在床上熬了一夜后，第二天一早，就进了医院。医生诊断后，就叫他住院吊液，住了三天院后，寒热还是不退，于是验血验小便，再住院吊液了四天，医生才允许他出院，出院后一算药费，住院费、医疗费共用了1988元，一次感冒要用这么多钱，吕锡南惊吓得气都透不过来。

外号叫“书记”的阿杜不信，他说感冒一次要用这么多钱，是你在吹牛。吕锡南说，杜书记难怪别人叫你是猪脑子，谁会吹牛自己看病花的钱多，这种吹牛，不是在咒自己？这个都不懂，难怪你老是输。

吕锡南结清了茶账，张老板问他，你真的不来喝茶了？

真的不来喝了！

为了什么？吕锡南说，不为什么，是我找到了工作。张老板问他找到的是什么工作？吕锡南说，这个我暂时保密。

吕锡南走后，张老板问玩牌的，吕锡南找到了什么工作？玩牌的说，你管他找到了什么工作，做了一辈子牛马还要做，牛马投的胎。

吕锡南到底找到了什么工作？

过了十几天后，张老板才知晓。吕锡南的工作是媳妇替他找的，工作是天天到田野散步，工资就是身体的健康。

张老板想不明白，工资怎能是身体的健康？

姜陶氏

户口簿上，户主一栏中，填着姜陶氏，姜是她丈夫的姓，陶是她自己的姓。自己的姓放在夫姓之后，这是一个旧姓名。名字叫什么？有人问起过她。她说她已经记不得了。她的丈夫名叫双寿，左邻右舍，都叫她双寿娘娘。娘娘是镇上人对年轻妇女的尊称。叫双寿娘娘叫惯了，她老了，还是叫她双寿娘娘，但这个娘娘已经是祖母的意思了。

双寿娘娘独自一人住在镇上中街临街一间老房子里。老房子不高，立在她对门人家的门槛上，能看见她老房子顶上凌乱的屋瓦和肥沃的瓦花。她的老屋临街，是门面屋，自己可以开个小店，自己不开小店，可以租给人家开店。她自己不开小店，也不租给人家，门紧紧关着，谁也不知已经关了多少年，门槛已经发烂，排门像老人一样，裂出了一道道数不清的皱纹。人们见到双寿娘娘，老是那么一个造型——门半开着，她人站在门槛里，一手搭着门柱，探出半个身子，与对门人家打一声招呼，不论在什么时间，总是那么一句话：饭吃了没有？对门的回答一声吃了后，她就东张西望一会后，收回探出的身子，砰的一声关上了门。她的屋里是一个什么样子，邻居隔壁都说没有去过她家——不是不想去她的家里看看，是她一直坚决地拒绝：我家里又不是皇宫，有什么看头！砰的一声关上了门。

双寿娘娘难得出门。她的出门，总会引起邻居隔壁的一番兴趣。

她打开门，探出半个身子，东张西望观看了许久后，双脚跨出门槛，慢慢地回转身子，关上门，把铁扳钮板好，从口袋中摸出一把老式的铜锁，锁上后，摸摸扳钮摸摸铜锁，认为门已经锁上后才放心地离开，可是走不到五步路，她又走了回来，重新又摸摸扳手摸摸锁。真正是三转四回头，至几十米外的杂货店拷几两酱油买一盒火柴，她要花一个多小时。难得见到她这种举动的人，感到好笑，不可理喻，认为她有毛病。

对门的张老头说，双寿娘娘是有毛病，但她的这种毛病是什么原因引起的？张老头说，她一定是受了刺激。她受的是什么刺激？张老头说可能是她男人和儿子的事情。

日本鬼子占领了小镇后，实行了宵禁。双寿到北街的老朋友家喝酒，酒多喝了几杯，多喝了些时间，老友家离他的家只有100多米远，回家时碰巧遇上了巡逻过来的鬼子。他拔腿就逃，鬼子鸣枪示警后，他才举起双手收住了脚步。双寿被当作嫌疑分子带到了鬼子的驻地，先叫他自己脱衣服，然后把他吊了起来。第二天，双寿娘娘花了50个大洋，托了镇上的几个头面人物，费了不少周折，鬼子才把双寿放了回来。鬼子把他赤条条地吊起来，双寿发誓一定要洗雪自己的奇耻大辱。他听说20里外有一支队伍，是专门打鬼子的，他要去加入这支队伍。双寿娘娘知道自己的丈夫是说得到做得到的人，于是日日夜夜看着他。一天早晨，她看他还熟睡着，就到河边去打桶水，可是当她打水回来时，双寿已经走了，这一走，他再也没有回来。丈夫走后第二个年头，他的独生子得了伤寒，她寸步不离地侍奉汤药。医生说，再过几天，你儿子的危险就过去了，并嘱咐她，饿不死的伤寒，儿子再叫饿，你一定要有铁石心肠，不能给他东西吃。也是早晨，也是她见儿子熟睡着，也是出门去打水，可是回来时，已经晚了，儿子偷吃了一大碗隔夜的冷粥。医生虽全力抢救，最后没有救活她儿子的命。

双寿娘娘变成现在这个样子，是否受了丈夫出走和儿子死亡的刺激，这是一个猜测。

丈夫的出走，儿子的死亡，都是发生在离开他们出门打水的瞬间，悲剧发生在她离开他们的这瞬间的疏忽中。她没有了丈夫，没有了儿子，只剩下了给她庇遮风雨的老屋，这老屋会不会在她瞬间的疏忽中如同失去丈夫、失去儿子一样失去？

双寿娘娘的古怪举动，是不是由此而来？

这也是一种猜测。

老街要拆迁了，有关部门通知了双寿娘娘。

第二天傍晚，张老头总是觉得今天的生活中缺少了些什么，想了好久，才想起今天没有看见双寿娘娘倚门而望的造型，越想越不对头，叫了几个年轻人去叩双寿娘娘的门。过去一叩门，里边会发出恼怒的一声谁呀？可是今天没有声音，屋里死一般的寂静，张老头预感到发生了什么事情，他请挑水阿三破门进去。阿三只是轻轻一推，门就倒下了。卧室里漆黑一团，满屋是难闻的霉烂味道。张老头擦了根火柴，只见双寿娘娘睁着眼睛躺在床上。喊了几声，不见回答，阿三用手在她的额头上摸了摸，冰一样的冷，吓得阿三大叫：

双寿娘娘已经死了。

郎巧凤

谁家娶了新媳妇，街坊邻居的大婶大嫂总要议论一番。总是议论完眼睛有神、皮肤白净、手脚粗壮的优点后，接着就是议论什么人中太短、脖子太长、额头太低等缺点。议论到一定的时候，有人会说，别议论了，你家的小三子明年也要娶媳妇了，担心不担心人家背后的议论？这时，另外也有人会说，我们都做过新媳妇，嫁过来时，谁都议论过我们，我们不议论，这不是吃亏了吗？大婶大嫂们爆发出一阵大笑。

苏玉生的新媳妇郎巧凤嫁来的当天晚上，大婶大嫂们不是议论她的优点和缺点了，而是各人把自己得知的郎巧凤的点滴讯息，再一个一个地汇总。她们汇总得一点没有差错。

郎巧凤的第一个男人，在运河里淹死后，她带着与他生的一个女孩，又嫁了第二个男人。与第二个男人结婚后又生了个女孩，可是在第三年，这个男人又出了致命的车祸。郎巧凤又带着两个女孩，嫁了第三个男人。她与这个男人生了一个男孩。男孩刚满周岁，男人又死于心肌梗塞。她嫁一个男人死一个男人。前两个男人，一个淹死，一个轧死，怪不到她；第三个男人，吃晚饭还好好的，半夜里喊了一声就死了，公婆怀疑她有可能是谋杀亲夫，事情闹到镇政府，验尸后才确定他死于心肌梗塞。郎巧凤有了一个男孩，不再想改嫁了，经公婆一折腾，她的心凉透了，摆脱了公婆要留下他们已故儿子的骨肉的纠缠，狠下了心，嫁给了苏玉生。

议论到这里，大婶大嫂们都说，郎巧凤长得比我们都漂亮，只是颧骨太高。下边的话，她们没有说，要说就是说女人颧骨高，杀夫不用刀。说出来，做人也太不厚道了。

苏玉生知道自己是郎巧凤的第四个男人。

凡是男人，绝大多数喜欢做女人的第一个男人。做女人的第二个男人，这是这个男人娶不到女人没有办法的办法。做女人的第三个男人，这个男人知道错过了这爿女人的店，可能前边已经再也没有女人的村。做女人的第四个男人，这个男人娶她，只有这个女人是真价实货的女人，至于什么条件都能接受。

郎巧凤答应嫁给苏玉生。苏玉生无条件地接受了她带过来的三个孩子。郎巧凤善解人意，苏玉生没有想到，她却提出了，她带过来的三个小孩，都改姓你苏，都叫你亲爹。苏玉生心想，自己不费一枪一弹，有三个孩子叫他亲爹，心里好笑，世界上这种少有的便宜事，让他一个人占到了，自己一时搞不清楚这是不是自己的福气。

镇上的鞋匠，都是足残而做这个行当的。苏玉生左脚残疾，人往左倾得十分厉害，每走一步，都是像在重复广播操中同一个弯腰动作。苏玉生还是癞痢头，头上只有稀疏可数的几根毛。他还有一个不好的习惯，用一只手指在鼻孔下一擦，上嘴唇就往右一歪，几分钟重复一次，不明底细的人，误以为他的口鼻有毛病。他残疾，人又长得丑，没有女人肯嫁给他，这是他心中真正的痛。要不要娶郎巧凤，苏玉生一直下不了决心。当他热恋的独眼老处女明白地对他说，她嫁给他，要等她的老娘死后。老太太身体健康，说不定还能活上十年二十年的，再过十年二十年，我苏玉生成了个老头子，老头子娶了媳妇还有什么用？于是他斩断了与独眼老处女的恋情，答应娶郎巧凤，也答应了郎巧凤提出的一切条件。

猛一下子一家添了四张口，苏玉生夜里加班加点地工作。

郎巧凤真正是个好女人。苏玉生的衣着光鲜了，人也白净了不少。苏玉生喜欢吃鲜豆浆，但鲜豆浆只有在天明之前，镇上的豆腐店才有得买。郎巧凤风雨无阻，天天起早，她打了豆浆后，再买上两根热油条，回到家，苏玉生刚刚起床，她立即给打好洗脸水，催促苏玉生洗脸后吃早点。苏玉生吃着豆浆油条，她坐在一旁看，比自己吃着还开心。苏玉生刚吃完，她又递上了热毛巾，给他擦嘴擦手。苏玉生要上街，她回回要与他一起去，她在左边与他并肩走，他的左手搭在她的肩上，她真像一根人肉活拐杖；有了她，走路不像独自走路那么累，也减少了他独自走路的怪模样。苏玉生欢喜她与他一起上街，他自己长得丑，郎巧凤长得漂亮，她前头虽有过三个男人，这三个男人都死了，死了的不算，他现在是她的第一个男人，一起逛街，可以借郎巧凤风光一下自己。在苏玉生的鞋店走过，经常能见到郎巧凤在为苏玉生按摩捶背。镇上不少男人眼红苏玉生的神气，都说出了心里话：娶到的女人能像郎巧凤一样，我娶她之前，她嫁过十个男人也没有关系。郎巧凤与前夫所生的三个子女，开口叫苏玉生爹，闭口叫苏玉生爹，看着这一家子的亲热和谐，街坊邻居没有一家不眼红的。郎巧凤给苏玉生生了一个男孩后，家里的负担更重了。经居委介绍，郎巧凤进了镇办的纺织厂。郎巧凤上了班，苏玉生更加忙了，要买菜，要烧中饭，还要管小孩，白天家务事干多了，鞋店绱鞋子的工作只能晚上干。郎巧凤也学会了绱鞋，晚上，她与苏玉生一起绱。

日子过去了 18 年，郎巧凤嫁了前夫的两个女儿，又张罗着给前夫的儿子娶了媳妇。可以轻松一下了，想不到，一直健康的郎巧凤却病倒了。苏玉生到处给她请医治病，可病不见好，像是越治越重了似的。她知道她得的是绝症。她握着坐在病床上陪着她的苏玉生说：我嫁给你，我是在几百个男人中挑的，挑来挑去，最后才挑中了你。

苏玉生说：你别开玩笑。

郎巧凤说：人将要死了，谁还开玩笑，我说的是真话。

苏玉生说：我是个丑八怪样的残疾人，女人见了避之唯恐不及，还要挑我？笑话年年有，真正今年特别多。

郎巧凤说：我挑中你，就是因为你是丑八怪样的残疾人。我死了第三个男人后，我去算命，算命先生说我的颧骨高，再嫁男人，一定要嫁一个命比我硬的，假若你不嫁个命比你硬的，你嫁一个男人要死一个男人。我问算命的，怎么能看出命的硬与不硬？算命的对我说，最好嫁一个残疾的，人又长得丑八怪似的男人。我信了算命先生的话，于是我从男人堆里挑，挑中了你。我挑中了你，但是我没有想到。郎巧凤说到这里，哭了。苏玉生给他抹了眼泪。她说：我没有想到你的良心会这样好。我还有一个遗憾，给你的不是处女的身子，这个只能等到来世了。

三天后，郎巧凤死了。

苏玉生没有送她最后一程，郎巧凤咽下最后一口气时，他也病倒了，就躺在她隔壁的病房里。孩子们怕他伤心，加重他的病情，没有放声大哭，约好似的只是一起抽泣着。

鲁书杨

朝阳服装店有两开间门面。两开间门面的服装店，在有几十爿服装店的北街，就只有一家。服装店老板鲁书杨，是个镇里的劝退干部。在镇里当干部，是不凭什么能力升降，也不讲什么政绩提拔的，只要你不犯错误，几十年下来，一定会光荣退休的。干部当了几年，当了十几年，突然不当干部了，这一类干部，镇上人叫作下台干部。究其下台的原因，不是乱搞男女关系，就是贪污受贿。当然同样也有乱搞男女关系、贪污受贿而不下台的，调一个地方继续当他的干部，这是官场内幕，是无法用一两句话说得清楚的。

鲁书杨的下台，镇上传说因为是乱搞男女关系，但鲁书杨矢口否认，说他的下台，是被排挤下来的，乱搞男女关系只是排挤他的借口。他说他当干部那几年，除了自己的女人，其他的女人不要说在床上做戏，就是气味都没有闻到。鲁书杨说的是真话还是假话，已经无法证实。但是鲁书杨下台前后，镇上传说着的他的男女关系的故事，因其不同于一般的千篇一律的男女故事，虽是事隔多年，不少人还能清楚地记得。

那时鲁书杨在镇里当民政科副科长。农村里一年有夏收夏种、“双抢”（抢收抢种双季稻）和秋收秋种三个大忙季节。大忙季节，镇里的大小干部都要下乡到一个生产队里与社员同吃同住同劳动。“双抢”特别紧张，假使耽误了抢种的时间，后季的水稻赶不上季节，将会颗粒无收。镇干部所在的生产队不能在镇里规定的时间内完成“双抢”，镇书记会不留情面地拿这干部是问。镇干部谁也不敢怠慢。鲁书杨所在的柳庄生产队，由于队长的巧妙安排，再加上出工率高，估计可以提前三天完成镇里规定的“双抢”期限，鲁书杨很高兴，心想表扬不到，该不会挨批评了。在插队里最后一块水田的秧时，鲁书杨不小心陷入了一条没过膝盖的深沟中。“双抢”时为防止烈日的曝晒伤了皮肤，天再热，下田时都穿着长裤和长袖子的上衣。鲁书杨的长裤全是泥水，穿着十分难受，他就把长裤脱了，丢在田埂上。鲁书杨插秧不及社员插得快，不一会，大家把穿着短裤的鲁书杨抛出了好长一段距离。鲁书杨听着身后的社员在吃吃地笑，过去，社员常常要开插秧插得慢的鲁书杨的玩笑，在他左右的社员，有时要捞得他身后没有一把秧，有时要把他们多余的秧苗全部抛在他身后，他当是他们又在开他这样的玩笑了。他回头一看，一把一把秧苗不多不少间隔着一定的距离，不是在开玩笑，他们在笑什么？

队长的女人阿凤嘴快：鲁科长，你怎么穿着一条女人的短裤？

鲁书杨一看，是一条女人的短裤。

鲁科长，你到哪里去穿错了？

有几个女人在悄悄地说：他穿的裤子是王瑞英的，她常穿着这条短裤睡在门前的藤榻上乘凉。

王瑞英是大队唐书记的女人。

社员们在七嘴八舌议论时，队长破口大骂：你们的眼睛里屙了苍蝇屎，满嘴喷粪！队长骂人的意思，大家听得明白，秧田里顿时鸦雀无声。鲁书杨走到田埂上，拿起长裤，在清水沟里搓了几把，穿到了身上，他一声不响，回到了镇上。鲁书杨在家里洗刷干净后，用报纸包着那条女人短裤交给了镇书记。镇书记说：王瑞英的短裤穿到你身上，你说你没有干那个事，这话说给谁听，谁都不会相信，你说你是无辜的，你无辜不无辜，等我调查了再说。

一个月后，鲁书杨从民政科调到工业科，工业科有 4 个副科长，他是第 5 副科长，具体负责塑料厂农药喷雾器的外销工作。外销工作，要经常往外跑，跑的地方都是乡镇，交通不便，距离虽只有几十里路，一天不能来回，要住上一夜。一天，他到江边的一个小镇供销社订了喷雾器的合同，部门经理招待了他一顿，酒多喝了些，回到栈房里，已经不省人事。天明醒来时，他的旁边睡着一个女人，他吓得不知怎么办时，进来了栈房的老板和那女人的男人。那男人不由分说，抽了鲁书杨两记耳光后，又大骂自己的女人是婊子，偷男人偷到了他的眼皮底下。女人一句话都不说，只是呜呜地哭。男人痛骂了自己的女人后，一只手揪住了鲁书杨。栈房老板怕打出人命，劝住了双方。老板问鲁书杨怎么回事时，鲁书杨回答真的不知道，醒来才发觉有人睡在旁边。男人揪住鲁书杨不放，要讨个说法。这时他想起听说过的男女勾结，叫女人勾引男人，在关键时刻，她的同伙破门而入勒索钱财的事，今天自己是否也陷入了这个圈套？只要女人不说出真相，事情就难以有真相。求女人说出真相，女人会说出真相吗？为了使自己早早脱身，鲁书杨问他，你要有个什么说法，是否要钱？那男人一听说钱，给了鲁书杨一记耳光，并给了他一句去你妈的钱。这时，栈房老板报了警，派出所来了两个警察，把鲁书杨和那一对男女，请进了派出所。处理结果，鲁书杨罚款 2000 元，鲁书杨觉得很冤，问那个女的也罚款吗？回答说，也是2000元。鲁书杨身边的现金不够，民警说，你别愁，我们打电话通知你的单位，你单位会有人来交罚款后领你回去的。回镇后没几天，镇里几个主要领导给了他一条体面的退路——辞职。

没有把镇干部当下去，鲁书杨一点不后悔。他辞职开了爿服装店，几年中，赚了将近50万元，并且有了一个红粉知己，比他年轻将近20岁，养在城里，每次进城批货，他就在她那里住上一宿，这是镇里一般干部做不到的事情，但他对王瑞英的短裤怎么会穿到自己身上，那栈房里的女人怎么会睡在自己身边，他一直想不明白。他曾对天发誓：我真的嫖了那两个女人，遭五雷轰顶，不得好死。但是鲁书杨已经落后了时代，现在的人已经没有几个人相信，对着天发誓或者罚咒什么的了。

苗　茂

“荡空”，是镇上人对上面摸不着天，下边踏不到地，好像悬在半空之中，事情得不到落实的称谓。苗茂小名“荡空”。这小名取得叫起来使人的心里悬乎乎的。只要稍微动一下脑子，可取的小名有成千上万，为什么要偏取这怪怪的“荡空”？苗茂的父亲苗革里说，这是一个为了不要忘却的纪念。纪念什么？苗革里说，三岁死了娘，真正是说起来话头长。

苗革里，是居民户（城镇户口），在镇办的纺纱厂当机修工。那时居民户与农业户（农村户口）相比，有得天独厚的优势。只要是居民户，不管你有文化没文化，有能力没能力，有背景的和运气好的，能分配到国营单位工作；没背景的，经过努力，可以分配到大集体单位工作；运气差的，也能在镇办单位得到一份工作。他们每月有工资发，买米、买油、买煤，只要一张居民购货证，而且还有星期天。农村户口的则是一刀切，只能鸡一样，在泥土里草丛里啄食，啄多了，你多吃；啄少了，你少吃；啄不到，你只能没有吃。关于婚嫁问题，居民户口的男女，只在居民户口之间找，哪怕是门不当户不对，也能很成功地凑合。一个玉树临风的小伙子，娶一个歪瓜裂枣似的大姑娘，如此的不般配，这种结合多的是。虽是不般配，镇上人笑话说：吹熄了灯在床上演戏，丑陋和美丽，是没有分等的。假使你娶了一个农村户口的，将会给你带来没完没了的烦恼。

苗革里娶了农户姑娘史东秀，他的烦恼，由此而产生了。

史东秀户口所在的生产队，地少人多，为了减少人口压力，队里立有一个规则，队里只有嫁出一个姑娘后，队里的小伙子才能娶进一个媳妇。村规民约是很有约束力的，好多年来，大家都遵照着这条规则办。史东秀嫁出去了，队里一个小伙子的媳妇娶进来了。娶进队里的媳妇的户口迁进了队里，可是史东秀的户口没有迁出去。队里的压力都压到了队长的肩膀上，队长几次三番催促史东秀的父母，马上去办他们女儿迁出的手续。史东秀的父母说，听说女婿苗革里正在设法办。过了几天，还不见苗革里来队里办手续，队长急了，到镇上纺纱厂找到苗革里。苗革里对队长说：农业户口是不能迁入居民户口的，这是国家规定的，史东秀迁不进居户，叫我把她往哪里迁？队长你给我想一个法子，史东秀从你队里迁出后，只要能找到一个迁入的地方，我一定跪下来给你磕三个响头，叫你一声爹。队长说，我是来催你迁出的，至于史东秀迁入什么地方，这是你的事情。苗革里说，没有地方迁入，镇里的领导说了，你们是没有权力把她迁出的。队长说，你别拿镇里领导的话来压人，这话是镇里哪个领导说的，我把史东秀的户口迁入这个领导家里，你敢说这个领导是谁？苗革里说，是马书记。马书记是镇里的党委书记。苗革里见队长不说话，接着说，假使你能把史东秀的户口迁到马书记家里，马书记是县城户口，我苗革里给你磕六个响头，叫你一声爷爷。队长骂了一声“街痞子”。“街痞子”是对镇上老油条的称谓。苗革里给队长骂了“街痞子”不但不恼，反而很开心。是呀，对难以办到的事情，只能“街痞子”一下。

可能是马书记的干预，史东秀的户口一直待在她娘家，不过队里的优惠分配被一律取消了，她像一个死人的牌位，有个地方放置一下而已。

结婚的第二年，苗革里和史东秀生了一个儿子。

苗革里知道国家有条文规定。儿子只能报史东秀户口所在地的户口，但他不死心，拿了出生证，到居委去领准入证。居委的鲍主任说，苗革里呀苗革里，你知道新生婴儿的户口只能跟他娘走，到我这里来胡闹，我正忙着呢。苗革里叫她想个法子。她说法子是有，把你的孩子去送给其他城镇上不会生育的父母，他们能给你的孩子报上城镇居民的户口。鲍主任是个老干部，干部老了，也成了老油条。老油条的苗革里面对老油条的鲍主任，嘴皮磨了几下之后，无奈地说了声再见。鲍主任很礼貌，叫苗革里以后有时间的话，常到她这里来坐坐。苗革里没有去找队长，他知道史东秀的户口还没有迁出，又要报入一个新的户口，不要说队长绝对不会答应，就是他答应了，队里的社员也绝对不会答应。苗革里又去找了马书记。马书记说，为你女人户口的事，队里人联名写信到县里，说我包庇你，怀疑我收受了你的好处。幸得我是照政策办事，奈何我不得，但我的压力不小呀，你叫我打个招呼，那队长会听我的招呼吗？马书记的双手在苗革里面前一摊，脸上一副爱莫能助的表情。

孩子的户口报不了，就没有户口，没有户口就没有粮、油、糖、煤的供应。有朋友提醒苗革里，你是否可以出些钱，到史东秀的队里去买一个户口？遵照朋友的话，苗革里约见了队长，他请队长开个价，在你队里报孩子的户口要多少钱？队长说，假使出钱能报户口，连史东秀在内，共有两个户口，你要出两个户口的钱，你出得起吗？苗革里试探着问，一个户口要多少钱？队长说

5000 元。苗革里伸了伸舌头，自己一个月的工资才 30 多元。队长见苗革里伸舌头，对他说，与你开个玩笑，买卖户口要吃官司的。苗革里绝望了在史东秀户口所在的生产队能报上儿子的户口，几次三番到县里有关部门上访。主管部门的领导接见他后，叫他回去耐心等待。他还给省政府写信、中央写信，可是每封信都是石沉大海。

一天，马书记请苗革里到他的办公室，先是骂他像一个小丑，跳跳蹦蹦跳到了县又跳到了省，在省里跳了还不过瘾，竟然跳到中央去了。骂过后，马书记对他说，他与镇长研究过了，假使你同意，把你老婆史东秀的户口先迁入镇里的地多人少的河西村，史东秀迁入了，再把你儿子的户口跟着报下去。他已经与河西村的韦队长协商过了，只要河西村生产队的社员没有意见，立刻可以办手续。苗革里等了一个多月，没有听到一点信息。他急了，找到了韦队长。韦队长说，队里在几年中接收了 10 户人家 30 多个人的户口，他们的户口迁入时，都保证只要供应口粮，队里其他的分配一概放弃，可他们的户口一迁入，却什么都要，稻草都不放弃一根，因而队里立下条规矩，准许外来户迁入生产队，要全队 18 岁以上的成年人进行表决，只要一个人不同意，就不准迁入。为你女人史东秀户口迁入的问题，队里表决了，不是在你面前说我支持你，表决结果，只有我一个人同意。

苗革里给儿子报户口时，取的姓名叫苗茂。现在，在韦队长那里报不上户口，在他女人那里也报不上户口，愤怒之中，给儿子取了个“荡空”的小名。

小名一般只是在亲属之间称呼，可“荡空”的小名，在镇上却人人皆知。

“荡空”落实户口，在他 10 岁的 1983 年，那时户口已经并不重要，有个关系就可以报上。苗茂上了户口簿。“荡空”的小名也就慢慢淡出，见了他，都叫他苗茂了。

苗茂 30 岁那年，他与比他大 4 岁的妻子离婚。离婚前，一个比他大 10 岁的富婆答应嫁给他。可是等他一离婚，这个富婆又有了新的恋人。苗茂给人淡忘了的“荡空”小名，又给好事者挖掘了出来。

“荡空”的意思没有变，只是故事不同而已。

潘 高 元

镇上嗜酒的人不少，有人嗜酒如嗜女人，有人嗜酒如嗜河鲜，有人嗜酒如嗜搓麻将打纸牌，但是嗜酒如命的，就只有潘高元一人。潘高元说他母亲对他说过，他出生后三个月，就能喝家酿的十月白酒一盅，以后酒量逐月增大，有时连奶都不喜欢吃，只喜欢喝酒。那时粮食有富余，喜欢喝口酒的父亲，一年要自酿上千斤糯米的酒。上千斤糯米能做上千斤的喝了不会大醉的好米酒。米酒喝完了，再酿上千斤糯米的酒。潘高元背靠着父亲这口大酒池，有喝不尽饮不完的好酒。潘高元成家以后，父母死了，粮食统购统销了，这顿吃干的，下一顿吃稀的，都要讨论研究，家中已经没有一粒剩余的粮食可酿酒。一天不能没有酒的潘高元挣扎在酒荒中，只能到黑市上寻找酒源。

黑市上的酒，与粮食搭上些关系的，有地瓜酿制的白酒，有糠粞酿制的白酒，与粮食搭不上界的白酒有用酒精（乙醇）兑水而成的白酒。这些酒干燥烧人，入喉时如一团带浓烟的火。家酿的米酒，喝了不光舒服，头脑会比没有喝时更加清醒，而且浑身充满活力。黑市上的白酒，喝了浑身的筋骨像是要散架，趟一条笔直的大路如走一条曲曲弯弯的小路。尽管如此，这些劣质的酒和假酒，满足了难以忍受的煎熬似的渴望。潘高元在渴望的煎熬中，他说酒瘾犯的时候，有时喝毒酒他也愿意。黑市上的劣酒假酒，价格高得惊人。潘高元喝光了家中的积蓄，甚至把自己女人唯一的首饰，定亲时做纪念的一只金戒指，悄悄地去换酒喝了。一向对潘高元喝酒无奈和宽容的他女人阿英，发觉他把定亲纪念的金戒指也偷出去换酒喝了，她恍然大悟，酒已经成了潘高元的唯一，至于她和女儿，在他的眼中已经不如一杯酒了，顿时心灰意冷，对他彻底地绝望了。为了自己和女儿的日子还要过下去，她把她认为值一些钱的东西，存放到了娘家，在经济上对他进行彻底封锁。对自己的男人没有希望的女人，意志的坚强和感情的冷漠，会超出常人的想象。潘高元酒瘾难熬时，求她给他几角钱。她会露出一脸吓煞人似的笑，对他说：你几时给过我一分钱？我一个女人家，哪里来的钱？你有钱，你去浸在酒缸中，做你中学实验室大瓶中浸在酒精中的标本。潘高元没有钱喝酒。没有钱，但酒还是一定要喝的。潘高元开始借钱喝酒。一个月不到，东家婶婶那里，西家好婆那里，南家叔公那里，北家伯伯那里，凡是他认识的镇上人，他都借过钱。借给他钱的，都知道潘高元借钱是为喝酒，并知道他喝酒已经喝得快倾家荡产了。借给他酒钱，这钱如同丢在大河中，钱丢在大河中，还会溅起一朵水花，借给他钱，水花也不会看见一朵，但钱还是借给他了，一是给他一个面子，也给自己一个面子，不过他开口借两角，只能借给他一角，开口三角，也只能借给他一角，权当请他喝盅酒，这次借钱，是第一次，也是最后一次。潘高元借钱喝酒喝到镇上没人借钱给他时，有时酒瘾上来了，也顾不上自己羞耻了。

镇上的酒店里，常常有上街的几个乡下人碰到一起，要到酒店里去小乐惠一下，我打几两酒，你买几个冷菜，聚在一张小桌上开开玩笑，吹吹牛皮。这时，潘高元会到他自己认识的喝酒人那里搭讪几句，只要有人对他客气一声：老高，要不要喝一口。潘高元把客气当作福气，他从没有说过不要，回回是要，坐下去就喝。潘高元不是干部，吃白食可以不还礼，一次一次吃下去，不长的时间，酒店里的人一见到潘高元出现，与他熟悉的人如同见了鬼一样，都埋下了头，怕他看见了来寻找麻烦。酒店的杨经理，一见到潘高元，赶又不好赶他，说又不好说他，蹙起眉头竖着脸，脸阴得像要落冰雹的天气那样难看。

队里分的稻谷，阿英囤在大门前的栈条里。阿英没有急着把稻谷去碾米，是为了怕家里米多了，潘高元会把米偷出去换酒喝。稻谷囤在栈条里，时间久了要受潮，她见太阳好，要挑出去晒一晒。她把栈条里的稻谷用畚箕畚到箩筐里，当她畚到第三畚箕时，畚不到稻谷，用手一摸，里边是一捆稻草。她顿时明白，潘高元偷了家里的稻谷去换酒喝，怕稻谷少了被阿英发觉，用稻草垫到了里面。阿英已控制不住自己，不管有人说她是是非非了，她大哭着走在街上。女人在街上边哭边走，大都是家中死了亲人才会这样。大家诧异，难道是她的酒鬼丈夫潘高元死了？一会儿，只见她从酒店中拎着潘高元的耳朵走出来，她骂着：偷了家中的稻谷，你卖了喝酒，走，我们到镇政府民政科去离婚！

街上闲人的言论都倒向阿英，都说，阿英要离婚，怎么想到今天才去离？人是早死早超生，阿英是早离早解脱。

婚没有离成。

但阿英很满意，民政科包括科长在内的几个干部把潘高元骂了个狗血喷头。潘高元跪在阿英面前求饶，并发下了毒誓：我再吃酒，一定像只狗一样，跌在茅坑里淹死。

下午，三点多钟，镇上发生了一件大事。潘高元买了一大瓶墨汁，泼到了镇中心最热闹的地方的领袖巨幅画像上。最恶毒的是，领袖的一双炯炯有神的眼睛给墨汁泼得没有了，成了两团大墨迹。这是镇上从来没有出现过的现行反革命事件。

革命群众把潘高元揪到镇政府时，武装部部长说：潘高元，你是不是喝醉了？

潘高元说，我没有喝醉。

邻镇有人用针刺了一下领袖相片上的眼睛，以现行反革命罪判了八年。阿英到武装部的关押室来看他时，潘高元说：

对不起你和孩子，我是个废人，家中有我和没有我对你来说是一个样子。我的罪比邻镇的针刺事件还严重，起码要判上十年。我想在里边十年，我的酒一定会戒掉的。

阿英只是哭，不知说什么好。

探望的时间到了，她问潘高元：

这十年里，你真的能把酒戒了？

戚 洪 山

定居在镇上的外地人，不少人没有固定的工作。没有固定的工作，就没有固定的收入，经常求助于镇政府，要求解决他们家庭的经济危机。镇政府拿不出钱。他们要求工作，可镇上就只有供销社、碾米厂、农具厂几个单位。这几个单位的人员，早就已经超编。镇政府没有办法时，想出了没有办法的办法，把他们迁插入生产队，求助土地给他们一个温饱。迁入生产队的大部分人，从来没有拿过锄头铁耙，什么农活都不会干，他们只能像起房造屋时做木匠瓦匠手下的小工，整天在老农民的差遣下工作，按劳取酬，他们的所得只有一般社员的七折、八折。一年的实际收入与在镇上没有固定工作时的收入差不了多少。镇政府卸下了这背上沉重的包袱后，不是不再理会这些包袱，每到年底，不忘记会给他们意思一下，发放些救济金，安慰他们说生根发芽时，肯定会遇到许多困难，当树苗长成大树后，你们每个人都会有一片自己的树荫。

戚洪山全家虽然插迁了苗庄生产队，但他还像在镇上一样，主要靠镇政府的救济金过日子的。戚洪山年轻时靠摸鱼为生。天热时，光着身子下河摸鱼，天冷时，穿着皮衣下河摸鱼，30 岁过后，得了严重的走路时要用拐杖的关节炎，还有整天气喘吁吁的气管炎。戚洪山结婚晚，结婚后三年，关节炎和气管炎可能与生育不生育无关，三年生了三个儿子；老婆又是个发育不健全的矮女人，三年三胎，亏了身子，面黄肌瘦，做一些家务事，常常会觉得头晕。苗庄生产队的队长吴晨法，见这对夫妻插到他的队里，大骂镇政府的干部，这是做出的断子绝孙的事情。吴晨法十分照顾戚洪山，秧板上落谷了，叫他拿只铜盆去赶赶啄谷子的麻雀；队里种了瓜，搭起瓜棚后，叫他到瓜棚看看瓜，但不是一年四季都有麻雀赶，有瓜看的，一年四季不断的是挑担、翻土、收割、播种等繁重的体力劳动。这些体力劳动戚洪山不能干，只能看。看是不记工分的。社员们是在年终按工分分配口粮、柴草的，扣除口粮、柴草，余下的分给现金。戚洪山没有工分，分不到口粮，分不到柴草。队长吴晨法对他说：我这个队长做不了主，假使我把口粮和柴草分给了你，你这口粮、柴草的钱已经核算在分给社员的现金中，家家急着现金用，你要口粮三天之内你交现金来，过了三天，实在对不起，我们只能卖到粮站去，你以后慢慢再到粮站把口粮买回来吧。戚洪山通情达理，不怪队长，不怪社员，以后每月到镇政府的民政科领取救助金后，用粮卡把口粮一个月一个月地买回来。从镇上的粮站到苗庄有三里多路，戚洪山每次买粮都要请人帮忙，事情又烦又累，他十分希望有一天口粮能直接送到家。

队里没有戚洪山干的活，他常到离苗庄一里多路的大队部去坐坐，与赤脚医生聊聊天，咨询咨询关节炎和气管炎的医治。大队部的门常开着，谁都可以进去坐坐。赤脚医生忙时，为不影响她的工作，他就到办公室看看报。大队部有两份报，一份《人民日报》，一份《新华日报》，那时报上经常登载英雄人物的事迹，有的人在暴风雨中抢救集体的财产，被急流卷走牺牲了；有的地方山林大火，英雄为扑灭大火，使集体的财产少受损失而不惜用身躯去扑火，终因伤势严重，也不幸牺牲了。一次大队黄书记在办公室里，戚洪山看了英雄的事迹后，请教黄书记：抢救集体财产的英雄牺牲后，假使英雄上边有老人，下边有小孩，这些老人、小孩今后的生活会怎么过？黄书记说，英雄牺牲，他的父母、子女的生活这还用愁，当然由国家和集体负担，听说老人可以负担到死后，小孩可以负担到 18 岁，到他们能够自力更生为止。黄书记说到这里，开玩笑地说：戚洪山，你是不是也想做英雄？

戚洪山回答：只是随便问问，我戚洪山，一阵不大的风就能把我吹倒，有做英雄的机会，一定轮不到我。

生产队里种的是双季稻。当时流行着这么一句称赞双季稻的话：两个矮子高过一个长子。双季稻两季的粮食产量比单季稻高些，但从成本上算，双季稻要远远超出单季稻。以粮为纲，成本再高，也要种双季稻。双季稻收插时，叫作双抢（抢收抢种）。双抢时，正值高温季节，增加了抢收抢种的艰巨。双抢，也是戚洪山气管炎的发病时，他一天到晚坐在竹椅子上喘气。喘得难受时，他恨不得自己立即死去。双季稻的稻子脱粒后，要立即晒干归仓，不晒干，堆在一起，在湿热的天气下，谷子要霉变或出芽。生产队的晒谷场上，每天都晒着一场谷子。夏天的雷雨说来就来，说去就去，负责晒谷的几个老人，十分担心小孩子脾气的老天爷，会在毫无准备的情况下，打起雷下起雨来。

午饭过后，天气又闷又热。这样的又闷又热，已经好几天了，谁也没有料想到，天会突然打起雷，下起暴雨来。往日下雨，总是雷打过后，乌云在天边酝酿一阵，大风吹起，乌云才会裹挟着暴雨而来。今天，雷、风、雨是一起来的，晒谷的老人喊救命似的喊着收谷子，雨已经下来了。戚洪山的住所离谷场只有几十米远。他听到喊抢谷子的叫声，他一点不急，心想，谷场上的谷子我又没有份，给雨冲光了与我没有关系。当听到雨声中一片抢谷子的声音，他坐不住了，戴了一顶破斗笠，忘了自己的关节炎和气管炎，顶着雷声和大雨奔向谷场。当他奔到谷场的人群中，淋湿的谷子已经堆成了几堆，社员忙乱而无用地用稻草盖着谷堆。

这时，只见从天上鞭下一条白光，接着惊天动地轰隆一声。

社员们喊着天打了，拥挤着慌忙逃回队屋中。

雷声过后，雨中弥漫着一股焦煳味。

队长眼尖，只见雨中有人扑在谷堆上。

是谁呀？

这时谁也没有想到是戚洪山。队长喊着扑在谷堆上的人，快起来，淋湿了雨要生病的，叫了几次，扑倒的人不起来。有人说，是否让天打（雷击）着了。队长走到谷堆边，一见扑在谷堆上的是戚洪山。

他奇怪他怎么会来抢场，他绝对不信世界上有这么巧的事，一个雷会把难得到谷场的人击中，当是他被雷声吓昏的。这时，来了几个队员把戚洪山扛到队屋里，仔细一看，只见他额角上有个小洞，摸摸额头，还有热气，可在他的鼻子和嘴上试了几下，已经没有气了。

戚洪山真的给雷击中死亡了。

在大队蹲点的县里的副县长听到这个消息，赶到苗庄生产队。当他听到戚洪山被雷击中后，合扑着死在谷堆上，是不让雨淋湿谷子的姿势，大受感动，当场定了调子，说戚洪山是因公殉职的。镇里好久没有发生如此能够引起轰动的事迹了，镇书记、社长带着广播站站长、报道组赶到苗庄。第二天，镇广播站、县广播站都广播了戚洪山因公殉职的事迹。

第三天戚洪山火化后，在镇里的大会堂，开了一个隆重的追悼会。

秋后，队里分口粮，队长带着头，把口粮挑到了戚洪山的家里，戚洪山的女人哭着说：

这是我家洪山用命换来的。

麻雪亮

在镇政府当科长时，麻雪亮在街上走，熟人对他打了几下招呼，他才会“嗯”一下，然后点下头，急匆匆地走了。退休了，在街上走，要不自己先给人打招呼，连擦肩而过的熟人，只当是没有看见他，招呼了，熟人会说，我光顾着看前面，没有留心。下边的一句话，就是问麻科长吃了没有？上午十点钟，问的是吃了没有；下午三点钟，问的还是吃了没有。他们这样问，好像是担心他没有饭吃。麻雪亮想想好笑。笑过了，他觉得没有什么好笑的，人们只是在敷衍他。

上街本想与人聊聊天，难得有人与他聊，麻雪亮也就很少上街。

外甥平平要吃豆腐花，而且想到吃立即要吃，不得有片刻的拖拉，要拖拉的话，就不给你好脸色看。平平的脾气，总是使麻雪亮想起镇里那个提拔他当科长的石书记。石书记说有风，麻雪亮就要马上扯篷；石书记说有雨，麻雪亮就要马上打伞，一分钟都不能耽误。没有石书记，麻雪亮到退休还一定是个小科员。麻雪亮看了看外甥拉长的脸，说了声我的小石书记，搀着他上了街。

刚在街角的豆腐花摊头上坐定，卖豆腐花的老太打量了几下麻雪亮，问他是不是麻老二？麻老二是麻雪亮的小名。很久没有人叫他的小名了，听了虽是别扭，他还是点了点头。老太白白胖胖、聪明伶俐地夸奖几句平平，说麻老二你好福气，孙子也这么大了。

麻雪亮说：不是孙子，是外甥。

老太说：是外甥的话，你的福气更好了。

如何更好，老太没有说，麻雪亮却听得高兴——他的女婿有兄妹三个，就他的女儿生了个男孩。

对福气，麻雪亮一直没想过。老太一说他福气好，他确定自己的福气是不错，媳妇在去年生了龙凤胎。由福气想到工资，工资就是俸禄，现在退休了，工资还有5000多元一个月，假使奖金都算上，每月的俸禄还不止这么多。在小镇上，这俸禄不能说在万人之上，也算是在千人之上了，该知足的了。由俸禄再想到寿，寿其实是说一个人能活上多少年。他很准确地算了算，父母都只有活到60多岁。祖父母也只有活到60多岁。外祖父母，活到60岁出头一点，与现在的自己差不多大。他们活得都不算长寿，为什么不活得长一些呢？是不是基因的关系？一想到舅舅，都80岁了，人健得还像只有60多岁。他继而一想，像是听母亲说过的，他的舅舅是“野猫头”（领养的）。

一想到这里，麻雪亮有些忐忑不安，不愿多想下去了，他对自己有些不自信起来。第二天，他带了医保卡到县人民医院，彻底做了检查，一切正常后，他才放下了心。回家后，他的女人问他到哪里去了？他没有说是去体检的，他只说去城里看了一部电影。

从此，麻雪亮与人说话，说到福、禄、寿时，他不忘强调，寿是最重要的，没有了寿，还有什么福、什么禄！听的人在赞同的同时，有的人夸他人结实得像石硌礴，活上八九十岁没问题，他知道这是在拍他的马屁，但他心里是蛮开心的。当有的人说，子女的寿命与上一代长辈大有关系时，他知道这是科学的基因说，但心里总是要咯噔一下。

人总是希望自己身体健康，能活得长寿一些的。为了有好的身体，能更好享受这太平盛世的风花雪月，天天傍晚，我要到镇郊去散步。近段时间散步，常要遇上麻雪亮。麻雪亮退休前是镇里的科长，镇上人称呼做过干部的人，总是叫他在任时的职务的。我叫他麻科长。散步同行时，他没话找话，总要与我说上几句：“你每天走多少路？”

“两三公里。”

“听到没有，马老三走了？”

“听到了，是‘中奖’走的。”

镇上人把得了癌症的人称之为“中奖”。

“与马老大、马老二一样，是肝癌。”

“他们的父母，也是因肝癌走的。”

“这样说是基因？”

“不能一概而论。”

“是呀，不能一概而论。”

麻科长非常赞同我的说法。晚秋，我与几个能说话说到一起的老朋友，租了一辆小面包车，到皖南的几个古镇去休闲一下。小面包车七座，我们只有六人，可以增加一个，我问麻雪亮去不去休闲？他说他没有退休前，经常出去休闲，退休后还没有出门休闲过，想休闲已经想得很久了，一直没有机会，有这个机会，当然乐于参加。

麻科长到底是经常出过门的人，特别是在购买纪念品方面，他一人的经验，我们六个加起来，还赶不上他。他10元钱可以买3条女人炊事时穿的花色围裙，我30元钱买了两条，还以为买得十分便宜。游伴说可能是布料不同，结果一比对，布料是一模一样的。向他讨教经验，他笑着说，还价要狠。问他如何狠，他牙齿一咬，只给大家一个高深莫测的笑容。买纪念品，大家都想买得便宜，要买的人在购买时，请他去杀价，10元价的，他一开口就杀成2元3元的，杀得摊主只得笑脸送客，要买的，跟着他半天也买不成一件。

在一个牌坊很多的古村，我们都在拍照留影时，只有他一个人，到一个小摊上买什么去了。大家拍完照，他还是在小摊前。我去催他来拍，对他说，快吃中饭了，拍了照再来买。催了很多次，他仍在小摊前讨价还价。大家以为他是不想拍，就没有再去催他。

吃中饭时，我说麻科长你又买到了什么便宜的东西？他乐呵呵地从包中掏出两个石刻的古装的老头像。大家问他多少钱？他请大家猜。因为是石刻的，大家认为不会太便宜，有的说50元一个，有的说80元一个。他呵呵地笑了笑，说20元钱一个。大家祝贺他又捡了个便宜。

麻科长坐在我旁边，我拿过老头像细细地看了看，分量很重，看不出是什么石头刻的，刻工虽是粗糙，两个老头，刻得还是蛮可爱的。这两个老头很面熟，想了想，像是乡间历书上的福星和禄星。我还吃不准，又仔细地在雕像后找了找，在右下角有字，字很小很浅，不仔细看，真的会忽略，一个刻着福星两字，一个刻着禄星两字。我说麻科长，这老头像有三个，你怎么只买了两个？他说，我叫摊主三个50元，讨价还价了好久，他坚持要60元，一个20元，少一分钱不卖，我就买了两个我最欢喜的。我问他你买的两个老头像叫什么？他说不知道。我说你买的一个是福星，一个是禄星，没有买的是寿星。他不信，我把像后的小字指给他看。他看了，什么话都没有说，急匆匆地离开了饭桌。大家问他去做什么？他说，我去买寿星。

桌上人哈哈地笑着说：麻科长去买寿了。

开饭时间还要等上十分钟，我刚才在麻科长买老头像的摊子上买一个砚台，犹豫了一下没有买成，怕会忘记了，跟着麻科长出了饭店。

摊主见了麻科长，皱了一下眉头问：老板呀，你又要买什么？

麻科长弯着舌头，用我们小镇的普通话说：还有一个老头像呢？刚才我忘记买了。说完，他从皮夹子中掏出20元钱。

摊主指了指走得不远的一个游客说：那个老头像，给他买去了。

那你还有没有了？

摊主说：没有了。

一听说没有，他快步地走向那个游客。

我好奇，跟了上去。

那个游客与麻科长差不多年纪，他一听有人叫他，回过身子，停下了脚步，对麻科长说：你是谁？我不认识你。

是呀，你不认识我。

既然不认识，找我有什么事？

你买了个老头像？

是呀，与你有什么关系？

还有两个是我买的，你买的那个，是否可以转卖给我？

你知道不知道，我买的老头像是寿星。

知道。

知道就好了。

麻科长呆呆地看着他，他又丢下了一句话：你知道什么，我卖寿星，就是卖我的寿；我卖给你，你就是买了我的寿，寿是不能买卖的。

麻科长回到摊主那里，问他有没有库存。摊主一天不知要与多少游客讨价还价，从脸上的表情，能猜到买主心里想的是什么。他说，库存没有，只有留着自家供奉的，你真的要，我可以奉献给你，不过价格要比刚才你买的大上几倍。说完，摊主伸出了一只手指，麻科长说，1000 元一个？摊主说，做生意讲公道，100 元一个。摊主进屋拿出一个老头像，麻科长看了又看，像是不相信自己的眼睛似的，又叫我看了看，确定是寿星了，他从皮夹子从掏出 100 元，笑着递了过去，摊主把钞票看了又看，塞进了口袋。麻科长在把寿星放进塑料袋时，我随便问了一声，我刚才想买而没有买成的砚台多少钱？摊主说 50 元。我说 20 元。可能是摊主在老头像上赚了，很爽气地说，20 就 20。刚才我还价 40 元他还不卖，现在 20 就卖了，占了便宜，我真的是蛮开心的。菜已经上齐了，我和麻科长一坐下，他们就不客气地拿起了筷子。麻科长把福、禄、寿老头像并排地放在一起，仔细地欣赏着。我说麻科长，吃了再欣赏吧。他说，我肚子一点也不饿。

费江生

叶根南的儿子叶功，在镇上一家商场的促销抽奖中，抽得了一等奖，奖品是两只不锈钢的茶杯。叶功不喝茶，茶杯对他来说，没有一点实用价值，就慷慨地送给了他的父亲。叶根南的茶杯刚买不久，心想这小子早不送来晚不送来，等我买了再送来，送就送来两只，我再有一只茶杯备用已经足够了，另一只可以去送个春风人情。茶杯送给谁，掂量了几下后，叶根南决定去送给赵拉夫。赵拉夫在上个星期，请叶根南吃了价格不菲的蟹黄小笼包，送只杯子给他，算是还礼。

叶根南送茶杯送得真及时，赵拉夫自茶杯中跌进了一只蟑螂后，洗了几十遍，茶杯里总有一股蟑螂的味道，正想换只杯子。赵拉夫把叶根南送来的茶杯观赏了一会后，泡了一杯新茶，坐在有靠背的竹椅子上，慢慢地品尝，想品味出新杯子里泡的新茶，与老杯子里泡的新茶，其茶味有些什么区别。

朱木匠在赵拉夫隔壁的郎开春家装修，他见赵拉夫捧着只新杯子，一脸的喜洋洋，很不正经地玩笑道:“新娘子（指新杯子）一娶到家，就捧着不断地亲嘴，味道是真的好，还是假的好？新娘子的茶水与旧娘子（指旧茶杯）的茶水，说说看有什么样的细微区别？”

赵拉夫不知怎么回答，问了一句:“你说呢，是新的好，还是旧的好？”

“当然是新的好。”朱木匠哈哈大笑。

在小菜场买了斤菠菜回家，赵拉夫想在茶杯里加些开水，可是真要命，杯子盖头往左边拧，拧不开，于是再往右边拧，还是拧不开。拧了好久，拧得气喘吁吁，拧得用尽了吃奶的力气，茶杯的盖子还是拧不开。

“朱师傅帮个忙，茶杯的盖子拧得太紧了，你手里一天到晚斧子榔头的，有劲，给我拧一下。”

朱师傅接过杯子时，他笑着说:

“拧个杯子盖头的力气都没有了，刚才亲着新娘子时的英雄气概到哪里去了？现在叫我开杯子盖头，你说你好意思？睁大眼睛看看我老朱，是怎样不费吹灰之力，把这盖子拧开的。”

朱师傅拧着杯子的盖头。用力拧，没有拧开。再用力拧，还是没有拧开。他拍了几下，再用力拧，可是杯子盖头仍然纹丝不动。他的脸因为用力，红得像血要渗出来了。

赵拉夫接过茶杯，高兴地说：“朱大英雄，我们彼此彼此。”

朱师傅不相信自己会拧不开这只小小茶杯的盖子。他摊着双手，心里想，凭手心里的几块老茧，就能拧开这茶杯的盖子，怎么会拧不开呢？

听说朱师傅拧不开一只茶杯的盖子，他的徒弟大胖不信。

不信，你也得信。

大胖拧了好几下，仍是拧不开。几个瓦工接着来拧，力气全都白费了，没有拧开。大家看着这只不锈钢茶杯，越看，觉得它越像一段不锈钢的钢管。

管道工付一得来了。赵拉夫、朱师傅他们把能拧开茶杯盖子的希望寄托给了他。付一得，镇上的掰手腕冠军。拗手腕是臂力的比赛。镇上有惊人臂力的，有十几个人，在浴室黄老板的邀请主持下，都与他掰过。付一得都以三比零获胜。付一得看了看许多人都没有拧开茶杯，他不敢轻视，怕手滑，手心在裤子上擦拭了几下，卷起袖管。他的手臂真粗，比有些男人的小腿还要粗壮。

付一得做梦也没有想到，自己会在一只小小的茶杯盖子上，大失了面子。他拧了有五分钟的时间，杯子幸而是不锈钢的，假若不是不锈钢的，是什么铁皮的，早就给捏扁了。付一得掰手腕时，连续打败了十几个人，他胜券在握，额头上汗都没有一滴。现在为打开一只茶杯的盖子，弄得满脸是汗水。付一得拧不开盖子，可是他嘴上还在说：我不相信我会真的拧不开。当知道自己尽了最大的努力，还是拧不开时，他又说：我今天真正撞到了鬼。

他的臂力这么大，连一只茶杯盖子都拧不开，不是撞到了鬼，难道还能有其他原因？

朱师傅嘿嘿地笑着，在付一得耳边悄声地说了几句。朱师傅说的什么，没有听见，付一得的回答，大家都听见了。

“别胡说，我已经好几个晚上没有上她的门了。”

付一得的晚上，常在什么地方，大家都知道。付一得刚刚离婚。

不相信自己会打不开这只茶杯的付一得，又拿起了茶杯，用吃奶的力气拧了几十下。他认准自己真的打不开了，他对朱师傅说：“我打不开这茶杯，一定是手臂上的力气运不到手指上。请毛不凡来，他一定能拧开这茶杯的盖子。”

毛不凡有个特技，他能在左手右手的五个手指间，各能夹着提起八块黄砖。每块黄砖毛重五斤，左手右手各能夹着提起 40 斤。镇上没有一个人能与他相比。镇上人赞誉他的手指是“金刚指”，有人则叫他“毛金刚”。他接到了付一得的电话，说是请他来开一只茶杯盖子。当得知茶杯盖子是付一得也没有拧开的盖子，他来了劲头，骑了摩托车，只几分钟的时间，就赶到了赵拉夫家里。结果，毛不凡与付一得一样，用尽了能用出来的力气，用尽了能用得出的办法，没有能打开赵拉夫的茶杯。毛不凡没能打开茶杯的盖子，付一得心里像得到了莫名其妙的安慰。毛不凡是这样想的：付一得没有打开，毛不凡也没有打开，我毛不凡当然不算大丢面子。

赵拉夫家有一只打不开盖子的茶杯，新闻一样在街坊传遍了。在还没有新的新闻替代时，镇上又传开了，赵拉夫家茶杯的盖子打开了。

付一得、毛不凡都打不开的茶杯盖子，是谁打开的？

听说是费江生打开的，没有一个人相信。

费江生原是镇上供销社的部门小经理，供销社破产后，叫他经理的人，都叫他阿猫。叫费江生阿猫，是他的眼睛有些像猫的眼睛，还有他学春猫叫，学得惟妙惟肖。那时他住在供销社的小楼上，他学着春猫一叫，几十只闻声赶来的大猫小猫，争着吵着，糟蹋了一屋顶的青瓦。他下岗后不久，在赶走自家屋脊上的春猫时，激动得中了风。中风前，他很少上街，可是中风后，他一反常态，经常在街头上能看见他。他走起路来，斜着身子，抖着的左手像是凤点头。费江生的左手可以说是废了，凭他一只右手能旋开茶杯的盖子，无异于是天方夜谭。谁都不信。但是赵拉夫证实，他是目睹盖子真的是费江生拧开的。

赵拉夫说：费江生一抖一抖地路过他的家门，见到了他，他提出要看看那只付一得、毛不凡都拧不开盖子的茶杯。我把茶杯给了他，他颠来倒去地看了又看。最后，他把茶杯夹到左臂的胳肢窝里，用右手一拧，茶杯盖子就拧开了。

费江生是用什么办法，把茶杯的盖子打开的？

赵拉夫说：他只是把茶杯倒了过来。

后来，赵拉夫把他的不锈钢杯子给我看过，这只杯子的杯盖和杯底一模一样，几个颠倒之后，真正难以分清哪一头是杯盖，哪一头是杯底，把杯底当作杯盖拧……赵拉夫说到这里，大笑着往厕所方向跑去。我知道赵拉夫有个小毛病，一笑就要急着小便。

阿　龙

跳脚，只有我们小镇上的土著，才能完全听得懂是什么意思。这是一种特殊走路的样子。左脚跨出，人的身子像是弹跳了一下，左脚落地，右脚跨出，人的身子又像是弹跳了一下，然后右脚落地。一直用这种样式走着，镇上人称之为跳脚。阿龙就是这样走路的。

叫跳脚阿龙，因镇上叫阿龙的南街有瞎子阿龙，北街有烂鼻头阿龙，西街有跷脚阿龙，中街有癞痢头阿龙好几个，为了区别，说的人一说，听的人一听就能明白，这个阿龙，叫做跳脚阿龙。

跳脚阿龙不是本镇人。那一年，小镇来了一大批难民，住了一阵，慢慢地一个个回去了，最后，唯独他留了下来。问他为何不回去？他的回答很简洁：家里已经没有人，不回去比回去好。当问他好在哪里时，他说在这镇上不会饿着肚子。他说的是心里话。在小镇上他不会饿着肚子，不是小镇愿意养着他这样一个闲人，而是小镇上缺少一个像他这样的人。

小镇不大，小镇上的庙宇不少，南街上有城隍庙，北街上有大王庙，西街上有关帝庙、文昌阁、猛将堂，东街上有城隍庙、香草庵、骷骨庵等十几座庙宇。阿龙原先住在关帝庙，关帝庙看庙的老道士嫌他身上常有股猪尿的味道，不给他好脸色看。正巧看守文昌阁的瘸腿老头死了，他搬到了文昌阁。文昌阁还不如水龙宫大，是镇上最小的一座神殿，只有一间六架平房，房中坐着又矮又小的文昌帝君，几乎没有香火。可能是文昌帝君福泽的雨水，没施舍过小镇上的任何一位读书人，对他没有报恩的必要，但又不能没有他，所以马虎地供奉着。阿龙的床铺在文昌帝君的身后。文昌阁的门常不上门闩，推门进去，假使阿龙在床上躺着，他会冷不防地问一声谁，来人会吓一跳，当是文昌帝君在说话。

阿龙什么事情都愿意干。他干得最多的是掸烟尘、擦门窗、通阴沟（排水沟）。请他干这种活的大都是富裕人家。这些人家有厅房、厢房、雕花的格子门窗。他们的屋子起码是祖父那一辈建造的，时间短的有几十年，时间长的有上百年，屋子建造时结实牢固，年代虽长远，还是风雨不动，可是时间的风尘渐积的梁柱上、门窗上，给大屋子蒙上了一层压抑的阴影，也给自己的心情蒙上了阴影。为把这阴影擦去，每年总要请人掸几次烟尘。屋子虽不能掸旧如新，掸一下，心中的屋子会敞亮一些。阴沟不畅通，这是件解决不了的麻烦事，下起暴雨来，天井里积起雨水，天晴后，水虽没有了，屋子里铺地的青砖上，会湿上好几个月。掸烟尘、擦门窗、通阴沟，镇上出卖力气的苦力都不愿意干。这是些耗时、费力又不讨好的事。

阿龙来到小镇上没事干，就干起了镇上的苦力不愿干的这几件事。

擦雕花格子门窗要耐心，房主不允许用硬刷子刷，有的软刷子也不许用，只能用布条一格一格地擦，半天只能擦一扇两扇的。通阴沟，把阴沟的砖盖打开，臭气熏得人发晕。他用勺子，一勺勺把发酵的臭泥水舀进粪桶里，舀干后，再用篾条伸进阴沟，来来回回通着，把阴沟深处的污泥垢水通出来。

镇上的钱麻子好开玩笑，他对阿龙说，通阴沟有个妙法，教他买只乌龟，用绳子结牢乌龟的后脚，让它钻进阴沟，乌龟钻过阴沟几个来回以后，就不通自通了。阿龙真的买了只乌龟，第一次试过就失败了。乌龟钻进阴沟后，拉断了绳子，乌龟不知到哪里去了。钱麻子问他试了没有？阿龙说，这方法好是好，只是乌龟听不懂我的话，它进去叫了它几次，它不听话，不肯出来。钱麻子说你是怎么叫的？阿龙说，我叫的是钱麻子出来，可是这个钻进去的钱麻子，最后没有出来。

通阴沟是件吃力不讨好的事，自己臭得像从粪缸中刚爬出来，主家不说阴沟又深又长，还嫌他的篾条不够长，阴沟通得不彻底。

干掸烟尘的活，阿龙没有替换的旧衣服，屋梁上的烟尘比什么都龌龊，沾上衣服后，难以拍掉。衬衫汗湿了，烟尘粘住衬衫，沾到皮肤上，痒得难熬起来，用手一抓，抓过的地方会立即红肿。红肿消失，快的时候一天，慢的时候要好几天。

有了经验，他去掸烟尘，总是带上一件旧蓑衣，一只笠帽。主家没有工作的旧衣旧帽给他，他就穿上蓑衣，戴上笠帽。厅房高，他把两根晒衣竹竿接在一起，竹竿头上扎一把去掉叶片的竹枝。戴着笠帽穿着蓑衣掸烟尘，阿龙正是歪打正着，小镇的习俗，这是能驱赶邪气的。阿龙掸烟尘时，也要一跳一跳的，房主看着笑个不停。事后他们不忘记对人说，看跳脚阿龙掸烟尘开心死了，好像看了一场戏。

阿龙最露脸，是小镇出殡时。

小镇的街道狭窄，大户人家出殡的队伍比一条街还长，小户人家不会少于半条街长。哭声、爆竹声、铙钹声惊天动地，白幡白衣白了一条街。掮白幡的走在最前面，后是拿着哭丧棒的孝子，再后是四个吹鼓手，吹鼓手后是八个夯汉抬着的黑漆棺材，棺材后送的人，以与死者关系的亲疏依次排着长队。

阿龙掮着幡，走在最前列。

幡用竹园中砍下的新鲜竹子，去掉些多余的枝叶，上面挂着白色的绸条。在风里，竹叶在颤动，绸条飘扬着，贴近伤感而凝重的场面。阿龙掮着白幡，一跳一跳的，给伤感和凝重增添了幽默。阿龙目不斜视，一脸严肃。要说小镇的人物风景，出殡也是一道，阿龙在这人物风景中，是最引人注目的一个。

阿龙无事，在街道上闲逛，他身后，总有几个孩子跟着，学着他一跳一跳地走路，孩子的队伍越排越长。阿龙懒得理这些孩子，装作什么都不知道，自己走自己的路。有时他猛一回头，孩子们一惊，吓得四散，他做一个鬼脸后，仍然走他的路。

新中国成立后，他家乡的政府专门派人来到小镇，请他回去土改。阿龙回家了。

这时，镇上人恍然大悟，原来阿龙有家。大家心里有些气恼，受聪明人的骗，气得过，算不了什么事，气恼的是受了傻乎乎的阿龙的骗。

阿龙回家后，小镇上传说着阿龙当年为报父母的大仇，放火烧了仇敌家的房子，仇敌追杀他，于是逃到小镇上来避难的。这传说是真是假，没有得到证实。

阿龙留在小镇人的记忆中，特别是那一代的孩子记忆中。他们长大了，有了自己的孩子，孩子顽皮，走路一跳一跳的，他们会说，不要这样走路，难看死了，活脱活像跳脚阿龙。孩子听了，睁大惊愕的眼睛在问：谁是跳脚阿龙？

明 月 光

入赘寡妇家的男人，镇上人称呼黄泥肨。明月光是离镇四里的明家村人。明家村在镇上很有名气，女的不算，村上的大小男人中，原来有九十六个瘌痢头，现在老一辈的一个接一个过去了，有癞痢的全是五十开外的人了，外乡人到镇上，问起明家村，可能有人想不起来，但只要问起瘌痢村，那就无人不晓了。

北街的方雪花没出嫁之前，与明月光有过一段情感，终因她的父母嫌明月光癞得太丑，在中间横插了一杠子。开始时，方雪花始终不放弃，对父母诋毁明月光是这样回答的：白天戴了帽子，晚上吹熄了灯光，与常人有什么异样？后因父亲要上吊，母亲要投河自杀，被迫嫁给了北街的牛老二，拆散了这一对有情男女的婚姻。牛老二人虽长得漂亮，可中看不中用，方雪花把他与明月光一对比，假使明月光打十分，牛老二只够五分。她人与牛老二睡在一张床上，可是心里常常牵挂着明月光。第一个男人，在女人的心目中，总是排在第一位。方雪花之后，明月光又谈过几个对象，她们都嫌他长得丑，见了几次面就走了。他的婚姻，就这样拖了下来。

方雪花可能与明月光有缘分。几年后的阳春四月，明月光游集场晚归，与方雪花同路，双方都在亲戚家喝了些酒，再是四月的天气，好得使人产生许许多多美好的回忆和欲望，都没有能控制住自己，在青青的麦地里接上了火种。方雪花从明月光那里，重又得到了做女人的幸福。过往，明月光与其他女人有偷偷摸摸，有了方雪花，觉得只有方雪花，才是最棒的。暗地里，他们来往了十几年，在这十几年中，明月光有几次成家的机会，因为方雪花，他主动放弃了。明月光五十岁那年，牛老二在车祸中一命呜呼，半年以后，明月光为了给方雪花面子，请了媒人说媒，方雪花假装不愿再婚了，推托了几次，终于勉强答应。明月光入赘到牛家，如愿以偿地与方雪花大胆地睡到了一张床上。明月光换了一个环境，面目一新，最令人注目的，是从来不戴帽子的他，一年四季戴上了帽子。明月光说，这是方雪花允许他入赘到方家的唯一条件。

明月光在村里的责任田，交给了他哥哥，住到了北街，五十岁的人，在镇上人看来，是快到了退休的年龄，要找个适合自己年龄的工作，自己愿意干的，别人不要他，人家要他的，自己又不愿意干，最后自找门路，开了一家小吃店，店名叫“中意”。

方雪花裹的菜肉馅大馄饨，我吃过了，与其他几家的馄饨对比，馅里肉是真正的猪腿肉，青菜焯得恰到火候，没有菜帮子混杂其间，刀功又不错，有质有量。每天的早餐，除非有特殊情况，几乎都到他店里吃馄饨。经常去了，与明月光熟悉了。他一见我，再是忙，不忘优先给我倒一杯红茶。我见他给我递上红茶，真的很感动，总是要立起来，欠一下身子，说一声谢谢明老板（我一直称呼他明老板）。他对我叫他明老板很高兴，会说一声，哎呀，小店不像样，叫老板，真不好意思呀。有的与他熟悉的人，一进店，就叫着阿光来碗馄饨。他像是没有听见似的，虽然馄饨很快地给他送上了，但他的面部没有表情，看得出，他不喜欢人家叫他阿光。有时经常来店的吃客会无意地说：阿光呀，清明都过了，你还戴着帽子做啥呀？方雪花一听，她迅速地会给说的人丢上一个眼色。有人没有见到桌子上的辣油，会大声喊：阿光，拿些辣油来。这时，方雪花哪怕在锅里下馄饨，她也会放下手中的事情，给顾客递上。说者无意，听者有心，此时，我无法见到明月光的表情，他给人的只是一个背影。我与明月光见面多了，对他理解多了，他与所有生理缺陷的人都一样，有着不是缺点的忌讳。

北街上常年戴帽子的，还有一个是供电站的副站长谢鼎。谢鼎也经常到“中意”吃馄饨。他进店，先是对方雪花一笑，然后对明月光一笑，明月光见他一笑，也灿烂地对他一笑。付款后离开，明月光对谢鼎一笑，谢鼎答谢一笑。他们的笑都很灿烂，在一旁的我，不由自主地也会笑一笑。

星期日的午后，我路过“中意”，习惯地往里一看，见明月光与谢鼎在一起喝茶。明月光见了我，说有好茶叶，要我进去喝一杯。我犹豫时，谢鼎也说，这红茶真好喝，来喝上一杯吧。盛情难却，我坐上了他们喝茶的小桌子。今天，明月光不知怎地会这么高兴，他不因我的来到而断了刚才的话题，继续着说了下去。

当谢鼎说完他的秃顶是基因的问题后，明月光说开了他们明家村，为什么瘌痢头扎堆的原因。在他祖父那一辈，明家村是没有一个癞痢头的，问题出在明六婆的那把剃刀上。明六婆的手巧，她做鞋绣花是一把好手，而且还会文眉毛和剃光头。那时剃头要上镇上的剃头店，不光要走路，还要剃头的钱。为省时间，更是为了省钱，愿剃光头的就请明六婆剃。明六婆是个热心人，有求必应，而且还自备汤水。我那时还是个小孩，冬天给她剃，父母是为了省几个钱，夏天给她剃，为了要偷着洗河浴，怕长头发，会给老师和父母留下把柄。剃了几次，凡是给她剃过光头的人，先是痒，后是出水泡，总是不好。这种小痛小痒，谁都没有在意，根本想不到要去求医吃药，要剃光头的还是请明六婆剃。就这样，明六婆的一把剃刀，剃出了满村子的瘌痢头，剃得村子也改了名，外人称呼为瘌痢村。

谢鼎说，这一定是明六婆的剃刀感染到了黄癣菌，不懂消毒，给这个人剃过后，又给那个人剃，感染到的人，又不知感染到的是什么，在懵懵懂懂中就癞成一村了。我说，明老板，你的名字是谁取的？月光笑了笑说，算命瞎子给取这个名时，还是满头黑发，可能他算准了，我以后会瘌痢头的。

瘌痢头自己叫自己癞痢头的，我还是第一次听到，我还想问，为什么不改个名字？一看明月光皱着眉头，怕问了他不高兴，搅了和谐的闲话。这时，我和谢鼎没有想到，明月光哼起了我小辰光听人唱过，自己也唱过的《一瘌痢生病》歌，他从“一瘌痢生病，二瘌痢张（看望）病，三瘌痢说‘请郎中’，一直哼到十瘌痢说‘钉杀俚个瘌虫筋’”。明月光哼完，苦笑着说，我是听着这首童谣长大的。谢鼎不说话，我也不说话，只是听着明月光说：瘌痢的苦恼，真像另一首童谣中所说的：六月里来瘌痢真苦恼，苍蝇叮来蚊子咬。我觉得我的几十年，一直生活在六月里，蚊子叮，苍蝇咬，长大了当兵不要，学手艺师傅不要，招工不要，支边不要，搞对象，女人又不要，最气人的是，有人给我介绍了个麻脸大姐，她还嫌我是个癞痢头，气得我真的昏了头。

明老板，我听说你在“文革”演过样板戏？我问明月光。

演过，差点吃官司，明月光苦笑着说，我们明家村，凡是头上有些花头的，都有个好嗓子，在一起时唱起山歌来，一点不输电视里的明星。生产大队的毛泽东思想宣传队，要演样板戏《沙家浜》，舞台上戴帽子的，全是我们明家村人。那时，我身材高挑，戴了帽子，不吹牛皮，真的很英俊。宣传队队长黄阿三，说我唱得好，演技也不差，叫我演主角郭建光。那天公演时，像有鬼似的，在唱着“要学那泰山顶上一青松”时，头一昂，头上的帽子掉了下来。我的帽子一掉，台下的观众笑的笑，闹的闹，笑过后，闹过后，有人喊起了“不许污蔑样板戏”的口号，不少人跳上戏台，把我轰下来。这还不算，十几个人，把我和黄阿三押到公社，关了一夜。黄阿三哭个不停，说这罪名上纲上线了，起码要吃三年官司。我说你哭个屁，三年官司就三年官司。他说，你光屁股一个无牵无挂，我家里有老有小的呀。他哭得我烦了，对他说，明天我与办案的人说，这事与你无关，由我承担，你的三年官司我去吃。他见我拍了胸部，才停了他的哭丧。没有想到，第二天一早，我与黄阿三被叫到公社赵书记那里，他拍打着桌子狗日狗日地骂了一场，放我们回去了。我还记得，赵书记骂的最后一句话：你这只瘌虫筋，像只粥锅里的死老鼠，放点魂身上，下次再给我闯祸，吃十年官司，我是救不了你的。为这个失误，赵书记大事化成无事，我感谢他，但说我癞痢头是粥锅里的死老鼠。这话，我一直记恨到今天。

谢鼎半开玩笑地说，瘌痢头是那个时光的艾滋病。

明月光说，那么秃子呢？

谢鼎说，这还用说，是乙肝病毒携带者呀。

说到这里，明月光说，在村子里并不觉得自己是个癞痢头，因为像我这个年龄的都是呀，一年四季不用戴什么帽子遮丑，有时村子里来了个一头黑发的陌生人，他的一双眼睛好奇地看着我们，我们几十双眼睛更好奇看着他，他会失魂落魄地逃也似的离开村子。

明月光说到这里哈哈地笑出了声。接着，他说了一件令人忍俊不禁的往事。

那时，每年后季稻的秧苗插好以后，明家村的社员与其他村子里的社员一样，要摇着船，到外县割青草，然后把青草晒成草干，一部分为耕牛预备过冬的草料，一部分粉碎了，作为猪的饲料。外出割青草，起码要十几个人。船摇到一个地方，那地方草旺，要两三天的时间，草不旺的话，要三四天的时间。白天割草，到太阳落山前，船就泊在有村落的桥边，晚上船上睡不了人，就到桥上摊开席子，盖着一天星光睡去。有一天，因天太闷热，草船早早地在一个小镇的老石桥边泊下了。行灶里的大麦饭已经烧好，正要开饭时，我感到热不可耐，摘下头上的草帽，当扇子扇风时，突然，我听到桥上有人在大声地说：看呀，草船上一个癞痢头。我抬头一看，是一个小伙子在对一个年轻女人说。这时，我船上的同伴都听到了，一并站了起来，几乎是在同时，都摘下了头上的草帽，异口同声地大声对着桥上说：睁大你的眼睛，看看清楚，是几个癞痢头？只听桥上那个女的失声地啊哟了一声，不是一个，是一船呀，她拉了男的逃命似的跑了。

明月光由于说话用力，额头上渗出了汗珠，他热得摘下了头上的帽子。我第一次看见不戴帽子的明月光，心里想说，明老板，你还是戴着帽子好看。不料谢鼎先我说了：明老板，你还是戴着帽子的好。明月光说，谢站长你呢？谢鼎也摘下了自己的帽子，问明月光，你说呢？明月光打量了一下说，你也是戴着帽子好看。可能明月光只是见我不说话，问我：你说呢？我想说你们两个都戴着帽子好看，可最终说了一句，戴不戴帽子，只要看惯了，其实都是一样的。谢鼎摇摇头说，还是戴帽子好看一些。明月光也说，谢站长说得对，还是戴着帽子好看。

卓 辽 琪

卓辽琪的父亲卓亭新，在镇上开着一家石灰店。公私合营时，石灰店合作进了供销社，不久，石灰店门市部一笔款子被盗，怀疑是卓亭新监守自盗，关押审查了几天，很要面子的卓亭新，觉得没脸见人，上吊死了。也在供销社工作的卓辽琪，父亲的死，使他丢尽了面子，离开了供销社。卓辽琪没有手艺，也没有找到其他工作，镇政府把他安排到近街的生产队。卓辽琪当上了农民，像是做了一个梦。

卓辽琪半路上务农，在农事上，他是个文盲，田地对他而言，只是一张白纸。一个文盲，面对一张白纸，他能写上什么，画上什么？再是他长得瘦小，睡在床上，缩成一团，像只虾米，人家挑一百斤的话，他只能挑七八十斤。生产队里多劳多得，他一天所得，只有全劳力的六折工分，十几年下来，虽然大有进步，可进步到队里全劳力的八折时，再也不能进步了。他家日子的质量，应当是处在队里八折的水平上，可他家实际生活的质量，比十折水平的人家还高。那时一家人生活质量的高低，主要是以粮食的富足不富足为标准的。每到青黄不接时，队里不少人家粥都吃不上，卓辽琪家中还有粥吃，而且粥还很稠。队里人当然知道，靠卓辽琪的本领，是不能达到这生活质量的。他靠的是好亲戚，别的不说，每年从大年初一起，卓辽琪天天走亲戚，吃饱了不算，还会背回家一袋子年糕团子什么的。谁家都有亲戚，但富有的亲戚不是谁家都有的，队里人眼红卓辽琪。

清明节前几天，队里的保管员到小仓库打扫，发觉上百斤种谷，不知在什么时候给人偷了。种子被偷，这不亚于祖坟被盗，队长立即上报生产大队，生产大队立即上报公社保卫科。保卫科的成科长不敢怠慢，亲自到队里的小仓库现场踏勘，寻找蛛丝马迹，并召集队里积极可靠的队员一起排查。排查没有结果，但一致认为，这是家贼（队里人）所为，为了防范赃物会转移，主张在每个队员家抄一遍。成科长刚从部队转业，非常相信群众，听他们说得很有道理，同意到每个队员家里去抄一遍。

现在抄家要有抄家证，那时抄家，只要群众同意，领导带头就行了。在“文化大革命”中，大家见过不少抄家，但抄的都是地主、富农、走资派的家，现在要来抄自己的家，先是抵触，但一听说凡是户口在队里的，每一家都要抄，大家就不抵触了。

只有卓辽琪觉得抄家像是脱光了衣服给人看，还是抵触着。

在抄家的人到他家门口时，他拦住了成科长，卓辽琪说不出不给抄的理由，只是像打赌一样地说：抄不到什么，成科长你说怎么办？

成科长说：抄到了你说怎么办？

随你，杀头也好，枪毙也好。抄不到呢？

抄不到，说明你没有偷，等于给你洗个澡。

卓辽琪一听，抄了等于洗个澡，给我清白，这样也好，就让抄家的进了门。

卓辽琪与其他队员家一样，家徒四壁，实际上用不了抄，立在屋里看几眼就够了。没什么可抄的，几下就抄完了，没有一粒稻谷。成科长他们要离开时，有人在一只罐头里，抄到了一小布袋有十多斤重的晒干的年糕片。

在这青黄不接的日子，家家在喝粥，卓辽琪家里还有年糕片？他家蒸年糕的粮食从哪里来的？成科长觉得自己的办案没有成果，正在考虑着对上级领导如何交代，给队里的队员如何说法时，一听说抄到了年糕片，感到里边有文章可做，他把年糕片带走的同时，并叫卓辽琪跟他到公社保卫科。

卓辽琪想说什么，张了几次口，终于没有说。他对目瞪口呆的家人摇了摇头，一声不吭地跟了就走。

一到公社保卫科，一个叫小陆的科员把他请进了办公室外的一个单间。单间里只有一张桌子，墙上写着斗大的“坦白从宽，抗拒从严”八个字。卓辽琪在桌子角上坐等了好一会，因中午吃的是薄粥，尿急了，去开门，门在外面锁上了。这时，他才知道自己被关了起来。对关押，他很恼怒，狠狠地敲了几下门，大声喊了几声，没有人答应，实在憋不住，他就在单间的墙角头方便了起来。方便将结束时，门开了，小陆提着两张靠背椅，与成科长走了进来。

卓辽琪你在干啥？成科长问。

卓辽琪有个习惯动作，小便将结束时，全身要颤抖几下。成科长问时，卓辽琪正在颤抖。

卓辽琪你颤抖什么？

卓辽琪不好意思地笑了笑说，我在小便。

这里是厕所？

我实在憋不住了。

小陆按着嘴在笑。

转过身来。成科长命令。

转过身来的卓辽琪，想往前走。

成科长说：立在墙角，等你的尿干了再走。

成科长和小陆面对面坐定，小陆摊开记录本，成科长看了一眼卓辽琪，很严肃地问：墙上写着哪八个字？

坦白从宽，抗拒从严。

那我问你，年糕片哪里来的？

这个我不能说。

在这里，我就是要你说不能说的。

这个我真的不能说。

真的不能说？

真的不能。

你不能说，我替你说吧。你偷了队里的稻种，设法把谷子碾成米，碾成米了，你怕有朝一日会露出狐狸尾巴，然而把米打成粉，蒸成年糕，切成糕片，晒干了藏起来。

卓辽琪一听笑了起来，偷了稻谷，碾成米，打成粉，蒸成糕，你说麻烦不麻烦？除了傻瓜才会这样做。

成科长拍了拍桌子，对卓辽琪哼了一声。

小陆说：你笑什么？就只百来斤稻谷，你坦白了，最多赔了，你不坦白，只要有旁证，够你吃一年半年官司的，不吃官司，也要戴帽子管制。

卓辽琪知道，要你吃官司不好办，要管制你，这很容易，保卫科只要宣布一下，就与四类分子一样管制了。他权衡再三，还是说的好。想说，又觉得说出来后，以后的日子怎么过呢？于是他提出了一个小小的要求：你们要给我保密。

成科长和小陆认为只要你说出来，答应什么都可以。

答应了保密后，卓辽琪说：年糕是我唱春讨来的，讨多了，吃不完，就切成片晒干了，藏着在大忙时吃的。

唱春讨来的？你会唱春？别说谎。成科长说。

小陆笑着说：唱春，就是讨糕团的。

真的，我会唱，已经唱了十几年，除了家里的女人外，儿子、女儿、镇上人、队里人，没有一个人知道我会唱春。

为了要当场拆穿卓辽琪的谎话，成科长叫他唱几句来听听。

卓辽琪说：有了小锣和木板，我才唱得好，清唱唱得不太好。

成科长说：谁来管你唱得好不好，我是试试你会唱不会唱。

卓辽琪清了清嗓子，清唱起来：

不明不白抄了家，
抄到年糕一小袋。
科长问我哪里来，
我说是唱春讨得来。

成科长听过唱春，觉得卓辽琪唱得音韵婉转，十分动听。但一听歌词，成科长觉得卓辽琪用唱春的方法，在与他胡搅。

你唱的什么春，自编歌词瞎唱唱，别来哄人。

科长，有的唱春没有唱本，见什么编什么唱什么，这叫“见之歌”。只有“双喜歌”是有唱本的，你要听，我可以唱《孟姜女十二月花名》。

你会唱几句，就要叫我相信你是唱春的？成科长说。

小陆问：你唱春，有谁见过你唱的？

卓辽琪想了想说：西街的沈三龙。

他在哪里听过的？小陆又问。

在他的丈母娘家。

成科长与沈三龙对门住，他知道他的丈母家在外县，即使是真的，他不明白卓辽琪唱春会唱得这么远，他认为他是在胡扯。他对卓辽琪说，别与我说山海经，你走这么远去唱春，是否那里的糕团好吃。

卓辽琪说，说出来很不好意思，唱春的有个别号，刚才小陆说的，叫作讨糕团的，在人们的眼中，与要饭的叫花子是没有区别的。家中有老小的人家都要面子，为了面子，到我们这里唱春的都是外乡人，到外乡唱春的，我们镇上假若有人的话，其中一个就是我卓辽琪。

小陆在纸上写了几个字，递给了成科长。成科长点了点头，走出了门。成科长一走，小陆指了指空椅子，叫卓辽琪坐下。

卓辽琪想说尿还没有干，但他没有说，只轻轻地说了声我还是立着好。

小陆笑了笑说：不坐，你就等着尿干吧？他站起来出了门——他没有锁门。

卓辽琪没有说谎，西街的沈三龙真的见过他唱春。

卓辽琪喜欢读唱本，读多了，他能背上不少。有一年，一个外地的唱春人到他家唱春，重感冒，头疼难熬，卓辽琪收留了他，交上了朋友。唱春的见他家比他家还穷，对他说，你若是愿意，我可以带你出去唱春，讨一些小钱可以补贴家用，讨一些糕团，可以弥补口粮的不足。走投无路的卓辽琪，当时就拜他为师，跟了他两年，到第三年，卓辽琪就独自唱春了。他唱春，除了家里人，镇上人谁都不知道。一到大年初一，他早出晚归，他的邻居，他的队里人，只当他在新年期间走亲戚去了。西街的沈三龙，大年初八，到二十里外的丈母娘家吃树屋酒，吃得高兴时，大门口响起了小锣木板声，大家说唱春的来了。沈三龙开始时并没有在意，当听到“看楼房，赞楼房，楼房造在好地方”，老沈一听，像是自己镇上的方言，仔细一看，是北街的卓辽琪。等他唱完四句一叠，他离开酒席，请他进来吃喜酒。卓辽琪一见沈三龙，满脸通红，哀求他，说喜酒他也不吃了，只求他保密，回到镇上，不要把他唱春的事对任何一个人说起。沈三龙答应了，没有勉强他吃树屋喜酒，叫丈母娘多给了一些喜钱和糕团。沈三龙的保密，卓辽琪是十分感谢的，为此他曾给他送去十斤晒干的年糕片。在那只有粥吃的日子里，年糕片比任何东西都金贵，再是这年糕片是卓辽琪唱春唱来的，更是金贵，他交上了这个好朋友。

保卫科离沈三龙工作的收购站只有百米路。镇子小，镇上有什么风吹草动，片刻就会传遍。沈三龙已经听到卓辽琪因家藏年糕片，涉嫌偷窃生产队稻种，被请进了公社保卫科。他相信卓辽琪，认定这是误会。想成科长因抄到年糕片而怀疑他偷盗，觉得荒唐。见成科长来找他，猜定与卓辽琪有关。

成科长问他，有没有见过卓辽琪唱春？

沈三龙说，稻种的偷盗与唱春有什么关系？

成科长说，说有关系就有关系，说没关系就没关系，现在还只是在排查。镇上人谁都不知他唱春，谁都没见过他唱春，他说只有你见过。

沈三龙一听，是卓辽琪自己说的，他见他唱春后，要他保密，他恪守诺言，保密了十几年，今天他自己说出来了，肯定是万不得已。沈三龙把见过卓辽琪唱春的时间、地点，来龙去脉说了一遍。

成科长回到保卫科，见卓辽琪还老样子立着，顿时生出了同情，他叫小陆去拿张凳子给他坐。卓辽琪不肯坐。

成科长自我解嘲地说：墙角的尿干了，坐下吧。

卓辽琪说，还没有干。

成科长说，你想不想回家？

给你们关了半天了，怎会不想回去。

你要马上回去，清唱《十二月花名》，给我和小陆听听，唱完了，马上让你回家。

我死也不唱。

卓辽琪说完，成科长和小陆没有料到，他竟会号啕大哭起来。

薛 银 水

在镇医院大门口，镇上人都叫老毕（老鳖的谐音）的毕进仁，见了镇北生产队队长薛银水，喂了一声就问：你在生产队里是否做得了主？薛银水是镇北生产队队长，他对老毕没名没姓的没礼貌，很不高兴，用小指掏着耳屎说：

天上老鹰大，生产队里队长大，一个队长在队里做不了主，如果是我，我早就在一根灯草上吊死了。

薛银水白了一眼老毕，心想你这只老甲鱼鼆鼻头（老毕说话鼻音很重）的眼睛有些像狗。老毕说：你做得了主，这事我就放心交给你办了。

老毕交给薛银水的事，不是什么大事，但却是一件很重要的事。

自“文革”开始后的下半年，几乎所有的生产队借平整土地进行盗墓。先是盗掘年代久远已经无主的坟墓，慢慢地发展到盗掘由于墓主的后人居住在外省，或在远离故乡工作，他们已经无法时刻呵护的祖先坟墓。地、富、反、坏、右和其他戴帽子分子的祖墓，假使子孙们不大睁着眼睛，日日夜夜地留神，说不定在一个深夜，给敢把皇帝拉下马的贫下中农盗掘了。盗掘坟墓，他们不是冲着坟墓里有什么金银珠宝而来的，而是盗掘死者的往生具——棺木。

那时什么都缺，木材更是奇缺。缺到谁家的女儿结婚，要买一只马桶，先在生产队出具证明，到生产大队盖章，再到镇政府请有关领导批示盖章，最后到农具厂门市部购买；假使无货可供应，还要耐心等待，说不定要等上半年几个月。生活中不能没有木材。可天也没断绝人获得木材的路，不知是谁第一个想起的，请老祖宗帮忙——从泥土中挖出他们的往生具，经过清洗风干后，在黑市上交易，虽然价格不菲，还是供不应求。造房时，用棺木做椽子、门窗；打家具时，用棺木做床、橱、桌椅。用棺木打的家具，广受用户欢迎，而且还说是镇邪的。在乡下，老幼皆知木材能干千年，能潮千年，假使一天干一天潮，两三年就要腐烂。棺木在泥土中深埋了几十年，甚至几百年上千年，已经服透了，用它打的家具，用上几辈子也不会变形。在这家具上用好漆仔细认真地漆一下，就能古为今用了。

老毕亲家陈为其的父亲的灵柩，就埋在镇北生产队的大田里，原来有个大的土包，扩展耕地后，只剩下了一个小土包。队里上了些年纪的人都知道，这土包下埋着的是老地主。这老地主当年也就是多了些田，自己种不了，就租给别人种，后来划成分时被划成了地主。在京城工作的陈为其，可能有人写信告诉了他什么，他委托亲家老毕，代表他请生产队的贫下中农，把他家父埋了的灵柩再深埋一下。薛银水心想，现在提出深埋，提得真及时，前几天，他看见大队于书记的弟弟于德勒，与队里的几个老光棍，用铁钎子在埋着老地主的小土包四周探测深浅，准备着干些什么。

“怎样深埋？”老毕说完，薛银水问。

深埋就是深埋，能怎样？老毕脑子活络，听出了薛银水的话外音。他把薛银水拉到一边，掏出了一沓钱，数出当时面值最大的拾元人民币五张，说这是给你队长的酒钱。薛银水不肯接受，老毕把钱塞进了他的口袋里。接着，老毕又掏出一沓钱，说这 200 元是深埋的人工费用。薛银水说，这 200 元钱，他收了会说不清楚，手续关系，他不能收，在开队委开会讨论深埋的事时，你来参加，直接交给队会计。200 元钱，是一笔不小的数目。在当时，一头近 60 公斤的大肥猪，只能卖 50 多元钱，200 元钱，可买 4 头大肥猪。

“几时动手？”老毕问。

“队委会开过后。”

“事情夜里做还是白天做？”老毕吞吞吐吐地问。

“当然是夜里。你别忘了，我们是在给老地主深埋。白天干的话，大队里的积极分子来闹革命，深埋没有深埋成，把棺材抬了去，你说怎么办？”

“这问题我也再三考虑过，是只好在夜深人静时动工。”

人死了，成分还没有改变。死人仍是地主。哪怕只剩下一副骸骨，这副骸骨还是地主。

送走了老毕，薛银水拍拍自己的额角，心想真运气。他的女人因为下部流血不止，在医院住了五天，今天要结账出院，愁着医药费，现在医药费有了，真正比雪中送炭还要暖和。50 元钱是靠了老毕，还是靠了躺在棺材里的老地主？没有老地主躺在他队里的泥土里，老毕是不会送钱给他的。这钱是老地主给他的。老地主长得怎样，他已经不记得了。老地主出殡，他还记得。老地主的棺材真大呀，前边八个人，后边八个人，是十六个人抬的。老地主埋的棺材是不深，开深排水沟时，铁锹头挖到过棺材板。他不明白，当时为什么不埋得深一些？继而一想，埋得再深也是没有用的，要挖的话，几百米深处的煤也能挖出来，棺材埋得再深，总不能埋得比煤还要深。现在陈为其愿出这么一大笔钱，给他父亲的棺木埋得深一些，真的会相信深了就安全了，薛银水想大学教授陈为其不会那样傻，他出这么一大笔钱，真正的意思是请他和他队里的贫下中农手下留情，宽容埋在泥土中的死人，不要再去折腾他。

晚饭后，薛银水等到了老毕后，在队屋的小仓库，召集了副队长、民兵连长、贫下中农代表、会计、农技员开队委会。薛银水开场的话没说一句，就叫老毕说。老毕说完后，掏出了200元钱，又从随身带的小包里拿出三条飞马香烟。他说钱是他亲家陈为其的，烟是他老毕送的。队委们十分满意，拍着胸脯叫老毕放心，深埋的事一定认认真真做。老毕很感动，临走时，给每个队委鞠了个躬。在安排参加深埋棺木的人选时，队委们有些不同意见，有人不主张大队书记的弟弟于德勒和几个老光棍参加。在争论不休时，薛银水说，于德勒的鼻子特别灵敏，从谁放的屁里，他能闻到你偷偷地吃了什么，你不与他说实话，他喇叭似的嘴，不到半个时辰，会把你偷吃什么，广播得人人知道。让几个光棍参加，他说没有别的原因，只是能使他们挣几个外快用用。镇北生产队不大，连队委在内，共15个人参加，差不多每户摊到了一个。会议结束前，会计问：200元钱如何分配，队里要不要提成？薛银水说，不要提成了，平均分配，副队长你们五个队委，每人多抽两包香烟。薛银水拿过一条烟，拆包装时，说他不抽烟，你们五个人，每人两包。副队长给他一包，薛银水推了过去。

由于怕深埋棺木的事情泄漏出去，生产大队的干部会来搅局，第二天白天，薛银水独自逐个通知了参加的人，并嘱咐带什么工具。夜里10点多钟，当人们上床睡觉时，薛银水他们15个人像影子一样，飘到了老地主的坟包四周。场地小，人多了施展不开，15个人，五个一班，分成三班，每班工作半个小时后轮换。天上的星星，慢慢地给云层遮了，云层越来越厚，夜也越来越黑。四月里，田野上的小动物活动频繁，池塘里不时会有鱼在跳水，麦田里，不知名的鸟神经病似的一声叫，真的怪吓人。第一班人，挖去了近棺材的泥土；第二班人，把棺材上的泥土清除了；当第三班人在棺材四周挖掘泥土时，大队里的民兵营长黄龙大带着几个大队里的青年骨干，也像鬼魂一样从夜色中冒了出来。

是谁泄漏了秘密？黄龙大跳到了棺材盖上。幸得棺材盖铺了些稻草，否则黄龙大一定会滑倒，他晃荡了一下，用脚蹭了蹭。棺材发出沉闷的声音，这声音，像是棺材里有人在咳嗽。黄龙大说：你们干这事，也不通知大队一声，想独吞，眼中没有领导，未免心也太黑了。这时，于德勒说话了，他说黄龙大：你小小的一个民兵营长，小得没有我的鸡巴大，你有什么资格到这里来说三道四，这是谁的地盘，你不要忘了，你话有意思，想要一分好处？要抽支烟的好处，是不会忘记你的。黄龙大说，于德勒，你这张嘴真比屎孔还要臭，与你直说了，大队要这棺材的一半，不是我说的，是你老兄于书记刚刚与我说的，不信你可以回去问。大队要这棺木，也不是去卖钱，大队里不缺这几个钱用，而是大队的机动船要木材搭个棚子。要不是今夜巡夜的民兵耳朵灵，事后于书记知道了，一定会骂我们民兵是吃屎的。

事情很明白，是民兵发现的，黄龙大话里也很明白，他不知道深埋的事，更不知道我们接受了深埋的费用。事情怎么样？薛银水一时拿不定主意。

“薛队长，你一句不说，你有什么高见？”黄龙大问。

“我们是集体领导，大队书记的意见，我们也要消化一下。”

黄龙大听得懂消化一下是什么意思，他说：好，你们队委讨论一下。

队委跟着薛银水走了十几步路，薛银水叹了一口气说：“老地主的房子（棺材）保得了今天，保不了明天，看上去我们只能对不住老地主了，请他让出屋子，住到一间小一点的屋子中去了。”

薛银水说得明白，老地主只能拾骨处理了。队委们也觉得只能这样做，但也觉得不能便宜了大队，一致同意，要敲他一记不小的竹杠。

“黄营长，先小人后君子，大队里需要木材，这个我们理解，但是我们不能无偿供给，你先给我们吃个定心丸，补贴我们多少？”

“于书记真正英明，他猜出你们会提这个要求，他给了我一个底，只要在今夜你们把棺木抬到大队部，工分你们自己记，大队补贴你们150元钱，棺木算是大队买了。”

薛银水悄声对副队长说：“你到队屋里，把那只荷花缸去背来，给老地主拾骨。不这样做，我们实在是对不起人家的。”

荷花缸，是前年平整土地时，在一处寺院的宅基上挖到的，是一个不知什么朝代的和尚的往生具。

拆解土里的棺材，大家已经积累了丰富的经验。两根绳子套牢棺材盖的两头穿进长竹杠，四个人用力一扛，由于铁钉的锈蚀，棺盖与棺材很容易脱离。棺盖扛出了墓穴后，黄龙大又把棺盖拼在一起的方木拆开，叫民兵直接搬往大队。棺盖打开后，棺材里发出难闻的好似腐烂咸菜的味道。大家怕中毒，都躲得远远的。建造一样东西不容易，破坏却是十分容易，而且像是不用费多大力气。撬开了棺材两头的“荷头板”，左右两边的棺壁，很快地抬出了墓穴。这时，薛银水请大家停下来，跳进了墓穴。先是捧起了老地主的头颅，叫副队长接着，副队长又叫贫下中农代表放入荷花缸中。薛银水拾一块骨头，墓穴上的人接着放入了荷花缸。

过去盗掘棺木，都是用铁耙把棺材里的骨头等东西，耙到一起，撬起棺材底后，就用大铁耙，耙下泥土填平墓穴了事。没有见过有人拾骨。黄龙大奇怪，他说薛银水，棺材里的地主是你的谁？薛银水说是我的一个远房的亲戚。真正想不到，三代贫农的你还有一个阔气的亲戚。天太黑，薛银水把能见到的骨头都拾进了荷花缸。撬起了棺材底后，薛银水又跳下墓穴，在下边挖着，挖累了，几个队委轮换着跳下挖。挖了将近两米，下边已经渗水了，他们才停止挖，把荷花缸埋了下去。荷花缸没有盖子，薛银水把开夜工时常穿的那件破棉袄盖到了缸口上。往墓穴中填土时，薛银水大喊一声：出来！死者的灵魂是不能永远埋在土中的，不喊出来，灵魂是不会出来的。只有大喊一声，晕头转向的死者的灵魂才会猛醒，随着喊声飘荡而出。不知老地主的灵魂，有没有随着薛银水的喊声飘荡而出。

第二天一早，老毕到老地主的墓地看了看，土是新的，知道深埋已经完成了，他很感动，老地主新垒的坟包，比原来的大了好几倍，面对坟包，他鞠了几躬。回镇上后，他给陈为其拍了个电报，告诉他，事情顺利完成，比预想的要完美。

第二年清明，老毕来扫墓时，见坟包已经培了新土，坟头上戴上了坟帽子（带草皮的锥形的土块），他知道这是薛银水干的，他去谢他时，带去了一条香烟，薛银水没有收受。再过一年，老毕中风瘫痪后，清明节，薛银水见老地主的墓没有人来扫，他在墓前烧了纸钱，并叩了几个头。分田到户时，他想办法把埋着老地主的那块地分到了自己的名下。改革开放的第三年，老地主的儿子陈为其回乡，给父亲老地主扫墓后，带了许多礼物去看薛银水，薛银水痛快地收下了。有许多话是不需要说的，不说，大家反而会更明白。

镇子慢慢扩大了，薛银水的承包地要征用，老地主又要挪动住址了，他电话也没给陈为其打，请人破土后，把老地主的荷花缸迁到了公共墓地，并为他立了块墓碑，墓碑上刻着陈田仓之墓。陈田仓是老地主的姓名。墓碑共花了一千多元钱，是薛银水自己掏的。

尤大良

尤大良在县城的绿园小学当会计。小镇上的人都不知道他在当会计，只当是他在当老师。尤大良当过老师，但只当了半年。当老师时，他还没有配眼镜，站在讲台上，难以看清后座学生的面目。头一个星期，课上得平平静静，可到第二个星期，他进了教室，课堂里与下课时一样吵闹，班级成了乱班。校长调查原因，原来他赏罚不明，上课时捣蛋的学生没受到批评处罚，受批评处罚的反而是遵守纪律的好学生。尤老师这样阴差阳错，不是神经有问题，问题出在他的眼睛上——他是高度近视眼。通情达理的校长这样对他说：眼睛这么近，连屁股和脸都分不清，你的胆子真大，还敢站到讲台上，不知你是怎么把课上下来的。赶紧去配副眼镜，不配眼镜，不要去上课。尤老师说，眼镜是否可以等发了工资去配？校长说了不行后，摇了摇头，写了张条子交给了他。尤老师看校长的字条，鼻尖触到了纸上。校长说你的眼睛有没有 1000 度？尤老师说 2000 度不到。校长的字条是写给会计的。字条上写着：因尤老师急于配眼镜，同意预支本月工资。

戴着眼镜进教室，教室里寂静无声，学生的眼睛一双双都盯着他的眼镜——眼镜的镜片，厚而有纹路，像是玻璃瓶的瓶底。尤老师说，你们过去欺我近视眼没戴眼镜，现在我戴了眼镜，不光你们脸上的雀斑能看个一清二楚，你们心里面在想些什么，我也能看个一清二楚。四年级的学生，已经积累了不少经验，经验告诉他们，这个尤老师已经领教过了，他很可能是在唬人。真正厉害的老师，他们的厉害从不放在嘴上的。你戴了眼镜，真的会一下子变得厉害吗？调皮的学生开始试验。传纸条，他没看见；看小人书，他没发现；说悄悄话，他没听见。尤老师的厉害，原来只是嘴上说说的。上课时虽没原来那么吵闹，质量可打了折扣，回回统考，同年级排名最后，而且平均分要低上几十分。校长对他彻底失望了，但尤老师是他的顶头上司局长推荐来的，不能裁撤，留着用，而且还要给他面子，于是借口工作需要，叫他上四节手工课，再就是在食堂兼职会计。尤老师课上怕了，乐意地接受了。过了半年，校长对他说，食堂工作太忙，人只能做好一件事，手工课不必上了。校长话刚说到这里，尤老师连说谢谢。学校里有自知之明的人不多，有些老师对所教的学科难以胜任，校长安排他上了其他学科，心理不平衡，背地里骂遍了校长的祖宗十八代。尤老师有自知之明，校长认为他能力是差，但人很聪明。

高度近视的尤老师，由于账目清楚，深得领导和老师的信任，再就是他空余下来，不肯闲着，米淘好了，帮着厨工捡着米里的砂子和谷子，有时还帮着刷锅洗涤，甚至灶洞里的草木灰，他经常用火钳扒到篾丝畚箕里，怕风吹扬草木灰，然后用围裙掩着，倒进垃圾箱去。厨房里的厨师和工人，十分欢喜他。学校的校长换了几任，他一直当着他的会计，尤老师也叫成了尤会计。

尤大良调到小镇中学后，仍当着食堂会计。中学里教职员工多，事情多而且繁杂。教职员工的饭菜要先一天预订，放学前汇总时，他发觉有个老师没有订，就到办公室去找他，找不到他，就问其他老师，问了一个又一个，大家觉得他烦人，可他一点不觉得烦。到放学了还找不到这个老师，他还不放弃，等明天一早再去找他。有时有老师来吃饭，没有他的饭菜。食堂里的工人问他，你昨天订了没有？他说像是订了。尤会计拿出订单，订单上没有他订的记录。碰到这样的尴尬，尤会计说一声下次别忘了，就把自己的饭菜让给他吃。事后，工人会说，尤会计你这个人太好了。太好了，就是不太好。他听后，也会幽默一句：我是有肚脐眼的，只有没有肚脐眼的人才是好人。

每月月底，尤会计及时地把一个月的伙食清单发给每个老师，若是有差错，到他那里纠正。老师批作业已经批习惯了，粮食的“两数”，钞票的“分数”，都逃不过他们的眼睛。他们从没有发现自己有差错，也没有听说别人有什么差错。一天，牛教导发现清单上有两分钱的差错——尤会计多算了他两分钱。过去，尤会计若是一直有差错，两分钱差错算不了什么差错，由于一直没有出现过差错，两分钱的差错就成了话题。老师们说，牛教导你应该去核对一下。牛教导找到了尤会计，尤会计看了看清单，一时难以回答。他请牛教导先回去，等一会看了账本再说，错了的话，立即改正。尤会计查了账本，账本上没有错。他拿了账本到办公室找牛教导核对，牛教导不在。他请牛教导对座的教务员虞老师转告牛教导，两分钱没有差错，3月13号早餐，下粥的萝卜干，当时牛教导没带菜票，也没带零钱，欠后记在了账上。

老教师欢喜谈运动中的坎坷经历和经验，尤会计说我没有坎坷，没有经历，也没有经验，假使这个也算经验的话，那就是我知道我只有那么一点点本事——当好我的食堂会计。他说的是真话，几十年，正因为他当好了食堂会计，没有给别人抹过黑，也没有给别人涂过红。一忽儿给人涂红，一忽儿给人抹黑，是尤大良这一代人人生中最大的经历。没有遇到这样的经历，是尤大良一生中最大的幸运。

尤大良难得喝一口酒，喝了酒后，到厕所小便时，会把头顶在尿槽的墙上有节拍地叩着，嘴里发出哼哼声。有一次我问他你在哼些什么？他说他常在背柳永的词《雨霖铃》，年纪大了，记性不好，只有在这个时候，才能一句不落地背上一遍。我说《雨霖铃》难背，我不信。他说：那你听着。

他一句一句地背着，当背到“执手相看泪眼，竟无语凝噎”时，他气急声阻，隔了一会，才背出了下一句“念去去千里烟波，暮霭沉沉楚天阔”。

我听说过，他年轻时阴差阳错地找错了对象，现在他将近60岁了，他说常背《雨霖铃》，不知是否与这事有关。

尤 小 良

尤大良的弟弟尤小良，与他哥哥一样，也是高度近视眼。尤大良配了眼镜后，有人说小良，你怎么也不配副眼镜戴戴？他说他哥尤大良是老师，我是开杂货铺的，开杂货铺的配眼镜干啥？尤小良的杂货铺是与尤大良分开过日子以后开的，说心里话，尤小良想配副眼镜，可一副眼镜价格不菲，他一时掏不出这么多钱。

尤小良的杂货铺叫“尤记”。店里的货物少得可怜，当街摆一张柜子，柜子靠墙的那一头放一只砂糖缸、一只黄酒坛子，另一头放一只盐缸和一只酱油缸。柜子上放两只玻璃瓶，一只放着橘子糖，另一只放着糖渍萝卜丝。货架上没有几样东西，有火柴、瓶酒、草纸、香烟、蜡烛、线香等。尤小良虽高度近视，柜子上却一尘不染——顾客常见他在擦柜子，鼻子与柜子的距离比眼睛近，镇上人开玩笑，尤小良擦柜子的灰尘，是用鼻子吸的。

我经常到“尤记”拷五分钱酱油，买一盒两分钱的火柴，七分钱称半斤盐。尤小良动作慢，我催他快一些，他总是说，心急些什么，东洋鬼子又不再杀得来。我说在杀得来了。他嘿嘿一笑说，东洋鬼子真正再杀得来了，那我快一点。可是他嘴上说快一点，动作还是那么慢。有一次我去买包火柴，陈老头在打酱油。酱油瓶口小，漏斗嘴比瓶口小不了多少。尤小良第一次放，没有放中。陈老头说，漏斗嘴偏左了一些。尤小良说，不是，你说错了，是酱油瓶口偏右了一些。尤小良第二次放，又没放中，陈老头说，酱油瓶子口偏右了一些。尤小良说，我知道，是漏斗嘴偏左了一些。尤小良把酱油瓶提到了鼻子前，才把漏斗嘴放进了瓶子口。酱油拷好了，陈老头说，你真该配副眼镜了。尤小良回答，配啥眼镜，我不是把漏斗嘴放进了瓶子口，酱油一滴都没有漏出来？还不信，可以叫你家的大妹来试试。大妹是老陈的女人。

小镇中学的初三学生，曾演出一幕调侃近视眼的哑剧，拷酱油的那段演出，就是取材于尤小良。

尤小良的女人叫梅艳芳，桃花眼，在北街上，她长得最好看。到“尤记”

买东西的男人，她在的时候，都要偷偷地看她一眼；她不在时，眼睛要在屋子里寻一个遍，寻到寻不见为止。尤小良很怕女人，有顾客上门，尤小良在里屋，梅艳芳立着时就立着，坐着时就坐着，从不动一动身，只是动嘴。

是拷酱油的，她就喊：小良，有人拷酱油。

是买蜡烛的，她就喊：小良，有人买蜡烛。

尤小良回答一声“噢”后，就从里屋急匆匆地出来。答应慢了半拍，她会提高了喉咙喊：小良，你的耳朵聋了？

一次，尤小良与我父亲在一起喝酒。有些话，只能在喝酒时才能说。我的父亲问尤小良，你的妻姐可与尊夫人一样的脾气？尤小良扯开了这个话题，文不对题答非所问地回答，你家酿米酒真好喝呀！

尤小良不说，镇上不少人都知道，他的婚姻故事。

梅家有两个女儿，大的叫梅艳芬，小的叫梅艳芳。姐妹只相差一岁。梅艳芬文静勤奋，人还厚道；梅艳芳泼辣懒惰，小心眼多。长相看似一娘所生，性格脾气却有天壤之别。经媒人牵线，第一次见面后，梅艳芬和尤小良都对对方没有意见，很快就订了婚。订了婚以后，尤小良常往梅家看梅艳芬，但梅家有个规矩，女儿不过门，是不留女婿住宿的。三月里的一天，上午还是好太阳，下午却下起了雨。雨越下越大，到黄昏还是不断地下。人不留客天留客，只能让尤小良住下了。晚饭喝了些米酒。梅艳芬的床让给了尤小良，她与她的母亲一起睡。陈年佳酿不光劲头足，而且劲头长，睡得昏昏沉沉。小便憋醒了尤小良，他不习惯用马桶，昏昏沉沉走到院子里，小便后又昏昏沉沉地进了房间上了床。床上有个人，一摸是个脱得赤条条的女人。尤小良问你是艳芬？女人没有回答。尤小良摸了摸她的脸，又摸了几把其他的地方，女人只轻轻地哼了哼。不是艳芬，是不会到他的床上的，肯定是艳芬。想先睡一下艳芬的念头早就有之，只是没有机会，现在艳芬送上床来了，这好机会，只有傻瓜才会放弃。睡过女人后特别好睡。一觉醒来，窗子已经白了。见艳芬背他睡着，他搂了她过来，这时尤小良看清了，与他睡在一起的不是艳芬是艳芳。他问她你怎么睡到了我的床铺上？艳芳说是你睡到了我的床铺上。尤小良一看，真的，是他睡到了艳芳的床铺上。尤小良感到大事不妙，知道昨夜走错了房间，上错了床铺，急着要脱身。这时，艳芳拉住尤小良，哇的一声哭了。静悄悄的早晨，突然响起的哭声，惊动了梅家。先是梅艳芬进了艳芳的房，见了尤小良的丑相，呆了一下，打了一记他的耳光，一声不响回了母亲的房，接着梅爸、梅妈进了艳芳的房，一见这意想不到的丑事，没有打尤小良，父亲打了一记艳芳的耳光后，母亲举了举手，没有打下，哭着说叫我们今后怎么做人。

艳芳说她已没脸见人，闹着要去寻死。艳芬哭了一会不哭了，她说，尤小良是个流氓，她死不嫁这个流氓。家丑不可外扬，这种丑事只能在自己家里解决。梅爸、梅妈听了艳芬不嫁尤小良这句话，逼着问尤小良你打算怎么办？

尤小良说，这都是我不好，对艳芬，我头发都没有碰她一根，只能说声对不起她了，对艳芳，发生了昨夜的事，我是要对她负责的，而且要一直负到底。梅爸、梅妈就只要尤小良的这句话。

就这样尤小良娶了梅艳芳。

对不喜欢的人，是喜欢不起来的。不喜欢归不喜欢，尤小良还是与梅艳芳生了两个儿子、一个女儿。他们的日子在子女的慢慢长大中过去了。

梅艳芳嫁与尤小良不久，梅艳芬也出嫁了。姐妹俩成了陌路人，各自过各自的日子，没有来往过。

后来公私合营，尤小良的小店合营进了商店，商店不久又并进了供销社。尤小良一直在供销社工作。退休后，他常到女儿家住，一住就是10天20天的，梅艳芳见他不回家，老是骂着：这个老不死的。

今年春天，尤小良病得很重，他叫来了儿子和女儿，提出两个要求，一是眼镜一定要让他戴到那个他将去的世界，二是请你们的姨妈艳芬来一次，我有话要对她说。女儿说姨妈肯来吗？他说她一定会来的，将死之人的要求不能不满足。

梅艳芬真的来了，她坐到了他的病床上，没有叫他妹夫，叫了声小良。小良是他们订婚后她对他的称呼。尤小良握着她的手，握得紧紧的，咽下了最后一口气。梅艳芬哽咽，哭不出声音；梅艳芳喊着哭。哭到后来，梅艳芳抱着梅艳芬哭，梅艳芳说：小良心中，一辈子有的是你，我对不起你。

彭阿英

娶个媳妇，容易的人真容易，事先没有听过风见过雨，一个花容月貌的女子娶到了家里，在左邻右舍大吃一惊的同时，心中也会产生多少妒忌，这小子长得猪八戒一样丑，娶的媳妇像个嫦娥，艳福不浅呀！娶个媳妇，不容易的人也真不容易，今天经媒人撮合，明天女方上门看看，看看后几天没有回音，等到最后，得到的是吹了的回音。几次三番只有雷声没有雨点的事，成了街坊们茶余饭后的话题。陶答子在三年之中，经媒人牵线，介绍了十几个女人，这十几个女人来自东南西北，难以相信，回绝陶答子的竟然会是同样一句话：思考再三，没有什么原因，事情就到此为止。岁数不饶人，陶答子急，陶答子的父母更是急。本乡本土的女人老辣，眼睛是朝着天上长的，陶答子的父母打破了习俗中娶媳妇非要本乡土的旧观念，眼睛放到江北。人人都说江南好，一个向往江南的江北女人彭阿英，闪电一样地嫁给了陶答子。陶答子是娶不到本乡土女人后，才娶彭阿英的。

彭阿英长得不丑，只是个子高些，皮肤黑些，缺少江南女子那种长在骨子里的水一样的柔情。陶答子渴求的是女人水一样的柔情。彭阿英与他理想中的女人差得太远。她的穿着，上下身的颜色不协调，这还带得过去，最不好的习惯是在人前大笑，不知按住嘴，任一口不整齐的牙齿亮相在众人之前；说起话来，不经思考，不知这话好说还是不好说，说得父母和街坊邻居皱眉头。

在一个人身上找优点，会找出满身优点；若是在一个人身上找缺点，也会找出满身的缺点。

陶答子在彭阿英身上找出满身缺点后，在其他女人身上找，都找出了满身的优点。陶答子是镇供销社杂货门市部的负责人。门市部除了他，还有一个结婚不久的女营业员花巧珍。花巧珍的男人在部队当排长。家属随军要有一定年限和级别，花巧珍说还有两年，她就要随军了。陶答子在独守空房的花巧珍身上找到了渴求的女人的柔情，慢慢地两人好上了。好上了不久，东窗事发。在那个年代，男女之间的奸情，都要算到男人身上的。陶答子以破坏军婚之罪，被判处了五年徒刑。

彭阿英在陶答子被押送劳改农场时，腆着她的大肚子，去送陶答子。

陶答子说：我罪有应得，我对不起你，回去后，把肚里的东西人流了，你去嫁一个比我好的人。

彭阿英摸了肚子说：我们江北的男人，都比你好，我瞎了眼嫁了一个好地方的坏男人。人流不人流你管不着，我嫁人不嫁人，你也管不着，你还是管好你自己，五年官司，你给我老老实实认认真真地吃。

原来，供销社主任答应彭阿英到供销社食堂里做临时工，陶答子进了劳改农场，这事没有了下文。彭阿英到居委要工作，现在她是劳改犯的家属，居委主任怕别人说她安排彭阿英工作政治立场不稳，推诿着说，你生了孩子再说。彭阿英生了个男孩，满月后她抱着孩子去向居委主任要工作，居委主任还是推诿，说孩子大了些再说吧。这时，彭阿英的没有文化起了作用，她把孩子放到居委主任的办公桌上，没有工作，我要饿死，小孩子要饿死，小孩子要不饿死，拜托你主任，给小孩子去找个好人家养他，为了我自己不饿死，我立即回江北去嫁人了。说完，她头也不回，抹着眼泪，走出了居委。

彭阿英终于得到了一份工作——镇上倒马桶的清洁工。

那时虽说工作不分贵贱，都是为人民服务，可是倒马桶的工作，在众人的眼中，是个等而下之的工作，只是大家不说而已。

镇上倒马桶的清洁工，一年要换几拨人。有的清洁工干了一段时间后，除了累外，马桶的味道会跟着她走，这实在不是个滋味，就辞职不干了。有的清洁工干了一段时间外，客户提出了意见，说刷锅边要用丝瓜筋刷几遍，倒马桶怎能不用竹帚刷上个几十遍？马桶底里的尿秽快要一寸厚了。居委为了客户的清洁卫生，只能换人。

中街街区的马桶，由彭阿英负责。原来的清洁工，用一条扁担，扁担的两头系两只带绳的铁钩，一只铁钩上挂着两只马桶的铁环，一担能挑四只。彭阿英为了节省时间，到农具厂定打了有一根铁条上伸出三只钩子的铁钩，这样她一担能挑六只。有了三只钩子，挑着走时，马桶少了磕碰，一路上空气中卫生了不少。其他清洁工刷马桶里面，用的是长柄的粗竹帚，彭阿英到农具厂的刨床上，收拾了不少刨下的废铁丝，扎紧在木棍上，用来刷马桶。彭阿英马桶刷得干净，镇上人说闲话，常有人不由自主地提到她。

嘴脏的人会经常得到这样一句教训：你的嘴真需要请彭阿英刷一刷。

不讲卫生的人，会有人这样的嘲讽：彭阿英刷过的马桶都比你干净，味道要香一些。

甚至刷锅洗碗不清洁，有人会说：你的锅和碗还不如彭阿英刷的马桶干净。

彭阿英倒了五年马桶，陶答子刑满释放回到家，一个五岁的小男孩叫他叔叔。在一旁的彭阿英说：他不叫叔叔。小男孩叫他伯伯。彭阿英说他不是伯伯。小男孩说他不是叔叔，又不是伯伯，他是谁？彭阿英说：叫爸爸。小男孩陌生地看了陶答子一眼，顺从地叫了声爸爸。

陶答子跪倒在彭阿英面前。

以后，有人与陶答子说到家，他总会说这么一句：

没有彭阿英，我也就没有这个家。

韦富平

镇中学的老厕所改建，工匠头头老泉带来的韦富平等几个做杂活的小工（临时工）。老厕所改建，比建一只新厕所还麻烦。老粪池要挖深扩大。挖深扩大的事，由几个小工包着干。老厕所已经有近半个世纪的历史，粪池内酿久着的陈年老臭，使在粪池内挖秽土的小工，口罩上戴着口罩，也像是没有戴口罩似的。下粪池内挖秽土，有的小工能推则推，能赖则赖，韦富平见他们不愿意下，怕耽误工时，只能自己下去。韦富平嫌戴着口罩闷，他不戴口罩，是怕衣服在臭气中浸泡久了，难以洗净，他总是光着膀子。中学的江校长，每天要到工地踏勘几次，每次都看到韦富平在粪池内光着膀子干。江校长大为感动，他对挖秽土的韦富平说，我在上边闻到这臭气，就有一些吃不消了，你在下边，口罩都不戴，你真行。韦富平回答说：闻惯了，也不觉得臭了。江校长心想，学校的后勤部门，有一个像他一样不怕苦不怕脏的工人，垃圾箱和厕所就不会天天像猪圈一样了。

厕所完工后，江校长做主，留下了韦富平。学校的后勤部门，听从江校长指示，把清扫厕所、垃圾箱的工作分配给了他。后勤部门的陆总务，数学老师出身，工于计算，韦富平打扫厕所和垃圾箱的工作量不足，另外分配他负责全校办公室教师的开水供应。

那时学校没锅炉，食堂大灶上的大铁锅只有三只，一只是蒸锅，一只是炒锅，还有一只是粥锅。过去烧开水要等早饭吃完了才烧。开水送到办公室，老师们老是抱怨太晚了。江校长在没有当校长之前，当过十几年普通教师，知道不少老教师一到学校，习惯要喝一口水润润喉咙，他就在食堂边的一间小屋里，专门砌了一个烧开水的小灶。小灶可以烧煤炭，也可以烧柴火。工匠砌小灶时技术不到家，引着煤炭烧好开水，把这小灶封后，可到下次要烧开水了，煤火已经熄了，只得重新引火。煤炭质量差，每引旺一次火，要一两个小时。韦富平每天清早提前两个小时给炉灶引火，才不会耽误送开水的时间，才不会耽误接下去要干的冲扫厕所和清垃圾箱的工作。一次他送开水迟了，为怕老师责怪，每到一个办公室，他解释煤炭引不着火。教历史的黄老师随便说了句：煤炭引不着火，那你就不要烧煤炭，就烧柴火。韦富平得到了启发，他烧开水就不再用煤炭，烧起了柴火。

韦富平送开水，总是先送高三、初三毕业班老师的办公室。毕业班的老师来学校最早。学校里他们能免费享受的只有开水。老师们一见他挑着两只有长嘴的铁桶走进办公室，都是笑脸相迎，夸他是及时雨。韦富平送水，不是把办公室里的热水瓶灌满就走，他还要检查一下办公桌，见办公桌上杯子里放上茶叶的，他就给杯子沏上茶。他知道，老师上一节课，好似戏子唱45分钟戏。上完课，回到办公室，能喝上一口已经沏好的不冷不热的茶水，心里一定会蛮开心的。各个年级办公室里的开水送完了，他才送校长室、教导处、总务处、政教处。有几个刚从教师提升为政教处主任、教导处副主任的对韦富平送水迟于老师办公室，对他有意见，反映到江校长那里。江校长说：送开水总是有先有后的，这是些不值得一提的事情。

原来学校的死角里到处堆放着能烧的柴火。烧开水的炉灶，像是一个无底洞，几个月烧下来，凡是能烧的，都给韦富平烧了。没有柴火，又只能烧煤炭了。一堵简易围墙外边，包工头给学校造的一幢新教学大楼快要竣工了，因为学校无力交出一笔竣工费，包工头停修了工程。简易围墙给调皮的学生扒出了一个人弯着腰可以进出的大洞。韦富平经常在洞边走过，见里边堆着小山样高的废旧模板，过去有柴火烧开水，没有想到模板也可以烧开水，没有了柴火，才想到模板同样是可以烧开水的。韦富平人不高，墙洞像是专门为他开的，每天清早，他进入墙洞，挖走几块他认为已经不能再重新使用的模板，到他烧开水的小屋里，用斧头砍成柴火。模板都是松树锯成的，易燃、火旺，火里还有松节油的香味，一大锅开水，烧上半个小时，就烧开了。

冬天，特别是数九寒冬，韦富平挑着开水进办公室，有的老师喝了，会问他：开水烧开了没有？韦富平说：怎么会不烧开？这个水最多40度。韦富平说，冷到零下八九度，我的两只铁桶，从开水房挑到这里，有几百米的路，我怕开水要冷，救火似的挑到这里，假使不救火似的挑，开水早就冷成温吞水了。韦富平还想说，自来水龙头冰了，放不出水，我是吊的深井水，井绳冰硬了，我戴了手套，手心都磨得发疼了，天若是像今天一样冷下去，深井里也结了冰，这个不烫嘴的水，你也就没得喝了。韦富平对老师是很尊敬的，他听这老师说水只有40度，就对这位老师说，铁锅里140度的水也有，你要，你给我只热水瓶，我给你去灌。听了韦富平的话，老师们笑了，问他，你烧沸的开水有几度？韦富平不知是真的不懂还是假的不懂，回答说：铁锅里的沸水起码有一百几十度。

一次，一位考取研究生的年轻的胡老师写给他一封信，韦富平不识几个字，胡老师的字又写得潦草，他把信带到高三办公室叫李老师读给他听，李老师读着读着，大声地读了起来：我最爱喝你烧的开水，这水不冷不热，喝在嘴里真可口，甜津津的，我每次喝到大学里的带有一股消毒水味道的开水，我就想起你烧的开水。韦富平很开心，他难以相信，他烧的白开水，胡老师喝了，隔了很久很久，他还想喝。

学校付给包工头教学楼竣工的款项后，在继续开工的第一天，他发觉小山样的模板不见了。他问江校长，学校是否借用了？江校长说，借模板干什么？包工头不信门户不开，家里会少了桌子，他在学校的角角落落里暗访，没有发现一块模板。韦富平见包工头鬼头鬼脑的，问他在寻什么？包工头说，看看学校有没有借我的模板。韦富平心想，你的模板全给我烧成灰了，你寻得到个屁。包工头见韦富平在笑，问他笑什么？韦富平说，我笑你的鼻子像只洋葱头。

从没有人说他的鼻子像洋葱头。包工头觉得奇怪，我的鼻子怎么会像洋葱头？韦富平随便的一句话，使包工头摸了半天鼻子。回家一照镜子，鼻子红里发紫，真正像个洋葱头。

康 伯 伯

北街上，有好几个女人的长相像男人。细看，有的只是部分像，像得最全面的，是康小妹。她的屁股瘦小，瘦小得看似没有屁股，胸部平塌看似没有乳房，走路不扭腰，开口说话，会吓你一跳，声音又粗又钝。陌生人听了，会以为不是女人在说话，是一个男鬼附在她身子上，借用了她的喉咙。康小妹知道自己太像男人了，谈到男人像女人、女人像男人的话题时，她会开刷一下自己——猪八戒急着投胎，投到了老母猪的肚子里，弄得人不人猪不猪的。她也一定是急着投胎，忘记带了男人裤裆里的那杆枪，使得自己只有那个地方是女人身。康小妹说完，先笑起来，笑声刺耳，像是鸭子在笑。

镇上人叫康小妹为康伯伯。伯伯，这是镇上人对叔父和姑母的称呼。康小妹没有子女，也没有侄儿、侄女，不知怎么镇上人会大大小小地都叫她康伯伯。她的丈夫钱三青，跟着一支部队打鬼子去后，一直没有回家。她为了过日子，开了一爿小镇上没有的柴草行。那时镇上人烧的都是稻草。稻草都是由村里的农民挑到镇上卖后，买一些油盐酱醋回去的。有时卖稻草的人特别多，卖不掉，只得挑回去；有时买稻草的人特别多，没有稻草买。康小妹的柴草行起了个调节作用。她的柴草行没有门面，只是在她家里的弄堂口挂一块“康小妹柴草行”的木牌。买的人要买稻草，先到她那里登记一下，等卖稻草的找上她家的门，她就肩背一杆大秤，那个大秤砣在她身后一晃一晃的，把卖稻草人领到买稻草人家中，由她负责称稻草。她把秤打得很平，尽力使双方满意。买稻草人付款后，卖稻草人付给她 5% 的佣金。

过年过节，康伯伯要忙上好几天。镇上蒸糕的人家，要火旺又耐烧的木柴。这木柴只需要 20 斤或者 30 斤，做团子、做米酒的人多，需要旺火的豆萁，也只需要 20 斤、30 斤的。康伯伯不识字，可她的记性特别好，当乡下有人挑上一担木柴、一担豆萁来卖时，她就叫上要木柴、豆萁的人，用她的小秤，拆零称给人家。有时，她还给要用稻草换粪肥的人牵线。镇上人幽默地称稻草、麦草为金条，称粪便为金元宝。柴草换粪肥，康伯伯是牵线人，她也就得了“黄金贩子”的外号。康小妹在街上走得急匆匆的，有人会看着她的背影说：换来换去的，这个黄金贩子真正忙。有人问：康伯伯，你的柴草行一年有赚几个钱？她说：能赚几个，我好像是一只鸡，从柴草里寻几粒瘪谷子、瘪麦子、瘪豆子，再从粪坑里啄几条蛆虫，只能喂饱肚子。对康伯伯的回答，问的人把她的话回味一下，能笑上好几个晚上。

康伯伯有人缘，口袋中有掏不完的橘子糖。橘子糖形似橘子剥开皮后一瓣一瓣的橘囊，颜色也是橘黄的。谁家的小孩叫她一声康伯伯。她把从口袋中掏出的牛皮纸打开，拈出一瓣糖，放到小孩子的口中。小孩子抿了抿。她问甜吗？孩子说甜。她摸一摸孩子的头，说声真乖。街上几乎每一家结婚办喜酒，生了小孩办三朝喜酒，六十、七十、八十大寿的寿酒，他们都不会忘记康伯伯。康伯伯被邀请，觉得很有面子。办酒的人家见康伯伯不缺席，也觉得很有面子。每次去吃酒。康伯伯会打扮一新，从不忘递上一个红包。酒席上，她多喝了几口酒后，会说一些有关自己的旧事。在没有出嫁时，家里人称呼她“公子”。她女扮男装，喜欢混在人堆中看戏台搭在露天场地上的社戏。扮相英俊奶油，站在戏台前，戏台上的戏子唱几句就给她抛一个媚眼，曾有一个戏子看她看得失了神，把平时背熟的唱本唱了个颠倒。她还说，她的祖父当过长毛（太平军）。长毛打进苏州城后，他与十几个一起的长毛抢劫了一座银楼。他们抢到了一麻袋金器。分赃时，项链、手链他都没有要，只要了几百只金戒指。他把戒指用一根细麻绳串着，系在腰间。太平军打了败仗后，他开了小差逃回了家中。几年中，他悄悄地变卖了这些戒指，用这变卖来的银钱，买了田地，造起了大房子。

康伯伯说话，不允许旁人插嘴提问。当同桌的人问，那个唱颠倒了唱本的戏子后来怎么样？你祖父是怎样变卖这几百只戒指的？她先是回答，别插嘴，我还没有说完，听我讲下去。大家听她讲下去，讲到散席，她还是在讲下去，喝了酒的人说的是醉话。醉话不能当真，没有喝酒的人听了她的醉话，她醉话句句当真。听的人一定会认为自己的神经出了毛病。康伯伯从不与人谈论她的娘家旧事，假使酒醉时的话是真的，这是小镇上人唯一知道的她的娘家旧事。

1968年，康伯伯60岁。她剪了个男人头。那时衣服的色彩男女不分，她在小街上走过，步履仍是那么急匆匆的，不细细看，还当走过的是一个头发花白的小老头。8月里，天气仍然热得难熬，屋里没有风热得像烘炉。镇上人摇着蒲扇在乘风凉，这时，大家在悄悄地传着一个消息：康伯伯进了“文攻武卫”指挥部。“文攻武卫”是小镇上清理阶级队伍的一个专政机构。镇上人谈到它，总会想起在《红岩》中读到的渣滓洞、白公馆。请进“文攻武卫”的人，除了地、富、反、坏、右五类分子外，还有走资派、现行反革命、潜伏得很深现在刚刚清理挖掘出的特务分子。康伯伯不是五类分子，不是走资派，不是现行反革命，那一定是潜伏的特务。

乘凉的人在议论着康伯伯时，康伯伯正在“文攻武卫”的审讯室里。

满头大汗的康伯伯坐在硬板的方凳上，用什么都不明白的眼睛盯着审讯她的人。小镇子的发电机电力不足，15 支光的灯泡红得像一只熟透了的西红柿。记录的叫沈超，康伯伯认识，他曾经吃过康伯伯不少橘子糖。她的眼睛看他时，他老是避着，难得看她一眼时，他的眼神陌生而又无奈。还有一个 20 多岁的年轻人，穿着一身没有帽徽领章的新军装，一脸的严肃。康伯伯觉得这张脸很熟，想了又想，终于想出来这张脸活脱脱像皮匠阿二。她到皮匠阿二那里绱鞋子时，皮匠阿二在与人谈论，他的儿子小喜退伍了，找不到工作，镇里的头头叫他到“文攻武卫”去，皮匠阿二坚决反对，对儿子小喜说“文攻武卫”的意思是你说不过人家，就用拳头打，可他不听。还给我讲了“文攻武卫”是专政的工具，保卫什么司令部，犟着进去了。这是康伯伯无意之中听到的，穿军装的一定是皮匠的儿子小喜。

审讯开始了，小喜拿着几张纸晃了一晃后告诉她，这是革命群众的检举信。他问她，是你自己坦白，还是我先把群众检举的问题读给你听，任你选择，不过，你先说的算坦白，坦白从宽，先读给你听，还不是坦白，要算抗拒，抗拒从严，你郑重地考虑一下，选择从严还是从宽。

康伯伯一头雾水，实在不知道那纸上检举揭发她的是什么。活了 60 多岁，摸着良心过日子，自信自己清清白白。她对小喜说：革命同志，说心里话，我想坦白，坦白从宽，可我没有什么可以坦白。你把人家检举揭发的信念给我听吧，假使检举揭发的是真的，我认了抗拒从严的罪名，枪毙我，我也决不喊一声冤枉；假使检举揭发的罪名是没有的事，革命同志，你要替我做主，不要给我按上抗拒的罪名。小喜冷笑一声：康伯伯还想与我讨价还价，抗拒从严就是抗拒从严，抗拒想从宽，你别做梦。既然你要抗拒从严，那就满足你。

你的祖父当过太平天国革命的逃兵吧？

我的姑妈说的，他是太平军的逃兵。

你的祖父破坏革命纪律，抢过苏州的银楼？

这也是我姑妈说，他抢过。

你祖父用抢来的金银变卖后，买了田地，造起了大屋，你的成分应该是地主，为什么在你的档案里填上了贫农？

这我不知道，我的成分是土改时评的。

你贩卖过多少黄金？

革命同志，检举的人一定搞错了，我牵头稻草换粪便的线，镇上人把稻草和粪便称作金子，“黄金贩子”是人家给我的笑话。

这时沈超在小喜的耳边说了几句后，沈超对康伯伯弹了弹眼睛：康伯伯，你祖父当过太平军的逃兵和你的成分问题，暂时先搁一搁，你先回答几个重要问题。

你的哥哥叫康泽吗？

是叫康泽。

曾在国民党军队里干过？

是呀！

当的是将军？

是将军。

是中将还是上将？

这个我不知道。

只听得小喜说一声好，他看了看手表，已经是一点多钟。他笑着对康伯伯说，今天你有立功的表现。他又问了康伯伯娘家的地址后，他说你可以回家了。康伯伯不相信自己的耳朵，问他，你说什么？小喜重复了一句，你可以回去了。康伯伯阿弥陀佛了一句，说我当是进来了就会出不去的。康伯伯起身要走，沈超说：康伯伯，小夜饭已经烧好，你吃了一碗肉丝咸泡饭再走吧。她说了声不饿，逃也似的离开了“文攻武卫”。

小喜和沈超征得领导同意，到康伯伯的娘家外调。他俩临走时，领导握了他们的手，嘱咐一定要抓住康泽这条大鱼。

到了康伯伯的老家，经过调查，康伯伯的哥哥是叫康泽，是在国民党军队里当过兵，死了已经十多年，他没有娶妻，康家已成绝户。

小喜和沈超回到小镇，向领导一汇报，怕这事成为小镇上的笑话，叫他俩要绝对保密，后来这事传了出去。有人问康伯伯，你怎么把你的哥吹成了将军？康伯伯说，我吹什么，没有吹，他当的是蒋匪军，蒋匪军不是简称蒋军。

广 林

麻福利生过天花，脸上留下了一些纪念。他从懂事那天起，就讨厌脸上生过天花的纪念，也讨厌自己的姓。他想改姓娘的姓，可娘又姓马，叫马福利。麻福利和马福利没有什么区别，改也无用。他对父亲说，一听有人叫我麻福利，觉得他们在骂人，实在受不了，我是不是可以改姓张？姓张不行，改姓李也可以。父亲说名字可以改，姓是不能随便改的，你又不是你娘与姓张的男人生的，或者和姓李的男人生的。即使你娘与别的男人生的，你养在我麻家，只能姓麻，改其他什么姓都不行。

麻福利一听到麻字，脸就会突然一热。长辈叫他小麻，他不理长辈；老师和同学叫他麻福利，他不理老师和同学。只有叫福利时，他才会应声回答。长辈、老师和同学明白了叫他麻福利不理睬人的原因后，为不使他难堪，叫他时，都省去了他的姓字，叫他福利。

麻福利小学毕业后，跟赵师傅学瓦工。赵师傅叫他小麻，他一听小麻，心里就恼怒，爱理不理的，赵师傅见他爱理不理，也恼怒了，大声叫他小麻子。麻福利心里恨呀，恨得想杀了他。在大队书记家干活时，一个偶然，他窥见师父与大队书记的女人在床上，赤裸着身子搂在一起。麻福利把这事传扬了出去。大队书记请人把赵师傅打了一顿。赵师傅认准是麻福利说出去的，解除了与他的师徒关系。但赵师傅始终不明白，麻福利为啥要这样做。

小镇邮电局的吴局长与麻福利的父亲在小学同过一年学，他请局长帮个忙，给他儿子找个工作，说过后，他在夜里给局长送去了100斤新大米。那时局长一个月的配给粮只有28斤，100斤大米是一份厚礼。邮电局局长的手伸不到别的单位，在自己的邮电局里给麻福利挤出了一个临时投递员的位置。麻福利去报到，局长叫他小麻同志。麻福利满脸通红。到新的单位，不能让人叫惯了小麻同志。他鼓足了勇气对局长指了指自己的脸说，不要叫我小麻同志。局长看了看他涨红的脸，点了点头，说那叫你什么？麻福利说叫我福利同志。局长说这不行，我叫吴福理，利和理，字不同音同，局里的下级都叫我吴局长，镇里的同志和县里的上级称呼我福理同志，这不妥当。局长想了想笑着说，把麻字拆开，可不可以叫你广林同志？广林合起来是你的麻姓，合乎行不改姓的古训，也避开了你的忌讳。吴局长说得有理，麻福利赞成这么叫。

在邮电局全体员工会议上，局长指着麻福利介绍：这是广林同志，我们局里新来的投递员。局长叫他广林同志，局里的同志原来不认识麻福利，当是他姓广，单名林，跟着局长叫他广林同志，不跟着局长叫的叫他广林。叫他广林同志也好，叫他广林也好，他听得心情就会好起来。

麻福利负责镇西片乡村的投递，报刊邮件少，最多时只有满满的一邮包。但这一邮包的报刊邮件要分发到几十个小村，一天要走好几十里路，而且路都是狭窄的泥路。送完报刊邮件，回到局里，吴局长说广林同志你辛苦了一句话，使得麻福利浑身舒坦好像洗了一个浴，疲累消失得无影无踪。

四大队的京书记，自费订了份省报，每天要送到他家。没到京书记家门口，京书记的女人琴芳已经在候着了。琴芳四十岁不到，看上去只有三十多岁，大屁股，笑起来十分迷人。麻福利第一次送报纸到她家，她递了杯冷开水给他；第二次送报到她家，她泡了杯红茶，茶里放了不少红糖。麻福利喝茶时，她与他攀谈，问他家庭人员、婚否，他随问随答；只有问他姓名时，犹豫了下，他才说：我叫广林。以后送报到她家，她总是广林、广林亲热地叫着。麻福利与她说话，常常说得忘了时间。一次，麻福利到了她家门口，不见琴芳，他叫有人吗？只听里屋琴芳在说：广林，把报送进来。琴芳在卧房里，麻福利犹豫地站在房门口。琴芳说：站着干什么，进来呀。麻福利跨进房门，琴芳扑过来搂住了他，她的舌头滑进他的嘴里，像一条活泼的泥鳅。麻福利没有碰过女人，此时骨头都觉得软了，任她摆布。她的手伸进他的裤裆，抚摸着他那勃起的东西时，门外响起了咳嗽声。琴芳对他说：我的公婆来了。

多美的事呀！麻福利的灵魂像给琴芳勾去了似的。床上做戏不安全，琴芳出了主意，领着他到了村后河边茂密的柳树林里。琴芳脱了裤子，露出雪白的屁股，她蹲着，不肯躺下去。她喘着气说：地上好脏呀。麻福利把邮包放到地上，邮包太高又太硬。琴芳从邮包中拿出叠报纸，铺开填到了自己的屁股下面。以后，只要琴芳高兴，麻福利就与她到柳树林去云雨一番。

有人打电话给吴局长，说缺了几号几号的报纸，也有人打电话给吴局长，说你们送来的报纸，烂兮兮的，像是屁股扭熟似的。局长对麻福利说：广林同志，有人反映缺了报纸，还说报纸像给屁股扭熟似的烂兮兮，有没有这回事？麻福利说，报纸发到大队部，人多手快，可能报纸给弄丢了，看的人多，看得烂兮兮，这不能怪我们邮局。局长认为麻福利说得有理，加重了语气：广林同志，今后送报，最好要送到订阅的人手里。

一次，麻福利专门到京村的大队部送一封加急电报。送了出来，走过妇女主任的办公室。办公室的门关着，里边有人在说话，声音像是琴芳的。琴芳说话，当然要听。有个女人在说：有人看见你与那个邮差到过柳树林，你们做了些啥快活的事情？琴芳说：不要说没有去过柳树林，我看见那个小麻子就恶心。麻福利一听小麻子，差一点哭出来，她嫌我麻子，还要与我搞，只是要我给她快乐，女的叫婊子，男的叫什么？麻福利想不出男的叫什么。从此以后，麻福利想到与琴芳做的那件事，鼻子像是闻到了琴芳下身的味道。

麻福利运气真好，县邮局下达一个转正名额，镇邮局没有与他竞争的人。填表格的时候，在姓名栏中，他再三犹豫后，填上了“广林福利”。审查的人可能认为姓名是绝对不会错的，没有核实，在下发的转正名单上写上了广林福利，工资单上也是广林福利。以后，身份证上名正言顺地印上了广林福利。

麻福利 28 岁，在父母的催促下，给他说过一次媒。女的叫路英。见面时，路英看了他一眼。他一眼都没看路英。见面后没有下文，他也没有去问过媒人。星期日他休息，他母亲对他说：这事还搁着。路英说，家庭条件，她十分满意，不满意的是我们家的姓，你是否有挽回的办法？麻福利回答母亲：不要来烦了，我不娶女人了，真的。

后来，麻福利真的没有娶女人。

邮局里的人换了好几茬，麻福利上了年纪，皱纹淹没了天花留在他脸上的纪念，但也已经没有人知道他姓麻。称呼他，还一如既往，都叫他广林同志。

县局的职工档案复查，档案室新来的年轻人看见广林福利，觉得这个姓名很怪。广林与诸葛、司马、上官一样是复姓？不是复姓，姓广，名林福利，真拗口，也许不是，是复姓，这个复姓，可是第一次见到。

赖 各 兴

季节听到赖各兴不惜花重金，为孙子和外甥女选择高中的消息，打了个问号后，想不通他为什么要这样做？很想见一次赖各兴，询问一下，同时还想问一问，在几十年前，他读完了四年级时，为了什么一声不响就辍学不读了？想着赖各兴，有几件往事，真的像是发生在昨天，有的还惹得季节傻瓜样地笑了起来。

这要怪老师，用方言读赖，读成了癞。赖各兴叫成了癞各兴。镇上人叫起人来，为表示热乎，姓或名之前，欢喜加个阿，叫赖各兴叫阿癞。上海人自称阿拉，镇上方言，阿拉和阿瘌不分，有人又叫起赖各兴上海人。小学四年级时，季节与赖各兴同座。季节母亲问季节这学期你是与谁坐的？季节说是上海人。她好奇，说上海人怎么会到乡下来读书？季节说不是真的上海人，是阿拉赖各兴。季节这么说，不知他母亲听得越来越清楚，还是越来越糊涂。

那时四年级升五年级，要进行初小升高小的升学考试。班主任要每个学生交五角钱报名。赖各兴成绩中等偏上，家境在班里同学中，也是中等偏上，不知为何，赖各兴没有报考。

赖各兴家在小镇的南边，季节的家在小镇的北面，小镇虽然不大，几个月中，季节与赖各兴没有碰过面。在一个星期天，很是巧，赖各兴牵着一头水牛在上石桥，下桥的季节与他擦肩而过。

好久没有见到赖各兴了，季节很高兴：上海人，这牛是你放的？

赖各兴回答：是阿拉放的。

这时牛尾巴一翘，牛粪噼噼啪啪打在桥石上。季节怕溅着牛粪，惊慌地躲到了一边。季节躲开牛粪的样子一定很可笑，惹得赖各兴的小眼睛，与过去一样笑成了一条线。

隔了好几年，部队到镇上征兵，是技术兵，只征六个适龄青年。经过政审和体检，赖各兴也在其内。在敲锣打鼓送新兵上县城的小拖轮上，也去参加欢送的季节看见赖各兴穿着肥大的军装，立在船头，向码头上送行的人招着手，满脸笑容。技术兵好像餐桌上的人人爱吃的一盆红烧肉，给赖各兴他们几个人吃去了，季节馋得咽口水，可又不能说，还要装得很高兴的样子，到轮船码头，招着手去送行。可是过了十几天，季节在收购站卖一只破铁锅，碰见了赖各兴。他穿着那身肥大的军装，在卖兔子毛。

季节好生奇怪，说阿拉，你怎么不在部队？

赖各兴脸红了，说了声倒霉。

原来集中到了县城，51 个名额中，部队只要 50 个，一个都不能多，要劝退一个。赖各兴没有想到这一个会是他。新兵排长找赖各兴谈话，说他什么都合格，只是文化水平仅有初小，其他人都是高小以上。技术兵，文化低了当不好，只能委屈你了。赖各兴哭过闹过，耍着赖皮不走。县武装部的一个王干事找他谈话，他到了武装部，等了半天，王干事来了，告诉他新兵已经开拔了，说完，王干事给了他船票，由一个板着脸的老兵，押送他回了家。回家后，才听说他的名额给一个县里的干部子弟调了包。季节说可惜。想不到赖各兴会说：可惜什么，我村上的老太公说，好铁不打钉，好男不当兵。

葡萄吃不到，说葡萄是酸的。

季节看着他那身脏兮兮的军装，笑了一笑。赖各兴说，你笑什么，新兵排长要我脱下，我赖着不脱，就穿回来了，不少人还当我是退伍军人。

季节以后多次见到赖各兴，因为无话可说，他们相互只是点点头，或者笑一笑。他在镇上搬运队（镇上人叫脚班）工作时，他当了队长。队里的队员，没有人叫他队长，都叫他阿拉。有一次，季节遇见他，没有话说，说了句阿拉你怎么像是矮了一些？这无意的一句话，使得他长长地叹了一口气。他说每天在船上装货、卸货，少则五六吨，多则十几吨，都要靠两个肩膀挑，不把人压矮，才有鬼呢。

他给了季节一个难忘的痛苦的表情——两条眉毛倒挂，眼睛成了三角。

镇上通了公路后，脚班解散了，赖各兴到一家镇办厂当门卫。镇办厂转资后，他回家搞起了养殖。

去年秋天，赖各兴一下子成了镇里的名人。他的孙子和外甥女同时初中毕业。孙子报考的镇上省三星级高中，距离录取分数线还差三分，他的外甥女报考的市里的省四星级高中，距离录取分数线也是相差三分。教育进入市场以后，距离录取分数线相差不多的，学校可以搞创收，省三星级高中，从相差一分到三分，只要缴纳三万元，可以买得一个录取的名额；省四星级高中，相差一分到三分的，只要缴纳五万元，也可买得一个录取的名额。赖各兴的儿子交不出三万元，准备读一所中专算了，女儿更是交不出五万元，准备就读镇上的三星级高中。可是赖兴说不行，能读上三星级高中的绝不能读什么中专，能读上四星级高中的绝不能读什么三星级高中。没有钱砸锅卖铁也要读。儿子没有砸锅卖铁，女儿也没有砸锅卖铁，赖各兴掏出了自己准备养老的积蓄，给孙子买了个省三星级高中的名额，给外甥女买了个省四星级高中的名额。为这事，有好长一段时间，镇上人议论最多的是赖各兴有多少钱。有人说起码有百万，为孙辈读书，就舍得掏出八万元，而且掏得不动声色。赖各兴成了镇上的有钱人。在今天的镇上，有钱人，就是名人。

元旦那天，季节到镇上的老浴室洗澡，遇见了赖各兴。赖各兴问浴室的服务员要一把剪刀，修理一下脚趾甲。服务员对他说，现在有了修脚趾甲的师傅，浴室已经不备剪刀，你要修理脚趾甲，请师傅修理吧。赖各兴说不用了，我回家后修理。有几个与赖各兴熟悉的人打趣着说：阿拉，修个脚趾甲还要自己修理，你不怕你的钱会发霉，还是想孙子生了儿子，你给他们再去买个五星级、六星级的高中？赖各兴没有理会他们，他们说了几句，没有人接口，也就不说了。

季节不抽烟，但是经常备着。烟有害健康，有害也有利，它可以使疏远你的人向你靠近。季节掏出香烟，对赖各兴一晃，意思是抽烟不抽烟？赖各兴犹豫了一下，从烟盒中抽了一根。从他这犹豫中，季节觉察到他抽烟，但是自己不备烟，有就抽，没有便不抽。他吸了一口，夸了一句好烟。季节抽了一口，狠狠地吐了一口后，问了一句他几十年一直没有机会问的话：

在四年级时，你的成绩一直比我好，你为什么不读五年级？

赖各兴的回答，使季节吃了一惊：

我那吃屎的娘老子（母亲、父亲），就是舍不得那报名的五角钱。我也像吃了屎，没有努力争取一下，糊里糊涂地放起了牛。就这样，一只棋子没有下准，我做了一辈子的牛马。

说到这里，赖各兴没有再说一句话。他回答了季节几十年前的一个疑问，也回答了季节下一个要问的问题。这问题是你为什么舍得花这么多钱，争取着为你的孙子、外甥女去读省重点高中？

祁翠琴

祁翠琴先是从报纸上看到，再是在阿红娘、小郎的好婆那里听到，今年的大闸蟹大丰收，蟹的价钱只有去年的一半多一点，是过去从来没有过的，今年不吃这便宜蟹，错过了机会，会懊悔一辈子的。报纸上看到的，阿红娘他们那里听来的，也有可能不一定是真的，眼见为实，祁翠琴特意到菜场上蟹摊子那里去调研了一下。

3只蟹一市斤的要40元，五只蟹一市斤的只要20元，20元可以买5只小一些的蟹，男人、女儿和我三个人，每个人一只，10元就够了，每人吃两只，也不过20元出头些。祁翠琴从这个蟹摊看到那个蟹摊，想想20元钱，男人一天工资的三分之二，工作时间以8个小时算，拼死拼活干一个小时，就够买一只蟹，而且买的蟹不是大蟹是小蟹，太不合理了，用这种钱心疼，算了。离开蟹摊时，祁翠琴想假如现在捡到20元，或者玩麻将打扑克赢到20元，那该多美呀，我会毫不犹豫地把蟹买回去，刷净煮好后，男人下班回家，叫他猜一猜，今晚用什么下酒？男人一定猜不出是蟹，当我把蟹端上桌子时，说不定高兴得会像外国人一样，抱着我吧吧地亲几个嘴。

祁翠琴抄小路回家，路过黄大平家的后门时，听得屋里热闹，从门缝里看进去，半屋子的人，围着一张桌子，在玩牌九。黄大平家的后门在一条小弄堂的拐弯处，没有人告密，这是一个安全度相对说来算高的地方。祁翠琴看过不少次牌九，在一旁常常为别人激动得热血沸腾，可无数次的诱惑，没有诱惑祁翠琴下过一分钱的赌注。家里还有事，衣服还浸在脸盆里，再迟些时间洗，今天要晾不干的。迟疑了一会，祁翠琴正要离开时，门开了，是天天要玩牌九的肖华生，他说他快给尿憋死了，叫祁翠琴别拦着他的路，要走快走，要进屋去就快进屋去。肖华生这么一说，祁翠琴真的进了屋。

摆庄的外号叫老鹰，老鹰在去年冬天玩赌时，遭遇民警的伏击，逃跑时从三楼跳下来，摔断了腿，给民警擒住后，罚款加上医药费，花了好几万，销声匿迹了半年多，赌瘾复发，又聚众玩起了牌九。

玩牌九的和看玩牌九的眼睛盯在牌上，都没在意祁翠琴进屋。祁翠琴听得几个人一声欢呼，原来赌注下在“上门”的几个点子大于庄家，一个下注 100 元的赢了 100 元，一个下注 80 元的赢了 80 元，一个下注 5 元的赢了 5 元。她十分懊悔，没有下注 50 元，不然，就赢了 50 元。“上门”连“鲜”，老鹰虽在“下门”“上角”那里赢了些，但庄家老鹰还是输了几千元。老鹰面不改色，嘴里叼着支早已熄了的烟，眼睛里的光，冷气逼人。

祁翠琴见“上门”连鲜，只觉得血在血管里发热，手心里出汗，激动得不能自制，掏出 20 元，押到了“上门”。钱押下去时，自己不知道，大声地说了句:“6 只蟹。”

老鹰白了祁翠琴一眼，骂了一句:“神经病。”

打开牌，“上门”7 点，庄家 5 点，押在“上门”的都赢了。

“我赢了六只蟹。”

“喂，祁翠琴你这只春猫叫什么春！”输了的骂她。

“你叫什么，当心输掉了你的宝贝老蟹。”赢了的说。

老蟹是指什么，祁翠琴知道，这话下流，揪了说这话的一把耳朵。

“给你们吵死了，还不闭嘴。”老鹰顺手拍了一下桌子，落手太重，手拍疼了，老鹰用嘴在手上呼呼地吹着气。老鹰嘴里吹出口气，祁翠琴闻到有蟹的味道，她想老鹰赢了钱，一定天天吃蟹，吃的蟹不会是小蟹，起码三两一只的大蟹，这大蟹是输钱的人请他吃的，像个干部，吃蟹不用花自己的钱。

“请押注吧！”老鹰闷闷地说。

有的押在“上门”，有的押在“下门”，有的押到了“上角”，有的押到了“下角”，祁翠琴把 40 元钱在手心里搓了搓，仍然押到了“上门”。押上去时心里在说 12 只蟹。她心里在说，控制不住，嘴里还是说了出来:“12 只蟹。”

“你的神经真有毛病？”

老鹰说话从不喷唾沫星子，这次的唾沫喷壶一样喷出来，喷得祁翠琴满脸都是。祁翠琴的神思集中在牌上，全然没有感到脸上被喷了老鹰的唾沫。

牌打开，屋子里响起了惊天动地哇的一声。

庄家独大，统吃。

老鹰数着钞票的时候，只听得屋外有人说民警来了。一声民警来了，比一声原子弹爆炸了还可怕，大家涌向屋子的前门，前门关着，退过来涌向后门，这时有人在说，不是民警，是拾垃圾的外地人，穿的衣服，颜色像民警似的，远看了当是民警。虚惊了一场后，大家又回到了屋里。

“我们继续吧。”老鹰说。

祁翠琴刚才一吓，背心上吓出了一背心的汗。民警抓到聚赌的要罚款，不管你是惯犯，还是初犯，一律罚款2000元。祁翠琴的汗是为2000元而出。汗一出，祁翠琴清醒了，觉得不能在这里待下去了，头也不回，人也不看，埋着头出了门。

输了20元，不，输了6只蟹，输了比如吃了6只蟹，这样一想，心里宽了不少。脸上有些痒，祁翠琴搔了几下，手指上腻腻的，习惯地把手指往鼻子嗅一嗅，嗅到了带腥的蟹味。

这个蟹味不好闻，蟹若真是这个味道，幸而没有买蟹。

汤平苟

镇的小菜场没建成以前，菜蔬买卖的地方，自觉形成在靠近老石桥南堍的那段老街上。那段老街上，有几家卖鱼卖肉的店铺，有南货店、糖食店，有米店、大饼油条店、面店、馄饨店，卖菜蔬的摊子就设在这些店铺的门前。菜蔬多的菜农肩挑着来，少的则是挽着提着篮子来。他们见哪里有空隙，就把卖菜蔬的位置选定在哪里。那时开店的小老板，不像现在小老板那样势利，见有小商贩在他店门前稍作停留，就会吆喝着不留情面地驱赶。小老板一见卖菜的人把小摊子放到了他们的店门前，有时会提供一张小凳子；下雨了，还会允许菜篮子放到屋檐下，人到店门口躲雨。卖菜蔬虽只有一个早市，但给那段街道，带来了旺盛的人气，店铺的生意，由此而兴旺发达。

菜市上卖菜蔬的人，大多数卖的是自家吃不完多余的，换一些油盐钱，只有少数几个人是靠卖菜蔬为生的。

汤平苟是其中一个。

小镇北街是沿着河浜建成的，走出街梢，过一座石桥几十米，分散地居住着十几户人家，汤平苟的家在田野的一边。他家的菜园不大，一亩地不到。汤平苟的父亲汤齐名，也是种菜的，一个不高的小老头。长年在浇灌粪肥的菜地上劳作，脚板上小腿上得了粪毒，生着镇上人称为“粪怪”的毒疮，这里痊愈了，那里又生出了，一年到头，脚板上小腿上有的地方流着脓血，有的地方结着疮痂。他请过不少有名的医生看过，说这是钩虫的病变，配给他吃了不少的药，可是一直没有见好。汤平苟读到小学三年级，就跟着父亲种菜；结婚后三年，父亲死后不久，他的母亲也跟着去世了。这时，他的女人已经给他生了两个男孩。紧接着的几年中，他的女人又给他生了三个男孩。

那时，还没有使用化肥，菜地上施的是猪肥、羊肥、粪肥（人粪）等有机肥料。猪肥、羊肥只能作基肥，菜地上经常要施的是粪肥。粪肥不够施，汤家父子挑着粪桶到镇上去收购。那时粪肥一担的收购价，大约是一公斤大米的市价。镇上的穷苦人家，卖粪肥也是一宗重要的收入。

孩子们慢慢长大，汤平荀的负担越来越重，菜地上的收入，增加是增加了，可这增加只是杯水车薪，他手头拮据，往往拮据得口袋中一分钱都挖不出，挑着粪桶出去收粪肥，只能厚着脸皮欠账。有时旧账没有还清，又欠上了新账；再欠，自己不好意思，也不知人家是否还愿意不愿意给他欠。菜地上的蔬菜，是不能怠慢的，它要喝水你要立即给它喝水，它要肥你要立即给它肥，你怠慢它，它会立即给颜色你看。

路过汤平荀家，常常会听到汤平荀的女人莫不英在说她的孩子：

阿大，你真正像一条狗，叫你射尿（小便）射在粪桶里，你偏偏要射在墙壁角落里。

阿三，你真听话，懂得屙屎屙到自家的茅坑里了。

乡下的男孩子，能有几个大解小解都能听着大人的嘱咐。乡谚云：吃家饭，屙野屎。这是对乡下男孩子的真实写照。

莫不英知道自己的话，有的时候有用，有的时候没用，说总是比不说好，再是想说的话不说，心里憋着难受。

那时镇上的卫生情况很糟，家家没有卫生设备，倒马桶是妇女每天的必修课。露天的坑缸（粪坑），在弄堂深处，在老屋背后，多到几十只热闹地挤在一起，少的也不寂寞，起码有两三只。这坑缸要到 21 世纪的头几年，才彻底清除。下午三四点钟时，倒马桶的人最多，这时不时听到有人在说：我家的坑缸浅了，粪给舀掉了。

接着有人接口说：你不说，我还没有注意，你一说，真的呀，我家坑缸里的粪也舀掉了。

有的人说过就忘了，有的人却记着，见一个人说一个人，没有多少时间，整条街上传着有人偷粪——有人说得更加形象，说街上有人偷屎吃。

是谁在偷屎吃？

大家猜，猜这个人，猜那个人，猜来猜去觉得都不像。

60 多岁的老段，他的大解时间，十分准时，总是在鸡叫三遍时。在茶馆里，他对瞿左一说，他说他看见了偷屎吃的人。问他是谁时，他说他是近视眼，看得不十分清楚。瞿左一说，别半吊子，你看得不十分清楚，说说你的七分清楚就行了。老段说，这个人身子长长的，挑着两只粪桶，手里提着一把粪杓。说到这里，老段说，天没有大亮，我的近视眼看到他的脸，那张脸像是一只大饼。

长身子大饼脸是谁呢？

汤平荀是长身子大饼脸。

偷粪的是他？

第二天一早，老段与瞿左一说，他今天差一点跌落到粪缸中去。瞿左一说，一清大早的，坑缸不坑缸的，换些话说说。

老段没有理他，继续说着：我蹲下时，脚下一滑，一个后仰，幸得我脑子反应快，双手往后一撑，撑在粪缸沿上，像一条在油里氽着的鲫鱼。我想今天一定要做落坑狗了，正在这时，救星来了，把我搀了起来，你猜这人是谁？老段见瞿左一不猜，主动地对他说，这人是汤平荀。

瞿左一说，他是否来偷粪，碰巧救了你？

老段说，你别瞎说，我那天说的偷粪的，身子长长的，但与汤平荀比，还矮了一些。

瞿左一说：汤平荀搀扶了你一下，使你免去了做一次落坑狗，那我问你，这么早，汤平荀来做什么？

老段说，你这个人的问号为什么这样多？能不能简单一些？

老段的儿子在镇中学当校长。段校长和学校总务找到了汤平荀，校长说他是经他父亲介绍来的，学校里要一个专门打扫厕所的工人，工人不发工资，以厕所的粪肥充当，问他愿不愿意来担任这个工作？

汤平荀不会说话，点了点头，像小孩一样呜呜地哭了起来。

夏天的有一段时间，不少人家坑缸里的粪肥，像是给人舀过。说像是，不似过去，有人来偷，坑缸里要浅去不少，现在只是稍微浅了一些。猜测，是不是偷粪肥的改变了偷的方式？

是谁？一定是他！

一天清早，汤平荀把一个挑着粪桶的豁嘴唇，抓到了石桥上。豁嘴唇要走，汤平荀不让他走。石桥上人越挤越多，才知道汤平荀抓住的那个豁嘴唇，是在坑缸里笊蛆虫的，他家养着几十只小鸭，蛆虫笊回去是喂小鸭的。

离汤平荀家不远处，有一座横跨在大河浜上的石桥。河东边的水牛黄牛过石桥到河西边去，河西边的黄牛水牛过石桥到河东边去，这牛也真怪，一到桥上，就要伸直尾巴屙一堆屎。过桥的牛多，桥上牛屙的屎也多。在夏天，成群结队的苍蝇，叮在牛粪上，人过桥时，惊动了它们，它们又从牛粪上溅出，飞来飞去，嗡嗡声不绝于耳，真正讨厌。过桥的人提心吊胆地要看着脚下走路，又要提防苍蝇落在你的身上，过桥如过一道难过的关口。不知从哪一天起，汤平荀每天早晚两次，他拿着铲子竹帚，把桥上的牛粪用铲子铲到粪桶中，再用竹帚打扫。打扫干净后，挑着粪桶，到桥下的埠头上，挑几担河水——这时，莫不英总会带着一个或两个小孩过来帮忙。莫不英扫着牛粪在桥上的残余，小孩用粪勺子从粪桶舀着水冲洗。他们忙着，直到把石桥冲洗干净。

有人注意到，汤平苟不笑的脸上，会在他把石桥冲洗干净时，偷偷地笑一下，眼睛中也没有了经常有的那种慌慌张张。

胡 汉 全

全镇中小学教师队伍中，胡汉全是一个很有特点的老师。说他的特点，其一是他的坐功。上班后，没有课的话，能一直坐到下班，而且在这期间，大便、小便、喝水这些枝枝叶叶都省略了，教师之中无人能与他匹比。胡汉全说过，坐半天算不了什么，坐上几天几夜绝对没有问题，谁不信，他可以坐给他们看。看他坐几天几夜，这是在开自己的玩笑，为不开自己的玩笑，不信也得相信。其二是他说话时，上嘴唇不动，眼珠子都会骨碌碌转个不歇，笑的时候，眼珠子停着不转了，上嘴唇却不断地颤抖着。

胡汉全原来是小镇中学的语文老师，开学时，缺个政治老师，那时不是所有老师都能教政治课的。教政治课的，除了学校领导，就是有培养前途的积极分子。领导叫胡汉全改教政治，他心里明白，要很快地进步了。政史办公室，名义是教政治、历史的老师的办公室，实际上政治老师——领导都坐在小办公室。胡汉全没有小办公室可坐，从语文办公室搬到了政史办公室。

语文组的小胡几次与政史组的王老师说，胡汉全是校长的情报员。小胡的意思是，王老师你说话要留个神。因为王老师说起来，说到激动时，就会洪水泛滥。王老师说，政史组有什么情报，有人会收集的，轮不到他胡汉全的；再说政史组会有什么有价值的情况呢？小胡说，胡汉全是专门收集没有人当作情报的情报员。真有收集没有价值的情报员？王老师给了小胡一个栗凿，说你这小鬼，别来搬弄是非。

全校教师会议，本来雷打不动在周五下午三点，周五要大扫除，提前在周四开。教导布置工作完毕后，他问校长你还有什么指示？校长站了起来，他说他有几句话不得不说。校长说：办公室不是茶馆，现今在茶馆里说话，已经没有人瞎说，办公室里更是不能了，可是很遗憾，办公室里有老师公然说，现在的人没有脸，连猪头也没有了脸，真正说得无边无际。这话上得了纲和线，还是上不了纲和线？各位老师，请你们认真思考一下。校长说完，神情严肃。老师们个个竖着耳朵，在猜想这话是谁说的？

王老师听校长一说，心头一惊，那几句话，是昨天在办公室与老季他们往事回忆中的结束话。

那是三年困难时期的最后一年，王老师在江边初中做总务。江边小镇的食品站每月配给江边初中两只猪头。猪头的供应，每月 1 号一个，16 号一个，提前一天买不到，滞后一天要作废。那天的 16 号，正逢星期天，王老师为了买到那只供应的猪头，放弃了与家人团聚的周末。猪头很大，有十几斤重，再是屠夫的手偏上了一些，猪头是从齐猪耳朵取下，连猪脖上的“槽圈肉”都没留下，真正是个“枯猪头”。周日，小食堂停伙，王老师把猪头挂在食堂梁上吊下的铁钩上后，锁上门回了家。第二天一早，王老师到食堂。食堂的秦师傅拉着王老师去看猪头。猪头有什么看头？王老师一看，猪头上没有了猪脸——猪头的左右脸上两块肉给人剜去了。秦师傅问：买回的猪头就是没脸的？王老师只当没什么事。可是秦师傅追着问：买回时，猪头真的就没脸的？王老师说买回时猪头怎么会没有脸？猪头原来是有脸的，挂在食堂里，猪头上的脸到哪里去了？王老师请秦师傅缓一缓说话，等问清了昨晚谁值班再说不迟。王老师回到办公室，看了看贴在墙上的校领导值班名单，昨晚是校长和教导。王老师赶到食堂，食堂里人多，不好说话。王老师对秦师傅跷了跷大拇指，用手按了按嘴。秦师傅拎清了昨晚是校长值班，猪头上少了脸皮的事，不能再说了。秦师傅是没有再提起猪头，可是办公室里的老师都在大谈猪头——真正奇怪，只听说人不要脸，现在连猪头也不要脸了。

这往事的回忆，谁去搬给校长听了。校长听了，为什么要动这么大的肝火，莫非他也有过江边初中那位校长的故事。王老师排了排听他回忆往事的几个人，他立即对这几个人搬嘴的怀疑排除了，过去比这恶毒的笑话说过多次，说过后，说的人什么都没说过，听的人什么都没有听到，一笑了之。王老师想起胡汉全，这猪头的故事，莫非是胡汉全去搬给了校长听的？小胡老师说他是校长的情报员，这猪头的故事能算什么情报，把这情报报告了校长，你胡汉全能得到些什么呢？

王老师决定试一试胡汉全。

办公室里只有胡汉全一人时，王老师叫来了老季。他们故意谈字，说了哪位教师的楷书好，哪位老师隶书好，哪位老师硬笔书法好，哪位老师粉笔字好；又说到校长，这个校长没有姓，他擅长草书，常常给人家写斗方、写帖子。有一次校长用笔在一张白纸上一气呵成写了一首古人诗，写好后，他盖上了自己鲜红的印章，自己看了看，很是得意，就交给一个跟他学书法的新老师去临摹。新老师左看右看，一个字也不认识。他请校长读一遍。校长结结巴巴只读出了几个字。校长责怪新老师：你为什么不早点问我？

例会时，校长布置了下周的工作，会就结束了。王老师正要走，校长叫他留一留。

校长说，你对我有意见？人非圣贤，孰能无过？有意见最好能与我个别交流，在办公室随便议论，是否有失厚道！

王老师说，你别误会，猪头的故事，是我在江边初中的亲历，谈这事只是有趣，还有可能是讲的草书的事情，这是一个古代笑话，批作业累了，轻松一下。我敢保证，所讲笑话，若有含沙射影的意思，死了要下地狱。

校长说，我说过了人非圣贤，孰能无过？你讲的猪头和草书，既然是笑话。我们笑过就算了。

王老师说，我知道，请你放心，我是在你校长领导下工作着的，我的进步，都是你校长的栽培。

校长说：老王呀，你这话讲到点子上了。

王老师确定，校长的情报来自胡汉全。

自此以后，十几个人的办公室，时常只有胡汉全一个人在办公，好像一个学校的工作全都是胡汉全在做，其余空课的老师到哪里去了？校长拿着课表，悄悄地侦察了一下，有的老师在阅览室备课，有的老师在图书室查资料。但他不十分同意老师离开办公室，办公室的办公桌是老师的阵地，离开了阵地去东放一枪西放一枪，这不成了游击队员？校长对胡汉全能坚守阵地，十分满意，在会上说到高兴时，不忘表扬一下胡汉全，表扬胡汉全，也就是在批评其他老师。

学校小食堂的南边有几张砖砌的水泥乒乓台。校外生产队的保管员阿良，给队里晒什么种子，总是选在这既安全又阳光充足的乒乓台上。乒乓台上晒满了金光灿烂的黄豆。午后第一节是老季的空课，空课无事，老季就到图书室的阁楼上翻看旧书。阁楼上有股霉气，老季打开了小窗，随意一看，发现胡汉全在乒乓台上抓黄豆，一连抓了五把。胡汉全抓黄豆干什么？老季一想，学校分给每一个班一块地，胡汉全可能要在他班里的地上种黄豆，没有在意。

老季一到办公室，看见胡汉全那一本正经的样子，一点不及他贼头贼脑抓黄豆的样子好看。

阿良在收黄豆时，老季问他，我抓你几斤黄豆，你会觉察吗？阿良说，几斤黄豆一起抓，一定能觉察，假使今天抓个半斤，明天抓个一斤，这一斤半斤在一处抓，这也定能觉察，但在这里抓一把，那里抓一把，抓后弄平，这就难以觉察了。阿良听出老季话中有意思，问他：是否有人抓黄豆，是老师还是学生？老季没有正面回答，说你明天守候一天试试。

没出老季预料，胡汉全在抓黄豆时，给阿良逮住了。

抓几次黄豆本算不了什么大事，假使是一个社员，厚厚脸皮就挺过去了，教师就难了，脸皮再厚，比不上学生的目光锐利。胡汉全先是请了一个星期病假，最后调到离镇有五里路的只有一到三年级的一个复式班的小学，一所学校一个班一个老师。

王老师说老季这招缺德。

老季说，我缺什么德，我无权把他赶出这所学校。

胡汉全走了，空课时，老师又回到了办公室。校长感到很欣慰，处理了一个胡汉全，教育了老师，调动了他们的积极性。

万 西 华

镇商业社破产，卖浴锅、碗筷、绳子、竹器、木器等四间门面的杂货部，以100万元出卖。买主有好几个，都在争着买。破产经理说：钞票面前人人平等，你们谁都可以买，条件是只要在今天银行关门之前，一分不少地付出100万元现金，这房子就是谁的了。镇长的小舅子左凤生厂长，把一皮箱钞票往经理面前一掼。经理说多少？左厂长说先付70万元，明天早晨再付30万元。破产经理说，不是我不答应，镇长与我是好朋友，你与我也不是外人，这是还集资款，十几个人在等着，今天不付清，他们会连夜到县里上访。左厂长说想法通融一下。经理说，不是不通融，实在不能通融，镇长刚才还在这里，他责令今天还不清集资款，出了问题要拿我是问。

这时，镇上开着修理电器店的万西华，提着只破蛇皮袋进了经理办公室，后边保镖似的还跟着他的儿子和女婿。经理和左凤生没有想到，万西华的破蛇袋中，会倒出了100万元现金。经理不相信自己的眼睛。左厂长看着一桌子让人眼花的一扎扎没有人不喜欢的东西，叹了一口气，心想我这个有二百多个工人的厂长，号称“左千万”的左凤生，一时难以凑齐100万元现金，看来真正有钱的人不是一天到晚挺着肚子、一条街道独自走的人，也不是开着小车张扬的人，而是不显山不显水、走路没有声响、到东到西连影子也不愿留下的人，今后要谦逊地好好向他们学学。左凤生走时，握了握万西华的手，他觉得对方的手厚实有力，暖和而有肉气，不像自己冰冷，只有皮和骨头。

小镇上的人真吃惊，吃惊的不光是万西华买得起百万元的房子，而是一下子拿得出连“左千万”也拿不出的100万元现金。假使不是真的，会当是听到的编得豁了边的故事。

万西华补过雨鞋（镇上人叫套鞋）、雨伞，修过拉链、钢笔、钟表、电器。他脑子好使，人又勤奋，凡是小镇上有需求而没人做的事，他会想到去做；凡是小镇上没有人愿去做的事，他也愿意去做。每做一事，他总是做得好，做得很有人缘。当有人跟着做他正在做的事时，他慢慢地该放弃的就放弃，去寻找新的事做。他开过厂（这些厂也叫厂的话），但他的厂只有两三个工人，加工钢笔配件，加工塑料的配件。这些厂他都没开多久，赚了一些就关了。他说他只有这么大的本领——像一只知了，只能吃些露水。

万西华百万现金买房的事，成了小镇上一个热闹的话题。

一个只能吃些露水的人，真会有这么多的钱？

有人开玩笑说，万西华的钱，有没有可能是他贩毒赚来的；也有人开玩笑说万西华的钱，会不会是贩卖军货赚来的。开玩笑的人开过也就忘了，但好事的认真人，对万西华的亲戚朋友逐一排了队查了底。万西华的亲戚朋友没有一个出过国，没有一个当大官的，镇长一类的小官也没有，当老板的有是有，开着爿小饭店的，那怎能算是一个真正的老板？确凿无疑，万西华的钱是自己挣来的。对用自己的本领挣钱发家的，这种人在小镇上受人尊敬，也使小镇人心里很不舒服——我不比他差，他能发财，我为何发不了财？由不舒服生出了妒忌，再由妒忌产生出了一些胡思乱想，比如他生了一场大病，花去全部的家产，或者失了一次火，烧得一无所有，这样他又回到了我们贫苦的队伍中。

万西华过去在街上走过，谁也不会去注意他，现在走过，人们会叫他一声万老板。听有人叫他万老板，万西华在心里会问自己一句，叫我万老板，我真像老板吗？他觉得自己一点不像老板，脸一红，不知道对他们说什么好，只朝叫他老板的人点下头，就走过去了。叫他的人对万西华像在搭理他，又不像在搭理他，敏感地认为他架子大，顿时心里失去了平衡，没有话可说，就从记忆的仓库中找一些陈芝麻霉黄豆——万西华惹人发噱的往事。

说得最多的是万西华吃面条。那时，万西华在补雨鞋修雨伞，一天挣不了几个钱。挣不了几个钱，万西华从不亏待自己的肚子。早餐花二两粮票一毛钱买一副大饼油条，中餐，他女人送来一大碗米饭和一大碗汤，汤里的内容是青菜加一个鸡蛋，晚餐到饭店里吃三两面条，五分钱猪头肉。饭店的汤经理常去万西华那里修伞补鞋，他操刀切肉时，五分钱的猪头肉五片，而且这五片猪头肉，是猪头最肥的地方切的，厚厚实实的五片，不要说吃了，就是看了，肚子也会饱上三分。掌勺的林师傅也常去他那里补鞋修伞，他掌勺时，给他下的一碗面条大汤大水，油花花的。汤经理操刀的一天，或林师傅掌勺的一天，他走出饭店，他会连打几个饱嗝。饭店里其他人操刀掌勺，五分钱的五片猪头肉切得纸样薄，纸样薄的猪头肉躲在不见油花的面条上，万西华会长久地盯着五片猪头肉看，好像看久了猪头肉会变厚的，面条会满起来，油花会开出来似的。面条吃完了，五片猪头肉还留在碗底。出饭店门时，猪头肉还含在嘴里。

说往日的陈芝麻烂黄豆，说的人是什么意思，听的人一听就听出了什么意思。说的人说完哈哈大笑，听的人听后也哈哈大笑。

小镇上的夫妇，为了一些说不明白的原因，经常吵架，临街而住的夫妇，吵起来就要吵到大街上。当吵架平息后，闲话的街坊邻居，评判这次吵架，不知为什么，评来评去，会评判万西华夫妇二十几年前的那场吵架。

万西华爱好抽香烟。那时香烟可以拆零买，好一点的香烟，五分钱四支，差一些的五分钱八支。万西华吸五分钱十支的“珍珠鱼”。“珍珠鱼”的烟味，像烧着的破布头破棉絮的味道，不吸烟的人闻了，难闻得要掩住鼻子，万西化却吸得津津有味。那次吵闹是万西华买了一包“珍珠鱼”，他的女人于翠花要买盐，到他的补鞋摊子问他要零钱，万西华口袋中不是没有钱，只是没零钱。他的五元头、拾元头，不到急用时，是绝不开散的。他对女人说，等一会做到了生意来拿。可能他的女人心情不好，说你买香烟是有钱的，买盐就没钱了。说完拿起他放在工具箱上的“珍珠鱼”，往地上一丢，用脚要踏。万西华说你敢踏？女人真的踏了下去。踏了下去后，还用脚用力地研了几下，旁观的闲人看了，笑话起来。要面子的万西华见女人一点不给他面子，一把扯住了女人。于翠花不是好惹的，她也一把扯住了他。两人扭在一起。于翠花虽厉害，但不是万西华的对手。情急之下，于翠花往他裤裆里抓了一把。她抓住了他的那个东西死命不放。万西华只得后退，退到王阿二的水果摊前朝天跌下去，压翻了王阿二的水果摊。那时正是桃子、李子、杏子上市，桃子、李子、杏子滚了一地，万西华痛得哇哇直叫。看热闹的人几乎堵塞住了小街。事后，有人见万西华进了医院。万西华出院时，提着裤子，路走得一点都不利索，于翠花去搀他，他恶狠狠地推开了她。

夫妇吵架，小镇上多的是，别人不说，偏偏要说万西华？什么意思，说的人心里明白。小镇真小（有人说小镇地土薄），说到谁，谁就会出现在你的面前。我遇到过两次。一次是于翠花用三轮车踏着万西华，三轮车踏得很快，人们当是万西华病了，于翠花在送他到医院去。问了才知道，左凤生厂里食堂的冰箱坏了，叫万西华拖到他修理部去修理。还有一次，说万西华正说到一半，他突然出现在说的人面前，说他的人很尴尬，万西华却是笑着，从口袋中掏着香烟，先掏出一包两元钱不到“吉利”，他把“吉利”放进了口袋，又掏出了一包高档的“国烟”，他敬了每人一支。“国烟”放进口袋后，他又掏出“吉利”，从烟包中抽出一支，衔在嘴里，给没有点火的人把烟点了，自己再点着。我说万老板，你怎么不吸“国烟”？他说高档烟我是预备着请客的，至于我，蹩脚烟吸惯了，高档的烟给我吸，银行也会给我吸得关门的。

陶村长

陶村长办公室墙壁角的小桌子上，放着两箱水蜜桃。放到第三天时，桃子散发出了诱人的桃香。是谁的桃子？再放下去，烂掉了实在可惜。陶村长虽上任不久，但他心中有数，这桃子一定是谁送给他的，不留姓名，这里边定有个小小的埋伏，等他吃了桃子，送桃子的人露脸了，请他办事或在某一件事上方便他一下。没做村长的时候，没有人送桃子，做了村长，桃子就来了，好像这个桃子不是送给他的，而是送给村长的。桃子的香味有些诱惑，他见纸箱没有封条，打开一看，一箱 12 只，艳红粉嫩，果霜细绒毛似的，大小仿佛是一个模子里浇铸出来的，是上了等级的好桃子。

镇敬老院的陆院长来了个电话，说院里的炊事员，你的亲戚阿风脱臼了，请你来接臼。陶村长的父亲是个乡镇郎中，父亲的医术他什么都没学会，只学会了接臼，而且接得很有名气。陆院长原来是村里的书记，他的恳请不能推托，再是阿风是亲戚，接臼的事不能拖拉，他说他马上就到。

村里有十几个孤寡老人，寄养在镇的敬老院。老人都是陶村长爷爷奶奶一辈人，他们是他看着慢慢地老朽的。第一次去敬老院，不去看看这些爷爷奶奶，是说不过去的，要去看，不能空着手去。到超市买点什么带去呢？可是时间太紧了。风吹来了桃子的香味。带桃子去，管它桃子是谁的，带去了再说。拿着箱子去，太招摇了。陶村长拿了两只塑料袋，把两箱桃子装进了袋子。

在阿风哇的一声大叫时，陶村长给他接好了臼。

陆院长请他喝茶。陶村长说，他要去看看村里的几位老人。由陆院长领着，陶村长见一个叫一声，并敬上一只桃子。有个叫蚕豆的老人，见陶村长在敬桃子，扭转身子要走。陶村长抢前一步，把桃子递了上去。蚕豆有个怪脾气，从来不接受慰问送来的物品。有人猜测，他可能为了表示自己住敬老院，是自己付费的，与其他人免费是不同的，没有到要受人施舍的地步；也有人说，不是这个意思，他是对自己一毛不拔，而用国家、集体的财物来做春风人情的抗议。蚕豆不接桃子，听说过蚕豆怪脾气的陶村长说：这桃子是我自己掏钱买的。蚕豆说：这桃子是你买的？我不买，难道叫我去偷？你家的桃树不是早就砍了？

这里有一个典故。好多年前，蚕豆家的老宅院里种着三株嫁接的桃树。桃树结的桃子又大又甜。在桃子成熟的那段日子里，蚕豆家的院子就得不到清静了。矮围墙上不时会冒出一个个窥视枝头桃子的小脑袋。院门关了也没有用。门闩像会自动开关的。那时蚕豆的母亲还在，为了看住桃枝上又大又甜的桃子，她经常拿了一张小板凳坐在屋檐下，两眼一眨不眨地盯着。可是一个老太婆的智慧，斗不过村里的十几个孩子——好几个人与她说话，溜出一两个去偷摘。蚕豆看穿了他们的把戏，在家埋伏着，当摘桃子的孩子摘得差不多了，神不知鬼不觉地抓住了他们。一次他抓住了阿毛（陶村长的小名），阿毛塞在裤裆里的桃子，一只只从裤脚管里滚了出来。

蚕豆吃了陶村长的桃子。陆院长说，这是他进院后第一次吃人家慰问的东西，他吃，一定是他认准这桃子是你自己买的。可能是陆书记与陶村长关系很好，他问了一声：小陶，这桃子真的是你自己买的？

不买哪里来？陶村长犹豫了一下回道。

陆院长说：这是好桃子，装箱卖的话，一箱要好几十元钱。

天黑后，陶村长到了超市，问营业员有没有上好的桃子？营业员说好桃子只有箱装的。一看这箱装桃子，与办公室里的桃子不是一个品牌，外包装的箱子也完全不同。陶村长在超市里兜了几个圈子，决定买下两箱。打开箱子看看时，一箱只有十只，于是他买下了三箱。付款后，他向营业员要了三只塑料袋，小心翼翼地装成了三袋，两袋各 12 只，一袋 6 只。可能营业员第一次看见这样买桃子的人，表情异样地看着他。到了办公室，他把一只只桃子放进纸箱时，陶村长觉得自己像在做小偷。

还有 6 只桃子，他带了回去。他洗净后剥皮，一连吃了三只。他的女人阿花见了，劝他说，吃三只够了，再多吃，当心吃坏了肚子。陶村长说我知道。他能连吃 8 只不碍事，吃 6 只算不了什么。陶村长属猴，喜欢吃桃子，他的小名，除阿毛外，还有一个叫陶猴子。这个村里人都知道。

办公室里的那两箱无主的桃子，桃香虽然弥漫，可他再也没有打开过。又过了两天，桃子真的开始要烂了时，爱着桃子的陶村长，觉得桃子烂了实在可惜，他打了个电话给陆院长，叫他来拿两箱桃子。陆院长问是谁送的桃子，陶村长说，我也不知道。

桃子拿走了，有好几天，他常会看一眼放过桃子的壁角小桌——像是有一件还没有从心里丢干净的事情。

阿　福

阿福是镇中心小学教师小食堂的临时工。他的主要任务是挑水、洗菜、淘米、烧开水。水用大铁锅烧的。水烧开了，就用铁漏斗放进瓶口，用铁勺把水一勺一勺倒进漏斗。热水瓶有两种，一种是喷漆的印有花猫戏耍大红牡丹洋铁皮壳子的，另一种是细竹丝编织的竹壳子的。他把洋铁皮壳子的热水瓶送往校长室、教导处、总务处后，再把竹壳子的送进教师办公室。在夏忙假开学后，阿福还有一个任务，就是给每个班级送开水。开水是午休时送的。盛水器是一个班级一只矮矮的小口陶罐，像农家那种粗糙的咸菜罐头。为了省事，也是为了卫生，没有舀水喝的碗或杯子，要喝水，如何能喝到，这要学生自己想办法。阿福用木桶送开水，开水总是只放大半罐子。罐子口小，渴极了又没有杯子舀水喝的学生试过，试着像牛或狗一样喝，可是罐口小，舌头伸得再长，舔不到一滴水，这样保证了开水的清洁卫生，也防止了传染病的传播。用小口罐，放七成水，听说这个绝妙的办法是校长想出来的，经实践证明，这办法行之有效，校长为此十分得意。

一条大河从学校的南边流过，河水清澈，时有鱼虾在水面上跳跃。不知设计错误，还是为了教师用餐方便，学校的食堂在学校东北角上，食堂到南边侧门外的石埠头有好长一段路。在这一段路上，见得最多的是阿福在挑水。食堂里有两只大水缸，每一缸可放 15 担水。老师讲究卫生，阿福挑水，每次要清缸脚，清洗了缸脚后，放入明矾；水挑满缸后，再用扁担用力在水缸中搅，搅成一个涡，然而再把涡中的泡沫舀去。明矾打过的水不光解渴而且甜。上过体育课后，满身是汗的学生涌进食堂喝凉水。食堂的负责人、校长的老婶婶阿梅，有时拿着笊篱，有时拿着火钳赶学生，学生不怕笊篱不怕火钳，抢着灶上的勺子拼命喝。阿福只在一旁嘿嘿地笑，有时还会说一句两句：他们是真正的渴呀，让他们喝，让他们喝，我多挑一担水，他们就可以喝个痛快了。阿福这么一说，老婶婶大骂阿福：你这只蟑螂（老婶婶骂人都骂蟑螂，因为她最讨厌蟑螂），老师打水，洗脸盆打得满了些，背后叽咕他们的脸比屁股还大，这些小蟑螂像牛一样地喝，你还会笑，神经病！为拒绝学生到食堂来喝水，一听下课铃声，老婶婶就是炒菜炒得关键时，她也要抢着去关食堂的门，但只要阿福在食堂，一听敲门声，会说一声：像是校长来了，或是说一声可能是老教导来了。等老婶婶愣一下神时，门开了，哪里是校长教导，是来喝水的学生。为此，老婶婶窝着一肚子的火，在她的侄儿——校长面前，无数次说阿福是个十三点。说阿福十三点的，不止老婶婶一个，不少老师也说过阿福是十三点，校长则认为阿福不是十三点，只是有些十三点。

阿福的个子不高，人很瘦，挑水的姿势好看，有些扭秧歌的样子。学生们调皮，下课后，常有不少人排成一队学阿福挑水的姿势。阿福在河埠头淘米洗菜时，看见河里有船只经过，会对着船哼着：

河里行着一只船，
船里有个俏小娘。
小娘抛来一个俏媚眼，
埠头上的阿哥勾掉了魂——
一脚踏错，啊呀！
阿哥跌进了河，
河里涌波浪，
波浪追着俏小娘。

五甲班的赵进宝对武鑫说，放开水的罐真像我家的一只小口马桶。武鑫听了咧嘴一笑，往陶罐上一坐。赵进宝问武鑫，你坐上陶罐干什么？武鑫说，我放了一个屁。武鑫文文静静的，嘴瘪一些，同学叫他“老太婆”。赵进宝一听，大声说“老太婆”在罐头里放了一个屁。班里顿时喧哗起来：罐头里面放了一个老太婆的屁。上课了，同学们还兴奋地说着老太婆屁，班主任进教室后，班级里才慢慢地安静下来。班主任叫黄艳，人长得高高大大，可是肚里装不下鸡毛蒜皮大的事情，她说上课铃没有听见，你们耳朵聋了？并且用教鞭狠狠地敲了一下讲台。她问为了什么？无奈之中，班长说，武鑫在茶水罐头里放了一个屁。她骂了一声恶劣，问谁有杯子？班长说她有。她叫班长到茶水罐里舀了一杯水，叫武鑫喝下。武鑫咕咚咕咚喝下了。武鑫喝水时，不少女同学的面部出现了恶心的表情。武鑫喝下了水，黄老师用教鞭指了指武鑫，问：水里加了些调料好喝吗？武鑫笑了笑，一副好喝的表情。黄老师见武鑫不回答，又说了一句：人说被窝里放屁独吞，水罐里放屁也要你独吞，真想罚你把一陶罐水全部喝掉，念你初犯，饶你一次。武鑫灰头灰脑地坐下后，她又发布一条禁令：陶罐里放屁的事不得外传，谁传出去，查明后，罚他喝一陶罐有“老太婆”屁的水。黄老师对武鑫处理得痛快，话也说得痛快，痛快中还不乏幽默。可她没有想到，同学们（包括武鑫）再也不去喝陶罐里的水，口渴了，到食堂喝水；食堂的门紧紧关着，只得拥着到河埠头去喝河水。河埠头不大，人多拥挤，在一次课后，埠头上拥着时，一个叫文嬉的小女生给拥到了河里。文嬉不会游泳，埠头上的孩子吓呆了，等到大喊救命时，文嬉已经在河心挣扎。

晚饭食堂里吃青菜馅馄饨，吃馄饨麻烦费事，青菜要洗、要焯、要剁，怕时间来不及，阿福挽着篮青菜，走出食堂不远，听到喊救命，丢下青菜，奔到埠头，下水救起了文嬉。

为文嬉落水的事，校长召开了全校教师会议。校长表扬了阿福，他带着嘲讽的口气说，有人说阿福十三点，他自己才是十三点。接着他责问黄老师，别的班几乎没有人去喝河水，为什么只有你的班没有人喝茶水罐里的水，全部要去喝河水？黄老师无法隐瞒，带着检讨的口吻，说了陶水罐给“老太婆”放了一个屁后，自己处理的经过。老师们听了难以熬住，笑出了声。校长没有笑。他说：笑话，天大的笑话。事情好笑，实在没有什么好笑的，你们别笑了。如何处理这件事，等一会再说。

教师开会，阿福惯例要送水，听了黄老师的话，他这才明白，五甲班陶罐里的开水，为何没有人喝。

走出办公室，阿福到了五甲班，他拎起陶罐，走出教室时，自言自语地说了声：我去给你们调一只茶水罐。不一会，他拎了半罐水，走进教室，又自言自语地问了一声：我口渴死了，谁有杯子？文嬉拿出杯子给他。阿福从罐子中舀出一杯，咕咕地喝了。咕咕声充满了水的甜美，这甜美的喝水声充满了诱惑。阿福走出教室，他听见不少同学在问：谁有杯子？透过玻璃窗，十几个学生围着茶水罐在抢水喝。心里想这些小孩真好骗，茶水罐还是那只茶水罐，我只是玩了个小把戏，假使我读了书识了字，说不定也是个老师。想到这里，阿福很是得意，哼出了他常哼的：

河里行着一只船，
船里有个俏小娘。

哼到这里他立即煞住了。在校园里，不是随随便便可以哼哼的。

这时校长正在建议黄老师：明天中午，你带个头，第一个喝一杯茶水罐里的水，然后班长、副班长、组长依次喝一杯，这样一喝，不要说屁大的事，就是天大的事，都会喝得完全彻底。

黄老师虚心地回答：明天中午，我一定照校长吩咐去办。

全 能 文

镇上有句老话：十只黄猫九只雄，十个先生九个穷。先生，我们镇上对老师的称呼，与叫说书的为说书先生、相面的为相面先生、算命的为算命先生、看风水的为风水先生一样，谈不到有尊敬的意思。假使说称呼先生是对老师的尊敬，镇上也就不会有“先生先，屁股尖，要吃豆腐自己煎”这样的传唱不息的童谣了。当老师的，绝大多数是穷。人财大气就粗，人一穷，气就粗不起来，处处小手小脚，心里横放着一把算盘，要不要到老虎灶泡一壶开水，算盘珠也要拨拉几下。老师的这种会算，往往给人家所鄙视。说镇上的老师，没有一个大大方方的，全是斤斤计较鬼头鬼脑的一族。

小学老师全能文，月薪 40 元出头，与镇上人比较，这工资已经算不低了，可是全能文的女人没有工作，身体又不好，很会生产，10 年之中给他生了三个男孩一个女孩。40 多元工资要一家 6 口分着用，本来就省吃俭用的全能文，恨不得把自己变成一个不吃不用、不尿尿不屙屎的仙人。

全能文在镇上中心小学任教，他是学校中少有的几个既能教好语文又能教好数学的老师，这一类老师被誉为“语算双枪将”。他不抽烟，不喝酒，不打牌，不看电影，不听书，不参加同事的聚会。他从来没有敬过领导和同事一支烟，也从来没有请过校长、教导到他家喝过一杯淡酒，表示自己心中敬爱着诸位领导。同事家的婚丧喜庆，他不送礼，也不去庆吊。他生活的线路只有从家到学校，又从学校到家的一条路。学校每年有几个老师加薪，可是每年都轮不到他。那个年代，工资加不加的生杀大权，掌握在校长手中。校长给你加工资，除了自己圈子里的人外，对圈子外的人，凭的是与校长的感情。你全能文不送礼，不请吃，不拍马屁，在僧多粥少时，当然只有你少吃一些了。

在校工都加到工资而全能文加不到时，全能文再也不能忍耐了，他与校长边评理边吵闹了一场后，又到镇文教科与文教科长说理，他见文教科长支支吾吾没有决断，再到县里文教局，向文教局局长反映自己加不到工资的情况，想不到文教局局长是他小学的同学。在文教局局长的干预下，全能文终于加到了一级工资。可到新学期开学，镇文教科科长进行人事安排，以乡校充实骨干老师为理由，全能文调到离镇5华里的北庄小学。

全能文明白，这是校长搞的鬼，他是在排除异己。文教科长怕这个“语算双枪将”会有抵触情绪，找他谈话，问他有没有意见？

全能文说：你们已经决定了，还问我有没有意见，我有意见能怎样？没有意见又能怎样？我与你科长说句心里话，只要给我加工资，派我到新疆、内蒙古教书，我也愿意，不要说离家只要走半个多小时的乡校。

文教科科长拍了全能文一记马屁：我知道你的思想境界，要比一般老师高。

加了一级工资，等于家里每个人每月加到了差不多一元钱。可是他的孩子在长大，这每人一元钱，投入到他们成长的河流中，只是一朵小小的浪花。

全能文早出晚归，生活没有什么变化，变化的只是每天中饭在学校搭伙。他一个月搭伙下来，月底结账，伙食费8元多钱。扣除四个星期天，一共吃了24顿，每顿要吃3角多钱，他觉得太奢侈。第二个月开始，他不再搭伙了，他自带3两冷饭一个生鸡蛋，请烧饭的王阿姨，冷饭在饭锅上蒸一蒸，鸡蛋给他炖个蛋汤。三两米饭5分钱，一个鸡蛋4分钱，一顿中饭只要花费9分钱，既好又省。一个星期以后，北庄小学校长找他谈话。没有重要的事情，校长一般是不找老师谈话的。全能文问校长：找我谈话，一定是有重要的事情，是什么重要的事情？

校长很尴尬，说：谈不上什么重要事情，这事情是老师反映后，我才决定找你谈的，说出来有些不好意思。

全能文有些心急，叫校长赶快说。

校长说：这话不是我的意思，是老师们的意思，你听了不要对我和老师们有什么反感。

全能文说：有什么话说什么话，不要吞吞吐吐。

校长脸红了一下说：老师们说，你在搭伙老师的饭锅里蒸饭炖蛋也是需要柴火的。为此，我问了一下烧饭的王阿姨，需要多烧多少柴火？王阿姨说，你蒸了饭、炖了蛋，每顿饭起码多烧两个到三个草把，还有你就带一个鸡蛋，炖的鸡蛋汤里不放油，但酱油和盐是要放的，这盐和酱油是用搭伙老师伙食费买的。

校长说完，又说了一声不好意思。

全能文说：不是你校长不好意思，是我全能文揩油，揩油的才不好意思。

第二天，全能文没有再去伙房蒸饭炖蛋。吃中饭的时候，只见他打开饭盒，从饭盒中夹出一只荷包蛋，放到碗里。他把热水瓶的开水倒进饭盒，倒进去滗干，连续几次，饭烫嘴了，他又把开水倒入放荷包蛋的碗里，满满的一碗荷包蛋蛋汤。他呷了一口蛋汤，他自言自语地说，荷包蛋里放的盐多了些，汤真杀口。一脸满足的表情。

有时，他带一个红烧的、嵌了一些碎肉的油丝，用开水冲一碗油丝汤。有时他带一撮咸菜，冲一碗咸菜汤。他一天用一瓶学校供应的开水，老师们没有意见，办公室里有公家发放的茶水费，全能文不喝茶，用一瓶开水，与办公室里的几只“茶桶”比较，他还是用得最少的。

全镇老师集中开会时，北庄小学的老师爱讲全能文的故事。故事没有讲完，有人就会嘲讽地对北庄小学的老师说：全能文小气会算，其实你们比全能文还小气吝啬会算，你们的小气吝啬，还不值两个草把。

全能文听到了，总是哈哈大笑，笑声中仿佛有我小气吝啬会算，关你们什么屁的事，大惊小怪些什么呢？这是我的生活。我的生活只能这样，没有办法，只能这样过，至于你们要说要讲，那么你们就说就讲吧。我是我，你是你！

卢 七 几

拈阄拈到代课老师教书这份工作，卢七几做梦也没想到。

公社要大队推荐一名代课教师，大队几个主要干部都为自己的子女亲戚争着要，各不相让。大队会计是个老光棍，出面做了个和事佬，说为免得影响领导班子的团结，进行拈阄确定好。大队书记说：既然要拈阄，再扩大两个外部人员，省得贫下中农指着我们的后脑勺骂“贼分赃”。其他领导都没有反对，并请老会计到青年社员中去扩大。

扩大的两个人中，有卢七几一个。

五个人拈阄，偏偏又是卢七几拈到了。

七几从小父母双亡，由叔婶抚养。婶婶的脾气不好，喜、怒、哀、乐，一个小时之内，会在脸上轮番出现。七几日子过得很难。要生存，再难也要适应，婶婶欢喜时他面无表情，婶婶恼怒时他面无表情，婶婶欢乐时他面无表情，婶婶哀怨时他面无表情。七几拈到了个教师，婶婶对他说：“你小时候，我给你算过一个命，算命的说，你将来会吃墨水饭。果然，将来混了个出息，不要忘记，第一，我是你婶婶；第二，我也是你娘。”七几说：“拈到了也不喜欢，不拈到也不懊悔。说有出息，教书的有几个？去做教师，我只当是队里出工挣工分。”

到了学校，分配他做初一的班主任，教两个班的语文课。七几最早一个到校，最晚一个离校，像一只老母鸡，空课就孵到教室里。五十几个初一学生，给他磨得服服帖帖。七几只有初中毕业，根底浅，空闲下来翻字典，半年不到把一本《新华字典》翻了几百遍。那时，对备课和什么教案都不讲究，备课本上，东抄上一些，西抄上一些，足足可以敷衍。领导和教师的着眼点，不是在教育质量上，而是在学生的纪律上。谁能抓住纪律就本领大，谁就是好教师。

教师的政治学习，每天两个小时，雷打不动。周一、周二、周三学习文件、社论，周四、周五写心得体会、大批判文章。周六下午学生放学，教师集中在学校小礼堂开大会，交流心得体会，或者大批判。

语文组推选人选时，每次都是卢七几。

卢七几从不推辞，笑一笑就答应。

他写的大批判和心得体会，每篇都有几千字。他抄在方格稿纸上，有十几页，字迹端端正正，看上去像是用很多时间写成的。他的文章观点鲜明，行文流畅，很有气势。在交流和批判时，七几的嗓子天生好，委婉时委婉，豪放时豪放，慷慨时慷慨，很有会场效果。但语文组里的老师，从不谈他的文章好，只说他的嗓子好，说他的嗓子虽不如金玉之声，但比铜铁之声强，介于金玉之声和铜铁之声之间。七几听了笑笑："各位过奖，我是土烧成的瓦钵头，只有瓦钵头的声音，呼走失的猫咪时，敲破碗的声音，要比瓦钵头的声音好听。"七几说得很模糊，但大家都明白，七几不是傻乎乎的。

七几有时到图书馆去翻翻书，管图书馆的张老头提出请他帮个忙。

"什么忙？"

"请代我写篇大批判。"

七几笑笑，答应了。

下午，七几交给了张老头一篇千把字的短文。

张老头很快活，请他抽了一竿旱烟。

七几抽了，呛得掉了眼泪。

第二天一早，张老头把七几请到图书馆，张老头指着报屁股上的一篇大批判说："怎么？你的文章会与这篇一模一样？"

"我抄的。"七几说。

"文章怎么能抄？"

"现在的文章哪一篇不是抄的？"

张老头拿出七几给他抄的文章，苦笑着说："小组里交流，发现了怎么办？"

"放心大胆去交流。"

七几还想说，谁会听你的交流。他怕伤了这个老孩子的心。

放学时，张老头又来找七几，张老头笑眯眯地说："佩服，好办法，小组里的人都说我张老头开了窍，看不出还能写观点十分鲜明的文章，真是宝刀不老。"

"大批判文章会写了吗？"

"会了，再也不用犯愁了。"

一年秋天，报刊上、广播里批判的调门越来越高，公社为配合形势，要举行一次全公社的大批判，中学要派一名代表，经各小组推选，又推上了卢七几。

全校教师会上，正式公布名单时，卢七几举起了手。

“卢老师，请说，有什么事？”学校老书记说。

“我不同意卢七几参加全公社的大批判代表，最符合代表资格的是校革委会张主任。卢七几的批判只是大刀长矛原始武器，张主任的批判是机枪、大炮、洲际导弹，现代化武器。现在同意张主任的请举手。”

七几这一手厉害，张主任坐在书记旁边，面对着全体教师，谁会不赞成张主任作为全公社的批判代表？老书记举起了手，会上教师犹豫也没有犹豫一下，全部齐刷刷地举起了手。

张主任参加了全公社大批判，捧回了一只镜框。镜框里写着：“战斗无穷期”。

张主任很欣赏七几，一次找他谈心，提到了加入组织的问题。

七几说：我努力争取。

语文组里又议论起七几，说这小子城府深。

过了春节，七几来学校辞了职。队里办服装厂，请他当供销。老书记、张主任、语文组长想方设法挽留他。七几婉言谢绝了。

十几年后，卢七几成了一个有两千多工人的大服装厂厂长。

史名伯

星期日下午，史名伯到学生家家访，步行回小镇时，他刚从小路走上柏油路，一辆小车呼的一声在他身边停了。史名伯靠了靠边，看了一眼车，仍走着自己的路。有人喊史老师。从车门里钻出一个看上去有30多岁的年轻人，是他在喊。史名伯不认识他。他说他叫刘尚可。老师记不起他曾经教过的学生，这是常有的事。史名伯礼貌地对他笑了笑。

你是回学校还是回家?

史名伯说是回家。

顺路，我带你回去，来，上车吧。

上不认识的人的车?想起口袋中只有几块钱，没有什么可怕的，史名伯犹豫了一下，上了小车。刘尚可自我介绍，他说他和你史老师的儿子史朝晖是同学，他现在是某公司的副总经理。史名伯在记忆中淘着刘尚可。淘了好久，淘不出刘尚可。刘尚可的手机响了。说了几句话，刘尚可问司机，身边有多少现钞?司机问你要现钞干什么?刘尚可说，老职工马得平在医院里等着开刀，先要交五千元钱，要我帮他先垫付。司机说，刘总，真不巧，我身边只有一千多元。刘尚可说，吃蔬碰到了大月，我只有两千元不到。接着刘尚可拨了公司现金会计的电话，拨了他老婆的电话，总共拨了十多个电话，电话要么拨不通，要么是银行关门了，没有现钞。

史名伯的谨慎小心，在他任教的小镇中学里是最为著名的，他的老伴阿胖姐说他是个捧着卵子防小心的人，这是形象化的说法。史名伯这一代老师，绝大多数谨慎细心，这是时代造就的，史名伯只不过是谨慎小心过头了些。

他向同事借本书，他必定会写上一张借条。同事对他的认真，常常不以为然地说他是脱裤子放屁。同事向他借书，不管你高兴不高兴，他必定要向你索取借条。同事对他的这种认真，总感到不正常且不近人情。由于史名伯从来没有伤害过别人，他这种过分的谨慎小心，同事们都包容了下来。

史名伯听着，心里琢磨开了，我今天遇到骗子了，警告自己，千万要小心些。当听完刘尚可打完电话，史名伯想，下边要打他的主意了。果然。刘尚可回过头问史名伯：史老师，你家里有没有两千元现钞？有的话，先借用一下。史名伯爽快地说：有呀，两千元够不够？不够的话，我还有。刘尚可说，真不好意思，我和司机共有三千元，借两千元已经够了。

在史名伯的指点下，小车开到新街的一排三层楼下。史名伯说到了。下车时，他叫刘尚可等一下，他取了钱马上下来。刘尚可等了有吸一支香烟的时间，还不见史名伯下来。这时，开来一辆警车，从车上下来了五个民警，看了看刘尚可的车号后，不由分说把刘尚可带上了警车，还有两个民警坐到了刘尚可的车子里，叫司机跟着警车，开进了派出所。

很有戏剧性。刘尚可给民警押着下车时，派出所所长江汉开，一见是老同学刘尚可，呆了，史名伯电话中说的骗子怎么会是他？一定搞错了。这时，刘尚可明白了怎么一回事，他笑着对江汉开说，是不是史名伯打的110，他把我当成骗子了。江汉开点了点头。刘尚可骂了声：这个该死的死不明白。

死不明白是学生给史名伯取的绰号。死不明白，是史名伯的谐音。史名伯对屡教不改正错误的学生进行教育时，经常有一个动作一句话，一个动作是他习惯用手指戳一下学生的头，一句话是死不明白。

刘尚可的小车刚开出派出所后，又掉头开进了派出所。他打开车门，大声问着正在上楼的江汉开：快借两千元钱给我，我公司的老职工马得平在医院，等着要钱。刘经理借钱不能不借，下午刚发工资，江汉开借给了他两千元。

十几分钟后，江汉开接到史名伯的一个电话，他说他想起来了，刘尚可的左眼角有颗黑痣的，这个刘尚可怎么会没有了黑痣？经史名伯一提醒，江所长嘴里啊呀一声，左手拍了一记屁股，是呀，这个刘尚可的左眼角没有黑痣。刹那间，江所长草木皆兵起来，疑心那个没有黑痣的刘尚可可能不是有黑痣的刘尚可，接着是担心自己的两千元钱会被诈骗去了。派出所的所长给骗子诈骗去两千元钱，假使是真的话，镇上人知道了，将会成为经典笑话传下去的。

心里不踏实的江所长，马上给刘尚可打了个电话。

电话没有打通。

江所长心里更不踏实了，骑了摩托车赶到医院。医院里没有找到刘尚可。再打电话，电话还是没有打通。江所长难过得好像在吞咽着自己打自己的耳光时打落的牙齿。

回家已经很晚了，在饭桌上，他的女人阿英拍了拍脑袋说：我的记性真差，你回来前不久，一个自称是刘尚可司机的人，说他代刘总还你两千元钱。

江所长心里的石头落了地后，心里在埋怨史名伯，一个左眼角上有黑痣没黑痣的电话，害得他几个钟头像丢了魂似的。

汉 臣

那时农家养的猪娘（又称老猪婆），到了骚动不安的发情期，日夜受到它干扰的邻居，会催促养猪娘的主人：要交配了，你怎么还没有去请汉臣？

汉臣姓徐还姓余，我已经记不得了。记得他的家在镇子北边的那个大村子。

汉臣养着两只又高又大专为配种的猪郎（种猪），是个专事配种服务的专业户。以配种为职业的人，镇上人叫牵猪郎的。

要找汉臣，只要到早晨的茶馆，他天天在茶馆里喝早茶，等待着有人请他牵着猪郎去配种。

镇上和镇的四周，牵猪郎的有好几个，信誉最高的是汉臣。他懂得什么叫养精蓄锐。种猪一天最多只能交配一次。不像其他人，牵着猪郎出去拆烂污，东边打一枪，西边打一枪，打中打不中，他概不负责任。

汉臣是个很直爽的人，他总是实话实说，为了说得更精确，他常常把猪郎与人相比。

他说：人和猪是一样的，人能一天交配几次？

有时，他见种猪精神不好，萎靡不振，或者食欲大减，他会自动停止种猪出外配种。他说配种这不是开玩笑的小事。农家养一头母猪不容易，五个月一胎，假使配种这个主要环节拆了烂污，只产下三四只小猪，连饲料的本钱都会蚀个精光，小户农家往往会一年半载难以直起腰抬起头来。

由于对客户的负责，汉臣的种猪忙不开来，那本烂兮兮的日记本上，种猪配种的日程总是排得满满的。

镇上人时常能看见，汉臣手持一根赶猪的竹梢，手里牵着一条系在猪脖子上的光滑铿亮的细铁链。高大的种猪毛色油光光的，精神焕发，雄赳赳气昂昂。

有时，走在老街上，种猪在前，汉臣在后，种猪四只脚，汉臣两只脚，两只脚要赶上四只脚，汉臣一路小跑步。

镇上人大都认识汉臣。看见他与种猪赛跑的那个样子，觉得有趣，会一语双关地说：汉臣，今天你又到哪一家去招女婿？对象是黄花闺女，是老小姐，还是老寡妇？你的艳福不浅呀。

小跑得气喘吁吁的汉臣，不忘回答一句：阿郎（种猪的称号）忙不过来，我正要找一个替身，你愿不愿意？

说完，汉臣会丢下一串快乐的笑声。

有人见汉臣跑得这么急，说汉臣呀，你好不好叫猪郎走慢一点。汉臣会呵呵地说：没有办法，它要急着去开心呀。

汉臣与第一个女人结婚三年后，没有生儿育女。女人离开了他。女人离开他的原因保密了一个春天和一个夏天以后，后来终于没有坚持保密下去。原来汉臣不能行孔孟之礼。用镇上人比较粗俗一些的话来说，汉臣不能与女人在床上演戏，是个不能人道的太监。说汉臣是个太监，这是离他而去的女人说的。汉臣是否真正是个太监？没有人亲口去问过汉臣，汉臣也从没有与人说过。

汉臣牵着种猪出去配种，见他那种精神焕发的样子，像是自己去配种似的。同情他的镇上人，心里说不出是一种什么样的滋味。

汉臣不能，可他养的种猪真能，与它交配过的老猪婆，每一窝少则十三四头，多的则有二十多头。

曲 梅 妹

曲梅妹天生是个驼背。女儿为什么会是个驼背？父母亲向前排查了好几代，祖上没有出现过一个驼背。曲梅妹的眼睛鼻子长得像父亲，排除了她是别人的种。最后无法解释，怪罪到了祖坟的风水。

曲梅妹初中毕业后，没有再读书，就在家中帮衬着父母做些家务。到她十八岁那年，镇上办起了残疾人的福利厂。曲梅妹进厂当了一名给纽扣分类的工人。厂里紧靠车间，有几间空余的房子，领导为了厂里晚上有人照看，欢迎工人住宿。

曲梅妹的家离厂只有十几分钟的路，上班下班不要费多少时间，可是她不顾父母的反对，执意要住在厂里。她的理由很简单，说是为了方便，也为了清静。父母的反对，不是对她不放心，一个驼子，有什么不放心的，就是丢在街头上，肯定没有人会把她拾回去的。既然为了方便，为了清静，你高兴住在厂里，你就住在厂里吧。

几个月后，曲梅妹写了份辞职报告。没等领导批复，她离厂回了家。父母见她瘦得皮包骨头的，猜想她的辞职，可能是身体的原因。对驼背的女儿，父母本不指望什么，早就准备自己养着，一直养到自己去见阎王老爷。

一天深夜，曲梅妹肚子痛，痛得死去活来。父母把她送到镇上的医院，医生查不出她身患了什么毛病。那时小镇不通公路，租了快速的挂机（机动船），把她送往县城医院。小镇到县城的水路曲曲弯弯，要走四个多小时。送到了县城的医院，她只剩下了最后一口气。有口气，医生就要抢救。县医院的医生有水平，一查就查了出来，曲梅妹怀孕了，现在是胎死腹中。

经过医生的抢救，最后没有能挽回她的生命。

丈夫还没有，会怀孕？

曲梅妹的父母不信。

医生说，这是事实，不信也得信。

面对事实，曲梅妹的父母恳求医生一定要保密。医生答应了。父母在责怪女儿的同时，恨死了致使梅妹怀孕的那个不知名的男人。

料理完后事后，曲家只当什么事也没有发生过，但是心里恨着，天天诅咒，雷劈火烧那个害人虫。一天梅妹的母亲在整理女儿的遗物时，发现一本六十四开大的小日记本，只有写着几页。上面写着：

他不要我，是我哀求了他，他才要我的。

我真的欢喜他。

正常女人能品尝到的美好，我也品尝到了。

做一个女人真好，我不枉为来到世间一趟。

现在就是马上死了，也死而无憾。

读了女儿的日记，曲梅妹的父母开悟了，不再恨那个男人，只是希望能知道他是谁。

这件事应是秘不外传的家庭隐私，我能探寻到其中的主要内容，是由曲梅妹的妹妹曲静作文《我的一家》中的一句话引起的。

那句话是这样的：我的姐姐明白自己的死，与谁有关系，我的父母却一无所知。

这句话引起我的好奇，在我的询问下，曲静认为我这个老师是可信的，并要我保密二十年，我答应后，她就说了她姐姐的死因。在我进一步的要求下，曲静又找来了她姐姐的日记本，征得她的同意后，我抄下了曲梅美留在日记本上的那段文字。

现在，二十年早就过去了，假若人真正能投胎转世的话，曲梅妹也应该到了人父人母的年龄。人来到世上，绝不是为受累受罪来的，应该是为了享受美好来的。为了得到美好，不容易追求到的，用全身心地去追求，还是追求不到，也就只能舍命去追求了。

女人怀孕是两个人创作的故事，一个人死了，另一个终生保守着这个秘密，至死不泄露，最后这个故事带到了火葬场，在一缕烟云中消失了。

黄 森

祸事因两句诗而引起的。天才的短命诗人李贺，他在《金铜仙人辞汉歌》中有一句“天若有情天亦老”，《致酒行》中有一句“雄鸡一唱天下白”。这两句名诗，办公室的老师都认为是领袖的诗句。黄森说不是，是唐代诗人李贺的。

黄森这个人，脾气有些古怪，对喜欢的领导，为避免有拍马屁的嫌疑，总是保持着一段距离；对不喜欢的领导，就是不要花本钱的笑，他也不轻易给他。他也知道，这是他性格的残缺，可他不愿修补这残缺——在马屁声炒黄豆样不绝于耳的办公室里，这是冷峻的美。

老校长因历史问题靠边后，革委会的新主任马本上任已经几个月，他所见到的黄森，脸像一只冷了的大饼，很想看看这只大饼刚刚出炉时的样子，留了不少心，仍是没有见到，当是他的脸在他娘肚里生出来就是这个样子的。有一次，他与几个老师在说笑话，他笑着，笑逐颜开时的脸，比刚出炉的大饼还可爱，可是他一见黄森，黄森的脸立即成了他见到的那一只冷大饼。马本断定，黄森不是我的人，不是我的人，肯定是原来老班子里的人。

黄森贫农出身，教书认真，水平不低。黄森这只鸡蛋，真难以挑出什么骨头。办公室，马本的耳目多，黄森关于李贺诗句的言论，马本一听，认为机会来了，立即命令政工组查处黄森篡改领袖诗句的问题。马本本意只是想杀杀黄森的威风，让他明白，你满身的阳光，是我这一片天空下照射下来的，认个罪，让你留下一条尾巴，事情就到此为止。可是黄森认为李贺的诗句就是李贺的诗句，说自己无罪，如何认罪？就这样，倒霉的黄森，给马本钉在了李贺诗句的棺材板上。言行反动，不能误人子弟。

黄森从讲台上撤了下来，调到门房敲钟。门房墙壁上挂着的老钟，心脏有病，有时跳得快，有时跳得慢，敲错了几次钟，马本借口说他做门房都不够格，再调他到食堂里打扫卫生。接着，清理教师队伍，黄森被清理回到了家。

停发了工资，靠女人在镇里废纺厂十几元的月工资，不够一家人吃饭。黄森没有办法，只得与他父亲黄圭一样，在小镇上补起了锅子。

黄圭在小镇上是个小有名气的补锅匠。黄圭出门补锅，他会叫上黄森。黄圭不希望儿子像他一样做个补锅匠，他叫上儿子，目的为让儿子体验生活的艰辛。黄森在父亲补锅时，帮着拉风箱，小炉子里添煤块。父亲如何补锅子，只是看看，没有动过手。父亲死时，黄森已是令小镇上不少人眼红的中学教师。黄圭的补锅工具成了家里的累赘，黄森几次处理，几次给他的女人阻止住了。女人没有别的理由，只是说，将来万一你不教书了，还可以像公爹一样，挑着它出门骗口饭吃。女人的话令人哭笑不得，黄森也不怪女人，女人只有小学毕业，一个小学毕业生能有多少文化？补锅工具不占多少地方，让它留着就留着，只自言自语地说了声：真正杞人忧天。

女人不懂杞人忧天，当是黄森在骂人，板着脸，责问黄森。黄森说这是一句成语，不是骂人的话。女人不信不是骂人话。黄森向她解释，古代有个小国家叫杞，那里有个人整天胡思乱想，忽然想到天可能随时崩塌下来，地随时可能陷下去，这样一来，连个安身的地方都没有了。他越想越害怕，担忧得茶饭不进，睡觉也难以入眠。他说教师是只铁饭碗，会砸碎吗？她说杞人忧天不是骂人，但你是在讽刺我是杞人。黄森说了不敢不敢，女人也就一笑了之。

黄森第一次挑着补锅的担子出门时，女人递给他一顶布伞，黄森看看天，天上的太阳笑眯眯，他问自己，天会下雨吗？天有不测风云，也许会下雨，他没有拒绝，接下了女人递给他的布伞。一个好太阳，突然给乌云遮了，下起了雨，有了这顶伞，不愁会淋成一只狼狈的落汤鸡。今天出门，挑起父亲挑过的担子，父亲一样走街串巷去吆喝着补锅，真正世事难料——今后或许还会碰到意想不到的事，留心着给自己留条退路。

在把孔夫子的《论语》放在马桶旁边揩屁眼的岁月里，当过老师的补锅，在小镇上不是新闻。镇长在扫厕所。省里的厅长，押送回小镇后，与他的母亲一起，买起了豆腐花。只不过镇长很少有人叫他镇长，叫起他的小名狗毛；厅长也没有人叫他厅长，叫起他小时候的外号周扒皮。来补锅的歪嘴阿山叫黄森黄老师，黄森对歪嘴阿山说：还黄什么老师，叫我补锅的。歪嘴阿山说：姓黄的叫老师，一不小心会叫成“黄狼屎”，昨天那个江北阿三，叫你就是叫的“黄狼屎”，你听见没有？哈，也许你听见了，故意装作没有听见。黄森真的听见了江北阿三叫他“黄狼屎”。江北阿三不是一不小心。江北阿三读书时，调皮捣蛋，吃过老师不少耳光，叫一声老师“黄狼屎”，还是他的客气。

补锅的生意不好做。每天上午，他把担子歇在老桥堍下，生好小煤炉，把熔铁的小坩锅埚在炉心，于是拿了铁钳子，到小街小巷吆喝：

补锅子嘞，
生铁补锅子嘞
饭锅、菜锅、浴锅
生铁补锅子嘞

有锅要补的人家，叫住了他，他进门帮着要补锅的人从灶头上取下锅子，拿到大门口，借着阳光，观看铁锅有几个要补的漏点。看清了漏点，讲好了价钱，黄森就把锅子倒扣在头上，又一路吆喝过去。小镇上没有天天要补的锅子，隔个三四天，黄森挑着担子下乡服务，近一点的到三四里远的地方，远一些的到十几里路外的地方。

补锅子不是一件复杂的活，对有文化的人而言，只要放得下架子，不要几天就能驾轻就熟，把活干得自己满意，别人也满意。黄森坐在折叠凳上，把锅子对着太阳，细细地观察研究一番以后，吃准了漏点，然后用尖嘴的小铁榔头，把漏点四周烊煬的地方，轻轻地敲掉，用粉笔在漏点画一个圈，怕有遗忘。准备工作做好后，煽动风箱，把小炉子煽旺，在坩炉中加入破锅子敲碎的小生铁片。风箱加紧拉，火苗呼呼地蹿，小坩炉中的生铁慢慢融化了，加入一些明巩后，把小坩炉表面的铁渣舀去。补锅子开始了。黄森拿起银圆形，有银圆大小，几层厚布缝成的布垫，用小勺子舀起一滴有黄豆大小的铁水在布垫上，再用另一块布垫垫在铁锅的外边，一眨眼，铁水补到了铁锅的漏点上。铁补钉补得与锅子一样厚薄均匀，这全凭托着布垫着手指的感觉。漏点大，连续几下，直到补好为止。假使补得不平，涂上些镪水，销蚀一些凸出的部位。用砂皮加一加工，涂上些油，抹上些与铁锅颜色差不多的炉灰。

有时会出现一些质量问题，黄森从不为自己辩护，默不作声地返工，直到客户满意为止。曾碰到一只烧得已与纸样薄的铁锅，铁锅上只有米粒的几个细眼，实际上这铁锅已经无法可补，黄森没有经验，用尖嘴小铁榔头在细眼处修理时，不料轻轻一碰，就掉下手掌大的一大块。黄森自认倒霉，只能赔上一只锅子，可是新铁锅难买，情急之下，把自己家的炒菜锅赔了。

补锅不光累，而且脏。收工回家，脸黑似周仓，用肥皂洗几遍，难以洗得干净，久而久之，满脸的烟火颜色，陌生人见了他，以为他是烧土窑的工人。在冬天，黄森最引人注目。他穿一身灰黑的旧棉衣棉裤，腰间系条围裙，头上戴一顶青灰色的棉帽，棉帽的两只耳朵在帽顶上互相系住的纽带断了，像猪八戒的耳朵样一扇一扇的。小镇上在放一部反特影片，影片中有个特务，以补锅为掩护窃取情报，戴的棉帽与黄森一模一样，特务没有姓名，叫小炉匠。那时镇上没有电影院，在中学的大操场上放，一部电影要放好几天，镇上的人几乎都能看到。看着电影中的小炉匠，想到了黄森——黄森成了小镇上的小炉匠，只不过黄森不是特务。

常有顽童看见他，大声地叫他小炉匠。

有人家锅子坏了，女主人急，男人会说，你急什么，小炉匠又没有死。

黄森一直有偷偷记日记的习惯，破四旧时，怕日记会给自己带来麻烦，原来记的十几大本日记，塞在灶洞烧了一大锅开水，以后中断了一段时间，现在离开了老师这个在高空作业的危险区域，踏上了实地，坠地会粉身碎骨的恐惧减少了，心境渐趋平静，夜深了，难以入睡，见妻女已经熟睡，心中有话要说，有些话又不好随便与人说，他又开始记日记，记下了他的补锅日记。

他的第一篇日记记于 5 月 30 日。

他的最后一篇补锅记在 8 月 30 日。这是他的最后一篇补锅日记。日记上记着：

到八里外的赵家庄补锅，没有在意那条睡着的黑狗会猛扑过来，咬着裤管不放，幸得一位姑娘赶过来，用脚踢走了黑狗，若不是她及时赶来，后果不堪设想。我真正地受了惊吓，人都吓软了，担子的重量，双肩好像难以承受。在赵家庄吆喝了一圈，一只锅子都没有补到。回家的路上，天气突变，下起了大雨。前边没有村，后边没有店，给雨淋着，懊悔没听女人的话，把布伞带着。回家发高烧，女人急了，摸着黑把我送到了医院，医生诊断后，给我挂了液。

第二天，老校长到医院来看他。老校长叫周杰伦，他问了黄森的病情后，对他说，马本因生活作风的问题靠了边，专案组正在审查。关于他本人，经过外调核实，他没有什么历史问题，是与同名同姓人的问题，组织上给他调查清楚了，回到了原来的位置上。开学了，学校缺老师，先请你回去代课。黄森问他，我的问题到底是什么问题？周杰伦说，我想你的问题不是什么问题，会解决的，只是时间没有到。听了周杰伦的这句话，黄森好像吃了一颗定心丸，答应了他请自己先代课的要求。

黄森翻了翻补锅的日记，一共补了 455 天。黄森的问题解决后，他的女人要把补锅的工具处理掉，这次黄森没有答应，他没有说以后也许会用，说了留着纪念纪念。

叫他小炉匠的顽童长大了，有的人还有顽皮的童趣，看见他，先叫一声小炉匠，然后急忙改口：噢，叫错了，是黄老师。

老　高

前年，老高的侄女给他的妻子（婶婶）买了一件羽绒服。是侄女送的，她不能不收。穿羽绒服她总觉得会过敏，皮肤上起红疙瘩，过去她妹妹买给她的羽绒服，她没试样穿一穿，就送给了别人。侄女送的羽绒服，不知她是怎么想的，没有去送给别人，而是到侄女买羽绒服的店铺，贴了百多元钱，去换了一件老高穿的羽绒服。由于尺码的问题，眼花缭乱的羽绒服中，只有一件一面是红色的、一面是铁灰色的适合老高。

老高的羽绒服已经旧了，见新买的羽绒服，很是高兴。当他试穿时，一看颜色，红色的太亮，铁灰色的又太暗。他对妻子说，是否可以去换另外两种颜色的？穿着红的，老远看了人家会当我是烧香的老太婆，穿着铁灰的，人家会说我是生铁补锅子的。妻子对他说，像你这个身材尺寸的，店里就只有一件，到哪里去换？将就着穿穿吧，喜欢就多穿几次，不喜欢不穿也没关系。

隔了几天，气温陡然下降了近 10 度，旧羽绒服穿在身上，觉得背上凉飕飕的，老高只得换上了新羽绒服。红的太亮，把铁灰色的一面穿在外边，他妻子看了一眼，说他真正像个打铁的，没有商量的余地，强迫他把羽绒服翻过来，红的一面穿在外边。穿上后，她打量了一下老高说：红男绿女，古人说的，一点不错，男人穿红的，的确是好看。老高心里不喜欢红的，可羽绒服是她给他买的，不愿违拗她，将就着生平第一次穿起了红衣服。

在呼呼的寒风中，老高穿着红色的羽绒服，可能是心里别扭，觉得很不自在，心里想，我一定会在小镇上变成一条老来俏的新闻，在饭后茶余给人笑话了。在马路上走着，他悄悄地观察，并没有多少眼睛落在他的红色羽绒服上，眼光只是一闪而过；遇见几个熟人，点头示意后，脸上没发现什么异样的表情。老高觉得自己真正是自作多情了，心里放松了，一会儿就忘记了自己身上穿着一件红色的羽绒服。

下午的风很大，老高在镇文化中心办完事出来，等着车子的空隙过马路。车子特别地多，一时难以过去。天太冷了，马路上很少有行人。在十几米远的马路中心，一位年轻女子像是鬼迷了似的，前行了几步后，又回过身来走几步，像是要过马路，又像是要回过头来走。这时，老高看见前边一辆三轮汽车冲着那女子开过来，一点没有减速的样子。老高觉得不对，对着离他不足五米远的女子大喊一声闪开。女子像是听见了，朝着老高走前了几步，再走前几步，可以让开三轮汽车了。不知是她神经错乱了，还是其他什么的，又回过了头。此刻，老高大吼着扑了过去。太用力了，老高把女人不光推倒，而且推过了好几米。老高跌倒了，女子也跌倒了。三轮车煞车煞在老高的身边，左脚离车子前边的独轮很近了，这车子假使是四个轮胎的话，老高的左脚一定会被辗得惨不忍睹。

司机是外地人，三轮汽车是他租来搞运输的。知道老高是为援救那女子跌倒的后，他说他根本没有看见马路上的女子，只见一道红色的火焰在我眼前一闪，才猛醒过来煞车了。天很冷，司机的额头上满是汗水，他说今天没有你，我的日子将会没法过的。这时，给老高推倒后幸免车祸的那个女子，呜呜地哭了起来。问她，她只是不说话。她的母亲来找女儿找来了。听说老高救了她的女儿，她对他说，她的女儿给一个男人骗了，这几天神魂颠倒的，没有你，她遭遇了不测，我的日子一定会过不下去的。

三轮汽车开走了，母亲领着她的女儿走了，几个围观的群众也走了。老高跌倒时，羽绒服在马路上擦划开了几道口子，口子里飞出的白色羽绒，给风一吹，飞得很高，像飘着的雪花。

小镇上的消息是传得很快的。老高没有把马路上的事告诉妻子，可她已经听到了。她高兴地对老高说，她的母亲瞒着你给你算了一个命，你的命什么都好，只是今年要过一个险恶的关口，假使这个关口平安无事过去了，你就是十全十美了。当问及如何度过这个关口时，算命的说，只要买件红衣服。

噢，原来如此。

小镇上穿红色羽绒服的人，一天比一天多了起来，像是一株石榴树，先是一朵二朵，再是满树开花。在红色羽绒服流行时，也流行着红色羽绒服为什么流行的故事——这故事由老高的故事演变成了——一辆中巴从悬崖上掉下来，幸存下来的人是穿着红色羽绒服的，这红色羽绒服是他女儿买给他的。于是小镇红色羽绒服风行起来，而且穿的人都不是自己掏钱买的，有的是子女买给父母的，有的是妹妹买给兄长的。有人说，红色羽绒服的流行是一种愚蠢，有人说是商家的炒作，持不同意见的人则说，是社会和谐的体现。说的都有道理。在寒冬腊月，看着红色羽绒服，说句实在话，心里总是有一股暖意。

老　尹

初次见到尹老师时，还不知他姓什么叫什么，听到有老师叫他老尹时，我还以为是在叫他“老鹰”。当时就想起一句俗语——天上老鹰大，地上娘舅大，心里顿时乐了一下，问了才知道，他姓尹，是老尹而不是老鹰。

那时，在薛教研员的组织召集下，我们的历史学科，一个学期中要活动好几次，有时研讨如何应对高考，有时组织到外地的名校，听名师讲课传经，我与老尹相处的次数多了，时间长了，慢慢地知悉他是一个专业知识有根底，教育教学经验丰富，直爽开朗，有自己性格的人。上了年纪的老师，与刚刚踏上教坛的年轻人，总是会隔着些诸如代沟什么的，与之交流，不愿离得太远，又不愿靠得太近，什么话是可以说的，什么话是不可以说的，什么话只能点到为止，是要斟酌一下的。老尹却不是这样，只要说话时述及的，诸如自己的家庭婚恋、历次政治运动中的经历，不知隐瞒，一开口说起，话题会如脱缰野马，而且说话声又很大，唯恐人家听不到似的。说到高兴时，他会笑出声来，这话假若真的好笑，听他说话的年轻老师，会紧跟发出阵阵欢笑。

在长途汽车中，老尹说他想睡就会马上睡着。有人不信，立即要他试验。他笑笑说，车里这么多人，鼾声犹如噪音，会污染环境。无论我们如何激将，他就是不肯试验。有一次去南通，车子里最后就剩我们十几个人时，老尹自然而然地发出了响亮的鼾声。听他的鼾声，与车子像是不在同一个节奏上，听得有些别扭。有人在老尹的肩膀上轻轻地拍上一拍，他鼾声的节奏，会立即调整为与车子同一个节奏。车子在一个小站停下后，有人大声哄他说，老尹到站了——老尹的鼾声纹丝不乱，依然打着节拍。车子真的到站了，我们故意不叫他——他的鼾声却戛然而止了。我问老尹，你真的睡着了？老尹却有趣地说，说实话，我自己也不知道。

夜宿旅社时，老尹怕鼾声影响他人睡觉，提出开个单间。旅社的负责人说，已经客满。房间都是标准的双人房，老师们都自愿结合了，只剩下了我和老尹。老尹问我：你与我住在一起怕不怕？我说不怕。说不怕是真的不怕，我在海岛当兵时，营房就在临海的峭壁下，有三个年头，我头枕着太平洋的滚滚波涛。大风雨之夜，波涛声一夜轰鸣到天亮，犹如沉雷在枕边炸开。就是在这风雨之夜，班长说我睡得像只死猪。我想你老尹的鼾声，真的会比过沉雷还响的太平洋的波涛声？

吃过晚饭，我对老尹说，有没有兴致，到市里去看看夜市？老尹说，明天有个发言，我要整理一下，你搭个伴去吧。我连说好的好的。老尹对学科理论有研究，几乎包下了每次听课或研讨的权威发言，我们几个不善辞令的，占了他不少的便宜，他现在要为明天的发言准备，当然不能浪费他的时间。几个小时后，我回到旅社，没到房间，就听到了鼾声，是谁的？走近房间，鼾声渐大，我吃准是老尹的。房门没有关，灯也没有关，我见老尹侧身躺着，鼾声淋漓酣畅。我想不惊醒他，让他继续睡下去，可他突然醒了。我上床睡时，只见他戴上了眼镜，打开了笔记本。这时我才明白，他说整理明天的发言稿是假的，趁我外出不在时，先抢个时间睡个觉，到我睡觉时，他再整理他的发言稿，错开了时间，这样既不影响我的睡觉，也不影响他的整理。我真正好睡，要不是一泡尿憋急，我真的会一觉睡到大天明。老尹的鼾声呢？打开灯一看，老尹的床铺不见了。老尹到哪里去了？我披着衣服，循着老尹的鼾声寻去，问了服务员，才知他怕影响我睡觉，请服务员与他一起，把床铺搬到大厅的角落里。

在临近长江口的一个小县城，因为有一个三人房间的关系，他自报与一个不相识的旅客住在一起。与老尹住在一起的姓陆。老尹叫他老陆。老尹为老陆着想，说是他喜欢熬夜看书，请他先睡。老陆没有客气，睡得一分钟不到，便鼾声如雷。原来也是个打鼾人，老尹见他睡得进入境界了，合上书本倒下便睡。老陆的鼾声，老尹的鼾声，鼾声对鼾声，犹如六月天打雷——雷对雷。等老尹醒来喝水，老陆不见了。原来老陆被老尹的鼾声打醒后，自知不是他的对手，与服务员商量后，在贮藏室的空床铺上睡到了天明。在用早餐时，我听老陆在与人讲：他真正好睡时，像是平地响起了惊雷，这雷不是一个雷，而是数不清的雷，每一个雷都在他耳边炸开，突然一个雷在头顶炸开，他想自己肯定炸死了，这时吓醒了，原来是老尹在打鼾。说的人哈哈大笑，听的人也哈哈大笑。

与老尹说到鼾声，我说有的人家，家有男人或女人打鼾，一人不打鼾，另外一人就会睡不着觉，你家是否也是这样？他说我家是这样的，我在家，家人会在我的鼾声中安然入睡，我不在家，没有了鼾声，家人照样安然入睡，至于我在家睡觉，睡着时还没出现过没有鼾声，假使我睡着时没有了鼾声，我一定是去了另一个世界。说完，老尹拍了一下我的肩说，老李，这不是说笑话。

五月里的一天，陈君来电说老尹去世了。年前就得知他身体不好，想不到他会走得这么快。我问他是怎样走的？陈君说老尹在最后的时光，由他的儿子陪伴着。在他的鼾声中，累了的儿子打起瞌睡——突然没有了鼾声，儿子醒了，老尹就这样在没有痛苦中平静地走了。日有所思，夜有所梦。梦中我听见了老尹的鼾声，醒来才知老天在打雷。听着雷声，突发奇想，老尹在天堂里，现在也在睡觉？

赵老师

时间长了，不少往事都已淡忘了。十年过去了，二十年过去了，忘得这些事情好像从来没有发生过，像是已经死了。这些往事，在这辈子再也不会苏醒过来，可是有时与友人谈及一件事，一本书上的一个细节，有些往事会如闪电，在眼前嚓地一亮，在记忆的黑暗中，显山显水了。可这些记忆，假使不立即捕捉住的话，会瞬息即逝，到下一次，这往事在一个偶然中，会再在记忆中出现，是在未知的牛年马月了。在读止庵《关于枕边书》时，他说古人的枕边书当是一种“不漏泄”的“枕边秘籍”，由此推测“那么枕边书可不是随便什么书了，乃是不宜、不便或不舍得放进书柜的一类书也。如果书柜尽可向来宾展示，枕边则近于隐私”。这几句话立即唤醒了我对同事赵老师的记忆，怕又是个火花，会瞬间熄灭，我立即找来了水笔，在书边写上了七个字：老赵的枕边秘籍。

那是连绵春雨后的第一个晴天的下午，校长把我叫到他的办公室，拿出装订成册的有 20 多首手抄的诗词给我看，问我像是谁的风格？我翻了一下，对校长说，这手抄诗词我曾读过，说这是内部传抄的毛主席诗词。校长点了点头，说其中有的诗词，他也曾读过。校长还想说些什么，话到嘴边没有说出来。我问还有事吗？他说就这么件事。

我上了一堂课回到办公室，教师们在窃窃私语，赵老师放在枕头边的一册手抄毛主席诗词，还有夹在诗词中的 10 元钱不见了。大家在猜测，谁拿了赵老师夹在毛主席诗词里的 10 元钱？我一听诗词的手抄本，想到了校长叫我到校长室去看的那本，校长欲言又止的样子，觉得一定发生了什么事情。第三堂课结束后，我回到办公室，教师们都知道赵老师的诗词手抄本是谁去翻过的，但翻过的人发誓说，手抄本里没有 10 元钱。

这事是怎么解决的，属于领导秘密，我不知道。事情发生的前因后果，过了几天后，我才有了一个大概的了解。

从部队转业到学校的老袁，由于文化太低，不能上课，学校安排他在政工处工作。学校的政工处，主要是管教师和学生的政治思想的。郜老师向老袁汇报，他同宿舍的赵老师，在读一本手抄本。他在每天午睡前，就会从枕头低下翻出来读。老袁问他赵老师读的是什么手抄本？郜老师说，他的帐子是麻纱的，从里边能看得清外边，但从外边看不清里边。老袁一听手抄本，就想起社会上暗中流传的《少女的心》《第二次握手》等手抄本，他没见过，只听说这些手抄本思想反动，内容淫秽下流。听郜老师汇报后，老袁觉得这事政工处应该管一下，但赵老师看的到底是什么手抄本，应当去查实一下。这事不能让赵老师知道，郜老师到教导处看了总课表，核准了赵老师确实有课，叫了老袁，到宿舍里翻动赵老师的枕头和床上的垫被，翻出来的手抄本是手抄的毛主席诗词，他们两个人就很慌张地把手抄本放到了枕头下。

赵老师上完课，习惯到宿舍里洗手，他把教科书和备课本放到桌子上时，他发觉他的帐门已经给人动了。赵老师是数学老师，喜欢文学，小说、散文、诗歌都读。他和郜老师都是外地老师，两人住在这间老平房里，原来相处还比较客气，但赵老师在宿舍里读《红日》的事，不知谁去密报了校长。《红日》当时是被批判的毒草，校长接到密报后，先在全校教师会议上不点名地说了有老师在读毒草，希望这位老师能主动把他所看的毒草交到校长室里来，没有点名谁，赵老师装作不知道，校长等不及了，就找了赵老师。赵老师说，这书是学生在看，我收了下来，在批判着看，这书毒在哪里，以后好回答学生。校长说不必啦，你把书交给我，学生那头，叫政工处去做工作吧。看《红日》的事，赵老师反复思量，认准是郜老师告的密，住在一个宿舍的人去告密，这是内奸，从此开始，赵老师对郜老师处处提防。在宿舍里，只有在帐子里才能给自己的私密留一席之地，于是在睡之前，他把帐门从上到下用 3 个竹夹子夹好，起床后也同样用 3 个竹夹子夹好。刚才老袁和郜老师翻了赵老师的枕头后，一个疏忽，夹帐门的 3 个夹子只夹了 2 个。他打开帐门一看，枕头也翻过了，他明白，有人查看了他读的手抄本。为何要查看手抄本？他想一定是有人给他找麻烦，当是软柿子了，他拿着手抄本到校长那里报案，说夹在手抄本里的 10 元钱给人偷掉了，走时故意把手抄本留在校长的桌子上。

赵老师报案以后，校长找来了郜老师，郜说是他与老袁打开赵老师的帐门翻过枕头，见手抄本是毛主席的诗词，就原样放下了，没有发现书中夹有 10 元钱。郜和袁给校长找了麻烦，校长不客气地狠狠地批评了一顿。校长的城府很深，为了能在赵老师那里占些理，做工作时好强硬一些，找了学校里喜欢读书的老师，给他们读手抄本，希望有人发现手抄的诗词中，有其他诗人混进去的诗篇。经过“文革”的洗礼，教师们聪明了，谁敢说这首不是那首是？结果谁都没有发现。最后，校长向赵老师道歉，赵提出了一个条件，他不希望再与郜同住一个宿舍，校长答应了，在一所乡下初中一位老师请长病假时，把郜调了下去。半年以后，赵老师调到了他爱人工作的湖南株洲，郜也调回了他的老家。赵老师被偷掉的10元钱，校长为息事宁人，自己掏了口袋。

后来我听说供销社旧货收购站的老孔有残本《金瓶梅》，我去问他借时，他说等人还来了我一定借给你，他还说已经调走的赵老师也来借过。听老孔这么一说，我想起郜老师告密的事，结局是诬告，也有可能不是诬告，中了赵老师的计。

后　记

《梧塍记》中近百篇短文，大都写于2003年之前。这是一本随笔式的人物笔记，也可以归类为新笔记小说，写近百名小人物。这些人物，都是在小镇生活中的。我生活的小镇，原是农户和居户杂居的一个地方。所以书中的人物有务农的、经商的、教书的、当干部的、干杂活的。小镇虽小，各色人物都有。这些笔记中的故事，可以用镇上人的俗话来说，是路头上拾得来的。人的一生虽是漫长，但值得用文字记录下的不多。有些奇妙，确是生活中的奇妙，奇妙得像是荒诞的寓言；有的看上去像是生活片段，其实不是生活的片段，只是偶尔揭开生活的一角后看到的一道风景。在“寓言”和“风景”中，我只是表达了我的情感。蛰居小镇半个多世纪，活着，我想要活得明白；看着，我想要看得明白；写着，我也想要写得明白。集子中的文字，只是试验着如何谱写我个人精神生活的方方面面。

本来还有不少题材可写，但时间和精力放到《祝塘镇志》编写上后，就搁置了。祝塘有九百多年的文字记载史，可惜的是先人没有留下片言只语的地方记载，为补这方面的不足，我花了六年时间，撰编了一部180万字的《祝塘镇志》。《祝塘镇志》在方志出版社出版后，承蒙专家厚爱，在江苏省同类书籍的评选中，五个奖项里，获得了两个一等奖，三个二等奖。值得自慰，六年的精力没有白费。

2013年秋，祝塘镇文联主办了半年期的文学刊物《筑塘》，每期约十万字，现收入《梧塍记》中的短文，以《梧塍笔记》为题，每期发了些，读者读了，建议我结集出版，我想现在出的书实在太多，多一本书，好似在大海中倒下一杯水。大海不缺少你一杯水，有你这杯水，没有你这杯水，大海仍是大海。决定结集出版，是在今年初秋。祝塘镇创建全国文明乡镇，要有硬件，也要有软件。夏建辉、马军、颜虎等先生，动员我要为创建出一份力。我懂得要我出的这份力，就是出几本书，几本有些新意的书，就是最“硬”的软件，我有而别家没有的软件。为公为私，我觉得这是一件美事，于是就欣然答应了。此书在编辑成集时，何国荣、沈伟星先生出了不少力，在此表示感谢。